青花瓷

首页 著

海峡出版发行集团 | 海峡文艺出版社
THE STRAITS PUBLISHING & DISTRIBUTING GROUP | Haixia Literature & Art Publishing House

图书在版编目（CIP）数据

青花瓷 / 首页著. —福州：海峡文艺出版社，
2023.8
ISBN 978-7-5550-3378-3

Ⅰ.①青… Ⅱ.①首… Ⅲ.①长篇小说—中国—当代
Ⅳ.①I247.5

中国国家版本馆 CIP 数据核字（2023）第 138790 号

青花瓷

首页 著
出 版 人 林 滨
责任编辑 林 颖
出版发行 海峡文艺出版社
经　　销 福建新华发行（集团）有限责任公司
社　　址 福州市东水路 76 号 14 层
发 行 部 0591—87536797
印　　刷 四川科德彩色数码科技有限公司
厂　　址 成都市郫都区成都现代工业港北片区港北二路 551 号
开　　本 890 毫米×1240 毫米 1/32
字　　数 383 千字
印　　张 15.375
版　　次 2023 年 8 月第 1 版
印　　次 2023 年 8 月第 1 次印刷
书　　号 ISBN 978-7-5550-3378-3
定　　价 68.00 元

如发现印装质量问题，请寄承印厂调换

内容简介

十年前，丹阳市商人赵东山私人收藏馆被人神秘盗窃，一件明代青花瓷古董不知所踪，窃案震惊当地……案发后，丹阳警方调集精兵强将成立专案组，迅速出击，侦查工作在层层迷雾中展开，但警方费尽心思，也没能破案，案件成了悬案。

年轻女警察田静任市公安局刑侦支队长第一天就领命去侦破这起十年悬案。正当田静带领专案组全力侦破案件时，丹阳市频频发生恶性案件，罪恶之手甚至伸向了医院。旧案未破新案又生，证人突遭横祸死亡、犯罪嫌疑人跳楼自杀、警察戈阳牺牲……案情扑朔迷离，真相背后究竟隐藏着怎样的惊天罪行？是阴谋还是陷阱，抑或深藏着更不为人知的秘密？谁又罔顾法律沦为情与爱的“囚徒”？一案带多案，深藏的黑社会性质犯罪集团浮出水面，涉案罪犯纷纷落马。谜底揭开，真相令人无法接受。

目录

CONTENTS

1　第一章　恐慌
68　第二章　分析
122　第三章　思量
173　第四章　大招
222　第五章　深挖
288　第六章　拔剑
337　第七章　收网
392　第八章　灼痛（上）
442　第九章　灼痛（下）
476　第十章　并非结尾

第一章　恐慌

1

月光下，静静的丹江水如同一条银色的缎带缓缓流淌着，警车一路向东，急驰在江南大道上。

田静坐在副驾驶室里，她一直望着窗外，离天亮还早，沿江的路上几乎看不到往来的车辆和行人。路灯昏暗，一排排树不时闪过，突然间，田静看到几米开外的江岸边上，在一棵大榕树底下有两个人正在嘀嘀咕咕，还不时东张西望，神色慌张。他们形迹十分可疑，随后其中一个人将一个像器皿类的东西装进一个麻袋里，正准备离开。

田静一惊。

“停车，停车！”司机听到叫声，咯吱一声便来了一个急刹，车停了下来。

田静下了车，转身向大榕树跑去。

“我是警察，别动！”

正在进行文物非法交易的两人刚想抬头骂娘，就被眼前田静亮出的警察证吓蒙了。田静心想，总算把他们逮住了！但当两个男子看到站在他俩面前的只是一名女警察时，却一点也不慌张，而是朝着田静冷冷一笑，又朝着她做了个恶狠狠的表情，转身就跳进河里，手脚并用拼命地划水，在漆黑的江面上激起一排排水花。他俩奋力向河对岸游去。

“嫌疑人逃跑了！”田静站在岸边气得直跺脚，她朝着他俩大喊：“回来，不然我开枪了！”

两名嫌疑人根本不理会田静的警告，继续朝着前方游去，很快地就游到对岸，眼看着就要爬上岸。江的对岸是密林深山，树木遮天蔽日，田静非常清楚，嫌疑人就要溜掉了。

田静果断拔出手枪，然后努力调整自己的呼吸，稳稳地以双手持枪，黑洞洞的枪口对准其中的一名嫌疑人，食指艰难地扣住了扳机，开始扣动。

“砰”的一声，枪响了。

“啊！”田静被枪声惊醒，下意识地大喊一声，猛地睁开眼睛。她打开床边的灯，坐起身来，睡眼惺忪中她看到白邦云还静静地躺在床上，一动也不动，这才明白，刚才只是一个噩梦。

田静猛地翻身坐起，把白邦云给惊醒了。

“我做了个梦！”

田静的心仍在怦怦乱跳，这时她感觉到，自己骇出一身冷汗，睡衣整个贴在身上，黏腻得不行。

让田静一搅，白邦云睡意全无，大瞪着双眼，问：“什么梦？”

“天哪，有人在非法交易文物。”

“哦，对了，是一件瓷器。”

“你别，别走火入魔了啊。你这个代理队长都还没走马上任呢！”

“那怎么可能？”田静反复打量白邦云。

“怎么了？”白邦云惊讶地问道。

"这个好像在哪里发生过？好像有点印象就是想不起来。"

"我想问一下。"白邦云直接说道。

"想问什么？"田静停下来，看着白邦云。

"不会是几年前发生在咱市的那一起入室盗窃案吧？"

田静一脸惊讶，目光中也掺杂着好奇。田静想了片刻，她感觉不对劲，自己怎么会做这样的梦？

"不可能。"白邦云马上答道。

田静歪着头思考："这么大的案子，我认为，至少有两个关键涉案人！"

听到田静斩钉截铁的语气，白邦云从床头柜上拿过手机看时间，刚过五点钟。

田静只要一提及破案，马上就兴奋。可是田静兴奋着，忽然又犯起神经："唉，一大早，我算是给破坏了。"

"破坏了？"白邦云一头雾水。

"是呀，你看我这个当警察的职业病又犯了，就像你当医生有洁癖一样，警察也有警察的'职业病'，例如怀疑的目光、审视的态度，甚至把工作中的习惯搬到生活中。"

"时间还早，接着睡吧。不要再提了。"白邦云歪着头说道。

田静沉默不语，在床上躺了二十多分钟，辗转反侧，无法入睡，后干脆起床。她觉得冷，紧了紧外衣，走到窗前，举目向窗外看去，天已微曦，东方出现了鱼肚白色，并在渐渐变亮，变红。

噢！不知什么时候，最近一直都下着毛毛春雨，不歇不休下了大半个月，今早却停了。雨后天晴，早春的空气中弥漫着丹桂的清香，沁人心脾。

今天对田静是个重要的日子，天亮后她马上又要走上新的工作岗位了。

这一天，与丹阳市数百年来百千万中的一天，没有什么区别。然而，这一天又是一场声势浩大的“暴风骤雨”即将席卷整个丹阳市的开始。

2

南方，丹阳市。阳春三节，春暖花开。

4 月 18 日，星期一，上午七点。

今天是田静到市公安局刑侦支队报到上班的第一天。

吃过早餐，把碗筷留给丈夫白邦云收拾，田静就开门离开了。在马路边，田静拦下一辆的士，她弯腰正准备钻进车里。只听得“嘭”的一声传来，田静转身一看，看见马路对面发生一起交通事故，因为这条马路很窄，不到十米宽，田静看得很清楚，一辆橘红色的豪华跑车——奥迪 R8 和一辆摩托车相撞。在非机动车道的位置，停着奥迪车。前方一辆摩托车倒在地上，摩托车旁，躺着一名三十来岁的男子，他的安全帽和一个饭盒滚落在地，饭盒里面饭菜散落一地，他的鞋子也落在几米开外，另有一只不知装着什么液体的瓶子也被打碎。

一个身姿丰韵、穿着特别讲究的中年女人从驾驶室探出头来，一脸蒙，不久，她才慢慢下车，手里拿着一部红色红机，向摩托车驾驶员走去。

女人年龄看起来应在三十岁到三十五岁之间，看上去很迷人，很有魅力，穿着一袭高级黑色长裙，全身散发着优雅贵气。她走到还躺在地上的摩托车驾驶员的地方，说：“你还装什么?”

摩托车驾驶员抬头看了眼前的女人，苦笑一声：“你放过我吧，我现在哪还敢装什么，跑还来不及呢!”

“你怎么开车的!”

摩托车驾驶员无可奈何叹一声，眼睁睁地等着女人继续责骂。

性感女郎咬牙切齿地看着摩托车驾驶员，随即仔细看了她的车：前面保险杠都撞凹陷了。

“你这人怎么回事啊！”女司机一脸超凶的表情，不断地质问倒地男子。

摩托车驾驶员抬头看着女人，疼痛难受，他一脸歉意：“对不起！对不起……我着急赶路送饭去医院……”从事故现场来看，摩托车撞上了前方奥迪，应该负事故的全部责任。

“看清楚你撞的是什么车，撞坏了你赔偿得起吗？”奥迪车主盛气凌人。

摩托车驾驶员应该是第一次遇到这种事，他几乎六神无主说不出来话了，只是一味地道歉。看样子，他试图通过不停地主动道歉想取得奥迪车车主的谅解。过了一会儿，只见他双手撑地，挣扎着要爬起来，可是，他刚撑起手，又摔了下去，他的脚似乎在刚刚倒地中摔伤了，使不上力气。见此情景，田静估计他伤势不轻，她决定过到马路对面去看看。

“等会儿，那儿发生了交通事故，我过去看看。”田静对的士司机说道。的士司机一听，脸一下子阴沉下来，关掉发动机，不悦地瞪着田静：“不要耽误我时间太久……”

田静回头看着的士司机的脸，嘴唇抿了抿，然后笑着：“就等一下，也许他们需要帮忙。”

见有人穿着一身警服走过来，奥迪车主误认为是交警来了，她立刻上前笑脸相迎：“你好，交警同志，是他不注意看路撞上的。”

“对不起，我不是交警。”

“你好！”奥迪女司机细细打量着田静，她本来紧绷的脸上露出了笑容。

摩托车驾驶员见有警察过来，他双手撑在双膝上，弯着身子，脸上的汗水如同珠子一般，一颗一颗不停地向下落着，一点要爬起来的样子都没有。田静知道他真的是摔伤了，不由得心中大急，问道："伤哪了？要紧吗？我打电话叫120过来……"

摩托车驾驶员没有应声，只见他手指着右脚，咬着牙说："疼……疼死我了！"

田静弯下腰想把摩托车驾驶员扶起来，他却连连摆手："谢谢，右脚应该骨折了，太疼，起不了！"摩托车驾驶员说他是从"池塘里酒吧"那边开过来的，奥迪车是在非机动车道行驶的，由于路旁停着一辆厢式货车，遮挡了视线，因此他根本没看到有奥迪车开过来。孩子住院，他急着送早餐去医院，车子开快了，等发现奥迪车出现在摩托车前方时，他已来不及刹车，便一头撞了上去。

"你这一不注意看路代价可太大了，修车费不会低于三万块钱……"

田静低头看了一眼这辆全新豪华跑车奥迪R8，前面边上被撞凹进去，"像这种名贵车子修复的话，起码也几万元……"

"警察同志，应该没有我什么事了吧，我有急事先走了。"说完，奥迪车主转身要离开，却被田静拉住了。田静说："你还不能走，等交警过来处理再走。"

"又不是我的责任，他是负全责，和我没关系。"

"有没有关系，等交警来处理。再说，他脚受伤了，你这一走责任就大了。"

"是他自找的，我那边真的有急事啊！"

"我还有事，我走啦！"奥迪车车主一再坚持要离开，田静拦住她坚持不让她走，"请你冷静，等交警来了配合他们调查。"

“看在田警官面上，我自认倒霉，也算你今天运气好，车辆修理费我也不要了。但，你摔伤的医疗费我可没义务帮你出哦！”

“我们认识？”田静很吃惊，一脸惊愕地问道。

“呵呵，电视上看到的。”

“我还知道我比你小一岁呢！”奥迪车车主淡淡一笑，显得非常妩媚。

奥迪车主的话，更让田静感到疑惑，不禁皱了皱眉，“她认识我，在电视上看到？”

“怎么？你不相信？”

“真的吗？”田静的声音一顿，满腹狐疑。

她冲田静笑笑，启开红唇，微露着牙齿说：“嗯！”

田静继续说道：“我上过电视吗，我怎么没有印象呢？烦劳解释一下！”

“你是田警官，错不了！”

田静惊愕地看着眼前打扮光亮时尚的女人，只淡淡地说：“你一定认错人了。”

这戏剧性的一幕，也使得田静陡然一僵，她一脸愣愣地看着眼前奥迪女车主，这是田静见过最漂亮的中年女人。都说岁月是把杀猪刀，不管男人还是女人，有谁能抵抗得住岁月呢？再美的花，也有开败的时候，假如女人在四十岁的年纪仍能貌美如花皮肤如少女般吹弹可破满脸的胶原蛋白，那真是岁月无价的恩赐。她穿着包臀的黑色长裙，肩挎 LV 包，容貌清秀，身材高挑纤细，婀娜如青春少女一般，单看背影就足以让人毫不犹豫地说她应该三十岁上下，如果不是她自己说和田静年纪相当，真让人不敢相信。人到中年，随着时间远去，特别是女子，婚后产子身材变形，可她竟然容颜、身材两者都被岁月兼顾，没有任何风霜的痕迹。田静惊讶于她的容颜，好像岁月在她身上没有任何的痕迹，她简直是人间尤物。有容有貌，气质妩媚，岁月待她是有多温柔、多偏爱啊！四十岁，尚且保持着这样的身材，可见她平时一定是下够了保养本钱。

见到田静一直一声不吭地打量自己，奥迪女车主笑着来了一句：“呵呵，那当我认错人吧！”

田静“嗯”了一声，竟不知要说什么好，不自在起来。

奥迪女车主并不答话，只是呵呵地笑着。

“请问该怎么称呼你呢？”田静出声问道。

“我姓白。叫白玖。”

对她的自我介绍，田静也没在意：“你真漂亮！我在猜你是怎么保养的。”

奥迪女车主一边微笑一边说：“谢谢田警官夸奖！”

田静不知道自己什么时候上过电视，心里犯着嘀咕。田静还想要再问下去，救护车和交警来到了现场。

接着，田静视线环顾一圈，对看热闹的人群说道：“大家都散了吧，让救护车通过一下，伤者需要急救。”

见到救护车将伤者送往市急救中心，田静这才返回来上了的士。

直到坐进的士，田静的心情仍然不能平静下来。从上周五到现在，田静始终处在一个种亢奋状态中，她做梦也想不到，组织上会来这么安排，突然把她从市局下属分局政委的岗位调到市公安局刑侦支队，任代理支队长。这个决定确乎不同寻常，田静认定，她的上任一定跟新来的局长蒋立军有关。不过，能到这个新岗位，田静是又惊又喜的。惊的是她一个长期待在基层的警察，居然要扛起市局刑侦这副重担。喜的是这是一个全新的岗位，既是压力也是动力。挑战自我一定非常辛苦且不易的，甚至还要接受来自身边人的说三道四和讥讽。但既然是组织上安排，田静只有服从两个字。

半个多小时后，田静终于赶到了位于阳州新区中宁路与万龙路交界处——万中大街二十六号丹阳市公安局。刚落成不久的公安局大楼其主体结构二十二层，雄伟挺拔、巍峨壮观，是丹阳市阳州新区一道亮丽的风景。这一带是阳州新区核心区域，市公安局大楼周围已开发建设的项目有丹江文化创意大厦、丹江 SOHO、丹江观光轻轨等，一百余亩的丹湖生态休闲公园正在积极筹划中……

田静一下车，便拿出手机看了看时间，见离上班时间还差一刻，她松了一口气。

“小田，请等一下！”

身后有人叫住了她，已经迈上市公安局那高高台阶的田静停下脚步，转过身一看，原来是局长蒋立军在背后叫她。她赶忙向蒋立军打了招呼：“蒋局长好！”

“报到后请到我办公室一趟。”蒋立军眼神里透出一股严肃，“你抓紧报到去吧！”

“好的，局长。再没有别的事儿，那我先报到去了。”

蒋立军说：“先报到，等会儿再碰头。”田静微微点了一下头，她居然感到一股莫名的紧张，待蒋立军走后她才恢复了之前的平静。

田静心里一阵轻松，快步走上台阶，走进公安局大楼。

3

清理收拾好妻子田静匆忙走时弄乱的餐桌，白邦云也下楼上班去了。

白邦云是丹阳市人民医院妇产科的主任医生，妇产科主任，著名妇产科专家，毕业于国内某著名医科大学，硕士研究生。在医院的妇产科医护人员近百人，除白邦云是男医生外全是女的，在妇产科白邦云绝对是“珍稀动物”，同事戏称他是“万红丛中一点绿”，比国宝熊猫还要珍贵。据报道，欧美等地区，妇科大多数是男医生，而在国内大约十万名妇产科医生中，男医生占比不到百分之十，有人曾调侃说妇产科男医生比搞原子弹和航天飞机的人还少。在妇科病中，肿瘤占据的比例非常大。与肿瘤有关的手术一般风险大、难度高，手术的时间也比较长，男医生在体力、耐力和心理等各方面都比女医生有着天然的优势。

白邦云一家三口住在医院提供的宿舍里。医院工作区与生活区分开，从生活区到工作区门诊大楼或住院部，相隔很近，走路也就十分钟。如果不在门诊当班，每天上午八点，白邦云都会准时来到 A 区住院部十二楼的妇产科室。

上午八点，正是妇产科室最忙的时候，进进出出的都是病人和病人家属。白邦云走进医生办公室时，早来的两个女进修医生正在伏案写病历，看见白邦云推门进来，她们非常礼貌地站起来，说：“白主任，早上好！”

“上午十点钟手术，我主刀，你俩第二助手。”

“查房后你俩马上去手术室开始做准备工作。”

一个女实习生一惊，不由得惊呼了声：“我们运气真好！我们只是在这里实习而已。”

“怎么了？”

白邦云刚一问完，两个女实习生的脸上立刻闪过一丝尴尬。最后还是一个女实习生支支吾吾地说：“哦，我们一直期待着有机会参加手术，今天终于实现了。”

白邦云笑道：“机会多的是。”

“一步一步来嘛！”两个女实习生到妇产科实习快一个月了，

她们很努力，这一切白邦云都看在眼里。他今天决定让她俩参加手术实践，这才是要成为一名妇产科医生的开始。

“知道了。”两个女实习生齐声应道。

妇产科上午有两台妇科手术，一台卵巢囊肿切除术由白邦云亲自操刀，另一台卵巢癌根治术由科室副主任柴雪丽带队负责。

交代完上午手术的事，白邦云换上白大褂带着两个女实习生查房去了。

“伤口恢复很好，如果感到肚胀，都是术后正常反应，不必惊慌。”

“这种常见病手术，妇产科每年起码做上百例，完全可以放心。”

边查看21床病人伤口，白邦云边安慰着病人。为了让病人宽心，白邦云说：“只要注意点，也没什么大碍了。”

“听你这么说，我就放心了。”

病人的母亲脸上露出笑容来，然后瞥了一眼床上的女儿：“听见没有？白主任都说放心了，你还担心什么？”

病人用手挠了挠头，神情有些尴尬。

“谢谢白主任。”没有任何征兆，女孩子突然热泪盈眶，泪水顺着脸颊滚落，消失在她乌黑的长发里。

21床患者是一名高三学生，前一天做了卵巢囊肿手术。她们从外县来到丹阳市人民医院就医，就是冲着有良好口碑的白邦云来的。

几年前，白邦云从北京协和医院妇科进修回来，带领妇产科团队，率先在丹阳市成功开展了腹腔镜下子宫肌瘤剔除术、腹腔镜卵巢良性肿瘤剥除术、腹腔镜子宫切除术等各项微创手术，填补了丹阳市医疗系统在这一领域中的空白，使丹阳市人民医院的妇产科在全省同级医院中处于前列水平。临近许多市县患者都慕名前来。

“今天放屁了吗?”

“放了两次。”

放屁在临床医学上叫作排气，做了手术之后，通常麻醉药物会抑制胃肠道功能，可导致胃肠道不蠕动，致使胃肠道功能短暂异常，也就是不会排气。做完手术之后，患者一般不会马上排气，需要经过一两天的时间才能恢复胃肠道功能。所以，手术完了之后放不放屁是很关键的，这是判断术后病人胃肠道功能恢复好不好的一个重要的指标。放屁之后，说明胃肠道功能恢复了，所以，医生查房的时候都会问到患者这个问题。

“今天你可以尝试吃些东西了，先喝水，然后是米汤、鸡蛋羹、粥、面条、包子、米饭；从流质饮食开始，慢慢过渡到正常饮食。”

病人的母亲握着白邦云的手不停地道谢。

“妈!”女孩又喊了一声，脸上的肌肉一动，大颗大颗的眼泪又流了下来。听见女儿叫喊，母亲又坐回床头，紧紧地握住她的双手。

白邦云伸出手，拍了拍她的背，说:“病理结果出来了，没问题的。”

白邦云刚一说完，女孩就忍着伤口还疼痛转向母亲扑了过去，头靠在母亲身旁哇哇地大哭起来，把之前所有的思想负担全部发泄出来。

白邦云叹了口气:“你想哭的话就哭吧，也许这样才会好受些。”

时间好像在那刻突然停止了，没有亲身体会的人肯定说不上那是种什么感觉。

“没事了，宝贝，妈在这儿。确诊了不是恶性的!”病人的母亲声音有些哽咽。

母亲左手紧握着女儿的手，又用右手拭着她脸上泪珠。

“坚强些，再过几天可以出院，不会影响你高考的。”

“我能不能坐起来？”她又问，声音既虚弱又可怜巴巴的。

“当然可以。”白邦云脸上依然挂着微笑，举起双手示意她安心治疗。

考虑到许多患者是从农村来的，不管是经济上还是心理上的负担都比较重，给予适时恰当的引导，对她们的治疗非常重要。对待像这样的病人或家属，从生理到心理，从病房内到病房外，白邦云的关爱总是无微不至。白邦云站在21床前足足叮嘱十分钟，打消了21床病人所有的担心。

刚查完21床病人，白邦云准备要离开病房时，从门外进来一位中年男子，可能因为走路太急了，差点和白邦云撞了个满怀。中年男子一进门便急切地问道：“哪位是白主任？听说白主任在这里查房？”

见到他一脸焦虑，白邦云就说：“我是白邦云，什么问题你说！”

中年男子一把拉过白邦云的手，紧紧地握住：“白主任啊，听说您医术相当高明，我们是外地的，慕名跑来找您看病……我知道您是主任，是专家，是丹阳市最好的大夫，您一定还有别的办法，对吗？”

“不用着急，跟我来，你慢慢说！”白邦云叫他到病房外的走廊上慢慢说，不要影响病房里的病人休息。

中年男人紧跟着白邦云来到病房外面，只见中年男子从一个牛皮纸档案盒里拿出一沓化验报告单给了白邦云：“这是我老婆的病历，您看看，还有救吗？我们大老远跑过来，昨晚就到了，连夜办的住院手续。”

白邦云接过病历和各种检查报告，认真看了。看完，他心情很沉重：晚期宫颈癌，癌细胞已经恶化，已经有向其他部位转移扩散的迹象。按目前的情况，即使手术也很难保证把病灶全部切除干净……

“求您不管什么代价，我愿意付出啊！”

“你先回病房等候，叫她不要太焦虑，我在查完这边病房马上过去。”白邦云问，“几床？”

“49 床。”

中年男子满怀着希望收拾好各种检查报告回了病房。见此情景，白邦云感到非常痛惜。早期宫颈癌是可以根治的，如果病人略懂一点妇科知识，早检查早治疗，断不会酿成如此悲剧。

等检查完 49 床，又详细交代主管医生注意事项后，白邦云又马不停蹄地赶去手术室。

手术台躺着的患者上腹疼痛并伴呕吐，确诊为双侧卵巢囊肿，病情已经很严重，需要马上手术。健康女性卵巢有 2×3 厘米大小，而患者的右侧卵巢竟然有 10×9 厘米大，左侧卵巢也有 7×6 厘米。手术方案是切除患者右侧已经坏死并出现破裂的卵巢，剥离左侧卵巢囊肿，尽可能保留她的生理功能，这一点白邦云觉得很重要，在临床上，除了医疗原则，应该为病人夫妻生活和感情多想一些。

手术进行了五个小时，快到了下午三点。这还不算复杂手术，遇上高难度手术，有时候十几个小时都下不了手术台。

当病人被安全地推出手术室时，白邦云这才想起自己午饭都还没有吃。出手术室时，白邦云几近虚脱。与主管医生交代之后，白邦云才吃上几口饭填填肚子。

刚吃上两口午饭，又从外面进来一位求医患者找到白邦云。患者因子宫切除术损伤造成了尿瘘，在当地做过两次修补手术都没成功，经人介绍抱着最后一丝希望来到人民医院找白邦云。

白邦云只好放下饭盒，又拿起患者病历和各种化验报告单，认真看起来。片刻后，他对病人说："应该可以修补的，手术由我亲自来做。"

白邦云这话一出，患者算是松了一口气，她紧紧地握住白邦云的手，眼泪扑簌簌地往下掉，因为实在太激动了，她说话的声音都颤抖了："我就不用垫着尿片生活了。"

看到病人伸手擦眼睛，白邦云动了动嘴，却什么也没说出来。他完全能理解病人的痛苦，不停地安慰着她，然后又叫她去办住院手续，争取安排下周五前做手术。患者终于心满意足地走了，白邦云这才又端起饭盒来，匆匆扒着饭吃。

"白主任看上去很疲累？"两个女实习生见正在扒着盒饭的白邦云嘀咕着。

"你也知道，今天这台手术时间那么长。"

"选择成为一名妇产科医生，就意味着平时经常不能按时下班，节假日经常不能正常休息；意味着要丧失太多与亲人团聚的时间。"白邦云这才开口，他的声音很好听，软软地，富有节奏，只是过于严肃，让声音的质感打了折扣。

"主任，看你这么忙我都不忍心来找你了。"这时，妇产科护士长走过来。她在白邦云耳朵旁边低语了几句，就只听到白邦云说道："你叫她明天上午过来找我吧！记得带上前面检查过报告。"

两个女实习生知道肯定又有熟人想找白邦云看病来了："你们聊，白主任有事只管招呼。"说完，两个女实习生别有滋味地抿嘴一笑，走了。

每一天，白邦云都是妇产科里最忙的人。这一切他早就习以为常了，他觉得不管多苦多累，都要对得起病人的信任。

4

上午九点。

一报到结束，田静立马赶到十八楼 1801 室局长蒋立军的办公室。

“蒋局好！”田静一进到局长办公室，脚下立马顿住，抬手就向蒋立军敬礼。

看上去蒋立军今天心情很高兴：“来得很快嘛！快坐下。”

蒋立军从座位上站起来，脸上带着笑意，可这笑意却让田静心里一阵不安。

“蒋局，您一大早把我叫来有什么急事吗？”

“小田啊，我觉得干刑侦比较适合你，侦查办案才更能发挥你的特长。把你放在分局政委岗位，有点埋没人才了。”

“蒋局，我刚到刑侦支队，需要学习的东西还很多，我会努力的。”田静谦虚道。

蒋立军看着田静打量了两眼，抬手示意她先坐下再说话。田静却不好意思坐下，她脸一阵赤红，站着问：“蒋局，您找我有什么事吗？”

看田静战战兢兢的样子，蒋立军抬了抬手笑着说道：“在破案现场严肃是应该的，但现在就不必了，还是随意一些吧！”

“蒋局，请您下工作指示！”

“快坐下，先坐下再说嘛！”

“哪有站着说话的啊！”蒋立军声音厚重又饱满，磁性沙哑，说话时，他指着靠门边的沙发，叫田静坐下。

田静这才坐下，目光却集中在蒋局长的身上，田静不知道蒋局长找她有什么事，自然有些心慌，一慌乱田静脑袋就突突的疼起来，她微微蹙眉，抬手揉了揉太阳穴，又问道：“蒋局，您还是赶紧告诉我什么任务吧。”这是田静第一次离蒋立军这么近，田静久未波动的心绪还是起了波澜。

“蒋局，您不告诉什么任务，我感觉憋屈极了。”

“年轻人，不要着急，先喝杯水缓缓口气……”蒋立军笑笑，扶了扶鼻梁上的金丝眼镜，语气温和，“是这样，小田，有一个陈年旧案我们需要努力一下。”

见田静坐下，蒋立军便起身离开座位去给田静倒一杯温水，然后又拿过来递给了她，目光抖索着看田静：“丹阳古董窃案你听说过吧！”

蒋立军年过五十，个子不高，微微发胖的脸上有一双炯炯有神的眼睛。他是去年底刚从省厅一处长到丹阳出任市公安局局长一职的。蒋立军上任后，田静还在下面分局任职，平时两人见面机会并不多，更不用说她有机会到他办公室。

“蒋局，您是说十年前发生那个青花瓷窃案？”

“是的，发生在曼哈顿一号别墅区的那个案子，相信你比我更了解这个案子。”

“我知道，十年前发生的，一起轰动全市的案件！”

“不，你说错了，是一起轰动全省乃至全国的案件。案件发生时，我在西山县当公安局局长！”

“局长，您今天找我来就是为了这个案件吗？”

“是的，今天找你来，就是想跟你谈这个事情，这个案子影响太大啊，整整十年了，居然一点线索都没有！”

“青花瓷窃案可是咱丹阳市十年间一直是流传坊间不衰的话题啊！案发到现在整整十年过去，一直未能结案，每一任局长都是忧心忡忡，影响太坏了！”

“在我这个任上非把它破了不可！”

蒋立军凝视着田静，非常严肃地说："小田，这回就看你的。你是现任代理刑侦支队队长，一定要把这个陈年积案给我破了。"

"你工作思路清晰，有开拓创新精神，长期在基层公安局工作，负责和分管过的工作面比较宽，适应工作能力比较强……从警二十年，你大局观极强，工作成绩是有目共睹的。

"听说你在下面任派出所所长的时候，头部还负过重伤，是吧？没留下什么后遗症吧？"

"基本上没大碍！"田静连连摇头说。

"那就好，那就好！"

十二年前，在安都分局江北派出所任所长时，有一次在建港村集市附近，面对持刀歹徒，田静毫不畏惧，被歹徒拿的钢管打中头部，当场血流如注，负伤后她依然与歹徒斗智斗勇，最终与同事合力将歹徒擒获。现在，每当遇事一紧张和压力过大时她的头就会突突地疼起来。在蒋立军面前，田静不能告诉他这些事情，轻伤不下火线，这点伤痛算是什么，不值得一提嘛！田静只想用努力工作彰显人民警察的忠诚与使命，用敢于担当履行人民警察的职责。

蒋立军连连夸赞田静，这让她自己都不好意思了。田静脸涨得通红，她觉得浑身不自在，又站了起来，搓了搓自己的脸颊，说道："谢谢蒋局关心，您对下属的了解可真多啊！"

一听到田静说这话，蒋立军便哈哈大笑："不算多，这不算多，我还知道你的爱人叫白邦云，是咱丹阳市非常有名的妇产科专家，很多外地患者都要慕名找他看病……你说我说得对吗？"

蒋立军说完这话，又大笑起来。然后，他又缓缓地说道："这次组织上把你从基层调任市刑侦支队任代理队长，是组织上对你的信任，我完全相信你有这个能力，在破案过程中不管遇到什么困难，一定记得告诉我，我会全力支持你！

“我们可说好了，需要我做什么你就吱声。

“具体业务方面可能帮不上忙，但我一定是你精神上的支柱，你放心破案吧。”

最后，蒋立军语气更是加重了：“碰到困难，记得告诉我！”

田静故作轻松，点了点头笑着说：“谢谢蒋局，谢谢组织对我的信任，我一定竭尽全力搞好工作，希望蒋局多多给予指导。”

田静这个人，的确能干，一心扑在工作上，遇到案子，几天不睡觉也是常事，在同事的眼中她是“拼命三娘”。在基层公安摸爬滚打二十年，在多个岗位历练，拥有丰富的基层工作经验，包括刑侦一线的经历，也确确实实干出了有目共睹的成绩，特别是在破案这一块，她的功劳很大，曾被授予“全国优秀人民警察”。怎么肯定她都不为过。蒋立军心想，让她来主抓刑侦支队工作应该错不了，他相信自己眼光不会看错人。

田静这个刑侦支队代理队长，上周五刚宣布的，到今天上任满打满算也就四天，她是接替还有两年便将退休却因重病住院的刑侦支队老支队长伍全国一职。田静今年刚满四十岁，爱人白邦云，市人民医院妇产科医师，女儿田雨今年十三岁，在市一中上初中一年级。田静大学毕业后便进入基层派出所工作，踏上了光荣的人民警察之路，任过派出所所长、刑侦大队长、分局副局长，分管过刑侦工作，一直奋斗在打击违法犯罪的第一线，前年提拔任分局政委，有着二十年从警生涯，十多次荣获省、市功勋。在同事眼里，田静就是一个“工作狂”，几乎每天工作都在十个小时以上。

“蒋局，我还是有些担心。”田静说着，又站了起来，她上上下下打量了一遍蒋立军，“我就担心没完成任务，让您脸上抹黑。”

“坐下，坐下说话。”见到田静又站着，蒋立军再次叫她坐下来。

然后，蒋立军也在田静旁边的沙发上坐下："经局里会议研究决定，今年我们市公安局要来一次陈年旧案攻坚。十年前曼哈顿一号别墅区发生的青花瓷盗窃案，至今没有破获。当时这起案件影响极其恶劣，从公安部再到省厅领导都非常关注。

"这次把你调到刑侦支队来，局里打算以'青花瓷盗窃案'为开场戏，拉开一场全市陈年旧案攻坚战，争取让全市陈年旧案积案清零。启动清理长期未结案专项行动！我们尽快结案，给社会以满意答复！"

"我明白您的意思了！"

"十年来，这可是扎在我们丹阳市所有公安干警心头的针啊！你刚上任刑侦支队长责任不轻，压力肯定也不小！"

"但是……"

田静的"但是"刚出口，蒋立军脸色突地一变，表情近乎僵止，他从茶几上拿起了茶杯，目光却紧紧盯着田静。田静停顿了片刻，喝了口水，抬头一瞬，看见蒋立军的目光。田静似乎犹豫了一下，表现出少有的不自信。田静又喝了一口水，借机避开蒋立军的目光，她想平静一下心情。

田静低着头，一口气把自己的想法说了出来："蒋局，我只是一个代理队长……"田静想纠正蒋局刚才说的话，却被蒋立军批评了："你是说代理就不用心去破案了？如果你有这个想法，我请你立马下来！"

田静抬眼看了下蒋立军，轻轻道："我怕就怕因为自己不争气，而辜负您的期望……"

蒋立军的笑容不见了，他一脸严肃，完全是另一副面孔了。

"我这里需要的是敢担当、善作为的人才！如果你不是，组织上可以考虑换人！"蒋立军说话斩钉截铁，丝毫没给田静一点面子。

“报告蒋局，我没有，我绝对不是这个意思！”

田静本来是想和蒋局开一句玩笑的，却弄巧成拙，被蒋立军这么严肃地一说，放下水杯的同时，田静马上站起略尴尬地说道。

蒋立军没有听田静解释，只是意味深长地盯了田静一会儿，然后平静地说：“把你调到刑侦支队来，也是局党委反复思量过的，分局政委的工作固然重要，但你是警官大学刑侦专业毕业的，应该到更适合自己的位置上去。”

“我还不了解你嘛！但话又说回头，你上任刑侦支队代理队长的这一天，离这个案件发生过去整整十年了。案情发后，局里立即组织精干警力成立专案组，带领侦技民警赶到现场，连夜开展堵截布控、现场勘查、走访……这些年来，我们也一直在为案件而努力，但丝毫无进展。局领导班子都换两届了，我这个当局长心里不好受啊！

“干刑侦，得有潜质，要有悟性，不是什么人都能干刑侦的。”

蒋立军视线在田静身上转了一圈，冷眸又转回到田静的脸上：“有把握吗？”

“报告蒋局，因为刚刚接手，容我回去翻看之前案件材料，我保证尽快拿出方案！”

田静本还想说一定保证完成任务，话到嘴边了，看着蒋局一直板着一张冷脸，一双眼眸沉冷而严肃，她还是没有勇气说出来。案破了还好说，破不了可就没脸了。此案十年未破，可见非同一般。田静张嘴说话变得吞吞吐吐：“我……”

以前在分局的时候，田静面上表现很英勇无畏的样子，但今天在蒋立军面前她心里却有点打鼓，万一真的破不了案，那牛皮可就吹大了！但田静却很机灵地转移话题：“蒋局，我一定好好工作！"

十年前的一桩积案，自己能打破这一僵局吗？说实话，田静并不像在分局那时候表现得那么有信心。田静不敢做脱离实际的打包票，在田静心里，一切脱离实际的打包票的人其实都是"阳奉阴违"型人。这类人往往在受领任务时胸脯拍得震天响，信誓旦旦地打包票，但实际上根本没有明白，一脑子糊涂浆，工作思路不清，末端落实不力，结果可想而知。

田静话音刚落，蒋立军就冷眉一挑："你只表态要努力工作，哦……你说呀！"

蒋立军"哦"了几秒后，也不见他继续说，田静便着急地追问道："蒋局，请您指示！"

蒋立军冷眸微微一眯，状似思索起来，过了几秒才说话："我知道你心里怎么想的，不敢下保证啦？你别表现太怂了！"

蒋立军好像一眼看穿了田静的心，田静只好强装起笑脸，尴尬从她的头顶直接淋到了脚底。

"有没有信心把这个积案给我拿下？"

"有！"田静最终回答道。

蒋立军问得真诚，田静答得从容。

然后，蒋立军沉冷着脸不说话，这让田静很不自在。她第二次站了起来，眉头紧锁，默不作声，因为她知道案子破不了就得一直放着，直接影响结案率，换谁来当领导，压力都会很大。凡是刑侦的案件，尤其是命案或大案要案，自然都会承受不小的压力。每个案件刚开始都比较难，因为开始的时候没有什么头绪，如果头绪理出来了就不太困难了。从警生涯二十年，田静印象比较深的最难办的案件就有两个：一个是"碎木机杀妻案"，犯罪分子经过几次测谎都顺利通过了，现场也毫无证据，死者尸体也没有，后来，田静通过"微物证据"侦破的。另一个是案件时间跨长十五年，一个十七岁女高中生死亡案，警方调查过很多次，甚至抓错人，直到前年案件才告破。从某种程度上来说，“青花瓷窃案”是一块被啃过但没有留下任何牙印的“骨头”，可见其硬度之高，接手这样的案子，田静也不敢说有百分之百的把握破案。

蒋立军当然知道田静的顾虑，但是话又说回来，若不放手让年轻人磨炼，他就永远不成长！蒋立军看着一直站在自己眼前不敢说话的田静，意味深长地对她说搞刑侦工作本就困难重重，但是越是艰难困苦的条件，更能磨炼出优秀的战士。

“蒋局，我不能说我能力最强的，但我保证会全力以赴。如果您和其他领导对我有不满意的地方，随时都可以提出来，我绝不会无组织、无纪律、无原则，我更不会死赖着这个位置不走！只要我干得不好，您随时可以把我撤了，我保证没有半句牢骚话！”

“接下来，我回去马上召开会议，马上落实，马上组织侦查，争取早日破案！”

“这就对了嘛，我就想要你这句话，把工作干好，争取早日破案。”

“我还是刚才那句话，有什么困难你可以直接来找我，对案件侦破工作所需的人力、经费，我给你保障，确保案件侦破工作顺利开展，直至案破……”

“蒋局，您的话我一定牢牢记住。多说无用，我向您立下军令状，要是还破不了这个案子，我脱去这身警服！”说完，田静冲蒋立军鞠了一个躬。

蒋立军和田静谈话将近一个小时，直到局办公室秘书进来提醒他说十点半会议时间快到了，两人才结束了谈话。

“蒋局，没其他事情的话我就先走了。”

“等一下。”蒋立军叫住了田静。

“你现在是支队的领导了，要想着抓全面，具体的案子，要让业务大队去干。”

田静说：“我一直搞业务，抓全面我不擅长，有政委就行了。”

田静这么表态，是想向蒋立军表明，她只想专心致志破案。但蒋立军还是批评了田静：“担任了支队长，权力大，责任也更大了。你现在已是局里的领导干部了，你要严格规范你的一言一行，明白吗？”

“我明白了。”田静说。

“好，你去忙。”蒋立军收回视线看着田静，点头道。

从局长办公室出来，田静就直接下到六楼刑侦支队。见到田静回来，刑侦支队第一大队队长苏微微和年轻刑警戈阳就围了上来：“田支队，你刚上任，蒋局就找你谈话，有什么好事和我们也分享分享！”

“好事嘛，肯定有！”见苏微微很好奇，田静扯出一抹笑说道。

“有这么好的事吗，支队长你说说？”

“肯定是假的，我不信！”

戈阳摇摇头，见状，田静却把头转向了苏微微，说：“你去通知大伙到会议室开会。”

“全体刑警参加，半小时后准时开会！”话音刚落田静又重复了一遍。

“你这说的跟真的似的，但我不会相信。”戈阳开玩笑说道。

田静故作惊讶地点点头：“肯定真的，苏队长你赶快去通知开会！”见支队长这么一说，苏微微还真的以为有好事呢，她赶紧出门去通知大伙到会议室开会。

见苏微微半信半疑地出门，田静嘴角抽了抽，不由得好笑地摇了摇头。

“田支队，你在说谎?”戈阳说。

“蒋局找你谈有重要任务吧!”

“让你猜着了。”田静笑着对戈阳说。

“能不能告诉是什么任务?”

“别急，等开会时你就知道了。”

“好咧!”戈阳红着脸退了出去。见戈阳出门，田静又给办公室打电话，让他们准备一下“青花瓷盗窃案”资料，包括PPT，说半小时后在会议上播放。

一大早的噩梦，今天一上班马上受命去侦破一桩十年前的古董案。田静不知道这算不算是巧合，只好苦笑了：“不可思议。”田静知道，十年前发生的案，肯定召开过数不胜数的案情分析会，即便这样，却仍然不能结案。十年，时间这么久远，刑侦支队的人员变化很大，人进人出，有人退休了，有人调走了，又有新人进，像戈阳几个年轻刑警，对案情不一定都熟悉。所以田静决定开会，统一大家思想，鼓起斗志，重新再出发。从警二十年，从一名普通的警察再到今天的刑侦支队代理队长，田静有深刻体会，人是第一要素，首先得把人积极调动起来，很多事情就好办了。

所以，田静决定召开她上任代理支队长以来的第一次会议。

十一点，市公安局二十二楼会议室。刑侦支队六十余名刑警悉数到达会议室，会议准时召开，刑侦支队政委苏达主持会议。

“今天算是我和大家第二次见面，大家彼此也不算是陌生人了。”田静说得不假，上周五下午局里宣布任命后，她就和刑侦支队的大部分刑警们都见了面，也算是认识了。

“今天会议内容只有一个，对‘青花瓷盗窃一案’重新梳理和集体会诊，重新探索，深度挖掘线索。”

“今天是我到刑侦支队上班的第一天，蒋局把这个任务交给了我们，说明领导对这个案件始终没有放弃过，我也在蒋局面前立下军令状。能不能取得突破，下面就看我们的努力了。”田静把刚才蒋立军找她谈话的内容跟大家重复了一遍。

“苏政委对这个案件比较熟悉，下面请他大致再介绍一下案件情况吧！”田静说道。

“好，那下面就由我来介绍一下案件情况。

“2012 年大年初二，丹阳市曼哈顿一号商人赵东山家中密室内十几件价值近五千万元的玉器、古董、名表等珍贵收藏品神秘被盗，特别是一件青花瓷古董，是赵东山从法国拍卖会竞拍下来的，当时花了三百二十万美金，按当时人民币对美元汇率换算这件青花瓷古董超过两千万元。商人赵东山是丹阳市一名商人，丹阳市红河实业集团公司董事长，主要是从事红木家具生意。赵东山平常经常往返越南、印度、缅甸、菲律宾、巴布亚新几内亚、马来西亚等地。2012 年在除夕前三天赵东山和老婆还有两个小孩一家四口就回下乡老家了，直到元宵节过后才返回丹阳市。等赵东山回到丹阳城区家中，发现大门却没有锁，轻轻一推门便被推开了。他二话不说就急忙跑下负一楼密室查看，发现密室的门也没锁上，是打开着。进到密室，眼前的景象令赵东山几乎晕倒，密室货架上自己半生收藏的珍贵玉器、古玩等珍贵藏品被人洗劫一空。这些宝贝凝聚了他多年的心血，赵东山痛心不已。居民家中被盗物品规格如此之高，数量如此之大，实属罕见。案情重大，刻不容缓，案发后，丹阳警方调集精兵强将成立专案组，迅速出击，千里追踪。由于案发前，受害人离开家已有较长一段时间，家中无人居住，到报案时的时间跨度很大，加上当时公安天网比较少，给侦破工作带来极大挑战。勘查现场、调查走访、调阅视频、寻找目击证人……侦查工作在层层迷雾中穿行，侦办民警马不停蹄地奔波和辛勤努力，最终将参与偷盗的四名案犯，抓回了两人，部分被盗物品成功追回，但青花瓷等一批宝贝却不知所踪。已抓获的两人均已被判刑，都是判刑五年，现也都已经刑满释放了，现在一个在西山县开出租车，一个病死了。其他两名案犯一直杳无音信。

“十年来，公安机关历任领导就没有放弃寻找破获这起特大盗窃案的突破口，我们刑侦支队和专案组对这起大案的侦破工作从来就没有停止过。

“大体情况是这样的，田支队长。”

就在苏达介绍案情时，田静翻看了一下案卷宗，从案卷宗上记载的跟苏达讲的基本上一样。直到这时候，田静这才知道青花瓷古董盗窃一案的来龙去脉。苏达介绍完，田静说道：“案情大家清楚了，在座的很多同志也都参加过破案，对情况都比较熟悉。”

“青花瓷盗窃案的发生，至今十年过去，到目前为止破不了案，某种程度上，给丹阳市警察的脸抹了黑，给丹阳市的稳定与发展带来了不可估量的负面影响。我们现在怎么办？”

“警察就得破案，不然，对不起这身警服！我们不能愧对自己身上穿的这身警服！”

“我在蒋局面前立过军令状，破不了这案子，我就脱掉这身警服不干了！”

说完，田静抬眼掠了下四周，说道：“下面请各位畅所欲言，谈谈对这个案子的看法。”

刹那间，众人顿时鸦雀无声，会议室内陷入了死一般的寂静。几十人的会议，竟然谁也没有说话，与会者面面相觑，有些冷场。

田静显得有些坐不住了。尽管之前已有足够的心理准备，但现场的一片沉默还是让田静惊得说不出话来。这样场景田静第一次碰到，真是想不到，初来乍到，她便碰到这样难堪的事，脑子空空一片。

“青花瓷盗窃案”也是个敏感话题，是当年轰动全国的一起大案、要案啊，差点让市公安局整个班子翻船，前后有两任局被调走了。现在案子就摆在那里，这十年，警方也确实费尽了心思，可就是破不了，刑侦支队包括专案组也很绝望。但是，警方也不可能一直将所有精力都放在一个看不到希望的案子上，随着时间的推移，只好逐步削减专案组的警力，最终，这个案子也就被放下了。这里所说的放下，并不是说直接束之高阁不予理会了。一个轰动全国的大案要案，别说刑侦支队，就是丹阳市公安局永远都把这个案件排在第一序列的。在做出暂时放下这样的决定，其实刑侦支队和专案组自身也是非常难受的。

“还折腾这个旧案啊？”有人在会场上叹了口气，然后，众人都垂下头，个个面部表情僵硬，十年来排查一直都没有结果，让一些刑警早已心灰意冷。

田静的目光在众人脸上扫了一遍：“案子久攻不破，案件陷入停顿，大家心里焦急，心里有些情绪，这是可以理解的。”

很快，会议开始二十分钟了，依然没人发言，陷入了一片沉寂，个个还是一脸严肃，表情更加难看，所有人的目光全都落在了田静的身上，这一幕出乎田静意料，到刑侦支队正式上班第一天第一次组织会议，就遇到这种场面，她还真没料到这一点，就连苏微微和戈阳象征性附和几句也没有，他们只是静静地坐着。见到田静把目光转向自己，戈阳躲闪着她目光，装作没事地认真写记录。

见大家默不作声，田静再次抬眼环视了一个会场，观察与会者的表情，然后冷不丁地说：“你们今天怎么啦？这就是我到咱刑侦支队报到上班第一天的见面礼吗?”

“大家真无话可说吗?不会就这样泄气了吧!要我看啊,不把这个案子拿下来还真的有愧穿这身警服……”田静取笑一句,她感觉自己绷得太紧,人绷太紧不好,心灵上背负的东西多,人就失真。田静自己不想失真,更不想让大伙也失真。所以,停顿了片刻,她变换轻松的语气,接着说道:“大家都没有信心了?全泄气啦!

“你们不会没有话可说吧?

“大家如果真的没有可讲的话,那我就决定散会了!但就这么快散会吗?”

“既然谁都不愿意第一个发言,那好,我点名要了。”田静说。

田静和苏达交换了下眼神,然后,田静把目光第一个投向戈阳:“戈阳,你来说说看。”

“下面欢迎戈阳同志发言。”田静笑了笑,然后带头鼓掌,会议室里顿时掌声雷动。见到田静指名道姓戈阳发言,大家的注意力一下子全都集中到了戈阳身上,还不时交头接耳嘀咕。

看到田静点自己名字,戈阳只好站了起来,却又让田静叫他坐下:“坐着说吧。”

“既然领导点名要我第一个发言,那我就谈谈我个人的看法”。戈阳无力地笑了笑,一屁股坐下。闷了一阵,清清嗓子,他嗓子里不知咋的突然有了痰。

“我要说什么呢?”戈阳捋一下自己头发,“还真难为我了。”

戈阳的话引起哄堂大笑,不过,刚才会场上的紧张的气氛有些缓解了。

“那就随便说吧,谈不上深刻。”

“青花瓷盗窃案是疑案,是冷案、悬案,不过天下没有破不了的案，如果暂时没有破，那只是因为物证不足或者时机没到而已。”

戈阳的发言，冲淡了这一尴尬的场面。

戈阳停了下，清了一下嗓子，又继续说道：“这个案件肯定还有漏洞的地方，十年了，包括线索漏洞，但现在要我说具体的，我一下子还真不能给出什么意见来。

“接下来，我个人认为还是继续注重调查。

“当警察的与当记者一样都需要调查，如果不调查，就不能还原事实真相，就找不到好的线索。下一步我们应当将群众反映比较强烈的企业、市场、交通等行业系统作为重点调查对象，有针对性地开展线索摸、排、查的工作。

“现代这个社会可获取信息的途径有很多，但最关键还是要对其可信度进行一些初步筛选，从经济纠纷中捕捉、在道听途说中猎取、单位处理信息扫描、不正常社会现象分析、同行同类案件进行比较等，来获取第一手线索。

“继续加大查案力度，激发公众参与热情，依靠人民群众，从多种渠道挖掘案件线索，从纷繁复杂的社会信息中筛选案件线索，锁定主攻系统。

“这个案子，参加过破案的专案组成员对每一个细节都了如指掌，都感到不服气，心中憋着一股劲，没有谁愿意接受别人破不了案……

“我知道，十年过去了却依旧没有掌握任何有效的线索，又因为社会舆论的巨大压力，人心已然有些躁动，这不利于破案。咱是警察，如果失败一次就畏首畏尾，就泄气了，那还好意思干警察吗？”戈阳当着会场上所有的人这么重重地说了一声。

别看戈阳警龄短，他进入刑侦支队才三年，会上，他的发言让田静留下极深印象。对戈阳的观点，田静表示赞同。

"我补充一点。"苏微微说道，"很有必要对原先的线索进行再分析，再筛选线索。"

"我看苏队长这个提醒好！我们是应该对原先线索再进行详细分析。"

"部门协作也很关键，内部协作交流不可缺少。"戈阳站起来再次补充。

田静重重地点头，戈阳脸上浮现一层微红，这是得到田静肯定后不由自主生出的。但他没有骄傲。

"这个案背后一定是一个很大的团伙组织作案，不可能简单的几个人，没有一定背景实力肯定不敢下手的。"

"团伙组织？"听到戈阳如此得肯定，众人都把目光投向了他。田静微微皱起了眉头来，问道："你怎么会这么认为？你有确实的证据吗？"

苏微微瞳孔放大，有点陌生地看向戈阳，之前她从没发现戈阳还有深度推理的一面，更没想到他会有这样的想法。

苏微微看了他一眼，觉得戈阳现在提出这样两个方面，令人有点惊讶，想了一下，苏微微道："你又是团伙作案，又是背景实力的？"

"我没有确凿的证据！"戈阳道，"不过，我是凭着自己的直觉，觉得就是一个团伙作案，而且一定有很深的背景！"

"你确定？"

"是的，我认为是这样的。"

"呵呵。"苏微微有点调侃地笑了声，道，"这只是你的一种猜测。"

众人都不由得点起了头来，尤其是提到团伙作案之时，这种猜测更加令人确信了。

"我们做刑侦的人，讲求的是完整的证据链，最忌讳的就是凭着主观臆断！”苏微微提醒着戈阳。

“我当然知道。这个我承认，这事是需要有充分的证据。但我始终坚持刚才我的观点。”戈阳皱着眉头看向苏微微，然后不再说话了。

见戈阳不说话，苏微微转头看向戈阳，又想到了什么，不由得笑笑，道：“你不会又是猜测吧？”

“最终会查到的。”戈阳重重说了一句。

戈阳发言约半个小时，他发言结束后，会议室开始活跃起来。思想的火花一旦有人点燃起来，就成燎原之势，会议室气氛一下子热了起来，刑警们开始抢着发言，谈自己对案件的看法。

“据周围环境以及现场勘查的情况判断，嫌疑人肯定是熟悉赵东山一家的。”

“你提的这点很重要，但当时破案的侦查员难道就没想到这些吗？”又有人反驳说道。

“我完全赞同之前的侦察方向。”

“……下面请苏队长播放当时现场的 PPT，我们一起认真看看。”田静说。

苏微微从省警校毕业，通过公务员考试进入市公安局，是青花瓷古董窃专案组成员之一。田静在安都分局时，她知道青花瓷古董窃案件，但她没有参加办案，具体情况她不太了解。十年前案件发生时，苏微微还是一位刚进刑侦支队的年轻警察，对于这个案子的所有细节她都非常清楚。

苏微微开始播放 PPT——

只见苏微微走到投影仪旁，将投影仪线与笔记本的 VGA 插头进行连接。打开电源，先开投影机，投影机开完后再将控制板上按钮点击到笔记本上，再打开电脑。很快地，一则影像便映在会议室墙上，影像当中别无他物，映入眼帘的只有一个花瓶……

“这就是那个被盗的青花瓷器。”

“我再把它放大，让大家看仔细一点。”苏微微轻点了几下鼠标，投影屏幕上的幻灯片便被苏微微切换到一张青花瓷的特写照片上。

会议室里的人一下子全都把注意力放在影像上。

“这是一件元代时期的国宝级青花龙凤纹梅瓶，高五十一厘米。据说是一对，其中一个现在收藏于大英博物馆。这对花瓶是现存最重要的青花瓷之一，也是元代青花瓷器的一个重要物证。

“据专家鉴定，该件瓷器型硕大挺拔，优美，胎体洁白，釉色清亮，青花深浓如蓝宝石，器形饱满古雅，纹饰绘制精到。龙凤纹、云纹、缠枝莲纹、象鼻瓶耳，装饰完美，生动，笔法流畅，实属元青花中的精品。青花黑中带点褐色，手摸会有凹凸不平的感觉，使用进口‘苏麻离青’钴料，是一件不可多得的珍品。清末民国时期，中国大量的文物流失海外，对于中国来说是一段黑暗史，其中不乏有许多国宝级文物，仅收藏家大维德爵士一人就收藏有中国瓷器一千七百多件，来自中国宋代到清代各个朝代，跨越了将近一千年。

“据专家鉴定，被盗的这件青花瓷为真品，在当时的价值起码两千万元以上。

“如果放到今天，恐怕超过这个数。”

苏微微重点介绍了青花瓷前世今生。对苏微微介绍青花瓷器的估价，田静并没有吃惊，而叫她继续放图片。

“继续往下放。”田静说了一句。

“这些 PPT，都经历过无数次案情研讨了。”

苏微微看了大家一眼，特别强调了一遍。

“继续。放赵东山密室现场图片。”田静咳嗽一声，说道。

幻灯片显示赵东山密室现场被盗走后纹丝不乱，但又没像那些没有拿走的东西全部丢在地上，而是窃贼专门偷走有价值的东西，下手时显得很从容，出门时还不忘记了关门。

“相比较而言，这些窃贼还比较文明呢。”戈阳的话让大伙都哈哈笑开了。

“这哪像是偷啊，简直是搬家嘛！”见大伙都笑开，戈阳又说了笑话。

“严肃点，这是案情分析会！”苏微微提醒说道。

田静却一直没发声。

“这是一份现场勘察报告。”苏微微说道，“根据现场勘察警方确认，从赵东山别墅大门到密室，一共经过四套门，却没发现任何遗留痕迹。窗台、楼顶也没有发现攀爬、踩踏的痕迹！”

“经过四套门？”田静发起了疑问。

“是的，田支队，别墅大门，通往地下室设防有三套高级防盗门。

“另外，在整个别墅里面也没发现什么特殊的痕迹，这也给盗窃确认增加了难度。

“在这个案子中，地板拖痕可以说是我们直接掌握的唯一证据，可通过它能分析出来的东西也就这些了。

“证明东西装进袋里的，太重了，一个人用力拖。如果是两个人的话，应该是抬着袋子走路。”

苏微微说道。

对苏微微的话，田静没有吱声。她在认真地盯着投影屏幕，她看得很仔细，对一些比较重要的图片，她都提醒苏微微播放慢一点，甚至还叫重新播放一遍。偶尔又问一些问题，每一个问题都问在了关键点上，其专业性让参加会议的同志甚是佩服。

几分钟后，田静问道：“确定内盗过的？”

苏微微点点头：“是的，我们认为熟人作案，但也不能排除陌生人偷盗。”

“未必。”戈阳重重说。

“不是内盗还能有谁?”苏微微笑一声。

“这么多年过去了，内盗这条线索难道都没发现些什么吗?”戈阳笑吟吟的，笑是戈阳的特点，不管遇到啥事，那张脸总是笑吟吟的，给人如春风拂面一般的感觉。

“前面政委已经讲清楚了，当晚发生停电所有监控都没有起作用。”

“发生案件的当晚，这一带方圆五公里之内大范围停电，更不说曼哈顿一号，到处漆黑一片。小区、小区外面道路，布有监控的地方完全没有起作用。”苏微微说道，“我们到市供电局了解过，是一条三千伏安高压线出了问题，导致这一带大面积停电。”

“有这么跷蹊?”

众人面面相觑，田静的话的确说到了一个大家都关注的点上。

“就这么跷蹊?”

田静忽然想到了什么，抬头问道:“对了，有供电局的报告材料吗?”

苏微微看向田静，迟疑了一下，说道:“有的。田支队您需要马上看吗?”

“等下再看!”田静摆摆手，先不看供电局的调查报告，她示意苏微微继续说下去。

“这么多东西，肯定去是开车过来拉走的，在现场发现地板有拖拽的痕迹。”

田静听后，陷入了短暂的沉默。

这些信息有价值吗?有!但依靠这些信息就能破案吗?光从

地板有拖拽的痕迹来看，很悬。

至少田静暂时没能从这些信息中看到破案的关键点。

熟人作案，或许熟人和外人一起勾结作案，至少从案发现场勘查来看，这说明，嫌疑人是很熟悉赵家的。当然，这一切都只是推测，具体是不是这样，还有待进一步考证。

“一切和赵东山关系的熟人你们都调查了？”

“是的，田支队，没发现任何问题。”苏微微很干脆地回答，“而且每一次都想从熟人去挖线索，但结果都没有收获！”

“扩展线索呢？”田静问。

“能想到的我们都调查过了。”苏微微摇头，“抓到的两个人，一个叫许中间，一个叫宋宝宝，被判刑五年，已经出监狱。许中间现在西山县公交公司开出租车；另一个宋宝宝出狱不久就因肝癌死了！”

“他们没交代？说说这两个的情况。”

“情况是这样的，许中间和宋宝宝两人本来是不认识的，赵东山家窃案发生的那天晚上，大约十一点，许中间从朋友家喝酒回来，路过青山路时，发现有一辆小车抛锚在路边，他就过去想看个究竟，结果他人一到车边，对方却发动车子跑了。地上有一件麻袋东西还不及装上车，许中间‘喂喂’喊几声有东西落下，但那辆车早跑远了。因为没有路灯许中间也看不清是什么车子，他对小车也不太清楚。见小车一溜烟跑后，许中间就好奇地打开麻袋，还没等他解开绳子，就有人从他背后拍了他肩膀，说见者有份。两人在慌乱中打开了麻袋，发现袋里有几件看不清的也不认得但凭着手感能感觉到是壶子、碟子之类的东西。两人就拿回了宋宝宝的家。后来，一打听才知道晚上捡到的是古董，两人就商量着拿到古董市场去卖，最后被我们顺藤摸瓜抓获。”

“他们还提供有什么吗？有什么有价值的线索没有？”田静问道。

苏微微道：“这个……没有，他们也难以做出判断是什么车辆。”

“哦——”田静脑子闪出一些嫌犯的脸来，就像她今早凌晨做噩梦时看到的那两个人，不高也不瘦，一米六几左右。

“还往下播放幻灯片吗？”苏微微问。

“继续放。”

苏微微又继续往下播放，别墅大门照片、周围环境照片……

“苏队，介绍一下当时现场勘查情况吧。”幻灯片播完，田静又说道。

苏微微放缓语气道：“这个……我是成立专案组时参加的，当时在现场的同志，调走的、退休的、升迁的……也差不多没人了。目前还在的就是老刑侦支队长了，可他现在病重还在医院里。”

苏微微这么一提醒，田静才突然想起伍全国老支队长来，因为胃癌已住院化疗半年多了。她这个刚上任的代理队长应该好好探望他一下。

“老队长身体还好吧？”

苏微微摇摇头，表情也很沉重：“情况不太乐观，现在是第七次化疗中。”

“改天稍闲一点，大伙一起去探望一下他吧。”

“苏队，你继续吧，介绍曼哈顿一号别墅区。”

“好的，田支队。”

青花瓷窃案发生在曼哈顿一号别墅区，位居丹阳核心　天寿山下，临靠丹都高速路，以其居住的便捷性和资源的稀缺性促使丹阳市周边各土豪纷纷在此购置房产。天寿山古树参天，绿意盎然，如同丹阳的肺叶，净化着丹阳的空气，负氧离子含量居全国之首，被誉为“世界级天然氧吧”。

苏微微说，曼哈顿一号清一色的千万级豪宅，以别墅居多，为丹阳巅峰阶层专属拥享。所谓“豪宅”，从字面可简单理解为“豪华的住宅”，对于大多数人来说，豪宅给人的第一印象首先是“贵”，是身份和财富的象征。俗话说，物以类聚、人以群分。选择豪宅就等于选择了与同等阶层的人生活在一起，豪宅的价值对于富人来说，不仅仅体现在建筑、园区、物业、景观等方面品质要求，同时也是生活在上流社交圈层一种体现。例如，入手曼哈顿一号别墅区，并不是仅仅选择了一套舒适的住宅，同时也选择了生活中的社交人群，在这种圈层中能结交到和你同样认知和品位的朋友，能够收获更多社会人脉资源，更能找到自我存在的价值感。而豪宅也正是因为圈层的不同而吸引人投资购买，从某种角度说，圈层是豪宅最有价值的无形资产。因此，曼哈顿一号便成为富人在这里买房的理想之地。丹阳市有钱的人几乎都居住在这里。曼哈顿一号也因此拥有了“全丹阳尊贵住宅区”称号，被称为财富名利的代表和象征。

苏微微介绍曼哈顿一号完后，会议室内暂时陷入了一片沉默之中。

苏微微问：“田支队，你还有什么指示吗？”

大伙眼睛又集中到田静身上，田静会不会有着类似港台电影、电视剧中神探一样发表自己高见，然后叫大家按照她的想法去破案呢？正当大家在猜测田静肯定要发表高见的时候，只见田静用眼睛扫了一下会场，温和地问：“大家还有什么问题要补充吗？”

“没有。”

“没有。”

……

田静笑了笑："那好，我再讲两句。

"第一句，可能有些同志会说，刑侦支队闲的啊，陈年旧案，还翻腾个啥？要我说啊，必须翻腾，翻腾出新线索为止，不管前面有多艰难，就算重重遇阻也要前行！

"第二句，我们刑侦支队命案必破，不破不休，从今天起再加六个字，青花瓷案必破！"田静斩钉截铁说道，"散会！"

5

在妇产科，几乎每天都有手术，一天两三台手术是常有的事。

白邦云刚查完回来了，女进修生就跑过来对他说道："主任，手术准备好了，就等您呢！"

"好，马上开始！"

"今天你做我助手。"白邦云疾步走进了手术室，洗手、烘干、消毒……

很快，手术室的护士为他穿好了手术衣。

这是一台剖宫产术。剖宫产，手术切开产妇的腹部及子宫，用以分娩出婴儿。剖宫产是避免因产道生产可能对婴儿或产妇性命及健康造成损害，特殊原因下通常采取的一种剖宫取胎手术。

医生接诊产妇进行诊断和观察后，如果能正常分娩，便将产妇交给助产师。只有在产妇不能正常自然分娩的情况下，医生才介入，尤其是在自然分娩过程发生遇外时，产科医生面临的往往已经是人命关天的生死关头。自从到妇产科，白邦云已经接诊了数千名孕妇，看着数千名宝宝平安地出生。

在妇产科上班，犹如在高空踩钢丝，随时都会有险情出现，每天只要上班，自己的时间便不能再由自己安排了。在新生儿平安降生前，产妇和胎儿随时都有可能发生意想不到的情况，胎儿在母亲肚子里的情况也存在许多不确定因素，无法预测的意外情况特别多。上周三，白邦云在病房接诊的一名产妇就遇到了十分危险的情况。这名产妇产前没有任何异常，但是当产妇的宫口完全打开后，胎儿的胎心突然没有了，产妇又出现了大出血的情况。白邦云马上对产妇和胎儿进行了抢救。忙了整整一个下午，人都快虚脱了，可喜的是最终母子平安。

手术室很安静，只有生命监护仪发出轻微的嗡嗡声。

下午九点，躺在手术台上的孕妇，事先已经知道给自己做手术的是一位男医生。虽然打了麻药，但意识清醒，产妇还是不好意思地侧了侧身。

“不要动，位置摆正，不然会影响手术。”

白邦云生说话时，已将听诊器放在了产妇隆起的肚皮上，手术前最后一次听胎心。

“感觉疼吗？”白邦云问。

“不疼。”孕妇发出了轻微的声音。

“好！”紧接着，参加这台手术的医护人员各就各位。只见白邦云手中不停地调换着手术刀、钳子、剪子……一切都有条不紊。随着手术的进行，只听见助手惊喜地说：“看见了……见到胎儿头了……”

“压一下宫底，动作要轻一点。”

“准备接孩子！”白邦云的声音带着喜悦。

不到半个小时，一个新的生命来到这个世界，并发出了人生的第一声啼哭。

婴儿很快就被交给护士进行清理了，白邦云则耐心地等待胎盘自然剥离。

"宫体注射缩宫素二十单位。"白邦云对助手说。

这时护士早就把已经准备好的注射器递给助手，助手找准部位扎了下去。

白邦云又等了一会儿，胎盘终于下来了。他认真检查了一下胎盘，发现完好无损，这才交给了早就在一边等着护士。

"可以关腹了吗？"助手问。

"是可以了，通常情况下我们还是要观察一会儿，预防出血。"白邦云对助手说道，"导致出血原因很多，一般宫缩乏力、胎盘因素、产道裂伤和凝血障碍。所以胎盘下来后，一定要多认真观察一会儿。"

"知道产后大出血的抢救程序吗？"白邦云突然问道。

"一般先做子宫按摩，打针增强宫缩力，如果还不行就做纱布填塞，结扎子宫动脉，万不得已才切除子宫。"

"这些都是基本的东西，产妇的安危就在你手里，你当妇产科医生要记住了。"

"是，我记住了。"助手低着头说。

见到没有活跃出血，白邦云这才开始缝合子宫切口，第一层全层吸收线连续缝合，第二层吸收线间断褥式缝合包埋切口。

"第二层也可以连续缝合吗？"女进修生又问。

"当然可以的。"

"那您刚才为什么不选择这样缝合呢？"

白邦云没想到女进修生会这么问，可见她对剖宫产的一些基本的知识都不明白，于是他决定让她补一下基础理论知识，他脱下手套，说道："这个问题你还得从教科书上寻找答案吧。"

"如果实在弄不明白，你再来找我吧。"

女进修生腾地一下子脸红了："回去后我一定好好看书。"

6

刑侦会议结束时，也到中午一点钟了。

大伙都走了，只剩下田静一个人在会议室里，会议室里一片寂静。她又拿起案卷仔细地审阅起来。十年积累的案卷，足足有两米多高，田静知道要把这些东西全部看完，没有三四天是弄不完的。看完案件的简要情况和部分证据线索清单后，田静又陷入了对案件的思索，这里面虽没有详细地说明当时侦破任务的艰辛，但从里面罗列的证据资料可以判断，这些年来警方肯定是做了大量工作。可哪怕是做了如此多的工作，案件还是没能破获。在群众眼里，他们只看结果，哪里会看你破案过程的艰辛与否。破不了案，就没人承认你的工作能力。

田静心理压力陡然增大起来。

现在，心里胡乱猜测着：案子久攻不破，同事冷言冷语嘲讽……田静的脑海里不断出现这些画面，很突然地闪现。田静觉得背后倏然一冷，她的脑袋又突突疼起来。田静在想，前人啃不下的案子，现在轮到她接手了。这是一桩难啃的案件，她已经没有退路了，军令状已下，绕不开、躲不过，必须以啃硬骨头、涉险滩的勇气，勇往直前，瞻前顾后、畏葸不前不仅不能前进，而且可能前功尽弃。

这时候，田静就感觉肚子饿得不行了，她只好放下案卷，准备去局机关食堂吃午饭。

走到电梯口时，苏微微正好也在等电梯。

“小苏，中午我们一起在食堂吃饭，你看怎么样？”

“田队都发话了，当然行啦！”苏微微的话里透着调皮，说罢，她向田静又调皮地眨了下眼睛。

其实，每天中午苏微微都要在单位食堂吃饭，她刚才也是逗着田静说笑话。

局机关食堂就在办公楼大楼一楼右手边，苏微微住在金盾苑小区，小区紧挨着公安局大楼后面，上下班非常方便，中午在食堂吃饭主要是为了节省出更多时间来午休。和苏微微一样，局里大部分民警中午都喜欢选择在食堂用餐。而田静则住在离市公安局五六公里远的市人民医院。

苏微微今年三十一岁，从警十一年了。在刑侦支队里她活泼可爱，说话快人快语。

“小苏我刚到支队，还不熟悉情况，我向你打听一个人，怎么样?”

“是谁？您说。”

“你要实话实说。”

“我保证实事求是!”

“戈阳，这人怎么样?”

“哦，是他啊，那没得说，他人虽然在二大队，但我和他就像亲姐弟俩一样亲的。田队，您想知道他哪个方面?”

“像他为人、工作能力方面的，当然也包括他平时对工作的态度……”

“你慧眼识珠了，戈阳在我们支队是最阳光的一个人，工作态度、工作能力真是不一般呢，我自己觉得他工作挺踏实的，至少比那个谁认真很多……”

“你说的那个谁是谁呢?”

田静打断了苏微微的话。田静这话一问，立马让苏微微脸红起来了：“田队，我还是不要说了吧，这样不太好，好像在领导面前打小报告似的!”

“不说就不说吧，我们接着说戈阳……”

“戈阳警官大学刑侦专业毕业，小伙子为人正派、能力又强，且他心思缜密，是一个时间观念很强的人……田队，要是没猜错的话，你看中他了，想把他调到专案组来，对不对？田队，你把戈阳安排到我们一大队吧！这样我就多有一个得力干将！”

“就你聪明！”田静笑了笑说道。

“戈阳结婚了吗？他家住哪里？”田静忽然问道。

“还没呢！在公安局附近阳光小区租房子住，走路几分钟就到了。”

“哦。”

“不明白现在的人，是怎么样想的？”

“现在的年轻人，你都搞不懂他心里真正的想法呀！”

两人边走路边说话，戈阳急步正迎面走过来，他走路很快，虎虎生风，见到田静和苏微微，他正要和他们打招呼，却让苏微微一把便拉住了他：“戈阳，你过来，过来！这么急走路你要去干吗！这么快就吃完啦，姐有事找你！”

戈阳一愣，停住脚步：“哦，你找我有事？”

“呵呵，没吓你一跳吧？怎么样，是田队有事要找你的！”

戈阳转过头，看着田静，没见田静发话，他就明白怎么回事了：“姐啊，田队有事找我，叫你通知？是你有事找我吧！”

“算是我和田队找你，行了吧？说曹操，曹操到！”

戈阳不明白苏微微是什么意思：“我是曹操？”

“没人说你是曹操啦！”

“我知道你的意思，刚说到某个人，某个人就出现……”

“好你个戈阳，明知故问，欺负姐来了！”

“田队，我还知道说曹操，曹操到，它还有下半句叫当面错过，岂不好笑！”

“不许你叫我苏队，就叫苏姐！这话听起来才叫亲切呢！”

戈阳不好意思起来，摸摸头笑着说道：“田支队，您现在做证哦，不是我不尊重苏队，是她自己要我这么叫的，和我没关系。”

“你就听苏队吧！”

这时，田静又说话了：“戈阳，恰巧在这遇到你，没耽误你时间吧？我想再听听你对青花瓷盗窃一案观点和看法。”

“田队，要我说还是免了吧。我哪有什么新观点，会上大家都不已经说完了吗？”

“戈阳，要是我没猜错的话，你心里一定还有话要说！我确实想听听你的观点和看法。”

“没有，没有！”一听田静的话，戈阳急忙推辞起来。

“刚才会上，我注意到你，刚开始你发言挺积极的，后为你又几乎一言不发。怎么回事？是不是受委屈了？”

戈阳低下头，显得有点难为情，纠结地说道：“没有。”

“真的没有？你敢说这是你的心里话？！”

“我是真的没有？！”戈阳说话声音很低，但还是让田静听到了：“刚才苏队还说你工作态度、工作能力怎么怎么样，看来苏队也是看错人了！”

“我……”戈阳欲言又止。

“直觉在告诉我，你一定有心事！”田静又强调了一次，“我敢肯定。”

田静这么一说，戈阳就脸红了。他沉吟一会儿，说道：“田队，我确实有一些个人想法，但我不敢提……”

“为什么？就因为我这个代理队长新来乍到，还是担心没把握说出来让大家说你急于表功？！”

戈阳抓抓头发，又不好意思起来，“田支队，你不愧是我们的领导，还真能看穿人心，什么事都瞒不过你！”

“那你以为啊。没两下子敢来领导你吗？”苏微微继而嬉笑着说。

“还有苏姐，也是厉害人物之一！”

“唉，你也真是的，如果不是我也变厉害了，还感觉不到你的真实实力呢，你小子隐藏得可真好啊！”

“你这是夸我呢，还是夸你自己呢！”

“要是不耽误你中午休息，我们到那边坐下聊聊！”

“没事，我中午没有休息的习惯。”

“田队，你们先去打饭吧，我过那边去等你，边吃饭边聊！”

“好，你先过去，我们去打饭回来再说。”田静指着食堂大厅最远处的一张桌子对戈阳说道。

戈阳进入公安系统已有三年，戈阳警官大学毕业后报考公务员，考进公安系统。在基层派出所工作一年，领导见小伙子头脑挺灵活的，就把他调到局刑侦支队二大队当一名刑警。戈阳这一路走得顺利，功劳自然来自他的努力。

食堂今天的菜式不错，新推了几种菜，有苹果炒西瓜、香瓜炒里脊，都是些畅销菜，便宜又好吃。

“戈阳，要不再吃一点？”苏微微打饭回来，见戈阳正在低头看手机便逗着他。

“你当我是猪啊！”

“猪有什么不好，想吃就吃，想睡就睡，哈哈！”

等田静和苏微微坐下后，戈阳说：“田支队，既然你问我对这个案件还有什么观点和看法……那我就真说了！”

“但言无妨！”

“青花瓷窃案，没有线索，查案就是无本之木、无源之水。

“虽然我到刑侦支队才两年，但我研究案卷，总感觉这个案件线索基础比较薄弱，线索来源渠道也不畅。

“当务之急我们要在创新中突破案件线索瓶颈，尤其是深挖窝串要案的案件线索，这样更容易发现案件线索信息。

“我除了赞同会上苏姐说的运用逻辑推理和对比分析从纷繁复杂的社会信息中筛选案件线索外，我个人的想法就从现有成案线索中挖窝提串拓展案件线索。查一案挖一窝带一片，使有关问题得以一并突破。”

田静真是感觉没找错人，接连着从戈阳这里获得有用信息，神经全都兴奋了起来，身体向前一倾，鼓励戈阳：“讲下去。”

“会上你怎么就不说呢？”苏微微问道。

田静抬头轻轻一摇，示意苏微微先不要插话，让戈阳把话讲完。

“由个案和小案入手，横向查到边，纵向查到底，上延至梢，下溯至根，点上突破，面上开花。

“另外，我们也需要长线经营案件线索，将案件线索筛选到位。

“我们专案组人员也需要全面掌握某一领域或行业的基本情况，为有针对性地开展线索摸、排、查工作，提供侦查方向。

“另外的一条建议就是提高运用信息化手段，然后去发现案件线索。目前，案件侦破受阻或者走弯路，我认为不是犯罪分子的手段有多高明，而是我们失去了对案件的敏感性和直觉性。换句话说就是新鲜感没有了，出现证据疲劳了，视觉疲劳了，情感疲劳了，对犯罪分子抱有固定的一种思维模式，故再也察觉不出新的东西来，当然就难以发现新的线索。我不信这么大的案子犯罪分子不可能做到滴水不漏！”

田静和苏微微听得津津有味。

“田支队，我讲完了，讲得不好，请批评指正。不过，你放心，我绝对不给你添麻烦，一定配合你们把案子给破了！”

苏微微正在饶有兴趣地听戈阳讲话，他却说：“就这些了，没了。”

“哦——”苏微微长长“哦”出一声，“说得这么精彩，怎么突然就说没有了。”

“是啊，没了！你还想听什么？”

“戈阳说得很好啊！年轻人富有朝气活力，思路广阔，这就是我们办案该有的主导思想。”

“田支队，你在笑我了，你也就比我才大十来岁。”

“老了，老了，都有白头发了。”

“那是你工作太累的缘故，和你年龄无关。”

“田支队，我再补充一点。”戈阳突然想到了什么，他继而转向田静说道。

田静笑了：“你大胆讲。”

“是啊，痛快些！”苏微微随口附和一句。

“当下，还将再查一下许中间的社会关系。”

提到许中间，苏微微又想到了什么，道：“对了，关于宋宝宝之死，我们也曾调查出了一些新的东西来，他好像和丹阳双刚集团的人有交情。”

田静点起了头来，马上做出决定来：“这样好了，在不确定新线索之前，小苏，你安排人对许中间的社会关系进行一下调查。”

“让戈阳到我们一大队吧，田支队？”

“我始终坚信这个案件的背后一定有一个强大的犯罪团伙，准确地说是一个带有黑社会性质犯罪集团。”戈阳说道。

苏微微道：“戈警官，你怎么也要把别人的话听完了，再发表意见吧？”

戈阳有些尴尬起来，好在田静此时插了一句话，问道：“你是说我们丹阳市存在黑社会性质犯罪集团？”

"向来，黑社会性质犯罪集团不外乎杀人贩毒、卖淫涉黑、打砸抢劫，他们无恶不作，目的明确，就是为了挣更多的钱。"戈阳继续道，"钱可是一个好东西，能探出人性，看透人心。为了钱有人不择手段，他们才不管你杀人放火呢。呵呵，何况价值连城的一个青花瓷呢？那就保不准他们不择手段地弄到手了。"

田静道："丹阳到底有没有黑社会性质犯罪集团，我们还没有确实的证据。"

戈阳认真地道："是的，表面风平浪静，说不定在平静之下，是波涛汹涌的暗流！"

田静说："戈阳说的也不一定没有道理。果真如此那就复杂多了，我们得做好思想准备。"

"田支队你也这么认为的？"戈阳反问着她。

田静怔了怔，道："不能说没有，但我们有这个想法终归是好的。"

苏微微皱着眉头看向戈阳。

戈阳连忙解释着道："我刚才跟两位领导说道丹阳可能存在黑社会性质犯罪集团，还有话没有说完！这么大古董被盗，绕不开熟人作案这个思路，而熟人作案，谁有这么大的能耐，这么大的胆量？我看丹阳就存在有这么一个黑社会性质犯罪集团，这个迷雾终将被揭开，而且我坚信很快就会被揭开的。"

听戈阳这么一说，田静一下子又陷入了沉静。

"田支队，你就把戈阳调到一大队来吧。"苏微微打破沉静，她再次向田静提出要人。

"没问题。"田静点了点头，又道，"这个可能还是有的，如果真的有这么一个黑社会性质犯罪集团，那么，这个团伙肯定有露出破绽的时候。只要把这个破绽找到，就一定能突破。"

苏微微马上道："谢谢田支队。"

三人聊了一个多小时，刚才还在食堂里吃饭的人都走光了，只剩下他们三人。田静一看手机，才发现一点多了。离下午上班不到一个小时，所以三人就直接返回办公室了。

田静一边走路一边在想，刚才戈阳说话的时候，已经在她脑子里形成一个思路，知道下一步往哪着手了。当务之急便是重新明确已被抓获且刑满释放的许中间的身份以及被盗窃时间等，根据这些线索判断包括赵东山在内的一些关键人物的社会关系和生前经历的事情。

田静决定兵分两路行动，一路由她和苏微微、戈阳去曼哈顿一号别墅区现场进行勘查，同时对周边进行走访排查，然后马上去一趟西山县公交公司，找到出租车司机许中间这个人；另一路人马由刑警支队政委苏达带队到宋宝宝老家了解他死亡的前因后果，尽可能找到与案件有关的新信息。

回到了九楼办公室，田静站在窗台前面，凝望着楼下花园，她这才注意到今天上班的第一天，天气真好啊！

窗外，阳光明媚，鸟语花香，风和日丽。

7

新职位、新下属，一切都千头万绪的，任职仅仅过去一个星期，田静简直忙得天昏地暗，连家都顾不上。

就在田静马不停蹄去侦破青花瓷窃案时，在一个星期的时间里，在丹阳市最繁华街道——百货大楼附近朝阳路，接连发生两起独行女子被莫名男子刀扎案件，致两女子一死一伤，死者是市一中一名初中数学老师叫李梅，四十岁；伤者是池河县一名公务员，叫朱文丽，三十七岁。

立马，丹阳市就“炸开”了，市民议论纷纷，且有人在网上发帖毫无根据地炒作“专门扎穿红衣服的女子”，一时间吓得丹阳市许多女子上街都不敢穿红色衣服，丹阳市陷入了一片恐怖之中。虽然警方对上述说法予以否认，但还是造成人心惶惶，社会影响极其恶劣。案发后，刑侦支队一大队队长苏微微带领刑警戈阳全力展开调查，市公安局还专门发出《悬赏通报》缉拿凶手，誓将疑凶悉数缉拿归案。

田静做梦都不曾想到，两起案件相继发生在离她代理刑侦支队长还不到半个月的时间内。代理支队长后，特别是她接手青花瓷盗窃案后，她从最初的兴奋到想尽快做出成绩的急切，到最近已经开始变得有些焦虑了。

一周内接连发生的恶性案件，田静禁不住打了个寒噤，田静的心像是被一只无形的大手给紧紧捏住了一般，压力扑面而来，直压得她喘不过气来。这几天，田静的心里一直不安稳，她虽然嘴上安慰苏微微和戈阳，其实自己心里也不踏实。

田静知道这不光是刀扎案件，更重要的是担心不及时将嫌疑人抓获接下来可能会有更多的女性遭殃。不抓获嫌疑人意味着隐患危险始终不能排除。她非常清楚，这次要是真的不把案件给破了，恐怕“代理”两个字都不属于她了。当然，还当不当刑侦支队代理队长都无关紧要，重要的是要让市民安心，让老百姓放心出门，让丹阳社会安定。从考上警官大学，毕业后又如愿以偿地成为一名人民警察，田静不是奔着当官来的，她的初心是要与罪犯斗争，为的是保护咱们老百姓，保社会一方平安。所以，田静没有理由不为这件事儿担心。

苏微微、戈阳也感觉到田静所面临的空前压力，这几天，两人有事没事就往田静的办公室跑。他们知道田静心里不舒服，至少有他们多陪一会儿也踏实，遇事也好商量。

一大早，田静便决定去池河县再次会见朱文丽，让她好好回忆案发当时的情景。七点半未到，田静就已来到公安局了。今天她要和苏微微、戈阳到池河县里。刀扎案件其中一个当事人朱文丽是池河县政协办公室的一名普通工作人员。当天，朱文丽公务出差到丹阳市，当她办完事后，正行走到百货大楼与市财政局巷道之间的人行道上，就被人从背后用力一把抱住了，刚开始她以为是哪个熟人在搞什么恶作剧，她还来不及问话对方，就感觉自己的屁股有丝生疼，像是被刀插似的刺痛。然后，那人松开了她一溜烟跑开了。朱文丽右手一摸屁股，只感觉右手冰凉，收回手一看，发现掌上全是一片殷红的鲜血，一身红裙子也全被染暗红了。这时，她就慌了，连连大声喊救命，回头再看那男人早就跑远了。朱文丽连那人的脸庞、模样都没看清，只见他的背影彻底地消息在市财政局的巷道里。

幸好伤情不重，朱文丽在市第二人民医院住院一个星期就出院了。朱文丽住院时，苏微微也到医院去做笔录，得到的线索并不多。这几天田静在认真回想苏微微和戈阳做的案情记录。光天化日之下，谁人这么胆大，歹徒刺人的目的是什么？难道是变态狂，是专门刀扎红衣女性吗？或者因为歹徒自身有什么难言之隐专门寻求报复社会……可能这里面的问题没有他们想象的那么简单，但是，无论怎样，不把歹徒抓到，田静的心里与苏微微、戈阳一样无法平静。所以田静觉得很有必要自己亲自去见一下当事人。

丹阳市和池河县两地相距约有两个半小时车程，又是山路居多，直到下午三点走访才结束。通过走访朱文丽和自己判断，田静认为这是一起报复女性的恶性案件，歹徒作案意图很明显，就是要制造事件。但仅靠推理，却没有证据支持，田静还是不能说服自己。在返程的路上，三人一直沉默不说话，车内气氛异常压抑。

直到下午五点一刻，田静和苏微微、戈阳才从池河县返回市区。见离下班还有一个小时，三人还是决定回到刑侦支队，局里还有一大堆的事正等着。田静还没进到办公大楼，就感觉闷热难当，感觉到警服有些粘连着后背了，伸手一摸果然汗水早已经湿透了警服。

时节才进四月，丹阳就好像早已进入盛夏了，这又是一个异常闷热的天，昨天夜间刚下完雨，上午太阳开始出来，中午又接着开启闷热模式，大暑正值中伏天，丹阳市上空被云层笼罩。在县里整整忙活大半天，口干直冒烟，一进到办公室，田静就去找自己的水杯，水杯还有半杯水，是昨天喝剩下的，田静也没多想，端起水杯拧开杯盖，放在唇边喝了一口，正落座，办公室的门被推开了。

“田支队，这么热的天，也不开风扇？节能降耗模范代表！”

田静回头一看，一身警服的支队办公室王真真推门而入，说是有一份急件需要签批处理意见。

“刚进来，正找水喝，还没来得及开！”

王真真年纪大不，今年才二十五岁，警官大学研究生毕业，也算是支队的警花。

“我以为你省电呢。”王真真笑着说道。

“省电不也应该吗？局会议强调要求机关干部要带头节能，应该是具体的而不是抽象的、全面的而不是有选择的、一以贯之的而不是虎头蛇尾的。”

王真真本来是带开玩笑的，却不曾想到，田静却一脸严肃地教育她起来。

“是的，是的，领导带头确保实效，我们做部下的更应该主动落实！”

房间里又响起王真真的笑声：“不打扰你了，你签完了，我得拿回去了。”

“行，你忙你的。”田静端起水杯喝了一口，抬起头看了一眼王真真，客气道，“小王，刚才言重了，莫往心里去想。”

“没有的事，田队长提醒得对！我虚心接受教育！”

一般领导这般说，下属哪有说不行的道理。田静平时在局里，既是铁面包公，又是笑脸菩萨。在研究工作的时候，那一张面孔冷峻如霜，不苟言笑，莫说让犯罪嫌疑人看了胆寒，就是同志们也都如履薄冰，小心翼翼。可一放下工作，或下班她跟同志们一起时就笑声不断，干警们都说，田支队一会儿是冰，一会儿是火，水火本不相融，偏就集于她一身，真是让人又敬又怕。

“真的没事？”这次轮到田静逗着王真真笑道。

“当然啦，本来你提醒得也对啊！”

“那就好！”田静笑声刚落，放在办公桌的手机便响了，拿起手机一看，是蒋立军打来的电话。蒋立军说：“田支队长，解放路春晖商业广场发生一起抢劫案，你马上带人到现场！”

“什么？”田静猛地弹起，“又发生抢劫案了？”

“你当是开玩笑吗？马上带人赶到春晖商业广场处置！”蒋立军生气地丢下了一句，“你应该知道，工作时间我是不允许玩笑的。对待工作我是认真的。”

“听令！”来不及再喝一口水，田静二话没说，放下水杯后急匆匆出门，边走路边打电话通知跟随她去案发现场人员。

田静带人赶到解放路步行街 505 号春晖商业广场，比她率先赶到的城区分局和河南派出所的几个警员正在封锁现场。看见田静带人赶到，城区分局的负责人便给她做了案情介绍，田静也大致了解一下案情情况。

下午四点，丹阳市江山房地产公司司机小毛接到公司指令，让他与公司财务出纳员余小娟一道，到春晖商业广场路一咖啡厅去还款。因对方执意要求拿现金过来，不同意转账。三十万现金被装在一个黑塑料袋内，由坐在后排的出纳员拿着。

四点四十五分左右，小毛与出纳员驶至目的地，四周行人稀疏，刚一停车，两个男子便迎着车子走了上来。其中一个的眼睛被包着，像是受了伤，另一个则用毛线帽把面部遮得严严实实——两个男子一走近，小毛忽然发现他们手中多了件东西——枪。事后，经警方分析，那应该是一把儿童玩具塑料仿真枪。

一把是黑乎乎的“手枪”，一把是明晃晃的短柄刀……劫案像电影镜头一样发生了。

两男子哗地一下拉开面包车门，跳了上来，冷冰冰的枪顶在小毛的头上。

“不关你们的事，我和你们老板有过节……”一个男子压低了嗓子说。接着，一男子用刀顶住坐前排的出纳，让她翻到车后面去。另一位男子则把刀抵在司机小毛腰间，一把将挂在排挡杆上的钱袋抓下，说了声：“开车，往七桥。”

小毛的脑袋轰地一下炸了，慌乱中把车发动，夹在车流中，沿着解放路向七桥附近驶去。行至市三医院路口时，小毛渐渐清醒过来，开始考虑如何脱身，后排出纳员早已被吓着半死，哪里还敢作声，她就默不作声地被刀抵在后座上。

机会来了——被劫的面包车行至步行街口时，旁边一辆黑色北京现代试图超车。小毛趁身旁男子不备，一打方向盘，面包与北京现代轻轻挂了一下，北京现代在前行几米后停了下来，驾驶员伸出头来往后观望，见无大碍，又匆匆赶路。

车内，持手枪的男子恼羞成怒地骂了小毛一句：“想死啊……”经历这个插曲后，男子显然有点惊慌，把车逼到路边停下，两男子“哗”一下拉开车门，分头逃去，并很快消失在旁边两个小巷内。

劫案发生后十五分钟，110 报警电话骤然响起。离出事最近的河南派出所接到报警电话后，数名警员立即丢下手中的工作，飞似的赶到现场，并与闻讯赶来的市刑侦支队田静汇集，在案发现场开始紧急追缉。

半个小时后，市局快速反应机制启动。局领导紧急调配警力，市刑侦支队、市防暴支队及各相关部门的几十名警员也匆匆地赶到现场，开始追缉疑犯留下的一切蛛丝马迹。穿着防弹衣的特警四下搜寻，警犬大队民警牵着警犬沿街寻觅，现场被红黄相交的警戒线封锁，背着微型冲锋枪的警员封锁了附近各个路口，盘查可疑人员，刑侦人员开始在现场走访目击者。

整个侦破工作有条不紊地进行着。

8

田静忙得不着家，而白邦云在医院也不清闲，几乎每天都忙得前脚不搭后脚。

入夏以来妇产科再次迎来病人就诊高峰，医生和护士几乎每个下午都要到七点以后才能下班，妇产科走道全部摆放着床，病区通道变成了类似火车车厢里的状况。住院医生二十四小时值班，护士弹性排班，每天双档中夜，甚至白邦云也要参加备班，随叫随到。

上班，晨会，查房，手术，每天白邦云常常是上午九点多进入手术室，中午甚至更晚才下手术台，然后匆匆扒两口饭，又赶回病房，一边检查术后病人，一边还要接诊新收治重症病人，忙完这些，天又黑了。

星期天下午两点半，送女儿田雨上辅导班后，白邦云又去了一趟科室。一个妇产科国际学术论坛后天在海南省三亚市举行，明天中午一点白邦云要飞赴三亚参加会议。趁着还没去海南，白邦云特地过来查房，他实在放不下昨天上午他主刀手术的一位重症病人。这是一例罕见妇科恶性肿瘤，患者四十五岁，住院一周确诊为卵巢腺癌（考虑为子宫内膜样癌），属于卵巢子宫内膜异位囊肿恶变。昨天上午十一点，主管医生为患者进行全身麻醉行剖腹探查术，术中探查见子宫增大如孕九十天，左侧附件区见一约 20×19×11 厘米巨大包块，与直肠、后腹膜、子宫致密黏连。这种情况在临床上非常少见，需行卵巢癌根治术，而卵巢癌根治术是妇科最具难度的手术之一，手术范围大，不仅需要切除子宫和双附件，同时要清扫盆腹腔淋巴结，切除大网膜及阑尾。考虑到手术难度非常大，主管医生在与患者家属进行沟通后，马上将情况报告给白邦云，此时已是中午一点半，白邦云刚躺下休息，得到主管医生紧急报告后，他马上跑下楼急匆匆赶到手术室，从接到紧急报告，到手术室消毒、穿上手术衣仅仅用了二十分钟，详细了解患者状况后，白邦云主刀，用时四个半小时完成卵巢癌根治术，手术很成功，患者几乎零出血，病灶全部清除干净。明天马上要到海南出差一个星期，白邦云放心不下这位病人，临走之前他决定到病房查房，顺便看一下刚做完手术的患者。

一出十二楼电梯口，白邦云就听到病房走廊里一阵嘈杂声。前方走廊上，一对中年夫妻互相拥抱瘫坐在墙角边沿处，号号哭着。

男子一直在安慰妻子："不会有事的，找白主任过来看，你会没事的……"

而在一旁，好几个病人和家属一堆人正围在一起，七嘴八舌地议论着。

"生老病死虽是常态，但不管如何，活着才是最好。"

"每个人的人生都会走向尽头，但这种尽头谁都不愿意看到。"

“有钱没钱，健康就行，什么都不重要，健康才是最重要。”

“如果能保证健康，穷困潦倒一辈子又何妨。金钱很重要，但健康第一。”

“有人明知道是在透支身体，但还有那么多人奋不顾身，就为这碎银几两。唉……”

见到白邦云走过来，刚才还在说话的他们不再作声了，他们都是一些住院的病人或陪同家属，白邦云估计他们也都认得。

年轻夫妻俩一直相抱着哭，哭着很伤心，让每一个路过的人看到都很心痛，很难受。夫妻俩很年轻，和白邦云不相上下。在这样的年纪，上有老下有小，都需要照顾。这种无助和绝望只有亲身经历过的人才知道，如果没走到绝望这种地步是不会这样抱头痛哭。虽然很多患者从他俩旁边经过，但没人能理解和体会他们这种撕心裂肺的痛苦。

“老公，我走了，你要照顾好我们的小孩，我不舍得丢下他们啊，他们还那么小，好可怜啊……”

远远地，一听夫妻俩对话，白邦云就知道怎么回事了。一定是病人刚拿到检查结果，知道她身患绝症了，崩溃了。人生的崩溃往往只是在一瞬间。

是啊，成年人的世界里，上有老，下有小，都需要自己去赚钱，去养家糊口。病，既害怕它出现，也怕病不起。人生在世不容易，没人不知道未来和明天哪一个先来。

这种场景白邦云不是第一次碰到，很多病人刚开始住院时并没有想到自己的病情很严重，可当他在医院拿到各项检查报告并且经医生确诊后，得知自己身患绝症时，而且还是治愈非常低的绝症时，就精神崩溃了。生老病死是常态，但面对某些疾病时，人类还是不知所措的。

男子伤心难过地抱着妻子一边痛哭一直在说：“我们去找白

主任看看。”

“为什么，这是为什么啊?”女子撕心裂肺地嘶吼。在这一刻，也许她觉得天地之间早已没了自己，也许这一刻她脑袋里面一定是一片空白，不知所措。她一定感到很无助和绝望。可，这种撕心裂肺的嘶吼声，又有谁会理解这种绝望?这种绝望常人永远无法理解的。

白邦云走近，就看见一个中年男人坐在走廊角落里，他面无表情。旁边是一个中年女人，她泪流满面。

“今天星期天，白主任不会来上班的。”

“不管那么多了，我已经得到他手机号码，我马上给他打电话，恳求他帮咱做手术。”男子说完，就掏出手机正要拨打电话。

“我就是白邦云，你们跟我来吧。”

“你是白主任?你真是白主任?”

“我就是。跟我来吧!”

夫妻俩泪眼汪汪看着白邦云。男子把妻子从地上扶起来，又搀扶着她跟在白邦云后面，三人一同走向妇产科主任室。

三人进入主任室，白邦云叫夫妻俩坐下慢慢说，他接过病理报告单，这是一例宫颈癌，不过属于早期的，把子宫切除后，治愈效果还是比较好的。

于是，他对夫妻俩说：“既然你们已经知道病情了，那我也不隐瞒了，确实是患子宫癌，不过把子宫切除后问题不大。”

“听见没，白主任都说问题不大，你还担心什么?”

患者看了一眼白邦云，略带娇嗔地说：“病在谁身上谁清楚，换是谁说没有精神负担那是假的。”

“子宫切除后对身体影响很大吧?”病人丈夫问道。

“子宫切除术一般不会对夫妻生活造成影响，因为这种手术并不损伤阴道结构，但对身体可能的影响是，子宫切除后改变了盆腔内脏器的韧带支持等。”

患者丈夫用手挠了挠头，神情有些尴尬。

“你们不用太担心，医生在手术的时候通常都会全面考虑到的。”

“手术后需要化疗吗？”

“是否需要化疗，医生还是要根据术后病理分期来决定。”

“切除后还会复发吗？”

“手术成功的话，是不会复发的，平时注意保护好自己的，定期复查，饮食注意，增强身体免疫力。”

“这样吧，明天我出差了，我会交代好主管医生的，你们放心好了。”

“白主任，您出差了我们怎么办啊？我们想要您亲自来做手术。”

“主管医生也是一位有十几年临床妇产科经验的医生，这种手术每年都做上百例了，不存在你们担心的问题。”

“你们配合好医护士人员就行，不要有过多的思想负担。”

“那谢谢了。”

送走了病人，白邦云就去查看几个重症病人，又向值班医生交代和叮嘱一些注意事项后，这才放心下班回家。

翌日上午白邦云就出差三亚去了。

正当丹阳民众还没从周二步行街抢劫案回过神来，就在白邦云出差的第三天，也就是星期五中午，丹阳市又发生一起重大凶杀案……

“不好了，不好了，快来人啊，出人命啦！”中午时分，一声撕心裂肺的呼喊，突然从丹阳市人民医院 A 区住院部十二楼妇产科医师办公室传出。

此时是 5 月 18 日中午十二时四十五分，天气闷热极了。

下午一点，一条爆炸性的消息在丹阳城里迅速传开，市人民医院妇产科副主任柴雪丽医师在办公室被人砍伤后晕倒，经抢救无效死亡。

此时，白邦云正远在离丹阳市一千多公里的三亚市参加国际妇产科学术高峰论坛会议。下午会议刚开始半个小时，他的手机就振动了两次，刚按断，手机再次叫响。白邦云以为又是病人打来的，他只好借口上卫生间，走进卫生间接起。结果不是，电话里传来一个陌生的声音："白主任吗？我是院办何主任啊！"

白邦云本能地嗯了一声，对方也不拐弯，直接道："白主任，实在不好意思，我知道你在会场，不过事情紧急，刘岩风院长叫你停止参加会议，马上赶回医院。"

"出什么事了？"白邦云的步子蓦地止住，脸色一下暗了下来，说话的声音也在发抖。

对方不再客气，也不啰唆，直接道："妇产科柴医生被人砍了。"

"什么！"白邦云失声尖叫。

"白主任先别慌，警察已赶到现场处置了。"

对方很冷静，可白邦云却跳了起来。

"什么时候的事？"

"就在今天中午，十二点半左右。"

"还有别的什么人受伤吗？"

"还有妇产科护士长，不过无大碍。"

白邦云还想继续问下去，对方已将电话挂了。

离会议预期结束还有三天，医院出事的消息就传来了。刘岩风要求白邦云立刻结束会议赶回来参与处理后事。接完电话，白邦云立刻向会议主持人请假，匆匆打的赶往三亚凤凰国际机场。

在等候出租车时，白邦云又接到了几个电话，都是病人要找他看病的，问他在哪里。白邦云告诉他在外地出差，对方又问他什么时候回来。这阵儿白邦云还哪有心思啰唆那么多，什么也没说，将电话挂了。他着急要赶回去。

下午三点多，出租车把白邦云送到三亚凤凰国际机场。白邦云是两天前刚到达海南三亚市，原定五天的会议，今天才是第三天，就接到医院出事的消息。

由于情况紧急，刘岩风还特地安排医院司机小许到丹阳机场接机。

从机场出来，白邦云就直奔停车场去。远远地，白邦云就看见司机小许一直站在机场外停车场上的一块空地上，冲着一架刚刚起飞的波音客机深情地凝望，以至白邦云来走到他身边的时候，他也没有反应过来。白邦云上前就轻拍了一下他的肩膀，他转回头时吓了一大跳——

白邦云才去三亚三天，如今归来时，晒得像一段黑樟木。

“白主任，告诉你一件事，可别吓着，你要有心理准备！”小许神神秘秘，待白邦云上车后，他边发动车子边对他说。

“说吧，还有比柴主任的事更为严重？”白邦云一边说，一边从口袋里掏出一支烟来，“在飞机停抽两个小时，差点憋死人了。”

“你什么都知道了？”

白邦云点了一下头。

“柴主任这次可真惨了，被人砍得血肉模糊。”小许沉痛万分。

白邦云不由得把手中刚点然的烟扔出车外，问道，“到底出什么事？是不是出医疗事故？”

小许说：“中午柴主任正在医师办公室吃着同事从医院食堂

打回来的饭，一男子手持利斧冲进办公室，二话不说就将柴主任砍倒，然后逃跑了。受伤的柴主任因伤势过重，两个小时后，抢救无效死亡。就发生在今天中午，那时你应该在休息。”

“你在说什么……停车，再说具体一点。为何如此残忍地杀害柴主任?”白邦云大惊道。

小许只好把车开到路边，“吱”的一声停下了。

“……事情发生在中午休息时间，当时吴小柳护士长也还在护士站忙事，行凶的男子是突然闯进来的，手拿一把斧头，进屋后抡起斧子便将其砍倒，然后他逃走了。

“刘院长得知情况于一点赶到手术室，受伤的柴主任正在抢救，但柴主任的伤势很重，没能抢救过来……警方此刻正在医院调查中。你家的田警官也过来了!”小许的话又让白邦云感到惊骇。

“凶手现在抓到了没有?”

“还没有，我看迟早会抓到的！太残忍了！捉到该立马拿去枪毙!”小许愤愤地说。

“护士长受伤了没有?”

“这倒没听说过?”

“你啊，这点消息又不灵通了?”见白邦云这么一抢白，小许就不敢再说话了。

白邦云说完这话后，就什么也不再说了，只是默默地从口袋又掏出了一根烟来，慌乱中却怎么也找不到火机。见此，小许就掏出自己的火机来给他点上。白邦云大口大口地吸着烟起来，车内一片烟雾……

白邦云一字一顿地说：“小许，我都忘记问究竟是怎么回事了。”

沉默了许久，司机才说了话：“传说的倒有几个版本，有人说和前两天妇产科的那个死婴有关，说这是家属请来的黑社会杀手……”

“什么死婴？我怎么就没听说过？”

“这个我就不清楚了。我也是听说的。”

“还有什么传言？”

“有人传说这事和柴主任家庭矛盾有关。这段时间柴主任正和她爱人闹离婚呢！”

白邦云紧接着又是那句：“你怎么知道的？又是听说的？”

小许回答不出。

“关于柴主任的事，你还听说别的什么吗？”

“事后护士长说，凶手逃后，她就过去抱起柴主任，当时柴主任只说了一句‘他杀错人了’，就昏迷过去了。”

“吴护士长当时在做什么？”

“据说吴护士长与接班护士交接着工作，柴主任刚从手术室下来，她在吃盒饭……后来警察来了，就把吴护士长带去问话，到现在还没回来呢！”

“事后听吴护士长说，要不是柴主任抱着歹徒的手不放，可能她也跟着遭殃……”

一听司机提起妇产科护士长，白邦云心头一震，妇产科护士长吴小柳今年五十四岁，再有一年她就能退休了。

白邦云还想问下去，这时突然发现自己的角色错了，自己又不是警察，以这样的方式询问司机总归不是很好的。不过他也心急啊，这事毕竟发生在自己领导的科室，除了难过之外，他更加愤怒，即便柴主任在处置医疗问题出现错误，也不能非法剥夺她的生命啊。一个法制社会，任何人都无权非法剥夺他人生命！柴主任生命就这样戛然停止了，怎能不叫白邦云心痛？！

白邦云再也不说话了，只是猛劲地抽烟。不到两分钟，白邦云就把一根烟抽完了。

“回去!”

“去哪？回家还是……”

“当然要去医院。”

很快地，北京现代越野车就驰离了机场，几分钟后又驶上高速公路，消失在滚滚的车流中。

在返回医院的路上，小许把事情的经过大概又说了一下。

“我看这里面十有八九是仇杀。”

“不要胡乱猜测，开好你的车!”白邦云叫停了小许的猜测。

坐在副驾室的白邦云一语不发，他眯着眼睛，他脑海里翻滚，为什么这样呢？柴医师今年才三十七岁，在丹阳当地柴医师可谓是响当当的一个妇产科医生。她出生在一个医学世家，因家庭环境的熏陶和影响，她从小就爱上了医生这个崇高职业。柴医师从医学院毕业后，通过双向选择到市人民医院，当一名妇产科助产医生，从那时起柴医师就和产妇、孩子结下了不解之缘，在妇产科十几年成功接生婴儿无数。在临床工作实践中柴医师还总结了一套独特的助产方法，对头位难产，或持续性枕横位、枕后位的产妇，通过手法复位，把胎儿转成正常位置，使许多需剖宫产的产妇能够正常生产。在妇产科率先推行导乐式陪伴分娩，人性化分娩模式大大减轻产妇精神压力，从而提高分娩安全系数。在妇产科乃至整个医院柴医师是一位受同事、病人和病人家属尊敬的不可多得的好医生。柴医师的爱人张锐在丹阳市一家民营企业当副总经理，管财务、人事行政、法务等。几年前柴医师还到过北京进修，进修回来不久，医院就让她扛起大任——当妇产科副主任。

让白邦云感到不可思议的是，柴医师临死前好说的一句“他杀错人了”，这句话的含义是什么？这其中出了什么事？

在白邦云返回到医院的途中，关于柴医师的死，已经成为丹阳市街头巷尾市民们茶余饭后的谈资了。丹阳市民在诧异之余，立即联想出一连串的相关问题——

谁这么大胆，敢执利斧在众目睽睽之下、不顾后果地冲进医院去杀人？似乎这除能用绯闻来解释以外，其他的解释多少都有点苍白。

一个医术高、人品好，与人无怨无愁的医生为什么会突然被人砍杀？被什么样的人砍杀，在她死之前到底发生过什么？

另外，柴主任一句“他杀错人了”要告诉人们怎么样的一件事情？难道她认得这凶手是谁？

……

一个人就是一种想法，一百个人就是一百种想法，各种各样的想法最后又变成和无数各异的谣言版本，一下子在丹阳市铺天盖地而来……

“白大夫几点到家？”因为赶路太累，此刻白邦云正在车上打盹，手机铃声把他惊醒了，一看是妻子田静打来的。在家里，田静经常称呼白邦云叫“白大夫”。

“出机场了，正在去医院的路上。”

“妇产科出事，我想你们医院应该第一时间通知你了，我就不多说了。我正在案发现场。情况比想象中还要复杂，估计家属要闹事了。今晚我不一定回家。这个事肯定影响很大，也很坏！这两三个月来，倒霉的事全让我遇上了！”

“遇到越大事情，越需要冷静。再急也没有用，饭要一口一口吃，胖子也不是一两天形成的。”白邦云本想安慰田静几句话，没料田静却发起火来：“不急才怪呢，全都是大案要案刑事案，把人都快逼疯了！”

是什么样的经历让田静说出这样的话呢，白邦云不明白。

“今天周五，田雨放学回家，你到家的时候，田雨也差不多放学了。你去接她吧，我忙去了。”不过，田静这次已经在努力掩饰激动的情绪。

“你安心办你的事，小孩的事不用操心！”白邦云一如往常，以沉稳的语调说道。

“嗯，拜托你了。”田静把电话挂了。

现代越野车奔驰在机场高速公路上。

第二章　分析

9

北京现代四十分钟后抵达市区的，司机小许知道事急，开得超猛。

一路上白邦云的手机快让人打爆了，一个接着一个，有向他通报事故的，有描绘现场惨状的，有问他内幕事情的，有帮他分析事件产生原因的，有带着担心白邦云口吻的，生怕他也被牵连进事件中……白邦云抱着礼貌态度一个个接听，又一个个道谢，内心却如火烧一般。的确，收到这样消息，又发生在自己的科室，白邦云难免焦虑。要是说一点压力都没有，那一定是假话，柴医生从医二十几年，在工作上，也有可能出现一些难免的小错误，但即使她犯再大的错误，也不能光天化日之下非法剥夺她的生命。但具体情况怎么样，自己在外地，他一无所知，道听途说的小道消息从来都不可信，只有自己到现场了，一些问题才可能明了。所以白邦云恨不得马上飞到妇产科。

一路上，天空中的云似动非动，似晴非晴，空气中夹杂着那份潮湿的热气，给人一种很不舒服的感觉，也可以说是一种强烈的压抑感，就是那种让人喘不过气仿佛要窒息一般的感觉。这跟早上还在三亚的闷热比起来是有过而无不及。

白邦云轻按自动窗钮，一下子把车窗全打开了。他仰望天空就深吸了一口气，原以为会很惬意，然而却没有感觉到那份凉爽，取而代之的是一阵闷热。

就在车子刚进城的时候，突然空中一个闪电，那感觉就像发令枪一样，紧接着就是隆隆雷声仿佛要开天辟地一般，然后豆子般的雨点就落了下来，看样子压抑了一天的暴风雨，非下个三天三夜不可。车子进城时，街道上的积水到处都是，有的地方甚至阻挡汽车的前行……

白邦云没有听妻子田静的话先去接女儿田雨，而是直接去了医院。

白邦云把行李丢在车上，径直坐电梯上了十二楼。白邦云赶到达 A 区住院部十二楼妇产科医院时，妇产科已乱成一锅粥。这时已经是下午五点钟了。

这是一起恶性的伤医案件，自市人民医院建院六十年以来第一次发生。换句话来说，这么大的事件医院之前就没有发生过。

十二楼妇产科走道上到处都见有警察的身影。

抢救室里外聚满了人。白邦云路过抢救室旁边时，听到有女人和小孩在院抢救室里号啕大哭，白邦云就知道尸体还没搬走。

在走廊上，立着几扎已点燃的檀香，几根闪烁着的红蜡烛已把一边墙壁熏黑，地上可见两堆烧过的纸钱灰烬。

这时，护士长吴小柳刚好从病房忙完出来，见到白邦云回来，“柴医生真的太惨了……”她抹着眼泪却无法形容那惨象。她悄悄地拉白邦云过一边来，说：“柴医生的家属现在正和医院僵着。她爱人不同意先行拉走尸体，非找医院说个理儿来。”

此刻，院长刘岩风等几个领导正在医师办公室和柴医生的亲属协商处理后事问题。

医师办公室外面围满了病人及家属。白邦云挤进医师办公室时，柴医生的爱人——张锐嗓音特别大："我不管医院什么想法，一个好端端的人在医院里不明不白被砍死了，这个责任你们想逃避没门！"

"我一定要讨个说法！"他含泪痛斥道。

刘岩风说："这事交给警察去处理吧。你有什么困难可以提出来。这话我已经说过很多遍了！"

刘岩风接着说："对柴医生遭遇不幸，医院也很难过。但这里毕竟是医院，这里还有很多病人。不把柴医生带走，会影响整个病区……希望家属能认真考虑我们的建议。"

"我们就到对面会议室去吧，不影响这边医生上班。市领导也来人了，他们就在会议室等着咱们。"刘岩风提议说道。

妇产科会议室在医师办公室对面，此时会议室里椭圆形桌子已经坐满了人。

白邦云随后又跟进入会议室来。他见到刘岩风旁边正好有一个空位子，便在他旁边坐下来。白邦云这才看清了会议室的人：市卫健委来五个人，一正两副主任，还有常科长和另外的一名同志；市公安局五个人包括妻子田静也在场；医院在家领导都全部到场；柴医生爱人张锐等五个亲属代表就坐在靠窗一边的沙发上。会议门口还挤着十几个亲属，正等待着双方协商结果。

见到白邦云进来，刘岩风站起来，向众人介绍："这是妇产科白邦云主任，听到妇产科出事了，就从海南三亚赶回来……他原来是出差三亚参加一个国际学术论坛。"

这时人们才看清了，妇产科主任是个男的。"妇产科是女人堆啊，主任却是男的……"

当着这么多领导的面，此时白邦云不免有丝微的拘谨，只见他站了起来，第一句话是对柴医生不幸遇难表示深切地哀悼。

“谁也不愿意看到发生这样的事情，但现在发生了。怎么办呢?”白邦云清了清嗓门，“我们现在唯一就是如何尽快处理后事，让逝者安心……”

“说得轻巧啊!”亲属中有一个年轻小伙子站起来反驳。

“我猜想你一定是柴医生的弟弟，是否可以让我先把话说完?”站起的小伙子大为一惊，此人眼神这么厉害啊，一眼就能瞅准了自己。

“我是柴医生小弟，叫柴青。”柴青自我介绍后便沉默不语了。

“现在关键的问题是我们双方积极配合警方，让警方尽快捉拿凶手，这是对柴医生最大的安慰。”

“白主任，我插你一句话。这样的事情要是发生在你家人身上，你会怎么做?”张锐情绪激动，他厉声问道。

“我只告诉你，配合警方尽快抓获凶手……”

“那是你的想法，而我的想法是大人没有了，如何把未成年女儿养大成人？还有年迈的父母。”

“我条件依然没改变，人在医院里出事，我只向医院要人。一个人早上出门时还好端端的，一下子说没就没了。”

“对不起，因为我刚到。你前面提出的条件我还不太清楚。”

刘岩风就告诉了白邦云，家属索赔一百万，同时要医院保证她女儿大学毕业后能安排进入医院工作，这才签谅解书。

“坐下，坐下说。”刘岩风招手示意白邦云坐下。医院的人都知道，白邦云很受刘岩风重用的。白邦云毕业于国内一所著名医科大学，临床医学研究生毕业，他完全可以选择沿海大城市最好的医院，可是他却选择回了丹阳市。因为当时市人民医院的名气和规模都不是很大，人员也较稀缺，待遇低更是不用说。但他依然留了下来，一待就是二十年，每天他带着自信和骄傲站在手术台前。如今，他已经是医院妇产科的主任医师，在丹阳乃至省内妇产科领域是一个权威专家。他的敬业精神更是让包括刘岩风在内所有医院的领导都是赞赏有加的。

白邦云不好意思地坐下，并清清喉咙，说：“我十分理解亲属们此刻的心情。柴医生更是和我共事数年，她不仅医技好，而且人缘也很好，她的不幸就是妇产科的不幸。我也为失去这么好的一个同事感到惋惜和悲痛!”

这时，有人给白邦云递来一杯水，但白邦云摆摆手表示不需要，只见他又清了清喉咙：“作为生者，我们能给逝者最大安慰是什么？我认为是捉拿凶手！我想，如果柴医生在九泉之下有灵的话，我相信她也会理解的。至少我们要做到让柴医生安心地走……”

白邦云一番话，还真的打动不少现场的人。刚才还情绪恼怒的亲属这时也有几分安静了，几个女医师和护士甚至又抽泣起来。

“你说的，我们都明白。但我们现在也要得到医院的承诺。不然我们无法商量下去。”张锐只顾生气，对白邦云的说话全然不理会，像是木偶似的坐着。这时，市卫健委李主任忍不住站起来劝解，他开口说道：“当前首要任务是配合警方尽快捉拿凶手。至于善后协商其他问题，我们可以再商量。现在是大热天，不尽快把柴医生移走，后果将会更加严重。这里是医院，还有这么多产妇及婴儿……”

只见李主任停了一下，又继续说下去，“希望家属们能理解医院做法，尽快同意把柴医生移送到太平间……”

“哦，我是市卫健委的，姓李，刚才忘记介绍了。”

这时，刘岩风插了话说道：“这是我们市卫健委主任。”

有人给李主任递了一瓶矿泉水，但也让他给拒绝了。

只见张锐一脸铁青，他听不进李主任的话。他一脸怒气地瞪着周围的一众人，冷声道："下午四点我们就来了，大半天过去了，什么结果都没有，不谈了！"

刘岩风见状，他请张锐坐下，希望他冷静，有话好说。

"少来这一套！你们领导眼里根本就不重视这个事！"张锐恶狠狠地说道。

"走！"张锐临走时，又叫喊其他亲属跟他一同出去。然后，他第一个退出会议室。接着，另外几个亲属也跟后出来。

李主任叹了口气，摇摇头，继续说道："为什么就听不进呢？"

协商无法进行，谈判又陷入了僵局。家属走后，医院和警方、卫健委的人紧急磋商，磋商结果一致意见：天气太热，必须尽快把尸体移送到太平间。

轮到公安局的同志讲话，田静说道："如果谈判不成功将强行将尸体搬走。这里是医院，警方会支持医院维护正常医疗秩序，制止可能导致事态扩大化、严重化，保证医护人员安全，配合医院积极创造医患谈判的条件。"

田静说，等向局领导汇报后，尽快拿出一个可行的方案出来。

与会的领导商议了半个多小时，这才散会。

白邦云走出了妇产科会议室，已经是下午六点半，天气依然闷热如故，一丝凉风都没有。

10

下午丹阳开始下雨，一会儿停一会儿雨的，白邦云走出会议室时雨又停了。

雨过天晴，傍晚的天空中出现了绝美晚霞，难得一见地出现雨后彩虹。横贯在天空中的彩虹，勾勒出优美的弧线，这难得一见的场景，吸引众多行人纷纷停下脚步，拿出手机拍照。彩虹过后，天空又出现壮观的火烧云奇观，漫天的晚霞就像一幅油墨画一样让人沉醉。

由于医院和家属严重分歧，离柴医生出事过去几个小时了，柴医生的后事还未得到及时处理，遗体仍停放在妇产科抢救室。

尽管对于柴医生的死的事实双方没有争议，但是如何分清责任，双方却产生分歧。死者爱人张锐一口咬定说，其妻子的死不是一件普通的意外，她的死医院有着不可推卸的责任，作为单位肯定要对她的亲属负责。而医院则认为，这是一起恶性的凶杀案件，事件的起因现在一无无知，这也不能全怪医院，一开口就是赔偿上百万元，况且还要求要对其女儿做出工作上的安排，在案件还没侦破之前，医院是无法做出这样的承诺的。同时医院也表示“职工在医院出了问题，医院对柴医生的死也非常同情，医院也负有一定的责任”。家属对此予以坚决否认，人在医院出事，现在他们只管向医院要人。如果在家里出事，他们不会找医院任何的一点“麻烦”。医院迟迟不答应家属的最低要求，是医院想完全推卸责任。由于分歧严重，双方无法和解，并影响到医院的正常医疗秩序。晚上七点，趁着一部分警察去外面吃盒饭的间隙，留守医院维护秩序的警察只有三个人，医院便绕开警方视线，先是组织十五个保安员将患者设在医院大门口的花圈、横幅抢走并烧毁，强行将尸体抬去医院的太平间……在强行抬尸体去太平间过程中，保安员与家属双方发生了冲突，有三名保安人员被打伤，一名重伤。幸好田静率领警方及时赶到医院增援，这才避免事情进一步扩大化。

由于双方在责任认定和事件处理方面争执不下，又引发流血冲突，多次协商仍没有达成一致意见。晚上九点，在警方的调停下，家属同意降低自己的要求，要求在院内进行吊唁，并列出了赔偿金等费用共计八十万元赔偿费用。对于家属要求要在医院里吊唁，医院不能接受。经过反复协商，医院坚持先行出十万元抚恤金，条件是尸体马上搬去殡仪馆。但医院却死活不同意将这十万元称作赔偿金，坚持认为这是凶杀案，是刑事案件，医院没有赔偿责任，只能从同情的角度，给予最大的同情心，这十万元就是抚恤金。

双方一直僵持到半夜十一点。亲属犯浑，这是事实，情况复杂，田静决定找张锐单独谈，准备对他动之以情、晓之以理劝说。谈话就在医院会议室进行，两人面对面坐着。田静严肃地指出，根据有关法规要求，医疗机构是履行救死扶伤、保障人民生命健康的重要社会公共场所，任何单位和个人不得以任何理由、手段扰乱医疗机构正常诊疗秩序，侵害就诊者合法权益，危害医务人员人身安全，损坏医疗机构财产，人在医疗机构死亡后，其尸体必须按规定及时处理。未经允许，将尸体停放在太平间以外的医疗机构内其他场所是法律所不允许的。即使是因为医疗事故出现病人死亡的，也应及时将死亡原因清楚的患者尸体移至法定停尸场所或火化。田静说她担心他一不小心或一犯浑给忘了，所以她教导他、提醒他。这是一起刑事案件，田静希望张锐稍稍冷静一点，考虑一下这么几个问题，就可以避免犯错。不要再无理取闹，如果再不听劝阻，她只能按照医闹采取措施。最后，田静严厉地告诫，希望他不要再犯浑下去，采取不信任、不配合的态度，最后吃亏一定是他。刚开始，张锐还在大声质问医院责任，喊声刺破了偌大个会议室，但经过田静动之以情晓之以理，他还是被成功劝服了。张锐最终冷静下来，同意暂时接受医院提出的方案。

协商处理后事到深夜一点才结束，和家属签订和解协议后，刘岩风又组织召开医院中层干部以上会议，直到深夜两点半才结束。

白邦云住在医院里，出会议室后，因为心情压抑，又一个晚上待在会议室里面太闷，他想透口气再回家，他想通过步行一段路，好让自己的头脑静一静。柴雪丽惨死，彻底打乱了妇产科所有秩序。这是他上任妇产科主任的第五个年头啊！

街上的人不多，偶尔有零星车子驶过。这时，白邦云才发现今夜天空没有皎洁的月亮，也没有闪烁的繁星，只可以看到犹如此时白邦云心情的愁云惨雾。柴医生就这样悄无声息死去了，白邦云怎么可以接受？锥心之痛啊！他不知道柴医生得罪了谁，谁怎么可以这么狠毒呢？她只是一个医生，这样的代价太大了。走在大街上，丝丝凉风吹到他的心里面，他不由得一阵寒噤。

刚走不到十分钟，天意弄人，想不到在白邦云感受深夜的宁静时，天又下起雨来。白邦云赶紧躲到一家的屋檐下，看着大雨滂沱如串成线般连绵不断嗒嗒地下着。

此时，从远处跑来一对夜归的恋人，虽然手中有伞却也抵挡不了倾盆大雨的冲击，白邦云看着他们牵着手从雨中跑到自己躲雨的地方，只见男的不断地为女孩拭干身上的雨水，而女孩的也在不停地对男的嘘寒问暖，偶尔发出情侣间的欢声笑语。

此时，白邦云想着家里的女儿，这个时候她应该早已进入梦乡了。

半小时过去了。滂沱的大雨开始变成了如丝的毛毛细雨，那对恋人也随着雨的减弱而早早挽手离去了，是那么的甜蜜，那么的温馨！而此时白邦云也有归家之念了，他不想步行了，赶紧挥手拦了一辆的士……

到家时凌晨三点多了，女儿田雨还没睡，正坐在沙发上看电视等着大人回家。

“这么晚你不也没睡？”

“我在等你和妈妈回家，再说明天又不去学校。”

“你妈今晚估计回不了，你快洗澡睡觉去吧。”

“我洗过澡了。爸，我好担心你啊！”

“担心什么呢，我不是回来了吗？再说了，今天医院的事比较多。”

“我知道你医院发生大事了。”

“你什么时候知道的？”

“下午放学的时候，全校的人都知道了，这么大的事，传遍全市了。”

“哦。”听女儿田雨这么一说，白邦云就轻声低吟一声。

“爸，有人说柴阿姨跟一个叔叔好上……”

“谁说的，不要乱说话！”白邦云喝住了田雨，“哪来的消息，你出生就是柴阿姨接的生。”

“那柴医生可死惨了。”

一说到柴医生，白邦云的心又暗伤了许多。他觉得世上很多事真的莫名其妙，人们对死亡是同情的，可一听说死个富豪或当官，立马就兴奋，各种奇葩桃色消息便会接踵而来，甚至传得很离谱。白邦云不想听这些，他们又不是当事人，他们怎么可能知道当事人的事。天底下最不知道消息的，就是那些围观着看热闹的，就是这些外围的人，在每次事件中，他们传播小道消息最多，他们传播花边新闻最厉害，这些人最可恨！连像田雨这样才十几岁的小孩都让他们误导了，这实在让白邦云气愤，小道消息害人不浅，对于不知情者很容易信以为真。

白邦云不想和田雨聊柴医生的事，再说女儿还小，大人的事她也不懂，他就想把话题引开，于是就道：“下午回家你没见大人在家，怎么不给我们打电话呢？”

“放学时打你电话居然还关机了！你看你，手机都关机了。

六点半我又打你科室电话，她们说你在开会。刚才再打过去时，她们说你已经回家。”

白邦云这才想到自己手机在回医院途中就已经没电了。

“你怎么知道我今天出差回来了？”

“我打电话问妈妈了，她说放学你会来接我，害我等你到天黑。打你电话，你又关机……”

“一回到医院便忙开，把去接你的事全给忘了。哎……晚饭你吃了？”

“吃了。”

“又是点外卖？”

“那你说还有什么办法呢！”

“外卖东西不好吃吧？”白邦云拿起茶几上外卖的纸袋问。

“有什么关系？肚子饿了就要吃。”

“那样对身体不好！”

“爸，我看你当医生和妈妈当警察一样，都有同样的职业病？”

“什么同样的职业病？”

“太敏感了！”

白邦云从纸袋里取出一个盒子，打开盖子。里面装着许多小块的面包。白邦云打开其中一个的包装，尝了一个。

“怎么样，好吃吗？”

“还行！”

“什么叫还行，好吃就是好吃！”

听田雨一说，白邦云笑了。

“爸，傍晚晚霞你看见了吗？”

“怎么啦，今天的晚霞有什么特别之处吗？”

“反正很漂亮！如此美丽的晚霞和彩虹，你幸运地看到了吗？

有被惊艳到吗？这种幸福，你们大人懂吗？”

其实下班时，白邦云就见朋友圈都刷满了晚霞照片。一幅幅美图占满了朋友圈。奇异的晚霞如火山在天际遨游，与水中倒影连在一起，水天一色，令人叫绝，让人惊艳。

“好啦，爸也见啦，逗着你玩呢！”

“爸，我知道今天你心情不好。爸，我睡觉去了。”

田雨进房间后，白邦云就去洗澡了。

忙了一个白天又加上一个晚上，直到天快亮时田静才拖着一身疲惫回到家里。田静回到家时，白邦云已睡下，直到田静走进卧室他才知道妻子回来了。

白邦云知道最近在妻子身上的压力很大，她上任刑侦支队代理队长以来，一件事接着一件事，而且件件都是刑事案件，甚至是大案要案，特别像伤医这个案件，轰动极大，市民都恨不得警方马上抓到罪犯，马上把他枪毙了！丹阳市“大事件”频频发生，无疑在社会上造成恶劣影响，也把丹阳警方推向了舆论的风口浪尖，丹阳警方压力陡增。系列案发生后，曾经有人打电话甚至跑到市公安局质询，为什么不见警方有动静？警方的答复依然四平八稳，案件正在调查中，详情无可奉告。妻子压力外人不知道，但是作为她丈夫，每当想到这些他就很心疼。作为医生，白邦云知道适当的压力会让人产生动力，快速完成工作任务，但是如果压力过大，尤其是多个压力同时袭来的时候，容易超过身体和精神的极限，往往身体就会对这些压力亮起红灯，他担心田静扛不住。

11

伤医案发生后，田静不得不先放慢青花瓷盗窃案侦破工作，集中精力突破近期发生的一连患刑事案件。在田静的思维中，对“5·18”这起持刀伤医的描述是，“中午、持刀、冲进市人民医院妇产科医师办公室杀人、残忍杀害被害人”。这个案件的每个要素，都足以说明其恶劣程度。

在案情发生还不到一个小时便惊动到了上一级公安机关和政府，省厅主要领导迅速做出重要批示，并连夜派人赶到丹阳指导案件侦破工作。蒋立军局长和田静立即调集刑侦人员赶往现场。市委主要领导又批示要求限期破案，要求警方和院方采取切实措施，举一反三，加强防范，真正给医护人员一个安全感。

接到各级领导的严词批令，蒋立军立即召集市公安局刑侦支队和有关部门负责人研究案情，确定把此案作为重大刑事案件侦办。在听取田静汇报案件情况后，蒋立军严令刑侦支队，以对人民群众高度负责的态度来侦破此案，要求田静精心组织，以最快速度将顽凶缉拿归案，给市民一个满意的答复。在弄清案情后如实向社会说清楚，让群众了解真相，以正视听，解除恐慌心理，确保丹阳社会大局稳定。

蒋立军作为主将，亲自督办该案。一个由市公安局局长蒋立军任组长的专案组于案发后几个小时迅速成立，田静是两个副组长的其中之一。由田静点将，刑侦支队一大队队长苏微微，戈阳等十余名刑侦精英汇集，刑侦、技侦、治安、网监等部门力量参加，开始了艰苦紧张的线索排查工作。

省厅领导、市领导三天两头打电话到蒋立军办公室询问，随着时间推移省厅、市领导询问电话频率也不断增加。专案组打出的口号是：案件不破，力量不减，侦查不止，专案不撤。毫无疑问，这是一场攻坚战。

进入夏季的丹阳市，空气似乎一下子凝固了。

一个星期之内，专案组在柳乡、丹州、阳南等地抓获了十数名医闹人员，但经调查均与此案无关，侦破工作没有取得决定性的突破。案件久侦不破，恐慌的情绪却传播甚快。各种版本传言内容迅速通过互联网传播，甚至引起国外一些不安好心媒体的注意。

偏偏这个时候，丹阳市的天气似乎也故意和警方作对。自5月上旬丹阳市开始持续十一天出现高温天气后，中旬仅下的一场大雨使气温陡降二十六点二摄氏度，高温暂别丹阳。但没想到仅仅两天之后，高温又“杀回马枪”。一大早人们站在窗口就感觉到外面空气热烘烘，“家庭气象员”已在预测“今天的气温不会低”。十三点十八分丹阳市气象台发布高温红色预警信号……当日下午，最高气温迅速回升至高温线以上，达到三十九点八摄氏度。气象台说与此前的晴热高温不同，此次由于高低空分别受副热带高压和雨带边缘的影响，表现出很明显的湿热特征，空气湿度大，市民感觉异常闷热。

田静下午从家里出来，到市公安局，炎炎烈日之下，她的额上满是细密的汗珠，身上的衣服都湿透了。

下午六点，下班时间已过，但专案组一个人都没走，大伙都在忙着。进了卫生间，田静知道又到每个月的那几天特殊日子。田静有很严重的痛经，从一开始的轻微阵痛，但后来的持续性疼痛，以至于后来痛得坐不住，躺着也不舒服，用热水烫敷，喝红糖水，也只能缓解一时，然后还是持续性地疼痛，每次来的时候腰痛尤为厉害，曾经打过封闭针，吃过止痛药，喝过中药，一切能用的办法全都用上，但疼痛依然。田静痛经也是让白邦云操碎了心，自己虽然是一个名妇产科医生，而且还是一名妇产科权威专家，但田静每次来那个时，都疼得她打滚叫喊，吃布洛芬止痛药几乎没有效果，常常要吃双氯芬才缓解一些。子宫异位导致的痛经，临床上最普遍的治疗方法是手术切除，因为没有别的法子可以止痛，几次田静央求白邦云把子宫切除了，但都让白邦云制止。

田静恍恍惚惚地走到会议室，在那儿，她设法让自己集中精力，因为肚子太疼了。

田静弯着腰，不停地用手捂着肚子，她一脸苍白，露出的雪颈上沁着细细一层汗珠。苏微微看到了急忙上前询问："田支队，你的脸色看上去不太好，是哪里不舒服吗？"

田静点点头："肚子不舒服，可能胃病犯了。"田静向苏微微撒了个谎。

"没带药在身上吧。要不然我打电话给白主任？"

"突然疼痛……不用了，他这会儿估计也还在病房加班！"

"白主任不仅是一位出色的妇产科专家，也是周围熟人眼里的模范丈夫。"

"看你把他夸得这么美。"

"我可是说真话哦。现在好男人可不多了，没几个像白主任这样男人。人人都说田支队福气好，嫁了一个模范丈夫。"

苏微微的夸奖让田静自己都感觉不好意思起来。

"你开车送我回去吧。"田静不由得望向苏微微的脸，因为实在太痛了，"到关键时刻，身体又不争气了。"

"凡人一个，哪有不生病的。"

"苏队，把车钥匙给我，还是让我来送田支队吧！"戈阳刚从外面进屋，一听到苏微微要送田静回家，他就抢着要送。

"你去哪了？"

"不是你叫我去安排快餐吗？"

"看我，一忙起来什么都糊涂起来了。"

"戈阳，那辛苦你了。"

"不好意思，我这个当队长的，让你们留下来加班，我却当逃兵回家去。”田静深深呼吸了几下气后说道。

“好好休息，几个案子还等着你带领我们侦破呢。”

从会议室出来，田静仰望着阴沉沉的天空，她感觉自己的心跳在不断加速，全身的血液仿佛往脑门直冲，她不由自主地将手按在胸口上，连吞了两次口水。

副驾驶室上的田静一边捂着肚子，一边说话，这几年全国一些地方相继发生暴力杀医、伤医、酒后在医院滋事扰序等涉医违法犯罪活动，造成恶劣社会影响。鼠年年初发生的新型冠状病毒感染是一次重大突发性公共卫生事件，医务人员不顾自身安危，奋战在抗疫第一线，但一些地方却发生了撕扯医生防护服、殴打、挟持医务人员等案件。

“我们公安部门该对涉医犯罪‘零容忍’的态度和立场，这才体现公安部门服务保障医疗卫生事业健康发展、服务保障民生的责任和使命。”

“什么叫应该，对涉医犯罪我们的态度便是零容忍!”

戈阳眉头一皱，点了点头。

“戈阳，你对‘5·18’案子有什么想法?”田静问戈阳。

“我更多地倾向于医患纠纷，至于其他的像感情纠纷等我不太赞成。”

“理由呢?”

“从全国报道的众多伤医案件来看，几乎没有哪一件不和医患纠纷有关，很少有例外。”

“这就是你的理由?”

“田支队，‘5·18’案件发生以后，我把近几年来全国在医院发生的伤医案进行了一次统计，发现大都是与医患纠纷有关，至于和其他问题关联的少之又少。”

“为何认为‘5·18’案件也是这样的，而不是一个例外?”

戈阳扬起半边脸，一边说一边摇头："据了解，柴医生为人正派、传统，从小在一个知书达理的家庭长大。通过这段时间的大量走访，也没发现甚至连听也没听说过有关不利于她的一些消息。她平时说话轻声细雨的，种种迹象表明，这不太像感情纠纷引起的。但是，在上个月柴医师在门诊看病时遇到一起纠纷，被家属投诉过。但经过我们缜密调查，排除了这位家属行凶的可能性。"

"怎么回事？你说详细一些。"

"据了解，柴医师每周有两天专家门诊，分别是周二和周四。上个月一个周二上午，她在专家门诊上班，来了一对年轻情侣，当时柴医生还带着两个医学院的男实习生，一见诊室还有男医生，女病人的男朋友偏要他俩出去。柴医生就告诉他，在医生眼里，没有性别之分，只有正常人和病人两个概念。一听到这，女病人的男朋友立马就暴怒起来。一定要赶走两个男医生，否则不肯罢休，甚至还想动手打人。出门时这个男的还用脚狠狠地踹了一下门，然后扬长而去。"

"哦，原来是这样。所以你……"

"是的，我坚持这样认为。至于外面传说和那个死婴有关，准确地说不是婴儿，是胎儿，孕妇怀孕七个月了，到医院时，胎动就已经没有了。医院判断胎儿死因应当与孕妇患有糖尿病有关。我也到孕妇家里调查过，说这事根本和柴医生无关，他们夫妇还要感谢柴医生呢，要不是柴医生及时发现，后果可能还要严重。"

田静不知该怎么接下去，只好沉默以对。这时，恰好手机响起，是白邦云打来的。他告诉田静，他刚开完会，此时正在病房，可能很晚才能下班，让田静不用等着他回家一起吃晚饭。

"田支队，你发现了吗？现在伤医案越来越多了。"

“这个嘛……”田静想了一下，“归根结底还是人的思想问题，思想不通，什么极端的事都有可能干出来。”

“你看，暴力伤医是中国社会近年来的一个舆论热点话题，甚至近几年来，每年都有轰动全国的伤医案件。现在，动不动就采取违规停尸、聚众围堵、损毁财物、妨害公务等，采取这种方式对医疗机构和医务人员表达不满，这无助于解决问题，还会严重扰乱正常医疗秩序。”

“医学是复杂的生命科学，诊疗方案是医生基于医学知识做出的专业判断，患者对治疗效果要理性对待，不能仅因自认为治疗效果不佳就迁怒于医生甚至报复行凶。”

“救死扶伤是医生的职责使命，但医学不是万能的。”

“不能简单因病情未好转便归咎于医院和医生，不能因对治疗或检查效果不满而动辄泄愤报复医务人员。”

“患者医治无效死亡，悲痛者莫过于亲属。但患者亲属如对医疗机构和医生的处置有分歧意见，应通过合法途径解决。”

“医生为群众治病，我们干公安的也必须治一治伤医这种病，因为这样的恶行简直就是丧心病狂！医者仁心，我们不能让医者寒心。”

“戈阳，你对案子有信心吗?”

“你指的是哪个?”

“全部的，包括青花瓷案。”

“时间，我需要时间。这就是一切。”戈阳一直平视着车前面，专心仔细开车，没有抬头，听到田静的问话，他说了一句，就像是自言自语。

田静压力真的实在太大了，她恨不得一口气把所有的案都给破了，但是忍不住她还是又问了戈阳一句：“你有百分之几的把握?”

“百分之百！只是时间的问题！”

从某种意义上来说，那也算是戈阳说很多了。这或许有助于案件的侦破工作。

戈阳是个直性子，豪爽派，田静非常喜欢这种阳光，又肯动脑子的年轻人，更喜欢与这样的年轻人一起工作，这样更能把任何事推向任何方向。

在和戈阳说话中，田静感觉到下腹部疼痛减轻了些，大概过了半个钟头，戈阳就把田静送到市人民医院生活区。

12

医院医疗秩序专题会议从下午三点一直开到六点才结束。

会议结束，白邦云没有回家，而是直接去了病房。有一个特殊的病人让他始终牵挂着，43床病人是一个二十刚出头的女孩子，一般情况下这个年龄段的且未婚年轻女孩子是不大会出现恶性妇科肿瘤的，可43床病人经过住院检查，白邦云怀疑她一侧卵巢是恶性肿块的。在妇科癌症中，恶性卵巢瘤发生率虽位居第三，但对生命的威胁系数却大大超过其他所有肿瘤。

白邦云刚进病房，患者的母亲刚从食堂打饭回来，见到白邦云进来，说：“白主任，让你操心了！”

“没事儿，我想在下班之前再查看一下。今天感觉怎么样？”

“还行吧，谢谢白主任！”

“看起来你心情还不错！”

女孩身材高挑，气质出众，至今不知道自己得的是什么病，躺在病床上也不忘记学习。每次见医生进来查房，她都要问起什么时候能回学校，这时，她妈妈都只能背着孩子擦眼泪。

“这还不是白主任给予的鼓励与开导有关，我一定会配合好治疗，争取早日回到课堂上。”

“对呀，信心很重要，你自己要树立信心啊！坚强一些，好好配合医生的治疗，这样父母才看到希望。”

“生老病死是每个人都会有的经历，坏的情绪改变不了这个规律，不如平静些、看得淡些。生老病死的确是人类所不能掌控的，我们唯一能做的，就是把它看得淡一些。”

“在和病魔、死神对抗的时候，不要带有任何的思想包袱，也不要把自己的负能量，传递给身边那些真正爱你的人，因为坏情绪只会让事情越来越糟。很多时候平静的心绪，能帮助你轻松上阵，或许还能让你得到意想不到的收获……”

白邦云不断地安慰着她。女孩开心地笑了：“接下来，在住院的这段日子里，平复好心情的同时，好好对待身边的人。”

女孩是一名在校大一学生，父母都是农村人，只有她一个独生女儿。平时夫妻二人靠在镇上经营一家小超市维持生计。女儿很优秀，去年高考，被南方一所985高校录取，刚上大一。然而，平静的生活却因这次住院戛然而止。寒假在家时，十八岁半的她一直说没力气，母亲带她到市医院做检查，结果医生怀疑是妇科恶性肿瘤，直接就安排住院治疗。一听到女儿可能患有恶性肿瘤，双亲顿时觉得天旋地转，他们不敢想象自己一直视为心肝宝贝、寄予厚望的女儿居然会患上这么可怕的病。白邦云出生在农村，也是在农村长大的，对农村来的病人，他总是有着一种特殊的感情，况且这是一个年轻的女大学生，一位特殊的妇科病人。

检查完，女孩的母亲主动提出要送他到电梯旁。一走出病房，女孩的母亲就露出严肃的神情：“白主任，请把真相告诉我。她的病情严重吗？我绝不会向她透露！”她告诉白邦云说，两口子吃尽了没文化的苦，他们把孩子的教育看得尤其重要。女儿考上大学后，他们更是一心想把从小就多才多艺的女儿也培养出来。虽然他们家庭条件一般，但在孩子们的学习上却从不吝啬，送女儿学钢琴、学画画，力求让女儿能够出人头地。她对白邦云说每当一闭上眼睛就望见女儿那双盼望回校的眼神，她总是欲哭无泪。

“无论如何，一定要帮我救救女儿！”

“未做过探查之前，这个恐怕我也无法肯定地回答你。”

病人母亲还要往下说。白邦云打断她的问话：“之所以要做探查手术，我们就想搞清楚到底是怎么回事，至于肚子里面是什么东西，那也只能等到手术后才知道。”

就在这当儿，电梯到了，电梯门刚一打开，从里面走出一个中年男子。见是白邦云，他就一把抓住白邦云的手：“白主任，求求您救救我女儿……我知道小孩病情复杂，我多想医院可以帮帮我啊！”接着就抽泣起来。

父亲悲伤至极：“白主任，您把小孩的真实情况告诉我们，我快受不了。我们只有一个孩子，这辈子恐怕只当一次父母，孩子就是我们生命的……”

“我已经多次跟你们说过了，只有手术后才知道真相，你们现在最重要的是配合医生，其他的等手术结束了再说吧。”

“谢谢您！”女孩父亲说，他两眼蒙上了层泪水。更令人意想不到的是，他向白邦云鞠躬，毕恭毕敬地说：“我们当父母的绝对相信您！”

白邦云站在电梯口前面露笑容，说：“我会尽力的。”

女孩的父母忙不迭地道谢，随后返回病房。

白邦云完全能够理解做父母的心情，因为他自己的父母也是这样对待他的。白邦云出生于一个普通的农民家庭，父母都是老实本分的农村人，就靠着几亩田地生活，因此，小时候家里穷得叮当响。一家四口人，父母今年都七十岁了，他下面还有一个妹妹。兄妹俩生在农村，长在农村，父母都是种地的，文化少，但他们却是最勤劳的人，也是最通情达理的人。他们吃亏在文化少，所以从小到大他们即使再困难也都坚持送一对儿女去读书。小学，初中，高中，寒暑假放假回来，兄妹俩总是抢着要帮父母干一些翻地、割草、喂猪的农活，但两个老人始终不让他俩干，他们认为儿女在假期里应该好好休息和学习，要出人头地，农村人唯一出路的只有读书。好在白邦云和妹妹白邦静都很争气，白邦云高中毕业考上了外省一所著名医科大学，现在是一名出色的妇产科专家。妹妹也考进南方的一所医科大学，是省城一家三级甲等医院消化内科医师。

晚上回到家快九点了。此时，田静已经睡下了。白邦云走进卧室时却把田静惊着了。

白邦云知道妻子最近压力大，心情焦虑不安，心累身体更累，他不忍心打扰到她。“你醒了?”以往田静都是很晚才到家，今晚不知怎的，不但回家早，还睡得特别早。

田静也猜到了白邦云的想法：“本来想等你回来一起吃饭，一直等到八点还没见你回来，我就先吃了。本来是加班的，但肚子实在不舒服，只好回家了。其他人这时候还在办公室加班呢。我先回来了，还不好意思呢!”

“你怎么了?是不是来那个了，什么时候的事?”

“嗯。就是下午的事。”田静说着说着，就痛得又坐了起来，“本来就痛着没睡着过。明天我还得去一趟西山县。”

“破案?”

“刑警，除了破案还有别的?”

服下一粒双氯芬止痛药后，不到半小时疼痛减轻一些了。聊着聊着，时间不知不觉就到了十二点。田静已经熬不住了，为了青花瓷盗窃案、刀插红衣女案件、劫款案件，她已经快一个月没有好好休息过，现在又加了一个医生被袭击事件，让人有些崩溃。

“都说人民警察的使命是对罪犯的无情打击。可现在犯罪嫌疑人在哪里？哎……”田静不禁叹了一声。

“和你做夫妻这么多年了，第一次见你高声叹气，要我说啊，天网恢恢，疏而不漏。”白邦云见田静难受，只好安慰着她。

见到田静坐在白邦云旁老犯困，头一点一点的，白邦云就说：“你躺下睡觉吧！”

田静迷糊看了白邦云一眼，直接倒床睡去。

田静慢慢地闭上了眼睛，不一会儿，就发出了均匀的呼吸声，睡得很沉。

13

这一夜，丹江河畔，两岸高楼大厦上霓虹辉映，在猎猎江风中，丹阳的夜晚显得分外迷人。此刻，已是深夜，市公安局刑侦支队会议室依然灯火通明。

田静正在趴在电脑前，十分专注。她再一次比对现场图片，对现场图片进行细致入微的观察，不放过任何的蛛丝马迹，她想通过再看图片用反常规的思维往下演绎，找出相互之间的逻辑关系来。在安都分局时，她遇到的几个难案，都是得益于她的这种神推理，最后把案子给破了。

“田支队，又鼓捣什么呢？”戈阳进来，笑着问。

“田支队，对现场照片已看过好几遍了。”苏微微笑吟吟地插了一句。

“戈阳，你过来。”

戈阳拉过一把椅子坐下，目光往田静的电脑里看了看。

"戈阳，柴医生说'你杀错人了。'这说明犯罪嫌疑人在下手时柴医生和他有过交流!"

"是的，我也是这么认为!"戈阳又重重地加了一句，"错不了。"

"杀人动机是什么?"

"要我说啊，明显就是一场误会。"

"凶手本为是去妇产科找别的医生行凶，但见到柴医生正在吃饭，柴医生见有人进来，她问他要干什么，凶手应该说要找某某人，柴医生回答说他不在，或者柴医生的某句话，激怒了凶手，然后被凶手……这是其一。其二，从凶手下手残忍度来看，凶手跟这个人得有多大的仇恨啊！医生和凶手是什么关系，能引起这么大的仇恨？而且是一个女医生?"

"女医生?"苏微微不解地问。

"妇产科就白主任一个男性医生，当然是女医生了!"

"我看十有八九是报复!"

"报什么复？有什么根据吗?"苏微微问，但戈阳却没有答上来。

"干我们这行的，必须要做到百分之百准确，但凡有百分之零点一的怀疑，都不能给出最后结论。明白吗?"

"丧心病狂的家伙让我逮住了，非把他揍几下!"戈阳愤愤地说了一句。

"你今天跑了一天，腿该乏了吧，休息一下。"戈阳今天和另外几个侦查员下去走访，上午上班出门到现在才刚回来，这不刚回来又跑来和大伙一起加班。

一系列刑事案发生，特别是"5·18"伤医案发生后，由于性质恶劣、影响重大，引起了社会广泛关注。"5·18"专案组及城区公安分局所有的派出所和刑警中队都被动员了起来。全城到处都张贴有犯罪嫌疑人的照片，警方吁请各单位及社会群众，如发现有照片体貌特征的嫌疑人，速与警方联系，对提供重大线索者给予十万元奖励。案件侦破工作正在紧锣密鼓地进行着。

根据省厅领导确定的侦破工作思路及案件特点，专案组制定了周密的侦破方案。连续半个多月的勘验调查、摸排走访，“5·18”伤医案的犯罪嫌疑人仍未浮出水面，萦绕在市民心中的阴霾始终未能散去。时间在一天天流失，侦破工作一直在专案组周密的部署下，有条不紊地进行着，但是又半个月过去了，专案组还是没有发现犯罪嫌疑人的蛛丝马迹……

行凶者砍伤柴医师后，丢下斧头，从楼梯跑下去，从监控里看到，犯罪嫌疑人为男性，年龄三十岁左右，身高一百七十厘米左右，偏瘦，体重约六十五公斤，窄脸扁平，皮肤偏黑，乱发较长盖耳朵，穿着一身黑衣戴着机车头盔，还戴黑面罩、黑眼镜，白手套，逃到地下室后就失去踪影。该嫌疑人作案时不仅戴着头盔，还戴了面罩，在这“双重障眼法”之下，田静只能通过倒查该嫌疑人行动轨迹来确定其身份。田静后来发现，地下室五个摄像头全部被人为破坏。因此，田静认定，行凶者事先已经踩点好地点，选择好了逃跑路线，把逃跑经过地方的摄像头全部人为破坏。所以，行凶者逃到地下室后监控里就失去了他的踪影。警方仔细地查看医院全部进出通道，大门、北门、南门，都没有发现行凶者踪迹。田静判定，行凶者应该在地下室换下作案衣服，然后重新换装，假装正常进院病人或家属逃出医院。

这令负责该案侦破工作的田静心中始终是一个结，专案组会议上，她就抓捕工作又做了一番缜密的部署，她相信自己布下的这张天罗地网一定能够生擒这个丧心病狂的家伙。

“5·18”惨案，是仇杀？还是情杀？或另有什么隐情？一直没有定论。“难道嫌疑人会插翅而飞？”一直在前线指挥作战的田静陷入了深思之中……

又是一天过去了。大雨笼罩下的天空，如夜一般漆黑。

14

晚上六点，市公安局特别请来的两位省厅刑侦专家到了，在专案组艰苦侦查期间，省厅专家亲临丹阳指导破案，让丹阳警方又增添了希望。一下车，两位刑侦专家连饭都来不及吃，便直奔专案组会议现场，和田静他们一起召开了案情分析会。

暴雨过后，丹阳天空开挂了，一边彩虹一边晚霞，美得让人窒息。

一晃一个月过去了，“5·18”惨案侦破丝毫也没有进展。案子一直盘横在田静的脑海里，挥之不去。

一个月来，田静每天收到群众电话提供的线索有上百条，但经过专案组排查后都是一些基本上没有价值的线索。

犯罪嫌疑人犹如从人间蒸发，来无影去踪……

省厅刑侦专家参加的案情分析会结束，专家走了。专案组还在继续加班，见到田静在翻弄青花瓷案卷，还若有沉思想问题，戈阳突然问道：“田支队，青花瓷案子还破不破？”

“你，什么意思啊？”田静没有停下来，只是微微抬起头含混地说，“怎么了，你这不是废话吗？我有说过要放弃了？”

“嘿——”戈阳却调皮地眨了一下眼睛。

田静心里一震，她一脸严肃地向戈阳投去疑惑的眼神，她想确定戈阳的意思——“这不是明摆着的吗？决不放弃任何一个案子，全都要侦破，必须破！”

然而，接下来田静就笑着问：“你不会也要打退堂鼓了吧？”

戈阳愣了片刻，慢慢地抓起刚才在会上喝剩下的大半瓶矿泉水，“咚咚”猛地一下喝完，然后才慢悠悠地回答了田静。

“没有啊！”戈阳摇了摇头，感到有些困倦，“总而言之，我是不会打退堂鼓的。”戈阳稍稍提高了些嗓门。他这样做的目的，或许想让大伙明白他的决心，但在苏微微她们看来，他的声音如此的奇怪。

“太晚了，大家也累了。”苏微微打了个圆场。

“好，那就好！时间也不早了，都下班回去吧。”

戈阳打了一个哈欠，他觉得这么问挺蠢的，但他需要得到田静的肯定，眼前几个案件缠在一起，虽然每个案子都有专人组负责，但他还是不放心，担心这头一忙开了，那边又暂时放下。

出门以后，苏微微在走道把戈阳截留下来，拍了拍戈阳后背，直截了当地问他：“你什么意思啊？”她那意思似乎是让戈阳别让田支队添乱了，田支队现在比谁都压力大。

戈阳想了想，反问：“什么什么意思，不明白就问嘛！还不准我问了？”

苏微微一下子被戈阳问住了，好大会儿没回答上来，戈阳见她有些为难，对她说：“田支队的确不容易。她一定承受了很大的压力！”

苏微微看了一眼戈阳，脸色有些难看，不过一两秒之后又立刻变回了一副大大咧咧的笑脸。

戈阳和苏微微对望了一眼。

戈阳若有所思地点点头。

15

中午一点，又是一场特大暴风雨席卷了丹阳市及周边地区，一时间，风急雨狂，天地变色。坐落于丹阳市长安路三十一号的市人民医院也被雨雾笼罩着。

此时一台子宫肌瘤切除术正在进行中，主刀是白邦云。一般一台手术需要三个医生：主刀、一助和二助，还有一个器械护士。主刀和器械护士站一边，一助和二助站一边，主刀主要是手术执行者，负责操作具体手术步骤，指引手术方式方法，一助配合主刀的操作，二助俗称拉钩的，负责暴露手术视野，如配合缝合，清理创面，止血，缝扎出血血管，拉钩，更好暴露创面。

本来像这种不大的手术一般白邦云是不参加的，但病人比较特殊。这是一例黏膜下的子宫肌瘤，需要做的是宫腔镜下的子宫肌瘤剔除术。患者姓张，女，二十七岁，市实验小学教师。这是一个已婚未育的女青年，上个星期，白邦云在接诊时，发现这个病人腹部出现一包块，宛如怀孕了。

在来找白邦云看病时，病人曾在市内多家医院检查过，医生说要切除全部子宫，病人是带着众人的猜忌和自己的极度的恐惧慕名找到白邦云的。一见面，患者就声泪俱下："白主任，救救我。我还没有生育小孩啊。我还没体会到做母亲的感情。听其他医生说，我这个病得进行子宫切除，我这一辈子算是完了，我活着还有什么意义……"患者几乎要给白邦云跪下来，白邦云给予哭成了泪人的患者亲切的安慰。按常规，一般是进行子宫全切除。但患者还没有生育，切除一个未生过育女人的子宫，意味着什么，这是不言而喻的。昨天下午，在经过一个星期各种检查后，白邦云便制定了详细的手术方案。

下午三点半，手术正式进行。在手术中，白邦云终于看清粘膜下子宫肌瘤，长在宫颈上，有五点五厘米。如要保留子宫，难度巨大，为了病人日后的生活质量，白邦云在手术台上组织紧急会诊，科学分析、精心操作，直到天快要黑时，六点半，白邦云终于将一个重达一公斤的肌瘤成功剥离，保全了子宫，维护了病人的正常生理机能和生育权利，恢复了她的健康和声誉。

手术在紧张、严肃、没有言语的情况下结束。

七点，白邦云从手术室下来时。手机就响了，是白玖打来的。

“啊，你……”是白玖的声音。

“怎么了？”

“那个……嗯……我有点事，能见上你一面吗？”

白玖的语速很快。她惊慌失措的时候就会提高语速。白邦云觉得不妙，很是不安。

“怎么回事？我准备下班了。”白邦云紧张起来，“什么事？”

“电话里说不清楚，我也不知道该怎么说。反正我就要见你一面吧。”

电话里传来她的呼吸声，好像非常紧张。

“到底怎么了？哪怕先说是关于什么。”

但是白玖没有回答。白邦云感觉很不安，刚想说话，就听到了哭泣声。一瞬间他感到心跳加速。

“好吧，我马上过去。”

白邦云正要挂电话，白玖说道：“等一下。”

“还有什么事？”

“你怎么找借口出来？”

“什么借口？”

“你今晚不回家吃饭，田警官不找你吗？”

白邦云突然沉默下来，仿佛思维陷入了混乱。

“那我给她打电话吧。随便找个理由，这总行了吧。”

“我们去哪儿？”

“我在茶花山公园北门等你。”

“知道了。”白邦云说完挂了电话。

茶花山公园离市医院很近，两公里的路程。白邦云便决定走路去见白玖。

白邦云走到茶花山公园北门时，停车场上很显眼停放着一辆橘红色的豪华的跑车，一看白邦云就知道那是白玖的车子，平时，白玖开着这辆橘红色的豪华的跑车——奥迪 R8。

见到白邦云远远地走过来，白玖下了车："你走路来的？"

"十分钟的路，也当锻炼身体一下。"

"你们当医生的就会注重身体。"

"你看那是谁？"

白玖指着一棵老槐树下小女孩说道："那不是白灵嘛，半年不见，又长高了，比田雨还高半个头呢！"

"谢谢你夸奖！"

"我们过去看看。"

"嗯。"两人朝着白灵走去。

"白灵，快叫白叔叔好。"

"妈妈，我正玩着高兴呢！"

"听话，快过来！"

刚才还一直在老槐树下玩耍的白灵才心不甘情不愿地跑过来，一双新买的粉色鞋子都被她左右脚互踩，搞得非常脏。

"白叔叔好！"

白邦云也向白灵微笑点点头。白灵便又跑去玩她的了。

"前段时间我遇见你爱人田警官了？"

"怎么？真的，在哪儿见到的？"白邦云一脸诧异。

"几个月前的事了。我车被人撞了，恰巧遇到的。我还跟她打过招呼呢，好像她不认识我！"听完白玖的话，白邦云才有些放下心来。本来她就不认识白玖嘛，白邦云暗想道。

"她最近很忙吧！旧案加上一大堆新案……"

“警察的事你好像什么都知道啊？”

“没有啊，警察重拾青花瓷窃案电视新闻不是报道了吗？最近丹阳市发生一系列刑事案件，地球人都知道了。”白灵开了个玩笑。

“你在电话里很急，到底怎么事啊？”

“等一下吃饭时再跟你说。时间不早了，我们找个地方吃饭去——要不，去我紫云餐馆那里吃吧！”

“就我们三个人，跑到那么高级酒店太浪费。随便吃点吧。”

“你还是不变，勤俭节约！”

“就看附近有哪家？”

“有一家名叫‘老外婆饭馆’，刚开业，味道很不错，我们就去那吧。离这儿不远，开车几分钟路程。”

三人坐进奥迪 R8，离开了茶花山公园。

来到“老外婆饭馆”，白玖把车停好，就和白邦云进去，找了一个小包厢坐下。白邦云说今晚他请客，他把菜单递给白玖，让她想吃什么尽管点就是了。

白邦云和白玖是高中的同班同学。白邦云英俊帅气，白玖长得漂亮又是一米七的高个子。她，活泼，率真，可爱，开朗，美丽。白邦云第一次走进白玖心里是在一次班级搞秋游时，那是高一第一个学期，班里组织到市郊农家寨秋游。中午时分，在山脚下一条水渠边上采摘野果时，白邦云不慎摔下深沟，把左腿摔断了，骨头外露，大出血。送到医院后，因为手术需要输血，急需 AB 型血，但医院血库没有调配到 AB 型血，连续三天预约输血都失败了。白邦云再一次出现休克情况，再不输血就没命了。学校和白邦云父母都吓坏了。也许，冥冥之中自有天意，白玖恰好是 AB 型血，在得到消息后，她就跑去白邦云病床前，主动要求献血。白玖鲜红的血液流进白邦云的体内，看着白邦云的气色渐渐好起来，白邦云父母一颗悬着的心终于落下来。幸亏有献血，否则真的不敢说接下的是什么后果。高一的第一个学期就这样结束了，迎来了盼望已久的寒假。时光飞逝，斗转星移，从高二分文理班，白邦云和白玖一起在理科班，三年高中生活的点点滴滴，朝朝暮暮，两颗年轻的心中顿生爱恋。高考后，白邦云考上了沿海发达地区一所985名牌医科大学。白玖没考上大学，去了省卫校读护理专业。两人还相约说好等白邦云大学一毕业就领证办婚礼。白邦云考上品牌大学，前程一片大好，为了让白玖放心，大一暑假那年，白邦云到白玖家定了亲，以此表明他不会另娶别的女人。白玖三年卫校毕业后出乎意料地被安排到丹阳市第二人民医院内一科当一名护士。当一名护士每天虽然格外辛苦，但在外人的眼里有着稳定的收入，也算是一份好工作。不到两年，白玖居然又被安排到医院护理部上班，在护理部上班一年，她就辞职了，进到双刚集团上班。然而，世事无常。高中毕业后，白玖神秘一般的经历让白邦云唏嘘，父亲突然离世，家庭一下子陷入极端的困境。也就在这个时候，同村的田静父母有意识要与白邦云一家结为亲家，就经常串门白家，时不时攀谈两个年轻人的事来。田静和白邦云同一年考上大学，田静读的是省城警官学院。令白邦云不解的是，还在大学时，就有传言白玖傍上了丹阳当地的一个大款商人，这让白邦云痛心不已，没等到白邦云大学毕业白玖就匆匆忙忙地嫁人了。白玖嫁给丹阳当地一个叫刘刚强的商人。得知白玖结婚的消息，白邦云也伤心过很久。白玖对他的好，白邦云这辈子都忘不掉。大学毕业后，白邦云谢绝了一些沿海城市大医院向他抛出的橄榄枝，选择回到家乡，进入丹阳市人民医院，又阴差阳错给安排到妇产科当一名男妇产科医生。从北京进修回来，白邦云便和在丹阳市公安局安都分局下面派出所当警察的田静结婚了。两年后，两人爱情之花也终于开花结果，喜得千金——女儿田雨。

白邦云当男妇产科医生，开创了丹阳大小各医院的先例。在市人民医院妇产科（妇产科包括妇科和产科），他是唯一一名男医生。

白邦云知道妻子当警察很忙，虽然自己每天下班回到家，累得骨头都快散架似的，他仍是把家中一切承担下来，不让田静操一点心。夫妻俩上班很忙很累，但一家人始终恩恩爱爱，家庭幸福美满。

时光飞逝，转瞬间女儿田雨今年就上初一年级了。田雨比白灵大一岁半。田静不知道白邦云婚前的女朋友叫白玖。白邦云平时在外面很少参加应酬，下班就直接回家。白邦云很享受夫妻俩下班后一起做饭，一起吃饭的幸福时光。白邦云生活圈子很狭窄，社交很少，他的生活基本就是两点一线，医院、家，再没有第三个去处。自从白邦云和白玖各自成家后，除平时因为白玖问他一些疾病或介绍朋友看病有过一些接触外，之后，就再也没有任何来往。刚开始白玖打电话约他出来时，他内心是拒绝的，但白玖一再坚持要求他出来，而且白玖说有要事要跟他说，他才勉强同意。白邦云就跟田静撒了个谎，说晚上有应酬不回家吃饭了。白玖和白邦云虽同在一座城市，但因为白邦云工作性质的原因，两人很少有机会见面。平时，两人都各忙各的，且两人早已各自成家，白邦云不想因为自己过多的和白玖见面让田静醋意大发，影响夫妻感情。白邦云知道夫妻感情需要用心维护，尽管田静不知道他有一个前女友。这不，自白玖上一次介绍一个朋友找白邦云看病电话联系到现在，好像快有一年没联系了。

不一会儿就上菜了，白灵一见上菜，就吵着要开吃。

白邦云笑眯眯地给她不停夹菜，两人看着白灵津津有味吃起来，互相对视笑了笑。

刚吃了一会儿，白灵就闹着要上卫生间，白玖只好叫来了服务员让她带白灵去卫生间。

白灵出门去了。

“我们也吃饭吧。”白邦云准备要给白玖碗里夹菜，却让她制止了。

“等一下，这会儿我也不太饿，先求你帮个忙？”

白邦云就问白玖：“你找有什么事？非要出来见面说不可？”

“这可是大事情，电话里不好说。你能不能帮，如果实在为难，你可以选择不帮，但要帮我保密！你先答应我，我才能告诉你！”

“什么事啊，这么神秘？”

“你别急嘛，你必须先保证？”

“到底怎么啦？”

白玖一声不吭，默默地用手擦拭着眼角。白邦云才注意到白玖掉眼泪了，他蓦地站起：“说呀！怎么回事？”

白玖继续哭着，泪水怎么也止不住。

“你不说话急死我了。”

白玖不说，她用眼泪代替了一切。

白邦云上前想帮她擦拭眼泪，白玖却没让他擦拭，往后一趔，躲开了。

“我不怪你，怪我。”白玖说，“真的不怪他，是我不好，没管好他……”

“你怎么了？”白邦云这才意识到真有问题。

“你再不讲，我心脏快要受不了了。”白邦云果真捂住了自己的心脏，装着很难受的样子。

白玖重重咬了下嘴唇，道：“你先保证！”白玖还是要白邦云先承诺。她一再强调白邦云如果做不到，就当他今天什么都没听见。

白邦云也没加思索，就点了点头。白玖是他前女友，又救过他一命，他对白玖的为人是了解的。按农村说法，定过亲了，就是未婚妻了。像白玖这么一个善良的人，不可能干违法的事，哪怕全天下的女人都变坏了，也轮不到白玖。两人在一起的时候，她连一只小鸡都不承忍心杀。退一万步来说，即使她犯法了，她也用不着白邦云来帮她，因为白邦云纯粹就是一个医生，他只会拿手术刀，别的他什么都不会。所以他认为白玖找他帮忙，应该是和有关治病救人的事，白邦云这么想，所以也不再往深里去想，一想到这里，他便脱口而说："好吧，就凭着我们两人的关系，有关治病救人的事我一定尽力而为。但如果属于危重疑难病人，我不敢保证一定能够治愈。除此之外的事我替你保密就罢了。"

"邦云，你说是当真的？"

"那还假的。"

"你不能反悔！"

"我说到做到！"

"那好吧，我告诉你，你一定要帮帮我。我弟弟白小川犯事了……"白玖还没把话说完，白邦云就震惊了。

"什么！白小川……他……什么了？他到底怎么了？"

"你想反悔？要是这样，就当我没说算了，你也当我什么都没说！"白玖生气了，"好你一个白邦云，你刚才还保证，这么快就反悔了？"说完就起身要走，却让白邦云拉住了。

"你说吧，帮不到的事我替你保密。我不会反悔的！背叛谁也不可能背叛你白玖！"

白玖听了白邦云的话，步子僵了几秒，复又坐下。

"我实话告诉你，步行街头抢劫案件是我弟弟一个朋友干的呢!”

“哦，又不是白小川干的。”白邦云心放松下来了。

“不过……他帮朋友隐藏赃款。可以这么说，他也算是参与了这个案。”

“天啊，他怎能这样!”白邦云简直不敢相信自己的耳朵，轰动丹阳市一时的步行街抢劫钱案，前女友的弟弟也参与，“我的天啊，怎么让人相信啊!”

白邦云不禁叫了起来，白玖连连摆手叫他小声一点，不要让外人听到。

“为什么会这样?”

白玖不答，低下了头：“他也被逼无奈的!”

白邦云只能继续追问：“刚才你是说有人逼他干的。谁逼他这么干的?”

白邦云盼望白玖点头。她却面无表情，一动不动。

白邦云一下子就急了起来：“到底怎么回事?”

“不知道，是白小川自己说的……”

“报警了吗?”

“怎么可能?”白玖用生气的目光瞪了白邦云一眼。

“这可是包庇罪啊!”

“但是……”白玖咬着嘴唇，把脸转向一旁，脸部痛苦地扭曲着。

“白小川人呢?”

“你不想帮忙，还问那么多干什么?”白玖歇斯底里地大叫，“一眼就能看出来你不会帮我的!”

“这个我也帮不上你啊，你知道我是一个妇产科医生，只会治病救人。”

“如果你想帮，肯定能帮上。田静不是刑侦支队长吗?你帮我跟她说几句好话，放我弟一马吧。”

“这么大的事，全市的人都盯着呢，恐怕她也无能为力的。再说田静的性格我知道，她不会做出有违原则的事，她不会答应的！”

“你老婆还不买你的账？我弟也是冤枉的，他也被人逼的！你要是不帮，那就没人帮了！”

“刘刚强那么大的能量，不指望他帮？”

“能指望他，我还来找你干吗！你这不废话吗？”白玖又要生气了。

“这可不是非同一般的事，田静更是指望不上。”

“你们是夫妻，她难不会一点都不听你话？”

白邦云摇摇头：“说起来惭愧，肯定没戏的。违反原则的事，不要指望着她办！”

见白邦云一再推脱，白玖知道再讲下去，也是浪费感情，她说道：“好吧，我不难难你，就当刚才我什么都没说。”

“但是，你不帮也就算了，可你不能害我弟，把这事透露出去。这个你必须给我保证！不然我跟你没完！”白玖紧盯着白邦云，一脸严肃地警告他。

“妈妈，刚才你们说小舅子抢劫了，他会坐牢吗？”这时，白灵突然推门进来，天真地问道。

白灵这一问把白玖吓跳了起来：“别瞎说，不是舅舅抢劫！”

白灵却不服气地又说道，“妈妈，我在门外明明听清楚了，步行街抢劫钱是舅舅干的，你怎么还骗人？”

被女儿这么一说，白玖气得扬起手来，想给她一个巴掌，却让白邦云制止了：“小孩说的话，大人不要计较！”

“你给我老实点，今晚妈妈和叔叔说的话，你不要再往外说出去，听见了没有？你要是不听话，以后妈妈不带你出来了，也永远不带你去肯德基吃汉堡了!”白玖怒道。

白灵望着怒气冲冲的妈妈，她感觉很害怕，身体一直在发抖，然后颤颤地说道：“妈妈，我知道了。你答应要带我去肯德基的。”

“只要你听话，就有吃不完的肯德基!”

“我保证听妈妈的话!”

这时候，白玖开始后悔刚才粗心大意，大人的事让小孩听到了，而且还是一件重要的事，孩子要是漏嘴说出去了，那后果就严重了。

“今晚不谈这件事了!”

今晚白玖的举动，着实让白邦云大吃一惊，这里面到底怎么回事?白邦云想问下去，但又不想知道太多，他怕这样会给她带来更大的负担。但这件事该不该跟田静讲?一边是妻子，一边又是前女友白玖，且刚才自己也信誓旦旦答应过白玖保证不对外说。早知道如此，今晚就不出来了。但谁又会想到，当年那个心地善良、善良解人意的女友会是如此呢!

白邦云很懊悔，心里五味杂陈、心乱如麻……

“你在想什么?”见到白邦云在发呆，白玖便问了他。

“是不是让你为难了?一边是田静，一边是我，让你左右为难?”白玖鄙夷地看着白邦云，面露怨恨之色，“算了，我不求你了。”

“我明白了，什么也别说了，去跟警察说吧!”

白邦云的话让白玖僵住了。

白玖圆睁双眼：“你……”

“我也没办法帮你。”

“开什么玩笑!”白玖跳起来，“我要是想报警，还用得着你来教吗?”

“白玖，冷静点！求你了，冷静点！”

“你给我闭嘴！今晚到此结束！”

“如果你想把这件事告诉田静，随便你！”白玖刻薄了他一句。

“今晚的单不用你来买，我能处理！”说完，就拉着白灵站起来，迈着不满的步子噔噔走了。

“妈妈，我还没吃饱……”

“妈妈带你去肯德基……”

走到门口，白玖又转过身来：“你看着办吧！瞅瞅你这嘴脸，恶心！”

说完，白玖便拉着白灵走出包间。“砰”，包厢门狠狠地被关上。

包厢里，只剩下白邦云一个人，他愣怔着，脑子里乱极了。白邦云闭着眼，像是睡着了。包厢内灯光打在脸庞上，映出他疲惫而略显苍老的脸。

白邦云的心情瞬间糟糕透了。

如今，自己前女友的小弟白小川竟然包庇起一个抢劫嫌疑人，让白邦云的心头五味杂陈，不可言语。在白邦云记忆里，白玖性情温柔，心地善良，她不是一个充满了狡黠与心机的人。这些年同在一个城市生活，很少见面，除了知道白玖很有钱，嫁给丹阳双刚集团大老板刘刚华的弟弟刘刚强，刘氏两兄弟两个在丹阳红极一时、丹阳商界风云人物，白邦云除了知道刘氏兄弟两人在丹阳市可以呼风唤雨的人物外，其他的却一无所知。

白邦云难受极了，他慢慢地点燃一根烟，不停地抽着。

他一会儿想起和白玖在一起的过往，一会儿又想到当警察的田静，为了破案，她就像一个不知疲倦永不停歇的“陀螺”。白邦云不断地自我安慰，白小川是白玖的亲弟弟，白玖也没办法，白玖还是高中时的白玖，她没有变，在他眼里她永远是他的前女友……不，是曾经的未婚妻。白邦云不断地说服自己，这只是白小川自己的事，跟白玖没一点关系，这个不怨白玖，和白玖无关，要怨就怨白小川了。一想到这，白邦云就觉得心里好受很多了。

其实，白邦云也担心啊——

白邦云长叹一声，狠狠地吸了一口浓烟，将烟蒂用力地碾灭在烟灰缸内，吐出浓烈的烟雾……

16

田静觉得，还是应该再去曼哈顿一号别墅区赵东山家的被盗现场。虽然时间已经过去十年了，当初案发现的关键痕迹肯定早已荡然无存，但很多疑问一直盘桓在田静心头，不去现场她实在是按捺不住。

田静对苏微微说："你带路。"

"没问题。"

"那好，我们出发！"

曼哈顿一号别墅区是远近闻名的贵族社区，住在这里的人非富即贵。离市区五六公里的天寿山，地段位置绝佳，曼哈顿一号小区就在天寿山山脚下。这是丹阳市一处顶级的豪宅住区，是丹阳市双刘房地产开发有限公司——丹阳市著名民营企业家刘刚华重金打造的高端楼盘。能在这里买一套房子的人，不是暴发户就是大贵人，因此曼哈顿一号别墅区便成为丹阳最有名的"富人区"。

曼哈顿一号别墅区的小区大门设计成凯旋大门，成功人士的象征。

田静、苏微微和戈阳三人再次来到青花瓷盗窃案现场。

此时，赵东山早已在小区大门口等候田静三人的到来。

走在小区内，厚重的罗马柱，宏伟大气，欧式风格园林建筑显得高端大气上档次。园林和建筑全部按高规划、高标准打造，不仅让整个小区展示出品质，同时在一定程度上象征富豪圈层。走在小区内整个人都很舒服，树大、路宽，园林优美、清脆的鸟叫声，让人愉悦。

一路走，赵东山喋喋不休地介绍，什么曼哈顿一号设计团队都是国内拔尖的机构，楼盘规划为深圳市一家建筑设计研究院，园林为广州公司操刀园林景观设计，室内设计由业内大师诺亚环球香港公司操刀，上市企业瑞和装饰施工。物业公司不是开发商自己的，而是引进全球知名的物业服务公司“万邦理仕”来打理的。

要不是田静三人一身着警服，外人还以为是客户跑来这里看房子的，而赵东山就是一个售房顾问。

“几位警官，你们完全也可以选择来这里住的，优质的生活，顶级人脉圈子。”

“房价多少？”

“一栋别墅均价不低于一千五百万元！上个月这里有人刚转让了一栋，听说好像一千八百万元。”

“妈啊，这么贵！我们住得起吗？就让你们这帮先富起来的人住吧！”苏微微一听到这，就直吐舌头，摇摇头说，“别说一千五百万，就一百五十万我们也买不起！”

“这里物业也不会低吧？”

“田队，你猜猜看？”

“我知道一定很贵，没必要猜。”一个意味深长的停顿，让田静抬起头来，“应该不会低于八块钱一平方米。”田静直截了当地说。

“每平方米八块五。”

“像我这种刚参加工作不久的人，每月工资交完物业，就没饭吃了。”戈阳摇摇头说道。

“不光是你，我和苏队长也交不起这么贵的物业啊！”

“我们不向往这样的生活，还是住我们现在的小区舒服，接地气。”田静幽默地说。

“田支队长说得对！”苏微微补充说道。

“还是留给像赵总你们这些有钱人住吧，让我来住这里我还担心自己睡不着呢！”苏微微呵呵说笑道。

“好了，赵总，我们今天来的目的不是想听你介绍房子的，我们是来破案的！麻烦你多介绍一下和案情有关的情况。”

“是的，是的，看看我又忘记了，只顾介绍小区了。”赵东山这才停止介绍。

“还要走多远？”田静笑笑，目光仔细地盯住赵东山那颗油亮的头发。

“快了，快了！就在前面，18 街 118 号。”

很快地，几个人就来到 18 街 118 号。

三人走进赵东山的豪宅，内部极尽奢华，满眼尽是纯手工的吊顶油画，十米高的水钻大吊灯高高悬挂，五米高的巨型汉白玉女神石雕，不同色彩的纹路的大理石拼花地板，欧式复古范的皇家定制座椅……让人颇为震撼。

在赵东山的带领下，田静三人又把赵东山的地下室看了一遍，但现在地下室已经不是十年前的藏宝室了，已改成家庭影院，之前的痕迹自然全消灭了。田静有些失望，她知道陈旧案件时间越久，线索就越来越难找，这也是增加破案难度之一。

“这个地方什么时候改动的？”

“差不多有五年了。两个孩子大了，年轻人嘛爱唱爱跳，就改动了。平常都是小孩的朋友光顾这里。”

“以前用作藏宝室的时候，我还以防万一，专门设计了三重门，现在改成家庭影院，就保留一个门了。”

“你是说以前这间房有三重门？”

“对啊，全是大品牌高级防盗门！”

“你把之前情况再跟我们说一次，就是从你刚进家门开始说起。”

“仔细回忆一下……”

“还能回忆起来吗？”

“没问题，损失惨重一辈子都记得。更不要说时间才过去有十年，恐怕到进坟墓的那一天都忘不了！”

赵东山要讲的这些刑侦支队卷宗都有记录，当然这些在讯问时也都有录音。但田静还是想亲自听一下赵东山本人陈述。这样可能比较直观一些，或许还能有预想不到的收获。

四个人回到一楼客厅坐下。赵东山说：“不瞒各位警官，我爱好古玩，我最喜欢收藏古董。这些年做生意赚来的钱大部分都花在收藏上。十年前在老家过春节，那次回去时间比较长，过完元宵节第二天才回城里，一打开别墅大门就感觉不对头，凭感觉就有预感有贼光顾过这里。所以我一打开大门便二话没说就直奔负一楼藏宝室，三重门轻轻一推便打开了，人能轻易地进入藏宝室。三重门都没有上锁，也没见撬锁的痕迹。藏宝室里近二十年从大江南北，甚至从国外竞拍回来的珍宝全被‘搬空’。更让我心疼的是那个元代青花瓷，也不见了。那是早年从法国的一场拍卖会竞拍下的，仅美金就付了三百二十万。”

“之前家里没有监控吗？”

“有啊，从大门到屋内全都有，防盗设备一应俱全。但偏是我倒霉，那晚停电，你说巧合不巧合？”

“你这个青花瓷都有哪些亲朋好友知道？”

“知道的人可多了，都怪我太大意。当时竞拍到手后，因为很激动嘛，也算是一种显耀吧，就接受《丹阳晚报》的一次采访，此事一经报纸刊登出来，那可是轰动整个丹阳城啊，国内很多专家、古玩收藏爱好者，包括北京一些著名专家都大老远要来目睹一番。”

“这些人都进过密室观看？”

“能啊！但我每次只允许两个人进去，每次我都跟随进来！任何人进来都不许带相机和手机！”

“你持续给外人来参观时间大概有多长？”

“应该是一个月吧，后来觉得这样不妥，就一律谢绝了。”

“为什么？”

“因为轰动太大了，想来参观的人太多了，担心出事，就谢绝收藏爱好者的要求了。”

“从竞拍到被盗间隔时间多少？”

“至少有两年。”

“这些问题之前警察都向你提问过吗？”

“那当然了，你的问题和以前问的基本一样。我也真不知道在哪个环节出了问题。北京专家说元代青花瓷目前存世的只发现有两个，一个收藏于大英博物馆，另外一个就是我从法国竞拍收藏的这个。”

“你怎么知道法国有这个东西拍卖？又跑去国外参加这次竞拍大会？”

“这个说来话长，简单地说就是我的拜把兄弟华于介绍的。”

“请你说具体一点。”

“你这个朋友现在是干什么的？”

"他就是丹阳大名鼎鼎人物刘刚华，小名叫'华子'，在丹阳没人不知晓！田警官，你不会不知道吧？"

"当然知道，他不就是丹阳双刚集团公司大老板嘛，大家都叫他华子，你说我对吗？你们之间是怎么关系，怎么认识的？"

"这话说来有些长，我得慢慢跟你讲。华子是我们隔壁村屯……"

"等一下，我插一句，你说华子和你隔壁村。那我问你，那年过节你回家时，他也回来吗？"

"回啊，他还比我先走两天，走之前还问我什么时候回去。我说腊月二十七左右。他说因为他家要杀年猪做腊肉腊肠，所以他比我回去早几天。

"华子什么时候返回丹阳……这个我倒记不起来了，比我回来晚肯定的！他爷爷大年初二突发重病，送人去了医院，他一直待在医院陪护爷爷。我回城的时候，还顺路去探望华子的爷爷，他当时一家人都在病房。他爷爷都八十几岁了！"

"他父母亲在乡下住？"

"没有啊，华子和他弟弟刘刚强还很小的时候，母亲就不在了，父亲带强子离家出走，不知去向。华子和爷爷奶奶相依为命。想想他兄弟俩也够可怜的。"

"刘刚强小名叫强子，对吧？"

"是的，双刚集团二把手。"

"他父亲现在还在吗？"

"听强子说二十几年前就死在福建了。"赵东山说。

"死在福建？"

"他父亲带强子到福建一带打工，在福建病死。前些年强子才把老人家迁回老家下葬。"

"他兄弟俩很小的时候分开，才团聚十几年。"赵东山边介绍，边痛心疾首。

“华子哪天回的城？”

“后来他什么时候返城我就不知道了。反正我先到的家！”

“你密室被盗他什么时候知道的？”

“发现被盗的当天，是我主动打电话告诉他的。他是我好兄弟嘛，我家出了这么大的事，我肯定要告诉他一声。”

“他听后有什么反应？”

“在电话里，谁知道他脸有什么表现！”

“我是说，你从听他的声音中，感觉有什么变化吗？”

“他就问我报警了没有，我说报警了。他说报警了应该没事的，应该能追回来。他还在电话里安慰我，因为那时候他爷爷还在医院。他也在医院。”

“好了，我就插你话到这里吧，下面继续介绍一下你俩之间认识经过。”

“谢谢田支队长，我心领了。”赵东山把支队长三个字说得很重。

赵东山变换下腿的姿势，目光看着田静。然后，他才慢慢地介绍起他和刘刚华认识的整个过程——

原来赵东山和刘刚华不仅是住隔壁村，还是小学到初中的同班同学。赵东山比刘刚华大两岁，两人中考时考不上高中就跑到浙江东阳打工，浙江东阳是全国出了名的红木家具制造城。两人同在一家具厂打工，在东阳三四年，平时也经常跟老板往返于广西东兴、凭祥，越南也常去，渐渐地两个头脑精明的年轻人也摸索出做红木生意的门路。当时红木市场鱼杂混珠，赚钱也比较容易，所以两人就商量出来单干。两人跑回丹阳，搞起自己加工厂来。刚开始两人一起合伙干，后来工厂有些规模了，又分开各干各的。在红木市场捞到第一桶金后，随着房地产的火热，刘刚华又转战房地产，这几年靠做房地产生意，他混得风生水起，渐渐地又开始多元化发展，和弟弟刘刚强团聚后便成立了双刚集团，从事房地产开发、矿业能源、农业生产、旅游观光、餐饮酒店、美容娱乐等业务。刘刚华一下子成了家喻户晓的知名企业家，还当上了丹阳市人大代表。

“你和华子有过矛盾吗？”

“这个从来没有？他为人挺仗义。只是我看不惯他有时比较暴力！他是一个急性子，也是一个暴脾气的人，不过这些年他可好多了，变化很大。”

“暴力？这怎么回事？！”

“喜欢训质下属，要是下属稍微犯错，就采取家规，动粗骂人打人，他手下有几个好像也是这样，比较暴力那种。他有花不完的钱，平时出门喜欢前呼后拥，比大领导还讲排场呢。”

赵东山一副极尽傲慢的口气，话中故意带刺，这让坐在一旁的戈阳听了心里就来气。他想挖苦赵东山几句，却见田静一直在询问他，他只好作罢了。

“他有犯过事？”

“哈哈，这个田支队你比我清楚啊。怎么倒问起我来呢！”

赵东山反应还挺快的，见田静这么一问，他就趁机把球踢回田静这边。

“你们是兄弟，可以理解，各自不说对方的坏话。但话又说回来，要是他违法犯罪了，你知情不报，那你就要承担包庇责任哦！”

“赵总，你要是明知他是犯罪分子，而向司法机关做虚假证明，为其掩盖罪行，或者帮助其隐匿、毁灭罪证、湮灭罪迹，使其逃避法律制裁的行为。这个后果很严重的。”戈阳警告赵东山，他终于有机会吐了一口恶气。

“这个我知道，我知道。”赵东山赶忙唯唯诺诺，赔笑说道。

“你说你救过华子命？这又是怎么回事？”

“是啊，还在浙江东阳打工时我俩经常陪老板跑去越南到现场看工人砍伐红木，他踩到地雷了。”

“踩到地雷？等等，我没明白，至少没完全明白。”

见田静有些不相信，赵东山又很得意地说道：“在越南深山老林砍伐红木，一不小心就踩到地雷。华子踩到的是一颗美制地雷，幸好只是左脚大拇指踩到，地雷炸响，把他的脚炸得稀巴烂。我背着他走出大山，然后又想办法把他送回凭祥医院治疗。现在他的左脚还留有后遗症，走路一拐一拐，不过跛脚不是特别的严重！”

“哦，华子跛脚原来是这么回事啊！”苏微微和戈阳两人同时睁大了眼睛。刘氏兄弟他们也认识，虽然没有交往过，但像丹阳这样商界人物一般人都听说过。

“你允许华子进入密室欣赏过自己的藏品吗？”

“我们一起去法国参加拍卖会，他当然进去过。田支队，你不会怀疑此案和华子有关吧？”

“我们有这个意思吗？”这时，苏微微插过了话。

“我猜想也不可能的，我还救过他命，再说了，他现在一不缺钱，二不缺女人……”

“赵总，我纠正你刚才说的话，中国执行的一夫一妻制，至于你说你的朋友不缺女人，这是法律所不允许的。你们当老板就是饱暖思淫欲！”

赵东山被田静这么一说，就赶紧赔着笑脸：“田支队，不好意思，我们生意人平时就粗暴鲁莽一些，您不要见怪。”

田静没搭理他，没有回应，赵东山很知趣换了话题。“要是能追回青花瓷，我可以考虑把它捐献给国家，总比让它流落民间的好。”

“这可是你说的，大善人一个，这么贵的一个古董，到时可不要反悔啊！”

戈阳将了赵东山一军，没想到赵东山还是信誓旦旦地说，只要警察帮追回青花瓷，他决不食言。戈阳就问他怎么突然有这爱国之心。赵东山欲言又止，过了一会儿才缓缓地说道：“反正我现在已当这件古董丢失了，要是真能追回来，我还是决定把它捐献给国家，或许我还落得一个好名称啊。”

赵东山说完，哈哈大笑。至于原因那真是一言难尽，以前的事就不说了，最重要的是，就在希望田支队长这次能把这个案早日破了。这些年也正是因为这个青花瓷，闹得他心绪不宁。

“小戈同志，发什么呆，没听到我们讲话吗？”田静看着戈阳正对着窗外发呆，显然把刚才赵东山陈述的话当成了耳旁风，不由得提醒他。

“田支队……我……我在听呢，我有事要向你汇报呢！”戈阳瞬间清醒过来，刚想解释，可就在这时，突然一声巨响，将他的话语打断了。

“轰隆！”

一声炸雷骤然炸响，好像整个天都炸开了，赵东山家地板好像都晃悠起来了。

赵东山被这声炸雷吓得打了个哆嗦，下意识扭头望向窗户。田静也看向窗户，侧耳辨听，外面传来沙沙的声音，远处时不时传来几声雷鸣。

“好像……暴雨……要来了！”

田静三人正要走出赵东山家时，天空就下起了暴雨。雨水顺着房檐流下来，像一条条小瀑布，渐渐地在院子里流成了一条河。

见雨势太大，三人只好又返回屋里稍歇一下，趁着赵东山到另一间接电话时，田静就问苏微微道："刚才你说路上有事要汇报?"

"田队，不瞒你说，我第一感觉这是熟人作案。理由有三：一是从大门进到藏宝室门，经历三套门，而这三套门丝毫无损，说明有人拥有这家的钥匙，或是具备开锁技术；二是作案的人一定特别地了解赵东山家庭的布置；三是这个人很熟悉赵东山平日居家情况。"

"戈阳说的有道理，我也有这样的想法，我赞成戈阳意见!"苏微微说。

"我说你们两个啊，啥时才能成熟点?"田静提醒着苏微微，眼睛却往戈阳看去，露出温和的笑，"光凭预感是远远不够的，得找到证据。另外，这么一个简单的问题，难道十年来，专案组都没考虑到吗?都没人往熟人作案这个思路去想，去深挖线索吗?我看问题不会那么简单的。"

"田支队这么说倒也在理，现在还不好说。"

田静说："目前咱们要做五件事。第一，尽快去会见许中间这个人，再了解一下情况；第二，发一则悬赏通告，通缉两个下落不明的犯罪嫌疑人；第三，尽快把之前专案组侦破的卷宗好好再看一遍，看看里面有没有我们要找的东西；第四，去双刚集团，会一会刘氏兄弟，特别是刘刚华；第五，再次去供电局了解一下十年前那个晚上停电真正原因。"

"明天中午之前要把青花瓷案子悬赏通告发出去。那两个逃跑的人，不管死活，挖地三尺也要把他们找出来。"田静又强调一遍。

"好的，我知道了，田支队。"

"革命尚未成功，同志仍须努力!"

“继续努力！”

“一定！”

三人正说话间，不知不觉，雨渐渐小了，尔后就停了。

“好，现在咱们回局食堂找饭吃！”

听到这话，赵东山也从里屋出来，准备送客。

准备出大门时，一个年轻帅气小伙子哼着歌儿走进院里来，赵东山招呼道：“小山，快过来，我跟你介绍一下，今天田警官他们几个过来，又要开始侦破我们家的那个案子。”

“田警官，我叫赵小山，又辛苦你们了。”

“啊，对了。小山现在是我们集团副总，主要负责财务这块。”赵东山很自豪地向田静他们介绍。

“你家公子怎么样？”

“你是说他是什么样的人？”

“怎么说呢……很老实的一个人。不过，缺点就是太争强好胜。”

“一看就是一个精明能干的小伙子。”田静转过身对赵东山说道。

“这还真让田警官说对的，现在的年轻人比我能干多了，不过还需要历练历练。”

“咱市最近发生那么多事，你们这么忙，还顾及我们家这个案子，真辛苦你们了。”

“田警官，我们家这个案子有希望吗？”赵小山脸上又浮现出笑容，但很明显是在思考问题。

“犯罪分子一天不伏法，此案一日不终结，追踪一日不止。案子不破，我们警察誓不放手！”

“这么说来，我们家的案子最近有些进展了？”赵小山很快反问道。

田静苦笑着摆了摆手："详细情况我们不能透露，真是抱歉——好了，今天就了解到这吧。"

"小山，你送田警官他们一下。"

赵小山陪着田静他们走出门口。"案子发生的时候，你在干吗？"田静突然问道。

"我啊……嗯，让我想想……"赵小山想了半天，摇了摇头，"想不起来了。"

"哦。"田静笑着点了点头。

田静问了赵小山两三个关于赵家的问题，比如当时他是什么时候知道家里被盗，他对家里被盗有哪些看法。然后，田静又针对平时他都和哪些人交往问了些问题。

"请问，这是关于什么的调查？我和谁交往怎么了？"赵小山瞪大了眼睛。

"我觉得你的这些问题和案子毫无关系，无助于破案……"赵小山渐渐不耐烦了。

"我这么问，只是确认一下。我觉得，即使是调查需要，也要尽量避免伤及无辜。像我一众朋友。"看来能从赵小山这里打听到的只有这些，于是田静说，"今天就先到这吧。"

苏微微点点头，冲着戈阳使个眼色。戈阳马上向赵小山说了一声"感谢你的配合，我们走了。"

"啊，对了，如果案情需要我们还可能再次上门找你们了解情况……"田静刚走出院门又转过头对赵小山说道。

"好啊！"赵小山淡淡地回应道。

三人刚上车，突然天又下起雨来。

警车驶离大寿山曼哈顿一号别墅区，在雨中前行。进入市区时，雨势渐渐减小，由最初的暴雨倾盆变成了淅淅沥沥，街道被雨水冲刷得干干净净。

一路上，一直没有开口的田静突然问道："你们对赵小山怎么看？"

"赵小山？"

苏微微不明其意，戈阳也一样。赵小山是谁？他还需要被怀疑吗？

戈阳把车停在路边，看着田静。

"你在怀疑赵小山？案件发生时，赵小山还是一个大学生，都还没毕业走上社会。"

"他读到大几？"

"大一，那时候他不过是一个十八岁的小孩。"

"十八岁了，还小孩？"戈阳接过话反问道。

"你爸妈估计到现在还一直把你当作小孩呢。"苏微微说。

"你们两个别贫嘴了，现在是说正事。"田静一脸严肃。

"为什么怀疑赵小山？"

戈阳把停车下后，说道："意义不大啊。"

"确实如此，没什么意义。"苏微微淡淡地说。

"当年，我们也调查过赵东山的两个小孩，赵小山寒假春节在西藏旅游。他妹妹赵小梅十二岁，还在上小学，我们就没核查了。"

"这个案子什么都没留下，我希望有真相大白的一天，但是感觉希望很渺茫，而且十年了吧，那两个逃跑的人都不一定活着。"苏微微又有些泄气地说。

"现在没有任何证据表明熟人和案件有关，一切都建立在近乎空想的推理上。我相信所有的真相都会水落石出，只不过现在暂时遇上困难。迷雾可以暂时遮住眼睛，谎言可以堵住耳朵而欺骗世人，但随着时间的流逝，真相一定会水落石出。"

"我相信田支队。"戈阳毫不犹豫地回答。

“谢谢！”田静握着戈阳的手说道，“回去吧。”

一路上，田静陷入迷茫。看起来不像是深夜入室抢劫，案发现场大门完好，进密室三套门也完好无损，没有任何撬动的痕迹，而窗户也未发现踩踏、撬开痕迹，甚至连地板也未见鞋印，哪怕是模糊的鞋印……

“这个案难道到我手上又要变成一桩积案？”田静又一次嘀咕着。

忽然间，田静感觉到自己也没那么信心十足了。

第三章　思量

17

一大早天刚蒙蒙亮，天空便开始下起雨来，一会停一会雨，直到中午才完全停下。

中午时分，丹阳市很多人都收到这样的一条短信，是丹阳警方给全体市民发出的一则悬赏通告——

悬赏通告

××年×月，丹阳市公安局办理一起重大盗窃案件，宋三强、宋三宝有重大作案嫌疑，现在逃。

宋三强，男，汉族，1973 年 7 月 2 日出生，绰号“强哥”“大宋”，身份证号码××，户籍所在地：××省丹阳池市安都区远山镇上村黑孟屯 19 号。身高 168 厘米左右，中等身材。

宋三宝，男，汉族，1973 年 7 月 2 日出生，绰号“宝哥”“小宋”，身份证号码××，户籍所在地：××省丹阳池市安都区远山镇上村黑孟屯 19 号。身高 168 厘米左右，中等身材。右手背有一块豇豆大小的胎记。

上述两人系同胞兄弟，当前，公安机关正在全力追捕，现向广大人民群众通告。

1. 凡是提供线索协助抓获犯罪嫌疑人宋三强、宋三宝或直接扭送交公安机关的，一次性奖励人民币 10 万元。

2. 如发现不明尸体或尸骨，经提供线索，查证是宋三强、宋三宝的，一次性奖励人民币 10 万元。如其家属或亲友提供证据，经查证属实的，也给予同等奖励。

3. 凡是知情不报、窝藏、包庇犯罪嫌疑人的将依法追究法律责任。

公安机关将为举报者严格保密。

联系电话：田警官 15××，苏警官 13××，戈警官 19××

附：犯罪嫌疑人宋三强、宋三宝照片

丹阳市公安局

20××年 6 月 10 日

悬赏通告说得很清楚，只要能找到，不论活的还是尸体，即使坟墓也可以，统统奖励十万。警方把悬赏通告发到普通市民手机来，这还是市民第一次遇到，不知道是怎么回事。中午下班的时候，白邦云也收到了，他不知道这是一个什么性质的盗窃案件，当然，这也不是他要知道的范畴，他也没必要清楚或关心这个事，也不打算向田静打听。看完悬赏通告，白邦云使将手机调至静音状态，然后休息了。

不仅仅像白邦云这样的市民收到警方的这则悬赏通告，接下来的几天时间里，丹阳各大新闻媒体都在发布警方的这则悬赏通告，公检法系统的人的朋友圈到处都在转发这则悬赏通告。比这则悬赏通告早前的，还有一则悬赏通告，那便是“5·18”伤医案，不到一个月时间里，丹阳市公安局接连发了两则悬赏通告，多少也让丹阳老百姓有些紧张，丹阳市的气氛陡然变得紧张起来。

盗窃悬赏通告发出的时候，田静和戈阳两人正在市法院生活区老刑警李全家里。当年，李老是该案主要负责人，也是市公安局分管刑侦工作的副局长，他还参与了审问许中间和宋宝宝这两个人，不过，他早在五六年前就退休了，儿子在法院工作，他跟儿子住，帮带孙女。平时闲下来，他喜欢在楼顶摆弄些花花草草，偶尔也出去钓钓鱼。正在楼顶上摆弄花草的李老见田静跑上来找他，他便放下刚才还在修枝用的剪刀。

田静人还没到李老跟前，他就抢前说开了：“哎哟，这个案子很多警察都来找我了解情况……但结果呢，到现在都破不了案，哎……”

“老领导啊，又过来打扰您了。”

李老说话很幽默：“我啊，每天起来摆弄一下花草，算是开启一天好心情，这样也可以延迟老年痴呆的到来。”

来之前，田静听说李老不太好接触，前面的同事也曾经来找他，想和他了解一下当时一些情况，但他就一句话“公安笔录写得清清楚楚”了，叫他们回去翻阅档案就可以了。田静正在暗想着的如何开口说话的时候，李老却先开口了，他说：“刑侦支队队长是一名女将，人才难得，难得啊！”

“李老，早就应该抽时间过来看您，可是最近我们实在太忙了，您也知道咱市最近发生的案件，分身乏术，希望李老理解啊！”

田静这话，李老听上去顺耳，一点脾气也没有：“我一个退休的老头，有什么好看啊？不过呢，今天你们几个来，我也很高兴啊！”

田静说：“李老就是姿态高、境界高，来日方长，今后希望还得您继续支持我们的工作哦。遇到一些问题，可能需要经常上门来麻烦您。”

“哈哈，那没问题，我知道你们今天来找我想了解青花瓷案。我这上面没有凳子，到我家去坐坐吧！”

“李老，我们都是一家人，就不用客气了。就在这儿聊吧，一会儿我们还要赶回去呢。”

“好，好！”李老今天说话很爽快。

楼顶上没有凳子，李老就叫田静他们坐在水泥砖头上。

“这个案子确实挺棘手，案发后，就是许中间和宋宝宝到案，而且是小兵小卒，其他像宋三强、宋三宝则销声匿迹。这么大案子，背后肯定另有主谋。对于青花瓷案，丹阳警方一直没有放弃追捕。到你小田这代，算是三代警察接力破案了。时至现在，我都还不时会将当年审讯日记翻出，回顾细节。因为这个案其实我压抑的心情是一直存在的，很痛苦。我对不起丹阳老百姓啊！”

“许中间和宋宝宝的确是半路遇到抛锚的车子，这个案子他们确实没有参与过，证据确凿。”

“依我看，这个案子不会那么简单。”戈阳说。

“小伙子，你这不是废话吗？要是简单早就破案了。在退休之前我没能破案，可以说我干了一辈子警察，这是一种耻辱！

“这个案子熟人作案概率比较大，但当年，我们把那个叫赵东山的人所有亲近朋友亲戚全调查了一遍，就是没发现有价值的线索。但直至今天，我依然坚持我的观点，是熟人下手的。”

“您对当晚那个片区大范围突然停电有什么看法？”

“我当然也怀疑有人做了断电手脚，但经过我们调查，没发现什么异常问题。况且那晚确实是一条高压线出了问题，供电部门抢修了一天一夜才弄好。”

“难道是凑巧？盗贼下手时，恰好遇上那一带停电了？”

“这说明，那晚他们还有另一套偷盗方案，在下手时，可能真的凑巧停电……”戈阳说。

“哦……”李老长长地叹了一声，一脸无奈地说，“干一辈子警察，大大小小侦破案子无数，唯独对这个案久攻不下，我真的窝火啊！不能让我把这一肚子的火气带进坟墓里去吧。”

见李老火气上来，田静赶忙劝慰：“李老，再狡猾的狐狸也终有露尾巴的一天，我就不信，这个案永远都破不了！”

“好，好！当警察就应当有这种自信，别自己把自己给吓唬住了！我就喜欢像你这样有骨气，有底气的人儿。我知道你现在肩上的担子不轻，压力不小！”

田静点了点头。

戈阳在一旁接上说：“我们在判断思维上会不会搞错方向？”他觉得还不够，又顽皮地加了一句，“我们田支队为这个案子都快疯了。”

李老沉吟了片刻，平静地对戈阳说：“你是说不是熟人作案的？”

李老摇摇头：“我认为应该是。”

“我就不信，这么多东西，而且也肯定不是一两个人作案，就这样悄无声息、逃得无影无踪了。当年我们也不相信，但走访上百个单位上万人，居然没人遇到任何异常情况。你说奇怪不奇怪呢？”

“这还真奇怪！”田静说。

“你认为赵东山此人怎么样？”田静转了话题。

说到这，田静噤声了。李老知道她后面的意思，无非是想表达会不会是赵东山监守自盗。

“你在怀疑赵东山监守自盗，还是在说他家根本就没有什么青花瓷器？”

田静暗暗佩服，李老不愧是一个老刑警，一眼就看出端倪。

“会不会我们搞错了？”

李老摇摇头，说绝对不会。

“只能说明这个人太聪明，不，我不是说赵东山，我是说盗宝的人，他办事能力极强，掩饰得非常好，但是他的思维有些让人想不通。他究竟做了多少见不得人的事，但却没留下任何的尾巴。

“这个人应该智商超群的人物。

“我搞刑侦四十年，却始终找不到任何蛛丝马迹，这是什么逻辑呀？甚至到现在，我还是有点云雾里，我真不甘心啊！

“但不管此人如何的聪明，总会有那么些蛛丝马迹存在，总会露出破绽的。”

“谢谢您啊，李老。”田静由衷地说。

李老沉浸了一会儿，抬起头批评自己说：“以前我对工作要求太严厉，加上脾气很不好，所以对同事总是很苛刻。有时控制不住自己情绪随时随地随人随事的唠叨，因为这个案，还有两个同志被处分，我真的过意不去。”

“唠叨也是希望能够对我们有所启发嘛！”

“好啦，今天就不谈这些了，谢谢你们来看我。我还要拿几件衣服去幼儿园给孙女，我就不留下你们吃饭了。”

李老对田静笑笑，端起茶杯喝了一口，手里拿着茶杯准备要离去。

见李老转身就要走了，田静突然四下张望一下，问：“您对双刚集团的印象如何？”

“什么？这个案子和双刚集团有关？”一听田静这话儿，李老惊奇地把嘴里含有茶叶吐了出来，“你们得有证据啊……”

“没有，没有。我不是那个意思！您在市局时间久，当年又是分管刑侦工作的领导，我只想了解一下这个企业平时在经营上有没有遵纪守法？”田静赶忙纠正过来。

“双刚集团在咱市可是红极的民营上市企业，它可不是一般的企业，你们得注意点。我也实话告诉你，我在任时，匿名举报双刚集团很多，一般都是涉及一些治安的，像打架斗殴、聚众赌博、寻衅滋事，甚至我也去抓过他们，但真正要说涉及严重刑事案件，我倒反没接到报案过。”

“传言说双刚集团大老板刘刚华有很多个老婆。”

李老没等田静说完，半是玩笑半是认真地说：“这在咱丹阳市很多人都知道啊。这种多出来的老婆应该都是没办登记手续的，不然就是重婚罪啊！”

李老并没有停住话头，接着说：“这些年来，刘刚华、刘刚强两兄弟做了不少慈善事业，两人还是咱们丹阳一大慈善家呢。特别刘刚华对慈善向来都出手大方。”

“不过，涉及这样的企业，你们一定要多动脑子，不要意气办事，不然……”他的话没说完。

田静若有所思地点点头。

“好啦，我要给孙女送衣服去了。”

“田支队接下来我们咋办？”戈阳急了，他问着田静。

“不知道。”田静如实说。

田静的确不知道接下来该怎么办。但她知道，她不会停下。

听到这，李老又停住脚步，非常理解地看着田静，沉默了半天说：“是案子，就必须将它破了。田警官你要对自己有信心。我退休了，留下一辈子的遗憾，希望你们不会。”

“我有信心。”田静说。

“对呀，这个案子肯定能破。”戈阳想了半天，终于笑笑。

李老看这两位警察信誓旦旦的样子，不由得长舒了一口气，说：“也该破案了。田支队长，有你这番话我就有底儿了。看来，我的担心是多余的。”

田静说：“不多余，一点儿都不多余。有您的这番鼓励，我信心也更足呀！”

“不破才怪。”戈阳俏皮地又笑了笑。

“戈警察年轻有为。我信，我信。”

李老说着便朗声大笑了起来。戈阳从他的笑声中，感觉到他虽年逾六十，但中气十足。

“我也听群众议论这个事，没想到你们已把工作做到了前头。田支队长呀，我真得好好谢谢你！”

戈阳一听李老夸奖，就有点不好意思地说：“李老，您过奖了，我只是做了一个警察该做的事儿。”

“要是每个人都像你这样想，像你这样做就好了。可是，他们想的不是大多数人的利益，想的只是他们个人利益。”

“现在，像你们这样正直无私的人实在不太多。”

“李老，请您放心，不管遇到多大困难，我们一定把这个案子拿下！”

“好，我等着你们胜利消息！”说完，李老便告辞下楼了。

18

又是一个星期二。

一大早白邦云就来到妇产科门诊。因为今天是周二，白邦云在门诊部妇产科专家诊室坐诊。白邦云一般都是逢周二全天、周五上午坐妇产科专家门诊，其余的时间都在病房上班。

此时此刻，门诊室外早坐满了等候看病的人。每次到白邦云坐诊时，诊室外，总是排着长长的队伍，仁心妙手让白邦云声名远播，他成为患者心目耀眼的“明星”。在很多外行人的眼中，妇产科里有男医生，肯定会遭遇到尴尬。刚来妇产科时，白邦云在门诊上班的时候也经常遇到不愿意接受男医生而要求换女医生的情况，甚至也被误解过，而且还不是少数呢。就像之前热播剧《金太狼的幸福生活》的男主角金亮，是一位妇科男医生。丈母娘：“那妇科还不如肛肠科呢，肛肠科起码他男女老少都看。妇科，他一天到晚……这不是流氓是什么？”

有时候一些网友们谩骂他们是职业流氓或心理变态，这不足为奇，也很正常，不正常的是有一些居心叵测的人，因为这些人满脑子都是乌七八糟的想象。

在白邦云的眼里，医学是一个不分性别的专业，在医生眼里只有病人，没有男女可分的，一个医生的职责就是治病救人，解除一切病人的疾患，哪来的那么多龌龊的想法？医生在工作的时候，眼里看到的只有患者的病痛，完全是将女患者和生活中的女性区别对待的。临床医学专业除了妇科、产科，还有肛肠、泌尿、麻醉……从来就没有男女区别的。从医生角度来讲，人体对他来说是没有隐私的，他只关心病人健康。直到现在还有一些争议，还执有一些不同观点，病人在医院里是生命重要还是隐私重要？当然了，传统思想下，要接受一位男妇产科医生还有很多障碍，但说妇产科男医生是流氓，可真是个大误会。当医生的人都知道，医院有相当严格规定，男性医生在为女性患者进行检查时，必须要有第三者在场，第三者一般是同事、护士、其他医生或家属，不得和女病人过分攀谈、聊天，而且不得进行不必要的、过分的检查。

大学毕业刚到妇产科上班的那阵子，白邦云经常遭遇女患者拒绝检查的尴尬事。在门诊上班，有的女病人一见妇产科坐着位男大夫，调头就走，有的还以为走错门。和白邦云对面坐的是一位女医生，患者来看病时几乎不找白邦云看病的。有时候女医生忙不过来了，向患者推荐白邦云时，患者常常会直接拒绝女医生的好意，宁愿排队等着，甚至宁愿选择明天再来看病。白邦云第一次在病房值夜班时，从乡下来一位大龄产妇，产妇送到产房后，丈夫一见值班白邦云是一位男医生，他说什么也不干，在门外坐立不安，不时地在走廊里走来走去，嚷嚷着要转院。白邦云经过检查，产妇情况十分危急，如果家属再不同意签字进行剖宫产，产妇和胎儿都会有生命危险。经过劝说，丈夫终于接受一切，最终母子平安。但现在，二十年过去了，这种情况很少发生了，很多病人都是慕名远道而来找他看病的，只要白邦云坐门诊，他便是妇产科门诊挂号最多的一位专家。

白邦云刚坐下，手机忽然响了，谁这么早打来电话？

白邦云顿时心生不祥的预感。这种时候来电话，该不会又是有重病人找他看病吧？

“喂。”

白邦云只好叫病人先等一下，他拿出手机起身离开座位，到诊室里间接了这个电话。

“白主任，你现在方便吗？我想和你讲几句话？”

“你是谁？”

“我是谁并不很重要，重要的是我要向你提供一个非常重要的线索。”

“你说吧，我在听。”

“算了算了。还是约时间我们面对面谈吧。你等我电话好了！”

白邦云正想问下去，对方已经把电话挂了。白邦云急忙看了一下来电号码，是一个本地手机号码。白邦云反拨了过去，电话通了，但却没人接听，再拨也是如此。

难道对方说要提供的线索和柴医生的死有关？一想到这儿，白邦云就有点紧张起来了。他猜不透对方的用意，要是对方真的掌握什么线索了，为何不向公安部门反应？自己又不是警察，干吗要向他提供呢？白邦云百思不得其解，一头雾水。

这时，有病人见白邦云打完电话了，就开始催他看病了。

白邦云只好坐下来，开始接诊病人。

今天的门诊患者非常多，白邦云一直忙到了上午十二点，为患者检查、写病历、开处方……

一个上午下来，要接诊几十号病人，但是大多数时候白邦云连一个患者的长相都记不住。这不，下班时，白邦云刚出医院大门时，一个白邦云今早刚刚接过诊的患者见到了白邦云，就主动上前和白邦云打招呼，但白邦云却认不出人来了。

他的第一句话就问："我们认识过吗？"

"白医生，早上还是您帮我看病呢！"

"哎，看我这记性，什么也记不得了。"

"这么难怪您呢，您一天看这么多病人哪能记得这么多啊！"患者十分理解白邦云。

望着患者远去，白邦云心痛起来，在一个早上接诊中，十有七八个患者都是肿瘤之类的病人。

下班的时候，白邦云才想起上午的那个陌生电话，他试拨打一次，对方却关机了。

要不要告诉田静，有人准备提供"5·18"伤医案线索？白邦云一直还拿不定主意。直到从医院职工食堂吃完午饭他都想不通，为什么对方不直接报警，干吗要打电话告诉他？而且对方怎么知道他的手机号码？难道是熟人，但听声音，他脑子里反复过滤自己的朋友、同学，那声音一点都不像，很陌生。

医院职工生活区就在住院部隔壁，隔着围墙，但要绕围墙走一圈，也就是要走路两三百米。回到家的时候，田静照例没在家。她一般中午都在公安局食堂吃午饭，女儿在学校，中午白邦云基本上是单身汉。

中午白邦云打算就在客厅皮沙发上小睡一下，下午他还是在门诊上班。“叮”一声，放在茶几上的手机响了一下，这是来短信声音。已躺下休息的白邦云又被信息铃声惊扰了，他打算把手机设置到静音。于是，他伸手从茶几上拿过手机，是白玖发来的——

“邦云，那天我的话有些过激，回到家我就后悔了，我向你表示歉意，希望你不要往心里想去。为了表示我的歉意，改天我补请你吃饭！”

收到白玖主动发来微信，白邦云心头云开雾散，一个结终于被打开。刚要放下电话，白玖又来了一条微信——

“你放心好了，白玖还是那个白玖，她没有变！那件事说完就完了，千万别殃及你，否则我就是罪人。”

看完微信内容，白邦云也给白玖回复了一条——

“不是我不帮你，是我帮不了你，请你理解我。不过我真的希望我的这番话能够唤醒你的理智。叫白小川去自首，这是唯一的出路。不要往里面陷了，会越陷越深。好了，我们仍旧是朋友。”

微信刚发出去不久，白玖就回复了。但没有内容，只是给白邦云回复一个惊讶的表情包。

“怎么还不明白？”白邦云深呼吸了一次，这样会害了她。不管怎么样，白玖曾是他的未婚妻，自己身上还流淌着她的血，他理所当然要好好劝她一下。

白邦云突然站起来，一瞬间他有了最终决定——

他要主动去找白玖好好谈一次。

19

三十天时间，三个大案要案未破。这一年丹阳的盛夏，绝对会被田静铭记。

因为这个盛夏，接连发生三起大案，除了那起抢劫案没致人命外，另外的两个案造成两死两伤。田静虽然只是一个代理队长而已，但肩上的责任一点都不轻，压力可想而知。

一个月过去了，破案成功率为零，至少目前是这样。线索是掌握一些，但无一例外全部无破获。

对此，连女儿田雨有时候都会忍不住吐槽，说："妈，你看你当这个刑侦支队长！就没破过一次案，丢不丢人？"

说句不好听的话，就是"你是什么干活的！"

没错，这纯粹只是吐槽。

但事实摆在眼前，一个月过去了，这样的破案率，还好意思叫屈吗？全市的人都在盯着公安局破案呢，公安局的人又都在盯着田静呢，能不让人焦虑吗？但市民又不是警察的，他们哪知道这里面的难度，又有谁知道田静的苦啊，她为此整整失眠一周了。

就拿青花瓷这个案子来说吧，之前田静在下面的安都分局，一般发生案件，都是发生在十天以内的，碰触超过这个时间的案子不是很多，除了那起十七岁女高中生死亡案，案件时间跨长十五年。毕竟，一件案子，放得越久，破获的难度越大，这是常识。原因很简单，证据会随着时间的流逝而逐渐消失。

青花瓷这个案子可能还勉强说得过，但那刀插红衣女案、抢劫案、伤医案呢，这三个案件就刚刚发生，依然毫无头绪。

是啊，我田静是怎么干活的！现在田静自己都怀疑自己的能力了。

田静这个刑侦支队代理队长，上任三个月案件一个接着一个发生，仿佛专门针对她来的，在考验她的工作水平、工作能力。这事儿，怎么听都让田静觉得很无奈。

下午上班，田静、苏微微、戈阳又一次跑去蒋立军办公室做了汇报。

田静先汇报，然后苏微微、戈阳再做补充。

蒋立军听完汇报，整个人陷入了沉默，一脸铁青，有些生气地说道：“田支队，你觉得……是你工作水平问题呢，还是侦破方向不对？”

“让你代理刑侦支队长，局里看中你业务能力。你在下面不是经常破案率百分之百吗？怎么到刑侦支队就哑火了！这到底怎么回事？”

“你把局领导班子经过慎重研究提拔你的决定都丢光了！”

蒋立军发火不是没有理由的，田静以前的工作成效是摆在那里，整个丹阳市公安局有目共睹。但到刑侦支队，却完全变成智力障碍者了。

这让蒋立军完全不能接受，不但蒋立军不能接受，连田静自己都不知道怎么回事。

“你这段工作让我们全局工作都很被动，知道吗？可以说，对你这段工作我不太满意。”

“蒋局，你的担忧我也知道，不过我一定会把这起案给破了！”

“光说破了有何用啊？不是你一说一个保证就能把案子给破了。”

蒋立军再次看了一眼田静，苦笑一声，道：“等你把案给破了，才有人相信啊！”

“我相信你们几个也都明白这个道理，是不是？”蒋立军的语气加重了起来。

办公室内的人都陷入了短暂的沉默，足足半分钟后，蒋立军忽然说道：“这三个案你必须给我拿下，再给三个月时间，最长不超过半年，不然你给我走人！”

田静身上陡然冒出一股凉气，直逼心扉。

“这恐怕……但我尽力。”一开始田静认为蒋立军给她的时间太短，有些不是很理解。

“不是尽力，是必须拿下！你也想让我这个局长下岗吗？”

蒋立军说话很大声，估计他也把这段时间的所有压抑全都发泄在田静身上了。

“不过嘛，我相信你会行的。你的业务能力我始终相信嘛！”

说完，蒋立军却陷入了沉思。半晌之后，他才缓缓说道：“你回去后，召集大家重新分析，也要好好检讨一下。

“我们要把案情摸清楚、搞明白，分析问题的症结。

“另外，小田，刚才我说话重了点，你不会挂在心上吧，这不利于工作，要甩开思想包袱嘛。”

“蒋局，我感激您还来不及呢！也确实我工作做不好，应该接受批评！”

田静继而又说道：“我不会有思想包袱的！”

蒋立军终于露出笑容，他笑笑说道：“要让真正有能力的人干事，像戈阳这样年轻的刑警，就要放手大胆地使用，你们不会说我独断专行吧？”

“不是，不是！戈阳确实不错！”

一听到这儿，戈阳自己就觉得不好意思起来：“承蒙各位领导抬爱，我一定要好好努力工作！”

蒋立军点了点头，“年轻人就要努力工作！我只关心结果，在不违规违法的前提下，至于过程怎么样，我不管！”

随后，三人又在蒋立军办公室里商讨了一阵，田静这才带着苏微微、戈阳离开了蒋立军的办公室。

路上，苏微微终于忍不住问道：“田支队，蒋局给我们半年时间，你怎么不相信咱们的能力啊！我咋听着有些迷糊呢？半年之内，三个案至少能拿下一个，多的我不敢说，反正我就有这个信心！”

“你这话说得太没水平了。”戈阳差点笑出声，他揉揉生疼的眼睛，“三个破一个，这是哪门的话啊！三个破一个，你还好意思说啊！你没听蒋局说半年内三个案全破的吗？你又搞变通了？”

“不，戈阳，你说错了，时间过去这么长了，可我呢，都干些什么了？”田静说道。

“蒋局批评得对，我是该挨骂！我也知道刑警工作成绩，只看破案率！哎——”田静长长一叹。

“我不是担心我的职务没有了，这倒不是主要。我们干刑警的就得拿破案率来讲话。”

“田支队说的也是，不管怎么，我们得把案子给破了！”苏微微说。

戈阳嬉笑道：“承诺是小，关键如何做到。”

苏微微一愣，毫不迟疑地道：“承诺就要做到，明白吗？当时我见蒋局的脸色，我在想既然自己都相信自己了，有什么不能答应下来……主要还是把握不大。”

“这不就对了嘛。”戈阳说道，“时间宽松点压力就小些嘛！”

“时间宽松……”戈阳刚说出这话，就觉得不对劲了，“我们时间宽松，但蒋局他压力可不小，全市上下都在盯着公安局呢！”

“不仅仅是全市，各级领导这会儿都在盯着丹阳市公安局呢！”苏微微很严肃地说道。

田静笑笑，道：“可不是嘛。我们不能无限要求破案时长，现在群众恨不得明天就把这些犯罪嫌疑人绳之以法。我们哪还敢跟领导讨要更长的时间……”

“接下来我们怎么办？”苏微微心直口快地问道。

“回去再研究一下，必须找到突破口。”

“这我知道。”苏微微说道。

“田支队，我有预感这几天，用不了多久，我们就能找到突破口。”

“办案不是要有预感，要讲事实。”田静顿了顿，接着说道，“你们想想，再不把这几个案拿下来，人家怎么看我们，哪怕要为自己争口也要全力以赴！”

“不拿下这三个案我就不穿这身警服了！”戈阳立刻说道。

“也算我一个！”继而苏微微说道。

“我们生就是为破案而来，为除暴安良而来，为警察荣誉而战，为民除害立警为公，执法为民，为民排忧，心系百姓英勇无畏，忠于职守。”

“你们这样坦诚和勇敢，反倒令我难受。”田静对戈阳刚才说的话先是一愣，然后又深深自责起来。

有这样团结协作的下属，和这样的同事共事，田静感到很欣慰。对她个人而言，哪怕个人能力再强，也需要同事之间的互相配合。田静没别的想法，只是一门心思地想把案子给破了。在分局的时候，她从来不觉得自己时间不够，亦或者说嫌弃缺少大案要案。可现在，她真有这样的感觉。现在，手上除十年前青花瓷旧案在等着她，刚发生三起案子特别是两起人命案都在等着她去攻破。原本，她打算个把月最多三个月时间处理一下青花瓷旧案，可近期接连发生的三起案件，让她有些措手不及，时间在一天一天流逝，田静心里更加焦虑。

又一个星期过去。

还不到七点，田静就起了床。

今天是周日，对于全市行政机关企事业单位的上班族来说，今天是很好的睡懒觉的日子。

可田静完全没这方面的想法。

星期天谁都想懒觉，但最近几个双休日田静都在办公室度过。昨天周六田静才从外地出差回来。

田静在卫生间洗漱时惊动到了还在睡觉的白邦云。

“你这么早起来干吗?”田静刚从卫生间出来，白邦云还是睡眼迷糊，他又问道：“你要干吗去?”

田静斜了他一眼，道：“上班呢。”

“今天不是周日吗?”

“案子还没破呢!”田静很淡定地回答了一句。

“你昨天才出差回来，今天完全可以好好休息一天呀。”

“我也想睡个睡懒觉，但我的工作没完成啊!”田静咧嘴笑了笑。

“今年局里先进个人缺不了你……”

“呵，先进个人就不要说了，案件不破我心不安啊。”

“要不要我做早餐！面条还是米粉?昨天我在超市买了米粉回来，就等着今天早上下厨做早餐。”

“米粉吧!”田静想都没想就直接说道。

在这个家，白邦云还会做了一手好饭好菜，平时大部分时间都是白邦云下厨。白邦云会做一手碎肉末拌清水面条，他做得非常好吃，但既然昨天已买回了米粉，那就煮米粉……

“成！反正昨晚还剩了些香煎鱼块，也够吃了。”

田静一双眼睛笑得像月牙：“还是我老公对我最好！”

白邦云煮米粉的速度非常快，当田静换好警服后，白邦云已经将一大碗米粉和用微波炉热好了昨晚吃剩的半碟香煎鱼块摆在了餐桌上。

“你吃完上班去吧。田雨早餐等她起来了我再煮。”

“你上午去病房吗？”

“等送田雨上辅导班后去一下，不去不放心。这会儿我再去睡一下。”

“嗯。”

“我们家两个都是劳模。”田静笑说。

“这种掏心窝子的话我可只是和你说。”

“吃完快去上班吧，我起床后再去收拾桌子。”

“那哪行，洗个碗要不了多久时间，再说你双休日一天三餐做饭也挺辛苦了。”

“你忙就别做了，留着我做吧。”白邦云一本正经道。

白邦云心疼田静，这让田静心里暖暖的，她感觉很幸福。

田静开的红旗 HS5 准点进入市局大门，进门便看到苏微微和戈阳正走向台阶。两人听到身后车子发动机的声音，也转过头来，看见了田静，两个年轻人便热情地向田静打了招呼。

“田支队，您今天不在家休息一天，您昨天不是出差刚回来吗？”

田静笑笑，道：“你们早啊！案子不破，休息不下啊！过会儿，你俩到我办公室来一趟，有事咱商量。”

“好的，田支队！”

三人快速拾级走上市公安局办公大楼高高的台阶。

20

下午三点，市公安局二楼会议室里。

这已是省厅领导第五次来丹阳市参加案情分析会议了。

“伤医案”发生后，省厅领导多次下来指导案件侦破攻坚工作。案发当天晚上，省厅分管刑侦的一名副厅长就率数名刑侦专家下来指导现场勘验和案件侦破工作。

经过一个半月的现场走访，受害人亲属问询，现场技术勘查等前期工作。刑侦人员在不间断地工作五十天后，案情汇总分析会再次召开。

综合前段收集的信息，专案组经过认真讨论分析，很快有了突破口——田静在前期的摸排中，理出头绪：持刀杀案发生时，歹徒选择的时间地点，都异常精确，加上受害人在昏迷前留下的“你杀错人了”，由此推断，歹徒事先很可能知道此事的来龙去脉。但对受害人平时往来，知晓的人不多，这中间，很可能有知情人……

“知情人”到底是谁？

田静还提出，凶手故意杀人只是为了泄私愤……

“虽然只把线索往泄私愤方面上推理，未免太狭窄了点。至少目前从我们所掌握得到的证据中还没发现此案确有因其他纠纷而发生的命案。”

“更不像因感情纠纷而引发的。”

“也必须要有解决问题的时间……”

田静分析案件，得到省厅领导的赞赏。当天下午的会议，案情分析会议开了整整三个小时，在这三个小时的时间里，与会同志都做发言。

会议结束，丹阳警方决定在上次悬赏十万元的基础上，再增加五万元悬赏抓获该犯罪嫌疑人，其目的是尽快侦破此案，消除社会影响，保护人民群众生命财产安全。

这几天田静的事情特别多，日程都排得满满的。今天又是忙了一整天，上午到现在田静一分钟休息时间都没有。吃完午饭就回办公室继续上班，下午案情分析会议结束时，已经六点半了。在食堂吃过晚饭，她又马不停蹄地返回办公室加班。

“田支队，已是晚上九点多，该回去了呀！”

苏微微和戈阳也刚忙完手中的事儿，路过田静办公室时，见自己的领导还在里面加班，就进门提醒了她一下。

“今天是周五？”

“是啊！”

“哎，看我这记性，忙晕了！今天周末女儿回家呢，又赶巧她爸爸出差，这会儿她可能又在家点外卖了。这几个月来，最大的遗憾就是陪田雨的时间太少。”

白邦云前天就到县下面合作医院坐诊去了，应该晚饭后才到家。

“我嘛，如果加班回家比较晚，小儿子都已经睡着了，儿子上学、放学也都是丈夫来接送。”苏微微说，自己并没有很好地尽到作为母亲的责任。现在每当儿子看到自己穿上警服，就知道妈妈又要去工作了，有的时候儿子就会很不高兴，一言不发，拉着苏微微的警服不撒手，此时苏微微只能哄儿子说：“妈妈今天肯定不加班了，很快回家来陪你玩。”苏微微的小儿子今年才满五岁，正上幼儿园。

“戈阳还好，单身嘛，牵挂就少一点！”苏微微笑说。

“苏姐的意思说成家不好？”

“好不好，等你成家了自个儿有体会嘛！等案子破了姐帮你介绍一个，怎么样？”

“这可说不定，指不定案子没破，你就不帮我介绍呗！”

“这笑话你也敢讲，你真不懂姐啊！”

苏微微的话说到了戈阳心上，他呵呵地笑。

“谁叫我们是警察呢！警察是什么命你们又不是不知道！”

“嘿嘿！”戈阳笑了一下说，“苏队说的有道理！”

“说得好，我们还要珍惜！”田静关好门了，哈哈笑着说道。

“好了，不说啦，下班啦！”苏微微打着哈欠说。

“田支队，我同意你说伤医案是泄私愤的分析。另外，我还倾向是不是和误诊有关？”

“我认为可能性还比较大，下一步我们重点调查一下妇产科这些年有没有误诊引起的纠纷案例？”戈阳沉默了一个会儿，道，“白主任在妇产科时间久，你回家一问便知道了。”

“这也是一个线索。”苏微微猛一下兴奋。

“可我还有个疑点，一个误诊就把一个医生杀了，这得是多大的误诊啊！”田静吃不准地问。

“这个得调查后才知道。”

“只要有疑点我们就要查。”

“之前好像没听白邦云提起科室的事？他跟你说过什么没有？”戈阳问。

田静想了想，没有这方面的记忆。

“先回家吧，天都黑了。”苏微微提醒说。

“也是，咱三人该回家了！”

走出公安局办公大楼，丹阳夜晚，灯火通明，温馨如斯。从华灯初上到万家灯火，丹阳夜色别样美。田静很喜欢丹阳这座城，更喜欢这座城的夜色。与匆忙而喧闹的白天相比，丹阳的夜晚灯火璀璨，绚丽多彩。

夜是一座城市最好的皮肤，万家灯火散发着美妙迷离的光芒，将丹阳的夜色点缀得色彩斑斓。一条条四通八达的街路霓虹闪烁，勾画出密集的城市交通网，纵横交错、环环相连，似乎能照亮任何想去的地方。此时的公园、广场热闹非凡，打钱杆、跳鬼步舞、听扬琴，孩童学步跌跌撞撞，老人三三两两闲聊，悠哉游哉……

21

又是一个周六到来。傍晚下班时，白邦云脱下白大褂，正走出主任办公室，就接到白玖打来的电话，她说道："邦云，今晚我在西丹饭庄有一个饭局，下班后你过来一下。三个A厢！"

白邦云："真对不起，我今晚没有时间。"

白玖："今晚有安排了？不过……等等，我先接个电话，一下再打给你。等会儿我打给你……"

白邦云的话还没说完，白玖已经把电话挂断了。白邦云关好办公室的门，就来到电梯门口。

电梯正从十楼上来，马上就要到十二楼了。这时，白邦云的手机又响起来了。白邦云一看，又是白玖的电话。

"哦，白玖……"话刚出口，电梯就到十二楼了。

进了电梯，信号就没有了。

电梯从十二楼下到地面，一路停停走走，到地面时足足要了四五分钟。

刚出电梯门口，电话又响了："邦云，你电话老是打不通？不来也不能挂电话嘛！"

听得出电话那头白玖生气了。

白邦云赶忙解释："我进电梯了，没有信号！"

白玫："邦云，你说哪儿的话，在电梯里没信号，说给谁听呢？"

白邦云："白玫，真不好意思，这是真的，你来电话时我正刚进电梯。我骗别人也不敢骗你啊。"

白玫："我要你答应我一定过来。这样吧，我开车去接你吧，你在医院大门对面的道上等我。我马上过去。"

白邦云："白玫，今晚我真的没空！"

白玫："我请你都不动，在找什么借口呢？"

白邦云："白玫，你误会了，今天田静生日我真的走不了。我没别的意思，只是想跟你说一声。"

白玫："今晚不行，你一定要来。我接你去了。就这样了，我挂了。"说完白玫就把电话挂断。

这回轮到白邦云没话说了。白邦云一直想找个机会和白玫谈谈，今晚本来就是一个很好的机会，但，他今晚真的有事，所以他就婉拒了白玫。

下到一楼时，天空突然下起了雨。所幸，雨势并不大，白邦云双手抱着头，专拣着屋檐底下走路。

白邦云暗暗着急了。他所言的确是真的，妻子田静的生日是在星期二，因为星期二妻子田静还在县里出差，白邦云也是昨天才从县里回来，加上女儿田雨只能到周五才得回家，就把的田静生日庆祝延期到了今天周六晚上。本来田静是不打算过这个生日的，因为案子的事让她操尽了心，但在白邦云好说歹说下，田静这才同意下来。田静生日，夫妻俩也不想请什么朋友了，就一家三口人在家里过。

这下完了，今晚回去免不了又要让女儿田雨"唠叨"了。白邦云只好打电话跟田静"请假"了。电话里，白邦云谎称说是院长刘岩风有事找他，在外面陪刘院长参加一个重要饭局。上次和白玖见面，白邦云又撒了谎，今晚又是，白邦云和田静结婚以来，从来没对田静撒过谎。要是到了谎话被戳穿的时候……怎么办？而今撒谎好像已顺理成章了，白邦云边走路边想着，越想越害怕。

“我能自圆其说吗？一旦让田静知道自己撒谎了，也只能……老实交代。”

白邦云也知道，田静一定不会怀疑自己的，因为这些年来，白邦云规规矩矩，田静对他一直一百个放心，从来没对他怀疑过。就算是撒谎，也不能半途而废。既然隐瞒了，只能一直隐瞒下去。白邦云不想因为这个问题和田静闹别扭。

没想到妻子这个特殊的日子，白邦云却缺席了。但，接到白邦云电话后，田静还鼓励他说工作第一，生日年年都过，过不过也无所谓，只要一家人幸幸福福，这个仪式不要也罢。田静倒特别能理解自己的丈夫：“既然是领导要你去的，一定是比较重要的事，甚至可能和柴医生的事有关，你安心去吧，田雨的解释工作我来做。不过，你可要给我听好了，别喝得太多了。”

“我一定按照夫人指示办，谢谢夫人理解。没事我先挂电话了。”白邦云逗着妻子说道。

一路上，白邦云始终不明白，今晚什么事这么重要，白玖非要自己去不可。一路想着，就不知不觉地走到医院大门了。白玖的宝马车 X6 已在对面马路临时停车位等着他了。

白玖不时伸头向医院大门张望，看样子她很着急。见此，白邦云不得不加快步子。

上次和白玖一起吃饭时，听她说要换一辆宝马车，她说奥迪车开久了，换一下。

“又换新车？”

“是啊，上次不是跟你说过吗？”

白邦云点点头："今晚是什么内容的饭局?"

"去了你就知道。今晚你还是主角呢！少你可不行，所以今晚就委屈田静生日了。"

"我是今晚主角?"

"没错啊，今晚你就是主角。等下到酒店你就知道了。别问了，赶快上车吧。"

白邦云好像明白了什么，但又不十分肯定。因为他猜想可能是白玖找人当说客，但好像也不对，她不可能把白小川的事告诉外人，她上次不是多次强调要自己保密吗?

想到这，白邦云就来气了：我不能不明不白去参加一个饭局，至少我要知道参加饭局的都有哪些人，是什么性质的饭局?

"亲爱的，不要生气啦，到了你就明白啦!"

白玖突然地说一句"亲爱的"，让白邦云有些不适从。

"你叫我亲爱的?"

白玖一听呵呵大笑："听我说完嘛。"

白邦云就像个机器人一样，转过头来，看着白玖，过了几秒，才说道："这样不太合适吧!"

"现在就我们两个人，叫一声亲爱的，又不让你短斤少两，这么紧张做什么！不是你想的那样。插好安全带，我们走吧!"

白邦云不知不觉地要插上安全带，却插了几次都没插入，看见白邦云笨手笨脚的样子，白玖嬉道："你的手啊，只会拿手术刀!"

"那是我吃饭的工作，拿不好还有饭吃吗?"

"就你那点工资，还不够买宝马 X6 一个轮胎呢！需要钱的时候，你随时吭一声，我马上打款给你!"

"谢谢!"

"咱俩还客气些啥?"

片刻间，宝马 X6 就融入车流滚滚大街上。

西丹饭庄位于丹阳市丰庆路 18 号，交通便利。宝马 X6 刚到达西丹饭庄，远远地，白邦云就见刘刚强在酒店大门口等候了。

“那不是你爱人吗？”

“是的。”

“和他哥哥刘刚华很像！”

“很像吗？”

“双胞胎？”

“是啊，有什么问题吗？”

“看你这么紧张，又不是要下地狱。”

西丹饭庄毕竟是一家四星级的酒店，酒店的门、窗都是用大玻璃组合而成，宛如水晶。台阶两侧站着礼仪小姐和彬彬有礼的门童，台阶下还有保安人员在来回走动。

“白主任，欢迎光临！”刘刚强赶忙上前和白邦云握握手。

“白主任，你可是贵客……”

“白主任，你看快七点了，等下要罚杯哦……”

“刘总，你俩夫妇今晚什么内容啊，弄得这么神秘？”

“神秘吗？请白主任吃餐饭，一点都不神秘！”

“刘总，您太客气了。有什么事在电话里说就行了，没必要这么客气。”

“哪里，哪里。你可是咱市妇女人群的宝贝啊，和国宝熊猫一样珍贵，哈哈！能请到白专家，是我的荣幸！”

“今晚就我们三人？”

“是的，是的！”

这时，白玖也停好车，顺从地跟随刘刚强和白邦云走进了西丹饭庄。门口，两位彬彬有礼的门童很是恭敬地上前替他们三人拉开了门。

两个门童笑容可掬："先生，您好！欢迎光临，请进！"

刚进门，一位穿着红色旗袍的导服员走上前来，"先生，请您跟我来——"这位小姐笑容可掬地领着三人来到电梯旁，按了一下数字六，正在六楼的电梯随着数字慢慢变动，缓缓下来。不一会儿电梯就到一楼了。

"请进！"

导服员弯腰，右手指着打开的电梯厢示意客人进电梯。三人进电梯后，电梯门又缓缓关上。

电梯门缓缓关闭，一个外卖哥慌张跑过来，他急忙按住了电钮，闭合快到位时电梯门又徐徐打开了。

"你找死啊！"刘刚强怒吼道。

外卖哥被眼前陌生人一吼，他瞪着眼正要发作。刘刚强恶狠狠地说："你敢瞪我，你不打听打听我是谁？"

说着，刘刚强就扬起了手，正要打着外卖哥一巴掌，手举到半空中却让白玖抓住了："你啊，也不看这是什么场合，白主任也在场呢！"

"算你走运。不然我叫你趴在地上了。"

看着眼前这个人牛高马大，外卖哥一脸蒙，就像泄了气的皮球，吓得不敢吱声了。

进来的外卖哥穿着雨衣，浑身湿漉漉的，满脸的雨水，一手提着东西，一手打着电话，那头清晰传来一个声音嚷嚷："五分钟送到，不然投诉你！"外卖哥不停地说着"好，好，对不起，对不起……"一脸的不安。此时，电梯超载的提示滴滴响起，门口的中年男人快步走出电梯，望着背影，外卖哥深深地鞠了一躬。电梯启动，外卖哥挤到按键旁，按亮了自己要到达的楼层，然后只顾着看手机，像是在接新的单子。到达楼层，外卖哥匆忙走出，扭身对着电梯里的人，深深地又鞠了一躬。

电梯到了六楼，出了电梯，刘刚强赔着笑脸，说道："白主任，让你见笑了。我文化少，言行举止粗鲁，不要见怪。"

白邦云只能强打起笑脸："这年头，挣钱不容易啊！大家互相理解一下吧！"

"是的，是的，但像他这种人就该欠揍！耽误我们吃饭时间！"

一出电梯门左拐再往右拐，尽头就是三个A厢。

22

昨晚想了一个晚上，最后，田静还是最终决定周日去一趟西山县。青花瓷盗窃案的另一个犯罪许中间释放了，他就在西山县公交公司开出租车。

一大早上班，田静给蒋立军打了一个电话，将相关情况做了汇报，然后就向蒋立军请示下到县里。

"蒋局，我要去一趟西山县，向您请示一下。"田静打通电话，先是向蒋立军简单汇报一下案情，接着便表明要去一趟西山意图。

蒋立军估计是正在晨跑，略有些气喘地道："今天周日呀，辛苦你了！"

"蒋局，您在晨跑中？"

"在家里，跑步机上锻炼。你要多加小心！"

"不会发生什么问题的吧，再说也没人知道我去西山。"田静回应道。

"我说你啊小田，作为一名刑警，要时刻保持一颗警惕的心。这虽然是一桩陈年旧案，但绝不会那么简单！上次我们那则悬赏通告肯定惊动一些在暗里的人了。他们在暗处，我们在明处。我们盯着，他们比我们更紧张，所以不要大意!”蒋立军二话没说，直接就同意了，不过他不同意田静单独行动，要带上同事一道，蒋立军担心发生意外。在蒋立军心里，他始终认为这绝对不是一件普通盗窃案，他是担心背后另有大背景在暗处。凭着自己近三十年的从警生涯，他不相信这是一件孤案。

“蒋局，我知道了。”田静答道。

“刀插红衣案、抢劫案、伤医案……三件案还没破呢，再不破又要成积案！我把丑话撂在前头，这三件案绝不能让它们再成积案!”

“这三件案，苏队长他们也一直在盯着呢。说不定这三件案也和青花瓷盗窃案是串案也不一定呢!”

“你是说十年前青花瓷案和最近发生的这三起案件是一起的?理由呢?”

“报告蒋局，我只是凭直觉!”

“你啊，还是一个老刑警——办案注重证据。不过，你有这个思路也是好嘛，说明有进步了。别看十年前发生的青花瓷案，也许真的和这三起案子有某些关联。不过，我还是那句话，你得拿出证据来。”

虽然田静刚来刑侦支队才半年，但办的一直都是刚发生的案件，至于像这种十年盗窃积案，时间久远，要不是蒋局长下的指示，她还真没去关注过。不是田静不想破这样的案子，而是之前线索太少，当时也没有普及天网，就算最终能破，但花费的精力确实太大。电影或电视剧中，描绘的警察经常是以一当十，玩出各种高难度动作，但事实上远非这么简单。像青花瓷案，由于此案发生在十年前，当时的条件不像现在，一切调查工作虽全在进行，但跟电视剧演的完全不是一回事，很多事情想做，但有时会有一种无力之感，无从下手。走一步都很困难，表面上看不到一点希望和亮光，就像落海的人看不到岸一样。

与其如此，还不如先把眼前的几件案破了，再回过头来清理这些陈年积案。可尴尬就尴尬在，自己现在先去搞了陈年积案，而将近期丹阳发生的三起新案给放在了一边。这些天，田静每当一进到办公室，她的思维全在案件上，她总感觉到这起发生在十年前的盗窃案和新近发生的命案有关。但她暂时不能说服自己，更不能说给苏微微、戈阳。

“呃，回头我再向您请示汇报，重点无讨论并案串案，努力攻克突破。”田静当即说道。

蒋立军听了后立即笑了起来，道：“行！到时候你们拿出方案来，想这类陈年旧案，只要能破，局里要钱给钱，要人给人！”

“蒋局，您还有什么要交代吗？”田静又问了一句。

“你就去吧。不过快去快回。”蒋立军说道。

“知道了，蒋局我挂电话了。”田静说完就挂了电话，接着又给苏微微打电话。苏微微早起来了，正要送儿子去美术兴趣班学习。她一听到田静说要去西山县办案，马上说：“田支队，我马上到。”田静这是临时起意的，事先没有准备，所以没有提前和苏微微讲过这个事。所以她担心苏微微影响到送小孩去学习兴趣班的事。她叫苏微微先把小孩送去兴趣班再到局里集中也不迟。丹阳到西山县也就是三个半小时，路途不算很远。

“小孩去兴趣班的事您放心，我叫她爸送去即可。”

“那又辛苦孩子他爸了。”

“没有的事，他也应该的啦，再这样睡懒觉下去，还不肥十来斤。刚好催他早点起床锻炼，绝好的借口，哈哈……”苏微微说完就大声地笑起来。

挂断和苏微微通的电话，田静又给戈阳打去了电话。电话拨打通了，却没人接听。田静猜想戈阳可能还在睡觉，毕竟现在才早上八点半，又是一个休息日。对于一个年轻的上班族来说，双休息日是睡个懒觉的好机会。

正当田静还在想怎么样才让戈阳接到电话时，她的手机就响了。是戈阳打来的："田支队，一大早有任务？"

"戈阳，在干吗呢？"

"那会儿我跑步回来在冲凉呢。这不，刚洗完就给您回电话了。"

"我还以为你在睡觉呢。"

"没有，没有！六点我就起来晨跑了，每天五公里目标，风雨不改！"

"好习惯，年轻人难得啊！"

"谢谢领导夸奖。您说事吧田支队。"

"我们去一趟西山县，接触一下许中间。"

"青花瓷盗窃案？"

"是的。"

"什么时候出发，在哪里等？"

"在局里吧，苏微微也到局里等。"

"好咧！"

挂断电话后，田静离开家径直下了楼。到楼下时，才发现白邦云已经在楼下静静等她了。他见田静下来，迅速走到那辆红色红旗 HS5 旁边，拉开了副驾驶的门，又把一袋包子和一杯豆浆递给了田静。

"这是刚才在小区门口买的包子，粗粮杂包，还有豆浆。你没事先说今天要下县，见你急着要走，就没张罗做早餐。现买的，今早就凑合吃吧！"

刚才在家里田静只顾打电话，没注意到白邦云什么时候起来了。

田静穿进了车里，白邦云才发动车子。老公的关心与体贴，让田静感觉无比的温馨与幸福。

“我送你去局里。”

“辛苦你了，邦云。”

“我们夫妻俩不用这么客气。”白邦云连忙说了一句。

“干我们这行业的，没完没了地加班，没完没了地在办案的路上，要不是有亲人的支持，恐怕就难了。军功章里有你的一半！”田静情深意切地说，说得白邦云都不好意思起来。

白邦云送田静进市公安局大院时，就见到苏微微早已到了，正等她。戈阳正把警车开出来。

“老婆，我回去了。早去早回，晚上想吃什么菜，给我微信，我弄好等你。”

“田支队，你算是嫁对人了，我好羡慕您，我的老公能有白主任三分之一好就行了。”

“看你说的，今早上他都还帮你送小孩去兴趣班！”

“哟，那又不是我一个人的小孩，是两个人亲生的，他送一个早上就能委屈他啦！”

“戈阳，你还没成家，以后要对你那一半好点哦。”苏微微转过头来又逗笑戈阳。

“那当然的！”戈阳很自然地说道，“苏姐，还有要交代的吗？”

“没有了，就这些。”哈哈，苏微微掩嘴大笑。

“你们还别说，我们这些当警察的，亲人为我们付出很多，我们的亲人家属都是好样的！

“人民警察的辛苦和付出，很多人不知道。就拿那天清明节来说，许多人都要回家扫墓、踏青，只有我们三人还坚守在自己的岗位上，讨论案情。我们也有家庭，也有逝去的亲人，为什么我们不回家扫墓、踏青呢？因为咱警察心里有对人民的责任，警察是保护人民的生命及财产安全的人。不说远的，就说今早出门时，路过十字路口时，一位交通警察站在雨中的马路中间，面对着熙熙攘攘的人群和车辆，不停地指挥着交通。他身子站得笔直，两手不停地挥舞着，雨水浸湿了他的警服，打在了他的脸上，他也顾不上擦一擦。在他的指挥下，车辆和行人更加井然有序了。

“在日常工作中每一天都有人民警察付出的努力和艰辛。”田静说。

职业不同，抉择相同。苏微微点了点头：“警察也是人，俗话说得好，‘有警必接，有难必帮’。这是我们人民警察的服务宗旨，一旦群众遇到困难，警察就会伸手提供帮助。”

“我们出发吧！”

这不是田静第一次到西山县来，三年前侦破“11・2”爆炸案她在西山待了半年。三年前，西山县发生震惊全省的“11・2”泄私愤爆炸案，导致五死十七人伤。

案发后，根据领导的指派，田静到西山县，参与破案工作。田静赴事发地走访了解案情，协同当地警方查看现场情况、参与尸检等。为获取犯罪证据，警方专门成立证据组，对犯罪分子从成立、发展、组织结构、成员及从事犯罪活动区域，以及组织策划案件的整个环节和过程进行证据梳理。那时候，为核实一个犯罪嫌疑人的身份，就需要十天。证据材料、现场勘验报告、尸检报告等证据材料二十一份、三百一十余页和二百一十余张照片。为彻底揭露犯罪分子预谋策划案件的过程，他们共写了十万字的审核报告，整个案件的证据材料达一千余页，每天看材料就要看到深夜一两点。田静和专案组一些基层民警连续一个月没有回家，一些民警甚至错过亲人辞世、孩子出生。西山“11・2”案件也是丹阳市公安机关侦破限制最多、线索来源最复杂的案件。经过一年多的艰苦工作，最终将犯罪兼凝人抓获。专案组因此还获省电视台举办“感动丹阳”活动的特别致敬奖。

田静坐进副驾驶，戈阳也一头钻进了驾驶室。戈阳的车技不错，车开得很稳。三个半小时后，警车就已经稳稳地停在了西山县公交公司的大院里。

戈阳的警车开进西山县公交公司大门时，田静大老远便看到了三个人站在一辆警车旁边，一个是西山县公安局局长唐朝，另一个是分管刑侦的副局长李河，还有一个女警察，田静不认识。

就在田静疑惑这些人站这里干吗呢，结果对方一看到戈阳的警车开进来，便立刻迎了上来。

“田支队，没想到三年后我们在西山又见面了。”唐朝局长热情地与田静攀谈上了。

“你们这是特地在这里等我们?”

“是啊。蒋局长的指示我们敢不服从?”唐朝哈哈大笑。

“哦，是蒋局长打电话告诉你们的?”田静问道。

“是啊，是啊!”

“辛苦你们了!”

这时，田静才明白，他们上车时蒋立军就给西山县的唐朝局长打了电话，说市局刑侦支队长田静到西山县办一个大案要案，让西山县公安局这边配合一下。

“休息日，打扰你们了。”

“都是自己人，田支队说外话了。”西山县分管刑侦的副局长李河接过话说道。田静有些不知道该怎么接下一句了。

“田支队，来，介绍一下我们局新来的苏苗同志!”

“你也是姓苏的? 呵呵，巧合啊，我们今天三个人下来，也有一个姓苏的，也是一个美女呢!”

田静一把拉过苏微微，向苏苗介绍：“这是我们刑侦支队一大队苏微微队长，这是戈阳，刚从警官大学毕业到我们支队。”

“唐局，李副局，叫我们小苏就行了。”

“你就叫我苏姐吧！”苏微微转过头来，指着苏苗笑了笑说道。

“田支队，这边请！我们到公交公司会议室坐一坐，公司经理他们都已经在会议室等我们了。”

“有关许中间的一些材料我们也已经准备好了，一会儿就在会议室看。”苏苗对着田静说。

“行！给唐局你们添麻烦了。”田静不好意思地说着客气话。

田静哪里知道，他们刚上车，蒋立军便给唐朝局长打电话，他们开车三个半小时，而这三个半小时，唐朝局长他们肯定在拼命做好准备工作，这三个半小时估计对唐朝局长来说可是漫长的。

送走妻子田静，白邦云就上楼。这时手机响起来，一看是白玖的来电。白玖问白邦云今天什么时候到科室，她有一个好友前天住进他在的妇产科室，她想了解一下朋友的病情。白邦云说一大早田静就到西山县办案去了，他这会儿还要送小孩上辅习班后才能去科室。

“周日一大早办什么案去啊！丹阳又发生大案啦？”白玖电话里一阵惊呼叫道。

“哎，还不是十年前的那个青花瓷案嘛！”白邦云轻轻叹了一口气说道。

“这么说，警察查到线索了？”白玖很好奇地问道。

“说是要到西山县公交公司仔细了解一个叫许中间的出租车司机。”

“啊，是吗？”电话里，白玖有些吃惊说。

"是的。"

"那我不和你聊了，你忙你的。等一下到科室顺便帮我看那个朋友一下，什么情况再给我回个电话。谢谢！"说完，白玖便挂断了电话。

23

田静一起想到这里，她就不好意思起来，继而冲着唐朝微微一笑说道："唐局长，你看我这个人，连个休息日也让西山县公安局同志不得安宁啦……对不住，真的对不住！"

唐朝立马说道："田支队你这话可就不对了！我们是应该的嘛！天下警察是一家人嘛！"

"说是这么说，毕竟好容易到了一个星期天。"

"田支队，您太客气了！"

田静欣慰地说："那就好，这我放心啦！"

"我们是翘首以盼呢，欢迎您过来指导都来不及。"

西山县公安局的人走在前面，一行人边说话边向西山县公交公司会议室走去。

公交公司领导班子成员五个人一大早也悉数全到公司来。此时，公交公司经理周伟正在四楼的会议室走廊上往下左右张望。周伟年过五十，肥肥胖胖，矮个子，一见到田静他们一行人正走上步梯来，他马上气喘吁吁地跑下楼。到一楼时他没顾上抹一下流到脸上的汗水，就两眼一眨不眨地冲着唐朝局长微微一笑，算是打过招呼。

田静惊讶地问："干什么这么急切啊，出了什么事吗？"

见田静这么一问，公交公司经理赶忙调整一下表情："领导您好！"

“这是市公安局田支队长!”唐朝向公交公司经理介绍道。

“田支队，这是公交公司周经理。”

“您好，周经理。想必上午唐局长也跟您说过我们来这里的目的吧?”

“是的，是的!不过许师傅这会儿人在地河镇乡下，正往公司赶!”

“许师傅这个人平时表现怎么样?”

“田支队，您是指哪个方面?”

“就是工作态度、为人作风等这些，你简单介绍一下吧。”

周伟想了想说：“许师傅这人还真不错呢，工作表现特别好，待人接物都很好。”

见到公交公司周经理不停地说许师傅的好话，但又说不到点子上来，田静就开导了他一下：“你能不能说具体一些?”

经田静这么一提示，公交公司周经理才慢慢地回忆起来。“许师傅是五年前应聘到我们公司来的，专门开出租车。之前是怎么进来我就不太清楚，因为我也刚接任，前任经理两年前病逝了。但从我和许师傅接触这两年来，我对他个人的印象中还是比较好的，领导班子也比较认可的，曾经有两次顾客的钱包落在他的车上，事后他捡到都上交到公司来了。有时客人落下手机什么之类随身物品的，他都按规定上交。到目前还没听说他被乘客投诉过。平时同事之间也没听说过他有什么坏话。他也没有什么不良嗜好，不抽烟，不喝酒。公司有什么献爱心活动的，他都积极参加，虽然每次捐献的钱不多，大都是三五十块钱这样的……

“如果要说缺点的话，许师傅这个人平时就不爱讲话，性格内向。”

唐朝斜眼瞅瞅周伟：“他今天出车去乡下吗?”

周伟仰起肥大的头颅，目光又转向唐朝：“应该不是的！”

“应该！什么叫应该不是？”

见到田静一脸疑惑，公交公司周经理就急忙着解释：“大概在九点左右吧，我接到唐局长的电话，说公安局有事要找一下许师傅了解一些事情。我就打电话给许师傅，通知他人马上到公司会议来一趟，说公司有事找他。”

“当时他说，他送客在乡下，顺路回老家一趟看两位老人。”

“他老家在什么乡？”

“地河镇。”

“地河镇离县城有多远？”

“不算很远，四十来公里，只是路不太好走，都是山路的多，道路狭窄，弯又多，正常的话回到县城也要一个小时左右。”

田静惹有所思地点点头，心中却想着另一件事，她心里总感觉哪里不对头。苏微微看田静心不在焉的样子问：“田支队你好像有什么心事？”

田静坦言道：“我有预感要出什么事了！”

苏微微眼睫微颤，沉默不语。戈阳又问：“田支队，是不是许师傅这耍滑头？”

唐朝看了看田静平静地说：“能出什么事？放心好了，田支队您过虑啦！”

田静沉默片刻，撇开刚才的话题：“但愿我的预感是错误的！”

周伟掏出一支烟递给唐朝，唐朝却摆摆手，表示他不抽烟。他又一一递给其他的人，众人都不表示不抽烟。他只好自己给自己点上，吐出烟雾道：“要不要我再打一个电话给许师傅，问他现在到哪里了？”

“刚才你什么时候打的电话……就在一个小时前吧。当时许师傅说他刚从集市上买些菜回到家，正准备做中午饭给两个老人，他说弄好饭菜后马上赶回来！还问我有什么急事。”

“不用打了，我们就在会议室等一下许师傅吧！”

“各位领导，我可以打听一下吗，你们找许师傅有什么事吗？是不是许师傅犯什么事了？”

公交公司周伟经理想了一下，小心翼翼地问道。

“很久之前的一些事想向他了解一下！”

周伟嘴角抽动了一下：“你们是说之前他犯的盗窃罪吗？！”

“这事你也清楚？”

“听说过一些。我之前在县物资公司当经理，两年前过来接任公交公司经理。到公交公司后，我还专门对公交司机、出租车司机做一次全面调查了解。之前发生多起司机捡到乘客的东西不上交公司现象，被群众投诉很多次，我来公交公司主持工作后就下决心来一次大整顿，所以就对所有司机进行了全方位了解。”

“哦，我听明白了！”田静若有所思回应道。

“周经理了解得还比较全面呢。”苏微微笑道。

在公交公司会议室里，田静见周伟几次掏出一包“芙蓉王”，想抽出一支来，可能又觉得不好意思，又不敢点上。周伟的一动一静全被田静看在眼里，她估计他烟瘾又犯上来了。

“周经理，你可以抽烟，还有哪位同志有这个爱好，都可以解瘾一下嘛！”

经田静这么一说，周伟又看了一下唐朝，好像在等他发话。

“周经理，田支队不是发话了吗，可以抽烟！”

听到唐局长这么说，周伟讪讪笑道：“我呀，有这个爱好可不太好。按理说在会议室里该忍一忍，不该这样……一直忍着却一直又控不住自己。嘿嘿！”

只见周伟默默地从烟盒里掏出了一根烟来，慌乱中却怎么也找不到打火机，摸遍了全身口袋了好久才找到。他点燃香烟后，便大口大口地吸着烟起来，不一会儿会议室内一片烟雾……

“对不住各位领导啦！”周伟脸却红起来，有些口齿不清地说道。一说话，就露出一排吸烟熏黑的牙齿，分明是他人抽烟时间长了，牙齿有黑黑的东西。

公交公司的会议室倒是挺宽敞的，不到几分钟周伟就抽完了一支烟。

田静一行人在公交公司会议室里等了大约一个小时，眼看都快十二点了，许师傅人还没到。田静只好叫周伟再打一次电话给许师傅，看他到哪里了。

许师傅的手机打通了，但没人接听，再打，还是没人接听。

“这个许师傅，兜什么圈子啊，连我的电话也不接！”周伟忍不住便骂开了，然后又气呼呼地把手机一扔在会议桌上。

“许师傅今天怎么搞的？开车不方便接听电话，这也不对啊。的士司机的手机一般都架在驾驶室前排仪器表前面，一方面方便接听电话，一方面可以收听各种报单。”苏微微对戈阳说道。

“周经理，请您再拨打一次！”

周伟拨打过去，许师傅还是没接听。“他没接！”周伟把头转回向田静，脸色阴暗地摇摇头说道。

“怪事了！”周伟沉着脸，又骂了一句。

“许师傅半个月前还有一次见义勇为，公司还给他进行表彰过！”

田静怔了怔说：“见义勇为？”

周伟告诉田静众人，半个月前的一个下午，许师傅开出租车路过一家小超市时，发现超市里冒出浓浓黑烟，浓烟一个劲向外冒。他便停下车进超市去看究竟，这才发现只有老板娘一人在用水灭火，见状，他二话没说，返回车上取出灭火器就往超市里冲，最终彻底将火势扑灭，整个过程持续了十分钟。直到超市夫妇俩拿着锦旗到公司表示感谢时，公司领导才知道这件事，老板娘握着周伟的手，十分激动地说："油锅旁就是煤气罐，多亏了许师傅及时出手相助，才未造成人员财产损伤……"

正当田静在思索许师傅究竟是怎么回事时，周伟的手机响了。周伟一看，是许师傅打来的。

"许师傅打过来了！"

周伟干脆打开了免提接听，声音却是急切的："许师傅，你怎么搞的，半天不接听电话？你到哪了？领导都等急了。"

"您好，我这里是县中医院急诊科护士！你所说的许师傅正在抢救中……"

"你在说什么，你是说许师傅他在抢救中？我要找许中间。"

"对，你说的没错，我们正在抢救的人叫许中间！县公交公司出租车司机！"

"啊？"会议室里的人一片惊异，都不约而同地站起来。

"我这会儿正忙中，见他的电话响了很多次，以为是他家属打来的！对不起，我挂了！"对方说完，电话就被挂断了！

"不说了，我们马上赶去中医院！"田静说罢，挥手叫大家马上走人。

田静一行马上急步走出公交公司会议室，又匆匆跑下楼去。

好在西山县城不大，不到二十分钟田静一行人和西山县公安局的同志便到达了位于民主路9号的中医院急诊科。

"许师傅怎么回事？"田静拉过值班医生到一旁问道。

"是120急救车送过来的。大概情况是这样的，听120出诊医生介绍，伤者是在县城效的绕城公路上发生交通事故的。他被一辆农用车给撞了！"

“对方情况怎么样?”

“据说交通肇事者他逃跑了。具体情况你还是向交警了解。”

“送到医院有多长时间了?”

“有半个小时了!”

“唐局，您看马上联系一下交警大队，了解一下情况!”

“医生，许师傅伤势情况如何?严重吗?”

“很严重，初步判断脑部颅内出血，估计出血量很大……”值班医生摇摇头，欲言又止。田静从值班医生面露的表情就已经猜出许师傅恐怕是凶多吉少!

“凶多吉少?”周伟皱眉，还想说什么，他的手机电话响了。接通电话，是交警大队事故处理中队的人打来的，周伟深邃的眼眸溢出紧张之色，吩咐两个副经理道：“你们两个去一趟交警大队。”

这边田静和唐朝正紧急布置追逃跑肇事者工作。

“没想到会这样啊!”周伟露出一副无辜的表情委屈地说道，“我在给许师傅打电话时，也没叫他赶路……这两天眼皮隔一会就跳跳两天了，特别是左眼跳得厉害……”

戈阳冷哼一声道：“那你早就应该来看医生了……”

说罢，戈阳挥挥手让周伟到外面去。周伟把想说的话咽了下去，走了出去。他走出去不久，却又喘头上粗气折身回来了，戈阳忙问：“怎么啦，还有什么事?”

周伟差点哭出声来，说：“许师傅出车祸应该和我没有关系吧?责任不在于我啊!”

戈阳想了想说道：“没人说你有什么责任啊?你急哪门子?当前你要做好善后工作，我们要把逃跑肇事者抓到!”

周伟觉得提醒有道理，于是点点头：“是啊，这时候我们要马上联系到许师傅的家属过来。”说罢，他急急匆匆地往外走……

24

三个 A 包厢，在西丹饭庄六楼。

一边走路，白玖一边介绍西丹饭庄。这是一家五星级新派高档餐厅，饭庄营业面积超过一万平方米，仅中餐厅这块投资就超过两千万元。饭庄集丹阳地域文化和现代色彩为一体，装饰格调新颖典雅，古朴豪华，富有现代都市风情，主营新派中国特色菜，像粤菜和淮扬菜。白玖是这家饭庄的法人代表。

"毫不夸张地说，西丹饭庄是丹阳人值得炫耀的靓丽景点，是丹阳人接待外地客人不可不来的地方。"刘刚强说。

只听见刘刚强又介绍说道："我们这里以新中式装修为主，气派豪华，我们理念是让每一位客人置身其中都享有尊贵感，饭庄实行管家式服务，让客人倍感亲切。装修风格，让所有来这里用餐的人都切身感受到新派餐厅文化真谛，也是尊贵身份的象征。"

"镀金餐具、服务员 VIP 服务，是宴请高贵客人的不二选择。特别像请白主任这样的贵客理所当然要来这里请。"别小看刘刚强文化水平不高，但做生意、说话自有一套。他说话一套一套的，讲话系统性很强，连贯而富有逻辑。

走进西丹饭庄白邦云仿佛置身于豪华宫殿中，真令人大开眼界，像这种高档级酒店他还是第一次来，贫穷限制了白邦云的想象力、况且这家酒店又是白玖负责经营管理的。

"欢迎白主任莅临指导！"白玖呵呵笑。

"哪敢指导白总，我是一个拿手术刀的。"

"有时间过来坐坐，喝喝茶也行。"

"白总厉害，经营这么大的酒店！"

“白主任，那你可小瞧我了，我还有一个饭庄，和这个一样豪华，不过，它的情调不一样。改天我带去参观一下?”

“是吗?”白邦云真的有些不相信自己的耳朵。虽然他早有心理准备，他知道她有钱，但没想到是如此的有钱，他不得不佩服白玖，短短才十几年过去，她已变得让人不了解，她的人生几乎无法可想。

于是，他转过头，对白玖说道：“老实说，今晚我是大开眼界了。”

“你的意思是……”

“我终究还是想不通，你这些年来，变化太大了。”

“哪里奇怪?是你不想了解我嘛。”

进入包厢，白邦云第一眼便见圆桌上摆着两瓶飞天茅台酒，桌子只摆设四个椅子，这说明今晚有四个人吃饭。

“刘总，今晚还有客人还没到?”

“还有一个哥们，和你们同一个系统的。”

“也是医院的?”白邦云一脸疑惑。

见到白邦云惊异，刘刚强便哈哈大笑起来：“白主任，不用紧张嘛，等下来了你就知道啦。他也认识你，说不定你们早就相识了呢!”

“我们先到那边坐下吧!”刘刚强指着包厢一头的沙发对白邦云说道。

“走吧，白主任。”白玖又说道。

白邦云、刘刚强、白玖三人刚在沙发上坐下不久，市卫健委办公室的秘书就来了。

“嘿，刘总。”他径直上来给了刘刚强一个大大的拥抱，“抱歉，我来晚了。”

“没关系。”刘刚强从他的怀抱中退出来，爽朗一笑，“我们刚来没多大会儿。”

“好，那就好。”他快步走到桌子就坐下，对坐在一旁的白邦云好像不太注意，他根本就没把目光投向就坐在一旁的白邦云。

市卫健委办公室秘书姓娄，叫娄庆国，人很年轻，还不到三十岁。白邦云也认识娄秘书，但不是很熟悉。但没见市卫健委领导过来，刘刚强就隆重向白邦云隆重介绍娄庆国来了。

“来，来，娄秘书我介绍一下。这是市人民医院妇产科白主任！”

“强哥，我知道白主任，不信你问他。”这时，娄秘书抬起眼睛看着白邦云，目光中既有不屑一视也有高傲。

见刘刚强介绍自己，白邦云马上起身伸手跟娄秘书握了手。这时，刘刚强俯过头来说道：“白主任可是我们丹阳市权威男妇产科专家哦！”

“刘总，你说这话那我可要批评你了！”娄秘书一说这话，刘刚强就有些不好意思了，“什么啦娄秘书，我说得不对吗？”

“你介绍差远了，白主任可是咱省权威的男妇产科专家，不仅只是一个小丹阳市哦！”

“罚酒，罚酒，这下子刘总你可要自罚一杯茅台。”

娄秘书说完，又哈哈大笑起来。

“想必白主任都猜到了，娄秘书和我是哥们，娄秘书的前程不可限量啊……”

娄庆国让刘刚强的一番吹嘘，很快地，他就飘然起来了，好像现在他就是市卫健委主要负责人了。

只见他咽了几口唾液，做了个夸张的手势：“我写卢主任的讲话稿，一般他都不用再修改了。在大学我就是一流的写手呢！”

“哈哈，如果我不是秘书，我可能专门写网络小说挣钱去了！再说了，现在卢主任对我很好呢……他上哪一般都会带上我一起，这可不是每个办公室秘书都享受这种待遇的。”

听到娄庆国“自我介绍”时，白邦云就笑笑：“娄秘书前途无量啊！”

娄秘书却听不出这是白邦云的心里话还是讽刺的话，但他一听白邦云的话精神就又来了：“白主任啊，我与你们刘院长也是哥们，不是我吹牛，要是今后你遇到什么麻烦的事来，你只要一个电话，我分分钟钟摆平……”

“你要是我不信，我打刘院长电话……”娄秘书刚掏出手机，却让白邦云制止了。

“不麻烦刘院了。”

“那也好，改天我叫刘院长请我们吃饭。他上任院长到现在都还没请过我呢，该让他出点血了。以后遇事尽管给我电话就是了……”

这时，刘刚强也附和起来了：“是啊，是啊，以后有事尽管找我这个老弟就是了……他一定帮咱们摆平的。”

白邦云心就想，区区一个市卫健委办公室秘书，就这样不知天高地厚了，一个秘书就如此飞扬跋扈！再说了，刘刚强在丹阳市混这么多年了，还不比你识水性，况且你还只是一个秘书呢，这泡也吹大了点吧！

一下子，菜就上齐了。

“娄秘书、白主任，你俩快请坐。你俩是我的贵客。”

“哪里，哪里，强哥和嫂子实在太客气了。”

“白主任，来，别客气！”白玖对白邦云说道。

“白主任，今晚我一定要好好喝几杯茅台。”刘刚强说着，又拉着娄秘书和白邦云两人的手径直走到桌边，指着对门的上方座位叫他们坐下。

西丹饭庄是以粤菜和淮扬菜为主，做得比较精致，吃起来蛮清爽的，就是价格很贵。在这里消费主要是环境，地段好，装修高贵，让人感觉请客吃饭会很有身份。

也许这就是白玖今晚为什么要到这里请客的原因吧。

晚上九时已过，四个人喝完了两瓶飞天茅台，正要叫服务员再开一瓶。白邦云本来酒量就不行，今晚五两五十三茅台酒肚后，也就有醉意了。

“白主任，这年头这酒可不好找啊！”娄秘书说。

“稀货，稀货。但是呢，强哥家这种酒多的是！”

白邦云实在喝不下去了，他们三人也就不勉强他了。白玖扶着白邦云一个人到沙发上休息。

也不知过了多长时间，刘刚强、娄庆国两人又喝去半瓶飞天。

“还是这货好喝！”

“就是有点贵！也不好找！”

“娄秘书说哪里话，改天我叫人送一件过去！”

“强哥就是强哥，够兄弟够朋友！”

白邦云坐在沙上，慢慢地酒性上来了。他有些醉，睡眼蒙眬间看见有人站了起来，摇晃着头，一步一颠地走了过来。白邦云感觉到有人在拍拍他的肩膀：“白主任，你喝酒真的不行？”

白邦云努力地睁开双眼，是娄秘书。“我真的醉了。”白邦云说。

“白主任，今后有事给我一个电话，全给你摆平……”

说到这，娄秘书就附到白邦云的耳根，说起悄悄话来：“白主任，你放心，我一定找个机会和卢主任说，让他帮你弄一个副院长之类的当。你这水平当一个院长都够格。至于我个人嘛，我主要是镀镀金而已，不出两三年我还干这秘书？你还没看出来吗……”

白邦云心中一震，虽然说酒醉了，但脑子还是很清楚的，这话怎么讲得？于是，他赶忙推开娄秘书："哈哈。你真的喝多了，你醉了！"

"我没醉酒！你要是不相信，我叫服务员再拿瓶红酒来！"

"你这就是说醉酒话呢！哈哈……"

刘刚强和白玖此时也不知说什么，一个附一个耳根说悄悄话，不时见白玖点点头。

……

"白主任，你的事就是我的事，今后有事尽管吩咐……"

白邦云虽然不知道白玖今晚请他吃饭的目的是什么，饭桌上他们几人也没谈到什么话，就是喝酒，聊天吹牛，就像几个老相识朋友聚会般。至于娄秘书，白邦云心里当然也明白的，娄秘书的话不太可靠，明眼人一眼都看得出来，嘴还没长毛的他能干什么大事？别人听信娄秘书的话，他白邦云可不会听信的。虽然他不在政府机关部门，但对于官场的游戏规则他还是很清楚的。况且他白邦云从来就没有想过要当什么副院长之类官位，他觉得自己现在当一名临床医生挺好的，他从来就没打算过自己要再往前进一步。

直至晚上十点过后，四人才离开饭庄。一下楼就听刘刚强的手机响了，刘刚强看了一下手机，就闪过旁边接听，不一会儿回来就说道："不好意思，我和白玖有急事先走了。"

"白主任，我刚才帮你叫网约车了。马上就到！我们有急事先走了。娄秘书酒醉了，你帮帮送他一下。"

白玖走后不到十分钟，网约车就来了。白邦云便扶着娄秘书上车，但自己也醉了，没力气扶他起来了。没办法，他只好求助于司机，让司机把他架进车里。

白邦云是最后一个上车的。上车后，白邦云这时才想起娄秘书来。他家在哪？谁也不知道，事前也没听他说。白邦云好不容易摇醒了他，说了半天白邦云也没听清他说在什么地方；打电话给白玖想问她，她手机却关机了。网约车在大街上转来转去，时间到深夜十二点。白邦云暗暗叫苦，无奈只好叫司机开车找一家酒店。

司机把车开到一家名叫四季海堂的酒店门前停车，他和白邦云把娄秘书扶进酒店大堂，这时才发现娄秘书没带有身份证，这下又麻烦了。白邦云和前台服务员好话说尽了大半天，好不容易服务员才“违规”给办了入住手续——是用司机的身份证登记的。

办妥住宿登记，白邦云和司机两人就架着娄秘书进电梯里。

还没等到打开房门，娄秘书就在走道上吐酒了，走廊上地毯全都是污物。服务员见状，找来拖把想把污物拖干净，但是拖把拖不了，服务员很生气，态度很不友好，不容商量地说道：“明天从押金中扣出三百元地毯清洗费……”

“哪要这么贵?”司机的话刚出口，就招来服务员的训斥，“嫌贵的话，明天你也可以扛地毯去洗……”

“你怎么这样跟顾客讲话啊？我是你的上帝!”

“你是上帝？告诉你我是这儿的服务员。我说了话算数!”

“小心明天我投诉你!”

“这个我欢迎都来不及呢！你现在就要我们店长手机号码吗?要不我写给你……”服务员嘲笑着说道。

司机让服务员这么一嘲笑，气极了，要不是旁边有白邦云拉住，也许他就动粗了。

安顿好娄秘书后，司机又把白邦云送回到家。回到家时已是凌晨时分了。

白邦云打开房门时，屋内有灯光却亮着，田静还没有睡觉。田静依然和往常一样，坐在沙发上看电视等着白邦云回来。只要白邦云晚上应酬还没进家，田静是不会一个人先去睡觉的，这已成为她多年习惯了。

这时，白邦云再也支撑不住了，他感觉口干舌燥，嗓子冒烟，头都快抬不起来。于是，他就瘫软地倒在沙发上，他想休息一下，没想到倒下后就不知不觉睡过去。

“今晚陪领导吃饭啊？有什么事让你这么高兴，喝得不省人事！”

见到白邦云连澡也没洗就倒在沙发上睡觉，田静只好又进房间拿出一张夏凉被给他盖住。而后，又倒一杯白开水放在茶几上，万一半夜白邦云醒来口干了可以喝水。

田静这才放心进房间睡觉去。

第四章　大招

25

这几天，南方持续闷热天气。

终于，大雨在半夜滂沱而落，伴随着阵阵雷声，田静抬眼望着窗外，看着大雨倾泻在枝繁茂盛的杧果树上，飒飒作响。但雨夜里的田静，重重心事，尽叠眉间。此刻，窗外狂风大作，电闪雷鸣，大雨倾盆。田静躺在床上，辗转反侧。这一个夜晚，田静最是难熬。她想起白天的事来。白天天气燥热，田静感觉身体一直很热，总有一股热流在流窜。但整个公安局办公大楼是装着中央空调冷风系统的，田静一进到蒋立军办公室就感觉到一阵凉风袭来。在凉幽幽的冷风直吹下田静仍然冒冷汗，可想而知当时的气氛——除了紧张和压力，还没别的事能让田静在空调下冒冷汗的事。

“我该怎么办?”田静闭目凝神，自己问着自己。

田静感觉胸口在痛，像刀子一样扎在胸口。尽管此时此刻她这话在严格意义上是事实，蒋立军还是不同意她的观点，可她干张嘴巴说不出话来。不过无妨，因为有一只手按在了她的肩头，“你今天心事重重，你怎么了，静子?”

白邦云不知什么时候醒过来了。

静子，到底什么时候白邦云改叫静子了？不过田静也没有深究，她感觉到自己脑子乱极了。

“我没事。”她说，尽量让自己的声音听起来很自然。她能感觉到身后白邦云的手正在自己的肚子上一阵鼓捣，毛手毛脚的样子，她已经感觉到白邦云微微的喘息声，一股热息燎到了她的耳根，她感觉白邦云正在靠近，他俯身重重吻住她额头的那一刻，她知道白邦云今晚要干什么了。但这时候她对夫妻生活一点兴趣都没有，已经快半年没有夫妻生活了，欲望来的时候，只要想到案子马上就兴趣全无。

田静低声道：“邦云，对不起，今晚我……”她声音竟然微微颤抖，然后用力推开了白邦云。

“让我缓一会儿。明晚吧……”她低声说着，眼睛尽量避开白邦云失望的目光。

“出什么事了吗？”白邦云边说边表情凝重地注视着田静。

“没别的事，就是工作上的一些事，我得好好琢磨琢磨。”

他“嗯”的闷哼一声，就重重地翻转过身子，不一会儿就打起了呼噜来。田静躺在床上，又想起白天发生的事，禁不住重重叹了一声。

下午，从十七楼蒋立军办公室出来，田静的心情很沉重，和蒋立军短短的半个小时谈话，让她心里起了好几道波澜，甚至感觉到自己连身上都冒出了冷汗。

市公安局办公大楼刚落成不久，两年前才正式投入使用，到今年入驻办公刚好两年。市公安局原办公大楼由于年久失修、场地窄小，加上旧址在闹市中心，严重影响了公安工作的正常开展。在上级部门的关心和支持下，市公安局新办公楼搬迁到阳州新区中宁路与万龙路交界处动工兴建，占地十五亩，历时三十个月。田静清楚地记得，前年办公大楼全新落成时还举行了庆典仪式。各级有关领导出席典礼仪式并为新办公大楼揭牌，丹阳市委主要领导致贺词，市政府主要领导主持典礼仪式，市四领导班子悉数出席。当时，田静也参加了庆典仪式。

办公大楼一共二十五层，最顶层也就是二十五楼是会议室，拥有功能齐备的大小会议室六个。一楼是大楼据中心和食堂，二楼是丹阳市 110 指挥中心。蒋立军的办公室在十七楼，刑侦支队田静的办公室在九楼。从十七楼到九楼，平时田静上下楼都会选择乘电梯，但今天她就不一样了。出了蒋立军办公室，她决定改走楼梯下来。她这样做的主要目的是可以借这个走路机会让自己冷静一下。

一路走下来，田静在不断地调整自己的心态，开心也是一天，痛苦也是一天，田静想她应该笑着去接受，也许保持微笑才能消除痛苦。不要把自己和世界理想化、完美化，困难和挫折也是让一个人朝着梦想的方向迈进的动力。田静努力将这份沉重压在心底，她想一切都会过去。她这么安慰着自己，装出若无其事的样子，慢慢地从十七楼一步一台阶往九楼走。

一路上，田静一直在想，她感觉到这里面的问题没有蒋立军想象的那么简单，但无论怎样，刚才她就不该把这件事儿和蒋立军对立起来。她是应该好好和蒋立军沟通，不应该那么冲动，毕竟这是工作上的意见分歧，又不是什么个人上恩怨，总有办法找到可以协调到统一的观点。可是，话说回来，难道她分析就不对吗？蒋局为什么发那么大的火？从西山县回来，一连通宵不眠两天，她在认真地回想了盗窃案刑满释放许中间的这起交通事故，这显然是有人知道她去调查这事儿，才给许中间带来灭顶之灾，田静认为这是杀人灭口。但蒋立军却不是这么认可。她到西山县找许中间了解十年前的案情，许中间马上出车祸了，不早不晚就在她去找他时发生的，这难道真是巧合吗？交通肇事者逃跑了，然后又离事故发生地点约三公里远的西江河边发现了肇事者的尸体。这难道不是有人事先设计好的吗？联系到十年前发生的这起谜一般的古董盗窃案，田静不得不对这起交通事故产生了怀疑。她要是早知道她这一去西山县调查许中间就会发生这种事儿，说什么她也不会大张旗鼓，带着几个人一起下去。再说，蒋立军在没事先通知自己的情况下，就给西山县公安局的人打了电话，告诉他们她下去办案，让他们做好配合工作。当然，蒋立军作为市公安局局长，他有权力这么安排工作，这也是为了她能更好地开展工作嘛，难道蒋立军这样安排也有错？或者是她自己不相信自己的顶头上司了？

可是，话说回来，杀人灭口这样做的目的是什么？是谁在背后指使？难道十年前的这起古董盗窃案本来就是有人在背后做主谋，而不是一般的盗窃案？杀人灭口难道怕田静查实盗窃案背后阴谋的主谋，如果仅仅是这样，当年他们就不应该留许中间这个活口了，从而留下祸患。是故意还是别的什么原因，还有必要现在下套吗？况且，他们这样一弄就不怕警方怀疑吗，他们的目的不是完蛋了吗，为什么到现在才痛下杀手？

田静知道这不光是许中间一个人死的问题，肇事者逃跑者肯定也因为这事儿摊上了性命，可见背后主谋的人狠毒。田静怕留下隐患，担心再有无辜人因此失去性命。有了这样的隐患，危险始终不能排除，就可能导致再有人死之非命。她非常清楚，这个隐患也是她这个刑侦支队长的隐患，一旦在判断上再有个什么闪失，那将导致不可预料的结果。比如和这个案子有关的人，都有可能死于非命。所以，她没有理由不为这件事儿担心。

田静上午去蒋立军办公室汇报工作，汇报完，一边转身离去，刚到门口，又转过身来说：“蒋局，有句话我不知当讲不当讲？”

田静慌死了，说话也不利落，憋了半天，才说了句：“我想说……”

蒋立军说：“小田，在我面前你有什么就说什么，不要有所顾忌。”

“许中间的死和有人通风报信有关……准确地说是奸细！”

“你是说我们身边有奸细？”蒋立军重复了这个特别难听的词，最终还是摇头道，“可是，谁是奸细呢？不可能！”

田静本想和蒋立军沟通自个儿的想法，可能自己心太急了。她直接肯定地说公安局内部有内奸。田静的结论让蒋立军脸色很难看，但田静却很执拗，一直坚持她的观点。

“蒋局，我怀疑……”

田静话还没说完，蒋立军突然打断她：“你敢保证你的直觉是对吗？”

“应该错不了！”

对田静的固执己见，蒋立军表示不理解，这让蒋立军有点受不了了，所以，沟通变成了高声的争执，变成了田静越说越觉得自己有理，以致语言失态，甚至情绪失控。

“我的直觉在告诉我，我下西山县有人泄露了！”

“什么？”蒋立军瞪大了眼睛，他很吃惊。

“你说谁告密，你的判断依据是什么？”

“两个无辜的尸体在告诉，我们公安局有人通风报信。”田静放下手里的资料，忧心忡忡。

田静和蒋立军刚开始的时候还是很平静的对话，转瞬间却争执起来。只见田静越说越激动，嗓音也变高起来：“我敢说这是百分之百的事儿……这就说明有人提前报了信，而且派人设计了车祸……对，我们也查过了，但是这个人有一定的反侦察能力，他把自己包裹得很严，目前还没掌握证据。”

“交通事故责任出来了吗?”

“出了，一般交通事故，不是刑事案件。”

“你认为交警也跟着做假?一帮玩鹰的老手，倒被鹰给啄了眼睛，真有你们的。田静我告诉你，如果真的存在这个通风报信的人，你不抓回来我轻饶不了你。”

“蒋局，我想请求进行调查。我保证完成任务。”

“调查?调查谁?是我吗?还是西山县唐朝局长?你今天怎么回事?有没有从自身问题考虑出发?我不赞同你观点：排除内部人员泄密的可能性。”

“这么轻易就排除了?如果是内部什么人，向利益相关人员透露的消息，再由其他人指挥，制造事故呢?我认为该查，把那个时间段参与的人所有电话都查一遍，包括我田静本人的。”

“包括也要调查我的电话吗?我命令你停下……”刚走到窗前的蒋立军突然转过身来，满脸怒色，大声道，“简直是胡闹，你想都不要有这个想法，我说的是调查内部人员的事，你听清楚了吗?”

这时，田静瞥了一眼蒋立军，低头默不作声了。

也许是田静上任刑侦支队代理队长这段时间以来，一系列案件的发生，加上办案受阻，田静变得敏感，焦虑和烦躁，在这种场合下容易控制不住自个儿脾气，就失态了。

经过田静再三解释，蒋立军的怒气才逐渐平息，最后脸上勉强露出一丝笑容。他渐渐露出坚定之色，说道：“既是如此，你拿出证据来。拿不出证据来我就把你撤换了。”

“局长你可以把我撤换，但我不会改变我的看法。我相信是有人通风报信才导致这样的结果。”田静斩钉截铁大声说道。

蒋立军看都不看田静，冷冷说道：“你在说什么?”话语刚毕，他手掌陡然扬起，“啪”的一声，直拍击桌子说道：“你说谁是内奸？是我打电话给唐朝，让西山县的同志配合一下你的工作，难道你也怀疑到我头上来？或者是苏微微、戈阳他们！”

蒋立军拍击桌子，把桌上的水杯也给震倒了，只听“啪”的一声，水杯滚落到地板上，四分五裂。

蒋立军怒气冲冲，而后，对她大发雷霆：“没有证据绝不能允许乱说的。我不会同意你调查自己人的，不换思想就换人。我还要奉劝田静同志，冷静，冷静。

“我给你时间，一个星期内拿出证据来。

“这个时间够吗？如果不够你认为该多长时间？

“我实在难以想象一个堂堂刑侦支队长说出如此不负责任和如此武断的话来。你说谁是内奸，是你田静，是我蒋立军，是西山县的同志？还是……”

“真是可笑之极，没根没据，甚至于没有影子的事，你就这般草率地下结论了。这应该不是你田静的性格。”

说到这，两人便暂时都沉默了起来。蒋立军的办公室顿时陷入沉寂，一根针落在地上都能听见。当田静抬起头来时，发觉蒋立军一直在默默地注视着她。蒋立军一双犀利的眼睛正紧盯着她，让人不寒而栗。田静一时间在那儿愣神，她伫立在蒋立军办公室里，一时没说上一句话。

陡然间，她不禁产生了一种如临深渊、如履薄冰的感觉。此刻，田静突然感觉到，要做一个真正正直、正义、无畏的人民警察不是一件容易的事情。

十分钟过去，田静不敢说话，蒋立军也还在沉默。田静只听见自己的呼吸声，办公室里一时之间陷入让人压抑的沉默中，两人谁都没说话。

最后还是蒋立军打破了寂静。

“第一，青花瓷案背后很可能存在一个利益集团，要尽快破案，不论涉及谁，都要一查到底；第二，丹阳市最近发生的刀插红衣女、劫款、伤医系列案不能无限期拖延，要尽快破案，尽快平息谣言；第三，至于你认为我们公安局内部内奸的事，也许你的判断是对的，但谁是内奸得拿出证据说话，不然你让我说谁是内奸，我也可以怀疑内奸是你田静的，这是不利于团结的；第四，你们刑侦支队、专案组根据自身情况和工作实际，查摆反思工作作风、思想观念、工作思路，解放思想，提高斗志，我的感觉是你们现在敏感性没有，变得迟钝、麻木了，照这样下去必然耽误破案工作。”

“小田啊，省厅领导和全市几百万群众都在紧盯着我们公安局的工作呐。你以为我这个公安局局长好当吗，认为好受吗，我就没火吗，我就一点压力都没有吗？”

“现在必须下大决心，尽快侦破案件，还丹阳市民一方净土”。

“刚才对你严厉批评，你能接受吗？

“没有证据就不能随便去怀疑我们的同志。你明白我的意思吗？”说到这儿，蒋立军态度已经缓和了很多。

蒋立军一说完，田静马上点点头，表态完全同意他的看法和观点。

“好了，我今天就说到这。办案有新进展随时向我报告，就这样吧。”

送田静到门口，蒋立军又说道：“不是说不允许你怀疑，但是你不能空口无凭。你想想看，那两个人的死也许是一个意外，是一个巧合，难道没有这种可能吗？你能完全否认这种可能吗？”

“蒋局，那我们还需要查找内奸的事儿吗？”田静原以为自己这么一问，可能又会让蒋立军生气起来，但蒋立军听了并不生气。

"当然要找，但要把控好，把握不好，是会出乱子的。"这是蒋立军刚才跟她说的话。但是怎么把握，由谁来把握，蒋局没有说，也不会说，只能由田静费心费力去揣摩、去思考了。

"你先回去吧，好好思考。"

田静这才一边想着，一边默默走出1708室。从十七楼走路下到九楼，田静足足用了半个小时。进自己办公室，见戈阳向着自己走来，等走到他近前时，田静冲着他点点头，也没说什么，恍恍惚惚地走进自己的办公室。

刚坐下，苏微微就打来电话，说交通肇事逃跑者解剖结果出来，符合生前溺水身亡的特征，身上没有其他的损伤，也没有发现他杀迹象。西山县公安局认定交通肇事逃跑者死于意外溺水。另外，苏微微还告诉田静说，经过反复辨认天网监控，交通肇事逃跑者路线未见有人在背后跟随着，发现他尸体的这段河段，恰好没有监控。所以还不好判断交通肇事逃跑者是如何落水的。

苏微微汇报完，田静只是轻轻地"哦"了一声，再也没问什么事，问了苏微微也不会知道，因为尸体是经过法医解剖的，她也没有问题需要了解了。田静还在分神，刑侦支队办公室王真真又拿来一份文件，说是省厅那边刚电传来的，急件，要她今天就给个意见。田静再次"哦"了一声。王真真从田静的语气里觉出了什么，默站了一小会儿，给田静的杯子续满水，然后轻轻出去了。田静听见了一声锁门的声音，她知道王真真为她拉上了门。

次日起床，院外的地上湿湿的。昨夜狂风暴雨，院内的一棵碗口粗大的杧果树经不起大风的肆虐，夜里倒下，残叶落满一地。昨夜倾盆大雨过后，空气变得清新起来。鸟在树上啼叫，往常在树上鸣叫的蝉却没了踪影。

26

暴雨过后，这两天丹阳雨水渐止，难得的凉爽也稍纵即逝，这一周天，天气最大的亮点就是升温。上周四，全市再次攀升至三十摄氏度，周五更是疯狂，气象预报最高三十五摄氏度……炎热的同时，神出鬼没的雷阵雨也紧跟着来了。周五夜里，丹阳有雷阵雨，局部中到大雨，到周六，一股冷空气就来给丹阳降温了。据天气预报显示，周日天气虽然没有雨水，但从周一开始，也有个小规模的降温，周二最高温降至二十五摄氏度，到本周日就又升到了三十二摄氏度，气温忽上忽下，让人焦虑不安。

星期二，白邦云出门诊。

天气晴朗，气温下降凉爽许多。上午才八点刚过，医院门诊大楼早已人满为患。妇产科诊室在门诊大楼五楼。专家门诊一个上午排号一百多号。一位年轻漂亮时尚的女患者挂完专家号，导诊医告诉她今天出诊的专家是男医生白主任，问她要不要看。女患者直接说不行她要等明天看女大夫，她半信半疑地跑上楼去看，见到白邦云专家诊室外还等候着几十个女病人，她才决定今天看病。

轮到那位女患者时，女护士带她到里面检查床，她战战兢兢躺在检查床上："我想换一位女医生……"

"今天专家门诊就白主任一人，明天坐诊专家是女的，你确定要等吗？"一旁的护士对女病人说道。

无奈，女患者只好硬着头皮接检查，没想到检查结束，她跟陪同护士说，白主任对病人很亲切，检查认真仔细、有耐心，庆幸自己没有找错医生。

“白主任，下班后大家还等你到科室，为吴护士长举行欢送会。”离下午下班还有十几分钟，陪同坐门诊的护士突然提醒白邦云说道。

忙活了一天，白邦云竟忘记这个重要的事了。

今天是妇产科护士长吴小柳最后一天上班了。吴护士长下个月就要正式退休了。下班后，白邦云匆匆忙忙又赶到科室，他要主持科室医护人员送走吴护士长。见到白邦云匆忙赶到，吴士长说道：“谢谢白主任，您那么忙，让您费心了。”

听了吴护士长的话，所有人都红了眼眶，年轻的护士甚至泪流满面。而吴护士长却轻松开心地说笑着，乐呵呵地与大伙挥手告别：“这回好了，我可以去广州带孙子了。”

临走前，吴护士长紧握着白邦云的双手，泣不成声：“白主任，柴副主任案情有点进展吗？都几个月过去了，难道一点线索都没有？”

“现在科技这么发达，到处都是监控摄像头，一个伤医案就这么难办？柴副主任就这样不明不白死于坏人的屠刀之下！平民百姓当然不理解。”吴护士长直截了当地说。

“当时是柴副主任死死拉住歹徒的手不放，我才逃过一难的！要不歹徒砍完柴副主任就追着砍我了！是柴副主任紧紧地拉住了凶手，歹徒才更加恼怒疯狂地砍她……

“歹徒跑后，我扶着柴副主任，发现她右手几乎要被砍断了，柴副主任就在我怀里死去。她那睁开的眼睛恐怕这一辈子我都难以忘掉。

“没想到我在妇产科二十几年，在临退休前却发生了这样的一件不幸的事，我很难过。歹徒太残忍了，竟然伤害无辜！白主任，你爱人在公安局，你给我们透露透露，杀手究竟是谁？”

“吴护士长，要是田支队长都知道凶手是谁了，这个案不就是破了吗?”有人插上话说道。

“现在坊间谣言四起,一会儿说是情杀,一会儿说和某某大老板有关……”

“坊间消息不可信啊!”

吴护士长说:“这种事儿,我们不能无中生有。”

一个医生说:“我说吴护士长啊,你今天怎么关心警察工作来了?!”

“这些警察都干些什么事去了!破不了案我看该下岗回家抱孙子!”

吴护士长刚说到这,马上意识到自己说错话了,赶忙改口说道,“白主任,我不是说你家田支队长,我只是说了参与这件事的具体办案人。”

“这倒没有什么,目前确实是案件侦破受阻。”白邦云微微一笑回应道。

吴护士长一听没有批评她的意思,才松了一口气说:“等案子破了,我一定回来看看大家。和柴副共事十几年,她没少照顾我。

“谢谢白主任组织隆重欢送仪式。谢谢,我下班了。妇产科永远是我的家,你们永远是我的亲人!

“我走了!家人们多保重,后会有期!”吴护士长与科室医护人员一一握手告别,然后才依依不舍走出护士站,大家一直把护士长送到电梯旁,这才返回科室。

吴护士长走了没多一会儿,一个病人家属跑来告诉医生们:“护士长怎么了,我刚才看到她在一楼哭呢!”

同事们听到这些,忍不住又掉泪了。

吴护士长年轻的时候是个美人,即便现在年纪大了,但依旧能看得出她年轻时是个美人胚子。她有一双忽闪忽闪的大眼睛,每当新来的年轻护士都惊奇而由衷地夸奖她眼睛的美丽时，吴护士长就开心地朗朗大笑，并感叹一番："你们不知道哇，我年轻的时候，那小蛮腰，长胳膊细腿，跑起来小鹿似的。现在不行喽，胖得像一头老母猪了。"心宽体胖的吴护士长有一副好心肠，遇到从农村来的贫困患者或产妇，她就格外体恤照顾，常常从家里带来红糖，煮了鸡蛋或熬些鸡汤送到她们床前。护士的工作，向来都是繁重琐碎的，有时甚至是危险的，但吴护士长总是以积极的姿态投入其中，用真情和微笑化解病人的伤痛。和年轻护士上班时，吴护士长有时候发现个别小护士态度不好，她便忍不住训斥："别瞧不起农村人，往上数三辈，哪个不是村里出来的？多露点笑模样，能暖人心嘛！"

吴护士长上班时总是露出一副笑眯眯的模样，在妇产科所有人的心中她就是一个开心果，全科上下没人不喜欢她。送走了吴护士长，一想到刚才她说那番话，白邦云心里不是滋味。伤医案侦破进展如何，这件事毕竟发生在他的同事身上，他也应该了解一下进展情况。白邦云决定晚上到家后问一问田静，打听打听案件进展情况。

27

田静刚从外面回来软倒在椅上，感到口干，舌也燥，想喝水，拿起杯子，却喝不下去。她刚把杯子放下，放在桌上的华为手机响了。

田静没有急着拿起，等了一会儿，响声仍然不断，这才拿起手机，不紧不慢问了声："哪位？"

"您是田支队吧！我是赵东山啊！"电话那头迅速传来一位中年男子浑厚的声音。这通电话是红河实业集团赵东山打来的。

“您好，赵总，今天这么闲啊！有什么新线索需要向警方提供吗？”

“哈哈……线索十年前早提供完啦。”在电话里，赵东山哈哈大笑了起来。

“那您有什么事吗？”

“田支队，首先呢，我特别感谢丹阳警方十年来对发生在我家盗窃案的持续关心，这些年你们一直努力破案。我非常感谢你们……”赵东山在电话里说了一大堆客气的话。但田静可不会这么想，赵东山今天突然来这个电话，应该不会专门要感谢警方的，他应该有什么事要说。于是，田静就打断了他的话，说道：“赵总，这事我们责无旁贷。您今天给我打电话，应该不是专门为了要感谢我吧！”

“哎哟，警察就是警察，明察秋毫，一猜就猜中。我还真有要事求田支队呢！”

“有事求我，您直接说吧！不要说求事，只要不违规违法，人民警察是为人民服务的，您也是人民中的一员嘛！”田静说话一直都是彬彬有礼。

“那我就直说啦！”

“您说，我在听。”

“好！田支队爽快！我想撤案！不麻烦警方侦破了！”

“你说什么，你要撤案？这是刑事案件，你想立案就立案，想撤案就撤案吗？”

“我文化少，又说错啦！不好意思啦！是不用麻烦你们警方破案了。”

“不要警方破案了？警方破案可不是儿戏。我再说一遍您家这起盗窃案可是一个涉及刑事的案件，当年惊动四方的大案要案，警方怎能不侦破呢。我提醒赵总啊，您可不要随便开这种玩笑。”

“涉及刑事案件，立案了，不是想立就立，想撤就撤。到底发生了什么事？”

“田支队，是这样的，我想了很久，十年前的案，估计也难破了。我只是不想再麻烦警方了。最近，丹阳接连发生一系列恶性案子，我想让警方集中精力去侦破这些急需平民愤的案子。你们人手又那么少，就不想让你们在这个案件上花时间和精力了。我的这个案，就当我自个儿倒霉了，就不想麻烦你们了。青花瓷我也无所谓了，就当作亏一笔大买卖了。”

“您这是开玩笑。刑事案件必须要追究刑事责任。”田静严肃起来了，“即使再多的案，再久的案，警方也一定要侦破到底，查个水落石出，把犯罪分子绳之以法。至于您说的警察人手少，那就不用您操心了。”

这时，座机铃声响起，田静转头一看是戈阳手机号码，拿起话筒就说：“戈阳你等一下子再打来。”因为赵东山突然来电话要求公安机关不破案了，这非同小可。从警这么多年来，田静还是第一次遇到这种事。她要知道是怎么回事，所以她决定先听赵东山把话讲完，不让戈阳打断，她让戈阳待会儿再打来。

“田支队，您在忙啊！要不，我就先不打扰您……”

“别急着挂断电话，不碍事，继续说您的事。”

“我没别的意思，我只是想，很久以前发生的案件，我也不想追回被盗走的东西，就不想麻烦你们了，让你们安心去办别的更重要更急的案件。”

“赵总，您开玩笑了。这案肯定撤不了，至于怎么破案用不着你来操心，如果有新的线索请您及时向我们警方报告。”

“是的，是的！不过，我真的不想麻烦你们了。”

“这不是您说的算。”

“既然这样，那我也没别的事了，就到这吧。”

刚和赵东山通完电话，田静正准备理一下思绪，座机电话又响起来了。

田静拿起话筒咳嗽了一声：“戈阳，刚才是不是打过一次了？”

戈阳“嗯”了一声，声音不大正常地说：“田支队长，说话方便不？”田静下意识地朝门望了一眼，道：“方便，你讲吧。”

“赵东山来电话要求公安机关不要侦破他家盗窃案了。”戈阳的声音有点变形，听上去像是被什么吓住了。田静不满地摇了下头，又听戈阳道：“我感觉里面有问题，不过……”戈阳顿了一下，又道，“让人捉摸不透。”

田静边听戈阳汇报，边在想赵东山他要干吗。她假装还不懂这个事，于是便问戈阳：“什么时候的事？”

“就是上班的时候。”

“你怎么答复他？”

“还能怎么答复，公安局立案又不是儿戏，这可是刑事案件，重案要案。我还特别地提醒他，此案性质极为恶劣，在社会上引起了强烈反响，警方高度重视，现正在全力开展案件侦破工作。”

“他听你这话后，怎么反应？”

“他说他要去找你。”

“田支队，他找到你了吗？”

“也就刚才，刚和他通电话中，你就来电话了！”

“田支队，你说这个姓赵的他要干吗？哪有把公安机关立案当儿戏的。”

田静本不想打断戈阳，一听戈阳又用姓赵的三个字，就提醒一声：“什么姓赵的，他叫赵东山！”

“田支队别生气，我也是一时激动。对了，昨天我还见赵东山跟西山县公安局领导的人一起吃饭，这事，会不会和他们有关联啊?”

戈阳说完这句，就等田静做指示。赵东山和西山县公安局领导一起吃饭，田静拿着话筒，一时不知说啥。她脑子里涌出很多张脸：西山县公安局局长唐朝，西山县公安局分管刑侦副局长李河……一想到这儿，田静就浑身不舒服起来。上次去西山县调查许中间出现纰漏，到现在她都还没咽下这口气。戈阳提到可能和西山县公安局领导有关联?有可能吗?但一想也不对啊，赵东山可是丹阳市商界的头面人物，能够在整个丹阳市呼风唤雨也就是他了。赵东山大名鼎鼎谁人不识，和西山县公安局的人吃个饭难道就能怀疑他们有问题吗?不能，不能，蒋局曾一再告诫过田静，怀疑自己的同事是可以的，但必须要拿出证据来，不能因为赵东山和几个警察吃个饭就敏感了。明天要是见赵东山和白邦云一起吃个饭，难道也要怀疑白邦云是内奸吗?

田静想到这里，否认了自己刚才的可怕想法。她甚至觉得自己这种思想是要不得的。但干刑侦工作的，如果一点敏感性都没有，这好像也说不过去。里面有问题吗?说有证据在哪里，说没有好像也不完全正确。但田静的思维一直是往“有”这方面去想，她自己把自己弄得团团转。

田静突然沉陷矛盾之中，田静最后什么也没说，也没听清楚戈阳还说什么话，就略带几分黯然地挂了电话。然后，她呆呆地坐在椅子上，失神起来。

戈阳还想说下去，还想说他的想法，没想到被田静毫无预兆地挂断了电话。他一直也没回神过来，他认为不管他的想法对不对，田静作为他的上司，至少应该听他把话讲完再挂断。戈阳想不通，放下电话后，他决定到田静办公室谈起他的看法。

戈阳一进门，见王真真正拿着一份文件递给田静。

“田支队，昨天我拿过来的一份文件，请你抓紧看看，局办那边催呢。”王真真说。

戈阳刚进门，碰到她俩在交谈，他自己就觉得不好意思，正想退出田静办公室，却让田静叫住了：“进来，进来！”

“没打扰你们吧？”戈阳呵呵了两声。

“戈阳你先坐等会儿！”

王真真知道田静忙，也不敢多打扰，就过来提醒一下领导，她怕田静一忙，把事情耽搁了。局办公室催得紧，这文件明天就要发下去。王真真说完，田静拿过材料，十分投入地看起来。

田静很快就把文件看完了，签好名字，又把文件给了王真真。王真真走了，戈阳就把自己来的意思说了。

田静突然说：“有这个想法好，说明你是动了脑子。”

戈阳客气了一下，道：“我直觉告诉我，我们公安局内部有叛徒。”

“证据呢？”

戈阳嘴里说道：“没有，但直觉在告诉我，我的判断是正确的。从最近发生的来看，确定无疑了。”

田静因为这个事曾被蒋立军骂过，她知道这件事马虎不得，要对自己的同志负责。

田静把水杯放到桌子边，眼睛却盯在戈阳脸上。她的目光有些怪味，戈阳被看得很不自在。

戈阳也注意到了田静的目光，他并没回避。田静意味深长地又盯了戈阳几秒钟，道：“没有证据，我可以说戈阳你是内奸，知道吗？在对待自己的同事，我们都不要犯错误。今天先不谈这个了。”

“你是领导，你说了算！”

看到戈阳说话时的表情，田静的脸就阴了，让她忽就意识到什么。于是，她硬挤出一丝笑："领导也要听群众意见。"

田静今天的态度，让戈阳突然感觉她好像跟以前的完全不同，判若两人。田支队是怕，是怵，还是别的原因？戈阳感觉被一股不祥之气笼罩着，他心里怪怪的，有一种说不出的失落感。

田静给戈阳倒了一杯水，说："戈阳啊，最近怎么气色不好，可别太累了，注意身体。破案的事情还指望咱们啊！"

突然，戈阳一股莫名的火气串上来："你们当领导管不了，那以后我就不找你们反映了，你们想怎么干就怎么干。你们当领导的头脑冷静，处理得当，你们永远都是正确的，我们一去西山县，许中间死了，交通肇事者死了，这是怎么回事儿啊？这不是明摆着我们内部的人通风报信。为什么领导就不好好查一查，你们怕什么？我不怕对我横挑鼻子竖挑眼，也不怕打击压制，我做人一向堂堂正正，从不背后议论人，清者自清。"

说罢，戈阳放下水杯气呼呼要走出田静办公室，却让田静叫住了："等一下。"

田静转过身，目光扫视着戈阳紧锁的眉头："你就这样带着火气走吗？"

戈阳咬了咬自己的嘴唇，然后摇了摇头。

"我们的职业是什么，是警察啊！光凭猜想，没有证据啊！"

戈阳微微耸肩："没关系，我相信如果存在这么一个人，我一定会抓到他！"

但愿你说得没错。这句话在田静脑海里浮现，但她没有把它说出来。不过，让她感到高兴的是，戈阳的想法和自己一样，有人通风报信了。

"田支队，你是不是怕了？"戈阳这话让田静有些吃惊。

"怕了，我怕谁？我谁都不怕，我站在法律的这边！"

戈阳抬起头，瞅一眼田静，"那么说你也早知道有这么一个人了，只是你对这一切事实挺难接受的?”

“别瞎说!”田静一怔，冲着戈阳说，“你来是要了解什么?”戈阳还在等着她回答，“嗯”了一声。田静白了戈阳一眼，然后又严肃起来。

“但……现在只是一种猜想，都没有用，不是吗?改变不了什么。而且……”田静略一停顿又说道，“现在的事实咱俩能确定吗?”

“不确定?”这让戈阳有些吃惊。

“是的，目前没办法确定有没有内奸，谁又是内奸?”田静提醒戈阳。

“是啊，没确定我心里也难受。”

戈阳思索片刻才想明白:“那……你不打算深挖下去了吗?”

“我们人单力薄，但是，真是……那样，我们能怎么做?”

“这么说，你也觉得我们有内奸?”

“这个不清楚，需要调查得出结论。”

“那开始调查了吗?”

田静突然觉得今天和戈阳沟通起来有点麻烦，不像过去那么自如，于是她提醒一句:“讲话请自重点。”

“怎么不自重了?”

“我们需要搞清一些事实。”

“我再问一句，对内奸这个问题你们领导打算怎么办?”

田静霍地站起:“你什么态度?怎么，今天你来找我是为了这个，那我明确地告诉你，无可奉告!”

戈阳听了身子打个冷战，抖一下，田静见了眉头一皱。她本不想这么毫无顾忌、脱口而出的。

戈阳按捺不住内心的激动说:“说来说去，说了半天，你还不是一个怕字。我不怕，我一定要挖出这个人来。”

戈阳想，说得比唱得还要好听，我现在不是告诉你了吗，你怎么还不痛痛快快地采取行动？反正他不怕，他现在横竖一条心，于是便说："我们身边肯定有人在通风报信！"说完，头也不回转身就走出田静办公室。

田静愕然，望着戈阳的背影，田静只是怔怔地看着。没有证据，这一步，要是真正迈出来的确不容易，她觉得像戈阳这样正气的人误解她了。田静的泪水不由得充满了眼眶，而且越聚越多，终于化作两行热流夺眶而出，顺着脸颊流淌。她不断想象着许中间那具血肉模糊的遗体，往事不断在脑海中闪现：那个开小轮农用机的老李，快要沉入西江河时的绝望眼神……她曾经被他俩惨死吓得完全不知所措。就是因为她，让两个无辜的人死得那么惨。而那个致他俩死于非命的人却在暗处张嘴大笑，真嚣张……

一想到这儿，田静简直无法呼吸了，一张开嘴，就感到恶心。

没有人告诉她，这到底是怎么回事？

如果公安内部存在有人通风报信，这个人一定是个人精，且不说他藏得多深，只要他敢这么做，就肯定会留下痕迹，这意味着早晚都有暴露的一天。

但这个人是谁呢？自己又疏落了什么？

田静痛苦地坐着，轻轻地闭上了眼睛，她脑海里把公安局里她熟识的人全部地过滤了一片……

田静感觉好累。

28

由于几个案子久攻不破，这一年夏天，田静这个代理队长日子并不好过，这也注定是让丹阳警方难忘的一个夏天。对田静来说，这个夏天将其称为自己人生中的“至暗时刻”也不为过。

夜晚十点，田静刚上床躺下睡觉的时候，突然一阵急促的手机铃声响了。

一看手机是蒋立军打的，田静一骨碌坐起来。这个时间局长来电话，一定是有重要的工作。

这一段时间田静的神经绷紧到极致，常常深夜两三点仍然无法入睡。中午，白邦云从医院带回了五盒安神补脑液和五瓶五味子糖浆，说喝了可以缓解焦虑情绪，也有助于改善睡眠。白邦云听嘱一次只能十毫升，一天三次。但田静怕喝太少药效不够力，一次就喝小半瓶，一百五十毫升的五味子糖浆喝不到三次就喝完了。喝完今天第三次五味子糖浆后田静才上床，刚躺下，蒋立军就来电话了。

田静猛地坐了起来：“蒋局，这么晚了您有什么指示吗？”

“据可靠情报，明天丹阳医疗系统包括市外一些医院有三百多名医护人员要聚集悼念遇袭身亡的柴医生，并抗议医闹暴力。”

“他们要到市政府广场聚集吗？这应该是治安支队的职责……”

“不用急，先听我说完嘛！在市医院小广场。现在新媒体时代，我估计这个活动会在网上得到外省的一些医院的声援。”

田静之所以第一反应是市政府广场，因为这些年大凡集体上访的都跑到市政府广场，上访者的目的是给政府施加压力，当然要跑到政府广场去聚集。

蒋立军在电话里还说，这本来是治安支队的事，但这么大一个集会，且又针对伤医案而集会，集会上肯定有人提问伤医案的问题，所以让田静刑侦支队也派人过去，到时候能更好回答一些现场提问，特别是涉及破案的问题。

“除了对一些问题的解释，我们还有别的任务吗？要采取措施驱散他们吗？”

“不，你们配合治安支队的同志，只需要维护秩序。”

“为什么?”

“抗议活动是医护人员自发组织的，院方对他们的合理诉求表示理解，但希望保持克制，希望哀悼结束后尽快返回工作岗位。

“他们聚集只是表达哀悼，目前从内部得到信息尚未发现有闹事倾向!

“刑侦支队、治安支队、各分局，还有辖区派出所警察过去维护秩序，以防万一。”

“好的，好的，我明白了。我马上布置任务。”

“你爱人不是在医院吗，他没向你透露消息吗?”

田静扬起眉梢想了一下说：“你不说我都还忘记这个人。呵呵！他今晚做一台手术，到现在都还没下班回家。”

“当医生也不容易啊!”

“蒋局，还有别的什么指示吗?”

蒋立军说没有了，田静便挂断电话，接着马上打电话给刑侦支队几个大队，让他们抽调警力，做好布置。等一切都安排好，田静感觉很困，她不知道是药效起作用，还是本身今天太累了，一看时间，都快深夜十一点了，白邦云还没到家。今晚白邦云施行什么大手术，这么晚还没下班?田静实在太困了，又躺下，这时突然感觉左侧肚子疼得厉害，一直疼，非常疼，疼得田静开始胡思乱想，自己把自己吓了。田静自己一个下楼跑去医院看急诊，一系列检查后排除了阑尾炎，原来是肾结石，轻微的，吃了止痛药后不疼了。

返回家时已经凌晨两点，田静才看见白邦云来了微信，说今晚手术结束太晚了，就在科室值班室睡觉了。这已成了白邦云的习惯，如果遇到晚上手术太晚了，他就选择在值班室休息。他知道田静患有顽固性失眠，这个时候回去更是打扰她。

七点刚过，田静就起床。八点，近百名警察准时到达市医院小广场上待命。

九点，市医院小广场内，包括市内的各家医院约三百名医护人员聚集。医护人员举着“抗拒暴力，保障医护人员安全”等标语，抗议近期市医院发生的医生遇袭事件。现场喊着“医护无安全，国人无健康”等口号声。

田静寻找了很久，也没见白邦云的身影。田静估计他没在现场。

这场活动得到全省众多医护人员声援，从外地驾车赶到丹阳的几个医护人员说：“柴雪丽医生死在岗位上，不是第一个，也不会是最后一个，声援柴雪丽医生，希望社会重视已经被扭曲的医患关系，重视医生的生存环境。”

田静和百名同事维持秩序。但她的脸热辣辣的，伤医案到直现在侦破仍毫无进展，不能不说她无地自容，田静恨不得地上有一条裂缝钻进去。

“此次活动希望能给死去的柴雪丽医生讨个公道，也请公安机关抓到罪犯后不能随意判定患者有精神病史就掩盖过去。”也就是两个月前，某地一家医院一位外科医生遇袭身亡，最后警方将犯罪嫌疑人抓获，但公安发布通告称“某某曾因精神疾患在上海入院治疗”。医护人员担心凶手因此逃脱惩罚，要求对所谓精神病的鉴定全程监督。

田静也曾听白邦云开玩笑道，有一次在门诊，有位患者对排队时间过长问题不满，半开玩笑跟他说：“你要不要担心我犯精神病，小心我用刀捅你。”这让白邦云感到恐惧。柴雪丽医生遇刺后，在警方和医院的努力下，受害亲属情绪稳定下来，经死者家属同意，柴雪丽医生遗体已经运往殡仪馆火化，医院也正常运转，医护人员坚守在岗位。

在众多医护人员面前，田静代表刑侦支队做表态：“警方一定会依法严惩‘柴雪丽医生故意伤害案’凶手，全力维护医护人员的合法权益。”田静表态的目的是为了安定人心。田静还告诉大家，公安机关对医护人员的诉求充分理解，公安机关对医疗暴力零容忍，一定会依法严惩故意伤害案凶手和依法打击扰乱医疗机构秩序的违法犯罪活动。

“请问田支队长，近年来，中国医疗场所暴力事件不断，医院内流血事件频频发生，警方也曾多次发出维护医疗机构秩序的通告，但为何伤医事件还是一次次发生？到底谁来保护医护人员的安全？行凶者是否都受到了应有的惩罚？”

田静没料到，她刚做完表态，就有人站出来问道。

“医务人员是生命的守护神，对医务人员的伤害是对生命的亵渎，也是对广大患者权益的侵害，全社会都应该予以谴责。打击犯罪是公安机关的法定职责，作为公安部门我们一定严格履行职责，加大针对医务人员人身安全犯罪的打击力度。”

“田支队，我是邻县医院消化内科医生，我姓邓。请问柴雪丽医生伤医案进展如何，可以介绍一下吗？”

田静清了一下嗓音，大声说道：“公安机关正在全力侦破此案中。”

“听说，一条线索都没有，能抓到犯罪分子吗？”

“一定会抓到的，请给警方一些时间。”田静回答得迅速而坚定。

一听到这，聚集的数百名医护人员都纷纷拍手称快。

“政府和公安机关对暴力‘伤医零容忍’绝不只是一句口号，对一切构成犯罪的暴力伤医行为我们不仅要谴责，还要坚决依法追究刑事责任。”

“我们相信警察一定会将犯罪分子缉拿归案！”

见时候不早了，田静高声呼喊道：“警方对各位医护人员的合理诉求表示理解，但希望保持克制，希望尽快返回工作岗位，维护医院正常运转。”

上午十一点半，聚集的数百名医护人员渐渐散去。市医院小广场柴雪丽医生遗像前的祭台上，整整齐齐地摆满了参与哀悼活动的医护人员送上的花篮与花束。

看着满地的花篮与花束，田静心情久久不能平静，眼含泪水，备感万分痛心，她恨自己的无能，恨犯罪分子的残忍，把像柴雪丽这样的无辜生命生生剥夺了。田静在心里发誓，不管凶手跑多远，藏多深，即使逃到天涯海角，她也绝不罢休，一定要把他缉拿归来，并绳之以法。

柴雪丽医生遇袭案件发生后，田静曾搜集并梳理了近五年来国内媒体（除港澳台地区媒体）公开报道的一百三十九起伤医事件，并对此进行数据分析，尝试归纳出近五年内暴力伤医事件的特征，以探讨救命之地为何纠纷不断，以及又该如何避免伤医事件再次发生。

正在陷入沉思中时，突然有人在后背拍了她的肩膀，田静回头一看，却发现是白邦云。

“怎么不见你？”田静问。

“不来并不代表我对柴医生遇袭不幸遇难的不悲痛。我担心我的出现给你带来更大的压力。话又说回来，今天上午确实挺忙，如果每个医生和护士都来，谁来照顾病人啊！”

田静点点头：“回家去吧。”

两人一边走路一边聊。白邦云说：“很多极端暴力事件往往都是出于个人利益或精神健康方面的原因，一些弱势群体的利益受损问题长期得不到解决。小事拖大，大事拖炸，一旦情绪失控，就可能发生激情型的暴力犯罪。

“一个人的利益诉求得不到有效的满足，一旦出现心理疾患，又不能够得到社会及时的关爱和矫正，就很容易出现个人极端暴力事件。

“公开报道发现，伤医案件多集中于发达省份及三级医院。急诊科、外科为伤医重灾区。不满医疗过程效果是伤医事件发生的主要原因。

“在分级诊疗制度仍不够完善的背景下，病患者习惯前往大医院就诊，客观上加剧了‘看病难、看病贵’的现象。三级医院的数量占全国医院机构总数量的百分之八，而所承担的诊疗人次数却高达全部医院诊疗人次数的百分之五十以上。换言之，象征着优质医疗资源的三级医院，往往需要承担大量病患，进而成为医患矛盾激化的重灾区。急诊科常常都是‘单兵作战’，在大部分情况下医生都需要迅速独立地诊断病因、紧急救治。因为你永远不知道下一秒会发生什么，一旦急诊方案不符合病患及家属的意愿或出现误判误诊，往往就会发生冲突甚至伤医事件。”

“对，误诊！我怎么想不到这个问题呢！”田静突然表现得很兴奋。

“你怎么了？”

“你的话，让我猛然醒悟了。”

“我们的侦破还有一个方向：误诊！”

“你在说什么啊，我一点都听不明白。”

“我知道就行了，我是警察，我是专门把一切犯罪分子缉拿归案。你是医生，你负责救死扶伤。”

白邦云浅笑着点了点头。

田静心渐渐开朗起来，忘却了昨日的烦恼，仿佛在一刹那间，灵魂通窍。这几个月来，田静的内心世界和思维模式却总是好像受到某种限制，被局限在一个小框架里，当然开朗不起来。

一想到这儿，田静随即手挽起白邦云的手来，一路走回家。

“你想要吃什么？我下厨。”白邦云拉着田静的手，轻问道。

白邦云不在家的时候，田静基本上都没怎么下厨。听到白邦云的问话之后，田静思索了一下：“红油春笋，鲜香脆口又下饭。”

“你啊，现在是什么季节，哪来的春笋？”

“那就就做点蒸面条吃，配一碗酸汤绝配。天热，中午也不想吃太多。就这么简单，你看还是我好养吧！”田静说完，就用手狠狠地捏了一下白邦云的手，两人都笑起来了。

29

下午三点，白邦云正在病房中忙，他的手机突然响了起来，掏出手机一看是白玖打来的。

“邦云，我托人送一部手机过去给你。”电话里头白玖嬉皮笑脸地撒娇道。

“因为啥？我的手机还好好的。”一听这话，白邦云就很莫名其妙的。

白玖讥笑了他一句：“嘿嘿，什么话呀？瞧你那部手机用了五六年也该换了，通话老是卡顿。谁像你一部手机用五六年，早该丢进垃圾桶了！”白玖哈哈地笑着。

电话里头白玖对他说，她正在朋友华为手机专卖店里喝茶，说她的一个好友刚开一家华为手机专卖店，正好她可以用实际行动捧朋友的场面，她就叫朋友拿货了一台，让朋友直接送到医院妇产科来。人家已送货到半路了。

那会儿，白邦云正在病房忙中，和白玖简单聊几句便挂断电话了。白玖托人送手机来时，白邦云正在病房忙，对方拿到医师办公室让同事转交给他。白邦云也没见来送手机的人，忙完后问了同事，同事只说有人让转交给他，然后人就走了。接过手机，白邦云心想，多少钱过后他再微信转账给白玖，他绝不能白要人家一部手机。想到这，白邦云就打开手机包装盒，华为最新款的，高端产品，价格应该在一万以上。事后，白邦云在网上查看了一下，这款华为最新折叠款式一万多块钱呢。晚上下班到家后白邦云按网上手机价格用微信打款给了白玖，但白玖没接收。

晚上十点半，白邦云正在躺在沙发上看电视。白玖突然打来电话，他不明白，这么晚了，白玖还打电话找他做什么？应该是有急事吧？所以白邦云也没有过多去想，便接听了电话。

“邦云吗，我是白玖。”白玖的声音响起来，有点急切。

“你还没有休息？”

“不好意思，邦云，把你吵醒了，你能下楼来吗，我有点事！”

“你在我家楼下？”

“嗯，你能下来吗，我真的有点事找你！”

所以他就下了楼去见白玖。

“这么晚了，不方便啊！”

“邦云，你想到哪里去了！当我是什么人啦！”

大半夜这个时候，白玖来医院小区找自己，白邦云心里有些困惑，但想了想，这么晚了白玖应该有急事找他。

心里想着，白邦云就答应了。放下手机，白邦云很忐忑地出了门。

等白邦云下楼来，就见一辆红色的比亚迪“宋”停在楼，见到白邦云下了楼，白玖摇下车窗："赶快上车！"

"又换车了？"

"对啊，支持国产货嘛。"

白邦云走近车子时，白玖就示意白邦云坐进副驾驶室来。

等白邦云坐进副驾室，白玖略带讥笑地问道："请好假了吗？"

"请什么假？"白邦云一下子没反应过来。

"这么说现在出门不用跟夫人请假了？"

"哦，你是说这个事啊！她今天去西山县出差了。"

"又跑到西山办案去了？"

"应该是吧！好了，我们不谈警方的事，我就想知道这么晚发生什么事了？"白邦云轻轻地问了一声。

等白邦云坐好，白玖又叫他扣好安全带："不要说话，我带你去一个地方！"

"白玖，啥事啊？"

"不急嘛，我也不会害你的。你不要说话了，到地方了你就知道！没人会害你，我白玖更不会……"

半夜时分，街上车辆行人渐渐稀少。车速很快，大约过了半个小时，比亚迪"宋"带载着白邦云来到丹阳富人区曼哈壹号别墅区的大门，然后又缓缓把白邦云带到了十街区，在一栋别墅前停下。

"你这是要干吗？你不说清楚我不会下车的！"

见到白邦云有些生气了，白玖一脸轻松地笑道："把你吓着了？"

"进去吧，这里到处都是摄像头！推推搡搡让人看笑话。"白玖急忙用手势和口型催促白邦云道，"快下车吧，我的白大夫！"

白邦云紧张得腿有些打摆子，用同样的口型问白玖："你要干吗呢?”

白玖急忙无声回复:“没有人会害你的,进去吧!”

白邦云还想说点什么,白玖已经迫不及待地把他推进了别墅大门。

30

在公安机关侦查案件中,有一个命案必破的说法,而市刑侦支队的警察也是这样践行的。但在实际操作中,难免会遇到棘手的命案,它们就像是一根精铁打造出来的骨头,啃都啃不动。而丹阳的一系列案件便是如此,参与侦破这些案件的刑警无不焦虑,一直处于高度紧张的状态。

上午在去上班的路上,田静就接到蒋立军的电话,说西山县接到报案,在西山县三弄乡一处深山老林的一个山洞发现一具头骸,经西山县公安局法医检验和现场调查,初步判断应该是他杀的,不是坠落致死,具体死因还在进一步调查之中。

蒋立军叫田静带人下去西山县协助破案。命案,当然是死了人的。一听又是命案的,蒋立军挂断电话后,田静便打电话通知苏微微,让苏微微叫上戈阳一起去。

中午一点田静他们才赶到西山县公安局。警车刚进西山县公安局大门,早在县公安局大楼门外等候的唐朝一见警车远远开过来,便立刻迎上去。

“田支队,没想到这才过了一个多月,我们又在西山见面了。”唐朝局长热情地与刚下警车的田静握手。

田静淡定地回了一句:“难道唐局长不欢迎吗?”

田静的话,却让唐朝有些不知道该怎么接下一句了。见到唐朝一脸尴尬,田静说:“我这句开玩笑的话过头了,唐局长没有受不了吧？”

“哪里，哪里，是我打电话给蒋局的，你说我能不欢迎吗？”说完，唐朝便哈哈大笑。

“田支队，这边请。午饭时间早过了，我们先到食堂吃点东西填饱肚子。我特地交代师傅他们晚一点下班。”

“你们也还没吃吗？”

“等着你们到了再一起吃。”

“让你们饿着肚子等着，实在不好意思了。”田静淡淡地说着。

在西山县公安局食堂简单吃了午饭，西山县公安局唐朝局长问田静要不要先休息一下，下午再去现场。田静说她是来西山县办案的，不是来休息的。唐朝就带领田静一行去深山现场。一路上，唐朝向田静介绍了案情：上周一上午十时许，当地一个村民，因放牛走失，他进山找牛时发现的。

“发现案件现场已经有一个星期时间了？”田静问，唐朝点了点头。

“从县城到三弄乡有多远？”

“一个小时吧！然后从三弄乡再到现场要一个小时。”

“我还以为是在乡里附近。”

“三弄乡素有森林海洋之称，各种野味极多，很多年前经常有人从市里跑过来打猎。”

“还有打猎？”田静不解。

“不是现在，现在还有谁敢打猎？再说现在收枪治爆，基本上不存在有人执有猎枪。这是十几年前的事了。”

“唐局，据我所知，你们西山县最近几年命案还是比较少的。在你的带领下，西山县治安成效显著。你还获过省优秀人民警察称号呢！”

“哪里，哪里，荣誉都属于过去了，再说西山县所取得一切成绩与你们市局给予的大力支持分不开的，特别像有你这样的上级领导。”

田静知道唐朝是说谦虚话，她和唐朝是平级，都是副处级干部。唐朝比田静大五六岁，最近小道消息一直在传闻说他准备得提拔之类的传言，至于提拔到市里还是到省厅任职，田静就不知道了。不过，田静也不关心这些，田静认为这是组织上的事，她只要把刑侦工作干好就行了，其他的就交给组织了。

“再说了，西山县治安每一点滴进步，这功劳不是我唐朝一个人的，功劳是属于集体的。”

“你啊，我到刑侦支队才多久，再说了，我也还没给西山县治安贡献过一分力，怎么给我安排功劳上了呢！”田静回道。

“田支队，你今天不是来支持我们西山县工作的吗？还有，上次来调查许中间的事……”

唐朝说到许中间，这倒让田静想起了一件事来，就心不在焉问了一句：“许中间……不，还有那个交通肇事逃逸这个案件处理有结果了吗？”

“结案了。交警部门认为这是一起普通交通事故案件。许中间家属得到赔偿，没有任何异议。”

“是保险公司赔偿吗？”

“对啊，公交公司不是给每一位司机办了商业意外保险，另外根据交警的认定，公交公司还按工伤处理，正在走程序中。”

“哦！”田静若有沉思地回应，“那个交通肇事逃逸者呢？”

“从目前调查来看没有发现他杀的根据。只能按他怕撞人怕被巨额赔偿，逃跑后又跳河自杀了处理……田支队，你跑了几个小时，你还是在车上打个盹吧，警车只能开到龙头村，还要走山路近一个小时。”

从县城到三弄乡，再从乡里到龙头村，警车开到龙村前方就没路了。唐朝就把警车停在村委会门前，众人下车准备步行进山。

龙头村，三弄乡下面一个偏远山村。日落黄昏，炊烟袅袅。已经盛夏，山村依旧很热。村子旁边的一处小树林，一只大黑狗正趴在一只黄狗的背上。看见一群陌生人进村，就使劲地汪汪叫，村民听狗的叫声，又见警车进村，以为村里发生什么大事了，男女老少纷纷跑到村部来看热闹。

唐朝对田静说，步行到现场也要半个小时以上。到达山洞现场，已经下午六点半了。

从现场勘查来看，这真的是一起触目惊心的命案，犯罪分子作案手法残忍，只有一个头颅，这是一桩无尸骸骨架命案。到目前为止，西山警方都未能确定死者身份，更不用说破案了。

命案发生在西山县辖区内。上周一的上午，进山找牛的农户在山洞里的一堆草丛中发现了一个人头尸骸。当时农户就被吓坏了，撒腿就跑。跑了很远，仍惊魂未定地报了警。唐朝带队第一时间赶到并封锁了现场，很快确定这并非第一作案现场。

理由很简单。这尸体的脑袋是被砍下来的，可现场却找不到尸骨，这已经很好地证明了这只是一个抛尸现场。

田静就问了唐朝，龙头村或周边的村庄最近这些年有什么人失踪了没有。唐朝说经过摸底调查，没人反映说有人失踪。田静心想，看来是这具人头尸骸应该不是附近村庄的人。经法医鉴定，这应该是一具女性，年龄大概在三十五岁上下。身高因为没找到尸骸骨架，暂时无法判断。

西山县警方立足案发地，排查走访辐射辖区及周边各个村屯，不断通过各种渠道查找，西方警方想尽快确定死者身份。同时，上报市公安局，请求派员下来指导。在田静下来前，西山县公安局已在全县范围内张贴协查通报，不间断地通过微信群等新媒体发布查找尸源通告。仅过去三天，共排查可疑尸源线索十一条，散发、张贴协查通报上百份，走访排查三百余人。但受条件所限，三天过去了，案件始终没有突破性进展。由于这里是农村，加上地方偏远，没有监控，那人头尸骸仿佛从天而降，一丝线索都没查到。

这就很头疼了。

毕竟，这是命案，性质极其恶劣，在西山县也引起了强烈的反响。对普通老百姓来讲，你说一普通的杀人案，听着最多让人感慨一下又有人被杀死了，然后也就没太多的感触……可听到杀人分尸案，那感受却是截然不同的。案子就摆在那里，警方确实费尽了心思，可就是破不了。

西山县警方也很绝望，所以才请求市局支援。

31

从现场再返回西山县公安局，天完全黑下来了。

在会议室，田静和西山县的同志每人一碗康师傅红烧牛肉面，吃完快餐面又连夜组织召开案情分析会。

大家边看 PPT，边讨论分析。从这具人头尸骸——虽然只是一个头颅骨，但经过放大，这样一张巨大的图片呈现在投影屏幕上，还是给田静带来很大的视觉冲击力。不过对田静来说，从事刑侦工作十几年，看过比这恐怖的尸骸可多了，况且这是一具可能超过五年以上的头颅骨骸。

会议由西山县分管刑侦工作副局长李河主持，他同时解说：

“这是一份尸检报告。根据法医确认，死者的头是被人用利器砍下来的，残留的颈骨上明显残留有利器劈砍留下的痕迹。这也是我们确定这死者确实死于他杀的主要证据。

“而根据我们推断，死者是死后被分尸，然后被煮过，最后将头颅装进麻袋丢进山洞里。也就是说有人为达到毁容让人辨别不出，把人杀死后，先分尸，然后煮尸，采取各地抛尸。

“另外，经过尸检还确定了死者是一名女性，年龄三十五岁上下。目前还没有找到尸骸骨架，身高暂时不好说。

“因为时间久了，我们只见到头骨，加上周围没有什么特殊的痕迹，这也给尸源确认增加了难度。

“这具头骨可以说是我们直接掌握的唯一证据，可通过它能分析出来的东西也就这些了。”

田静认真地盯着投影屏幕的画面，几分钟后，田静问道：“找到第一案发现场了吗？”

“暂时还没有。恐怕比较难。”李副局长说道，“这头颅应该是拿到抛尸点的。”

“而根据周围环境以及现勘的情况判断，犯罪嫌疑人肯定是驾车抛尸。”

“驾车抛尸？进山的路是一条羊肠小道，驾什么车？”

李副局长忙解释道：“应该是驾摩托车之类的工具。”

“理由呢？”田静又问。

“从龙头村头到达山洞这一段步行大概需要四十分钟以上，如果一个人拎着或背着一袋东西，累先不说，这么长的路难免不遇到村民。犯罪嫌疑人既然来抛尸的，他心里肯定紧张害怕被人发现，从心理角度来看，他肯定希望找到抛尸地点越快越好。”

“骑摩托车进山抛尸就不会遇到村民吗？”

“田支队，我不是这个意思。至少，骑摩托车进山即使路上遇见村民，也是一闪而过。村民来不及注意骑手，车就走远了。如果走路进来，加上手里拿着东西，更容易引人注意的，而且被观察的时间也比较久。”

“你的推测是成立的。”田静点点头说道。

“这么说来，犯罪嫌疑人对这一带肯定比较熟悉的，或者说他曾经来过这里。”田静又加了一句道。

“是的，我们西山警方也这么认为的。”

田静听后，点了点头表示赞同。

“不仅如此，附近没有找到尸骸骨架，加上对附近村屯调查没有发现有人失踪等，这说明，被杀的地点距离抛尸点应该是很远的。也有可能这个死者是外地来的。当然，这一切都只是推测，具体是不是这样，还有待进一步考证。”

“别的还有什么吗？”

“没有！”李副局长很干脆地说道。

“周边村庄你都调查完了吗？”田静问道。

“全部调查完了，没人反映有人失踪！”

“有没有听说过邻村的什么人不见了？还有，有没有登过寻人启事之类的？”

这时唐朝说道：“邻村调查工作正在开始，还需要一些时间……至于寻人启事，因为时间久远，可能难以发现。”

墙上的幻灯片已经被切换到头骨的特写照片上，重点照了头骨不同的部位，清楚地展现出了头骨的所有特点。

然后，田静又接着看了现场照片、周围环境照片、尸检照片……

“煮尸毁灭证据，你们推断依据是什么？”田静忽然问道。

李副局长道：“法医检定过程中，发现骸骨有被烧焦的部位，我们推断因为煮具太小，以致伸出煮具外，被火烧焦的。”

田静点了点头，随后继续往下看。

PPT 播放完，田静再次和大家一起对案件究分析，会议一直开到深夜零点。

走出会议室，戈阳便问田静回去吗，田静说回去，明早九点还有一个会议要参加，她得赶回市里。当田静把马上返回市里的决定告诉唐朝时，唐朝就愣住了。连一同走出会议室的西山县同志全都蒙了，这个点还要赶回去？要知道，从西山县到丹阳市，出城、进城，到家收拾洗澡，加上又是夜晚赶路，那可没有三个钟头怎么搞定？这么拼命！

这时，唐朝咧了咧嘴，甚是欣然地说道："田支队，这么晚了，夜晚赶路也不安全！回到市里恐怕也要到凌晨三四点了。"

田静笑笑，道："没关系，我叫戈阳开车慢一点。"

"要赶回去！"

"酒店我们都已经安排好了。"

"安排好也可以退掉。"

"超过退掉时间了，房费要全额照交的。"

"那也没办法。不过下次请唐局长注意了，我们过来办公差的，住宿我们自己解决，不好意思给你们添麻烦了。"

"你是市局领导，过来协助破案，我们做好接待服务也应该。"

"公差有公差的规定，市局的同志更不能带头违反纪律。"

"田支队，你这是不把我们西山县公安局当是一家人。"唐朝一脸笑容地说道。

"八项规定，你也是知道的。不要让我犯错误哦！"田静略带微笑地看了唐朝一眼……

"好的，听田支队的。"

和唐朝告别，田静便和苏微微钻进警车里。不一会儿警车便驶上西丹高速路，在漆黑的夜里急驶。

32

在丹阳工作生活二十几年，这还是白邦云第一次近距离接触曼哈顿一号别墅区。走进小区，只见有小桥流水，楼台亭阁。小区内林木葱茏，环境优美，景色宜人，空气新鲜，非常适合居住生活，有高档会所，有标准游泳池和网球场，娱乐设施应有尽有。白玖居住的豪宅是一栋三层独立别墅，带有一个独立的大庭院，别墅背后环绕着青山，院内绿植青翠，走进院内，一楼窗外种植了很多花草，还有两棵桂花树。傍晚时分，还能看到带有灯光的小水池。

白玖打开别墅屋门，白邦云被推进里屋，顿时被一股淡淡的幽香所吸引。一进门，映入白邦云眼帘的是处在楼梯中间的水晶吊灯，从三楼一直垂到楼下，足足有五米多高，就像夏日的垂柳一样灵动，又如水晶般晶莹剔透。豪宅设有大面积休闲厅，在休闲室的墙壁上挂着白玖多副艺术照片。在左侧的一面墙上还设计了一个精美的酒柜，里面放满了各种名贵的酒。

"不用脱鞋了，直接进去！"白邦云内心很紧张，瑟瑟发抖地走在前面。

白玖紧跟在白邦云身后，把门关好。然后，把白邦云拉到会客厅，整间屋子里都铺满了羊毛的地毯，人走在上面感觉很舒服。进到会客厅内，就看到墙僻上一幅白玖艺术巨照，是在南方某海边拍摄的。白玖把白邦云带到会客厅中间的皇家定制的真皮沙发旁边。

"你坐在这里吧！"白玖拍了拍她身边的位置。

白邦云乖乖地坐在那里。

"这别墅平时没人住，一个星期保姆过来做一次卫生，什么都没有，我也不经常过来。”

“什么都没有？这里面的摆设都够我们平民百姓买几套房子了！”

见到白邦云不明白意思，白玖嫣然一笑：“你啊，真笨！我是说做饭做菜的食材都没有，但酒管够喝！”

一楼的会客厅间很大，装修豪华，进到休闲厅，白玖道：“你先坐下，我去给你倒一杯温水。”

白邦云忐忑不安地坐下。片刻后，一阵脚步声传来，房门被无声地打开，白玖拿着一杯温水走出来。

放下温水，白玖又叫白邦云先坐下，她说今天忙一天办事全身上下尽是汗味，她要先上楼冲冲凉一下，马上就下来。

趁着白玖上楼去了，白邦云才好好地审视了一下这套豪宅。站在会客厅中央，白邦云放眼望去，屋内大厅极尽奢华，满眼尽是纯手工的吊顶油画，五米多高的水钻长吊灯高高悬挂，五米高的巨型汉白玉女神石雕、不同色彩的纹路的大理石拼花地板、欧式复古范的皇家定制座椅，冲击视觉颇为震撼。之前听朋友说过，曼哈顿一号别墅区一套豪宅每平方米均价在三万，而白玖这栋别墅室内少说也有一千平方米，且如此奢侈装修，如皇宫般的，仅仅是休闲室都比普通人家一套房的面积还大一两倍，价值自然不会低于五千万。

不到半个小时，洗澡过后的白玖便风韵美艳地出现二楼的楼梯处，她穿着真丝吊带睡衣，曲线玲珑的身段儿，纤毫毕现，双手捧着一块毛巾，正在小心擦拭着那瀑布般的黑丝。

见白邦云正襟危坐，便说了一句：“你可以随便走走，包括我的卧室。要不要上来看一下？”

白邦云摆摆手，表示不上楼去。

擦拭好头发，白玖旋即把毛巾丢在真皮沙发上，又到酒柜拿出一瓶法国红酒，还有两个高脚杯过来。

“陪我喝一杯？”

“这么晚了，你叫我来这里干什么？”白邦云更加莫名其妙了，但白玖又不急着说出来。

“你不用急嘛！一下自然会告诉你。先陪我一杯，好吗？”

白邦云一直推辞，说时间太晚了，明天上午九点半还有一台妇科肿瘤手术，而且还是他主刀，他想赶回去休息。他催着白玖有什么事尽快说出来。

“你知道我最讨厌你的是什么吗？”

白邦云摇了摇头：“你又没告诉我，我怎么知道？”

“你啊，一点都不会享受生活。人生苦短，何必呢！”

白玖就坐到白邦云身边，不过，没有开电视，会客厅里一片寂静。和白玖近在咫寸，白邦云才注意到白玖的身材，真丝吊带睡衣紧紧地绷在她身上，纤毫毕现地勾勒出了她高高的胸脯和圆溜溜的臀部，特别是绷紧的睡衣里面的景色总是若隐若现，这视觉的冲击比平时在电视里看到的性感美女还要强烈！

白邦云情不自禁地夹紧了双腿，他欲言又止，脸已经红了！

“白玖，到底啥事呀？你说呀！”

白玖半躺在真皮沙发上，右手拿红酒高脚杯轻轻晃动醒酒，眼泪却流下来了。

“强哥让我再给他生一个，但我又不能生了！这段时间两人正闹矛盾中。”

白邦云气不打一处来：“这么晚叫我出来，是想要告诉我这些吗？”

“如果叫我出来是因为这个事，那我走了。”白邦云再也忍不住了，狠着心警告她，“以后凡是你们夫妻间的事，不要再叫我出来了！我不想听，我也不知道如何调解。”

白玫的哭声戛然而止，瞪着恐怖的眼睛说道：“邦云，是这样的——”白玫表情很怪异，说话吞吞吐吐，“邦云，我可能中标了！”

“中标了？”学医的人，一般都把身体患上恶性肿瘤俗称“中标”，白邦云好像有些明白她意思了，但他不知道是中标在哪个部位，所以他问道：“发现哪里不对头了，说具体一点。”

“胸痛、右侧乳房硬结剧痛。我想应该是乳腺的问题。这也是我不能答应给强哥再生的一个重要原因。”

“发现症状有多久，做过什么检查？”

“半年了，今天叫你来就想让你检查检查。”白玫的表情像又要哭了似的，整张脸红得像苹果！

白邦云心里“咯噔”一下，一时间没有明白她的意思，但他的目光瞟向白玫，看到她手指右边胸部：“你拿手过来触碰一下。”

“你说啥，发现这么长时间了，不去医院做检查？”白邦云下意识地看了白玫的脸色，但是并没有看出异样。

要是普通人发现身体不对头早去医院检查了，像白玫这种有身份，又不缺钱的养尊处优的高贵女人，如果身体出现毛病，恐怕早应该检查了。再说白玫还是临床护理专业，她比任何人都清楚身患乳腺癌的征兆，乳腺癌死亡率极高，白玫不可能不知道。不过，这么高贵的女人，怎么可能不把身体当一回事了呢？白邦云百思不得其解。

看着白邦云一本正经的样子，白玫两眼直勾勾地盯着虚无缥缈的半空，涂得红红的双唇嚅动着似在自言自语，突然“哇”一声又哭起来，涕泪俱下。

“我惨了，我惨了呀！”

“不是还没检查吗？万一不是呢！”

“不是的，邦云，我就想等着给你看病。我去医院找你，可能你碍着人多不好意思，但今晚就是我们两个人，你就不能帮我检查吗？你是咱们丹阳妇科权威专家，别人求你看病都排不上号呢，我们这么层关系，我还用去医院找别人检查吗？你现在不就在眼前吗！”说这话的时候，白玖就不自觉拉着白邦云的手接近她的胸部。

“这个不行，这不是在医院，请你自重！”

白邦云脑袋“轰”的一下，孤男寡女在屋内，本来就是禁忌了，他不能去触碰她的身体，何况是敏感的部位，再说了，她可是丹阳市知名商人的妻子啊。白邦云很爱自己幸福的三口之家，从今晚进到白玖别墅那时起，他心里就告诫自己不能做对不起田静的事来，如果白玖真的有病，最好解决办法就去医院接受正规检查。

仅仅因为之前两人是恋人吗？仅仅是因为她曾经救过他的命吗？现在，白邦云算是明白了。她男人虽然没在家，但白邦云绝不能趁此机会胡来，理智在告诉他不能这样做，这要是传出去，白邦云估计整个丹阳市都会地震。白邦云在心里把自己骂了一顿，顿时也清醒了些。

“邦云，你真的不能帮我检查一下吗？”白玖说完，又拉着白邦云的手往自己的胸部靠近。

“对不起，这不是在医院。即使在医院，我也不能帮你看。”

“为什么？”

“因为我们太熟悉了！”

“你对我也太狠心，太狠心了，你就不能当我是你一个病人吗？”

“在医院，我可以介绍另外的妇科专家帮你看病。再说了，凭你现在的能耐和你的实力背景，哪种水平的医生你找不到？”

“我就要找你看嘛，别人我是不会允许触碰到我身体的！请你不要再提起强哥，和他在一起，只是没办法的办法！我可以抱你一下吗？”

“我想透支所有的勇气同意你抱一下，但我的内心不允许我这样做！你能理解我吗？”

“我不理解，永远都不理解！”白玖撒娇生气。

“如果没有别的事！现在我可以走了吗？”

“可以，不过先做一件事吧。”白玖鬼鬼地笑着，两只黑白分明的大眼睛不怀好意地望着白邦云。

“什么事？”

“我可以抱你一下吗？只一下。”

“求你了邦云，就一下！”

白邦云往后退却，白玖却扑上前，不容分说便紧紧地抱住了白邦云。

“现在我就在你面前了，你可以好好看我了。连我脸上的毛孔的大小你都可以慢慢研究，只要你愿意今晚我整个人都是属于你的……几天里，我的右眼一直再跳，心里总猜忌着会有什么不好的事情发生。可等来等去，怎么也想不到会是我的身体‘中标了’！现在的心情别提有多难受了！你也知道，真是中标了，我的来日也不多了！你就不能可怜我一下吗？”

“怎么可怜着你？”

“我就要你紧紧抱着我，不松手！”

说完，白玖她把头轻轻搁在白邦云的肩膀上，白邦云感到肩膀上有些湿了，那一瞬间世界好像停顿了，然后白邦云用力抱了她一下。白邦云能感觉到她身上的温度，他心脏在极速地跳动。白玖伏在白邦云的肩膀不停地哭泣，眼里啪嗒啪嗒地掉下泪水来。她告诉白邦云认识刘刚强的事，卫校毕业临床实习的时候，白玖在市第三人民医院实习，刘刚强因为和他人有债务纠纷，双方打架，刘刚强被人砍伤了大腿，在市三医院骨科住院治疗，恰好白玖当时在骨科实习，两人就这样认识了。进入卫校读书的三年，家庭遭遇变故，父亲因车祸去世。弟弟初中辍学，游手好闲，沉迷于网络游戏，家人十分头痛，整天和街上一帮小混混待在一起，经常酗酒闹事。一次，弟弟几个人在酒吧喝酒发生打架斗殴，头部被插匕首血流满地。她给刘刚强打去求救电话，不到半个小时，刘刚强带着一帮兄弟赶到现场摆平，不然弟弟早就没命了。后来母亲突患重症 ICU 里急需用钱，她急了，谁能救她妈，她就嫁给谁！刘刚强知道了，拿了十万元丢给她……从那时起，她便是刘刚强的女人了。后来刘刚强又帮她在市三医院找了工作。卫校毕业不久，白玖和刘刚强领证结婚，让白邦云彻底对她死了心。她希望白邦云理解她，她这样做完全是出于无奈和被迫的。白玖还告诉白邦云说，在读卫校时，她遭遇了自己人生的滑铁卢，父亲突然去世，弟弟被人砍重伤，然后，又是母亲身患重病，三年卫校，她郁郁寡欢。白玖虽然从小生活在丹阳市。但父母都是一般小生意人，在中山路富安居乐园小区一间门面经营着一家单车维修店。一家四口仅靠这个维修店为生。白玖读卫校时，她父亲都五十多岁了，每天早出晚归一身脏兮兮地经营这个维修店，供白玖和弟弟上学……

虽然她知道在刘刚强眼里她就是一个传宗接代的生育工具，她也知道刘刚强在外面有很多女人，但刘刚强是她这辈子的救命恩人，她也不在乎他在外面做的那些事……

白玖恨不得狠狠给自己一个耳光，骂自己自私懦弱，如果病床上的母亲知道了，也不会同意的。

“生活本不苦，苦的是我们欲望太多，人心本无累，累的是放不下的太多。”白玖说道。

“能力不大，欲望不要太大，否则你会很痛苦。”

“邦云，你是我曾经的未婚夫，今天能不能破个例?”

而她现在的样子，这摆明就是等待着。但，白邦云毫不犹豫地拒绝道：“身体不舒服还是尽早到医院去……”

一听白邦云的话，白玖有些垂头丧气，白邦云总算相信白玖的话是真的，她真的病了，她身体比较单薄了，人也瘦了很多。但一对孤男寡女来别墅里相谈，包括谈论病情一切的，白邦云认为本已经不应该了，他不能逾越做人底线。两人曾经是恋人不假，但那已经属过去式，没有回头的余地了。白邦云的命是她救的不假，但白邦云也从来没忘记过她的救命之恩。

于是，白邦云说道：“对不起，曾经的美好，咱们就留做美好的回忆吧！

“每个人在感情里，都可以有自己的选择，我从来不觉得，要以婚姻来定义一个女人的成功和失败。

“我们都给彼此最后一次机会，你如果还改不了，我也忍不了了，如果还断不了联系，咱们两个家就真的好不了了，如果你真不想联系，谁找你也没用，一切就看你的了，看你如何选择。记住一句话，天底下没有不透风的墙，只要做过早晚都会露出痕迹的，只是时间长短的问题，不要存在侥幸心理，谁都不是傻子，我也想走出来不想总围绕这个话题，你累我也会累。”

“我明天还要手术，我必须得走了！”白邦云说完就挣脱了白玖的手往门外走。

走到门口，白邦云又转过头：“要不要我明天帮你联系妇科专家！”

“不要！”没想到白玖直接拒绝白邦云的好心，“我自己会找医生。不用你联系！”

“我不要你假惺惺的安慰！我不要你假惺惺的爱！“你可以走

了，我要睡了。不送你了，慢走。”

白玖是生气了，此时此刻白邦云也不愿再惹白玖生气，他从容地站了起来，道：“时间不早了，你身体不舒服该早些休息，我也该回去了。”

“哈哈。”

白玖刚大声笑出，又突突地咳起来。“咳咳咳，咳咳咳！”白玖猛烈巨咳，看样子是被刚才的大笑噎得不轻。白邦云赶紧过去帮她拍几下背部，却让白玖制止。

“怎么样，要不要现在就去医院看一下？”

白邦云真没有想到白玖会变成这样子，看样子她真的有生病了。

“你走吧，不要你管我。”

“我头好疼，我头好疼，好痛苦我好痛苦，我好痛苦，我是不是很讨厌，我什么都不想做，我好累心好累，我好累心好累，我什么都做不了，我什么都改变不了，我什么都改变不了，我现在还要等多久……”

白玖发疯似的拍打自己的额头，随后，视野晃动，看样子是白玖往后跌倒，但是却被白邦云扶住了，把她揽进了自己怀里，抱紧着她……

白玖没有拒绝，但她没好气地说：“不用你来关心我，你走开！”

白邦云见她忽然这么强硬，反倒奇怪：“怎么了？你不是一直都希望我关心你吗？都这个时候了，你还不去医院检查？到底怎么回事？你倒说话啊！”

白玖没有回答，依旧把头深埋在白邦云胸口，她一动也不动，也不肯抬起头来。

白邦云只好再问：“是不是胸口……不舒服？”

白玖依旧低着头，不肯说话，只是一个劲地摇头。

白邦云见了，心里更加难受："你还有什么话，不能跟我说的？"

白玖连头都没抬起就喊："我不需要你关心！"

呐喊声很嘶哑，还带着破音，好像这几天已经喊了无数遍。白邦云一怔，这才看见她脸色是如此惨白，而且因为病痛的折磨，看上去她脸消瘦很多，也憔悴很多。她的头发散乱，眼睛里也布满了红血丝，好像几天都没睡好。

白邦云见她默不作声，便又说道："怎么？你连我的话都听不进去吗？"

白邦云还想要说什么，却见她的眼眶一下红了起来，嘴唇痛苦得颤动了一下，浓密的睫毛底下，流出眼泪来，停留在面颊上……

"我离死期不远了。你就不要再问了。"

而白邦云看着这样惨状的白玖，心痛地问道："告诉我，到底是身体不舒服，还是出什么事了？"

白邦云只好安慰道："白玖，相信我，你会好起来的。"

然而她依旧不抬起头来，头埋在白邦云肩膀上喊道："你走吧，不要管我！"

这样的白玖反倒让人觉得很惋惜，很痛心。

这也是白邦云不想看见的。

以前的白玖是那么骄傲，那么潇洒。兴许是因为还有以前的感情在，白邦云只希望她的生活能回到正轨。

突然间，她就挣开了白邦云的手，蹲在地上，双手抱头，很痛苦的样子。

白邦云伸手抓住她的手，想把她拉着起来。白玖扭过头来就喊："走开！我不需要你的关心。"说到这里，白玖停顿了一下，又抽泣起来，“你走，我不想再看到你了！”

“嗯，但……你要去看病。”白邦云说道。

白邦云虽然这么说，却没有站起来要走的意思。

“走开！”

白邦云重重地叹了口气，说道：“好，那我走了，明天我帮你联系医生吧。我在医院等你。”

听见白邦云离去的脚步声，她这才回过身来呼唤了一声：“邦云！”

白邦云却没有回过头来，直接走出大门。

看着白邦云离开的身影，久久没有回过神来。

这一下却让白玖忽然失落起来，心里空落落的。

第五章　深挖

33

虽然按节气来算已经进入秋天，但丹阳的气温起伏不大，多在十七摄氏度至二十五摄氏度。连天的白云如无边的丝带，紧裹着漫天飞舞的落叶轻轻放荡旋落。

几丝凉意却不是冷风的秋。红旗 HS5 钻进了厚朴的院门，之后是一个宽大的停车场。停车场里停了很多车，田静目测了一下，不下于百辆车停在这里。田静在想，这里生意不错。

今天下了大半天的雨，离下班还有一个小时雨势才渐渐减小，由最初的大雨倾盆变成了淅淅沥沥，还没到七点街道的路灯全都打开了。

田静下午又去了白马步行街抢劫现场，随同的还有苏微微和戈阳两个人。三人从步行街回来，又去了一趟开发区找一个证人，一个下午就这样过去了。回来时晚上八点一刻了，三人肚子早已饿扁了。田静就问去哪里找点吃的，这时戈阳便说：“我带你们去寻觅一家丹阳市既上档次，又能让你们就餐、品酒、消闲同步进行的院落餐厅。田支队，你的意见呢？”

“好啊！”

“那就去‘紫云餐馆’解决温饱问题!”

“有多远?”

“不远，理工路酒吧一条街19号，半个小时车程。”

“好你个戈阳，对美食餐馆你是轻车熟路啊。”

“服务领导嘛，就要做到位。”

“别贫嘴了，快去，肚子早饿不行了。中午一碗米粉到现在，你们不饿……”

“谁说不饿，你们当领导不发话，我一个当兵仔哪敢乱说话?”

“就你会说漂亮话，还不快加油门提速。”苏微微又呛了戈阳一句。

“两位领导啊，我可事先说好这顿饭算我请的!”戈阳说。

“那多不好意思啊，还是AA制吧!”田静说道。

“没事的，花不了多少钱!”

“你最近发财了?”苏微微笑着问。

“我的情况你苏队还不了解吗?几百块钱一顿饭还是请得起的。”

红旗HS5在宽广笔直的丹东大道飞驰。繁华的丹东大道是宽敞的柏油大路，特别干净，不再尘土飞扬了，大道两边的绿化带犹如两条绿色的丝带把街道装扮得更加美丽，形态各异的路灯使夜晚绚丽多彩。虽是入秋，但绿树的清新、空气的亲切，这一切都让人迫不及待地投身自然之中。会享受的老饕们早已按捺不住地将美食融入大自然的花红柳绿之中了。三人在车上一路说说笑笑，果真像戈阳所说的，半个小时后红旗HS5便开到了理工路。

夜幕下的理工路酒吧一条街就是丹阳喧闹的代名词，各个酒吧门前有卖力叫喊的服务生、闪烁的彩灯。位于理工路19号的“紫云餐馆”，就是在这样的环境里静悄悄地绽放。与理工路酒吧一条街的喧闹相比，“紫云餐馆”地处紫云湖畔，隐匿于众多高楼大厦中。在周遭高楼林立的楼群忽然增添这么一处庭院餐厅，有些沙漠中发现绿洲的感觉。餐馆围绕着中央的庭院而建，围成了个“口”字的形状。道路围绕着中心的鱼池，鱼池中有山石瀑布，四周红枫环绕，风景非常的美。饭店采用低楼层设计，亭园水榭，绿树成荫，阔落庭院，配合瑰丽豪华的大堂，自然成为丹阳最热门的聚会地点。戈阳之所以介绍这家餐馆，因为他来过了，对这里的印象不错。

“这家餐厅菜品做得很不错，都是时尚创意菜。对川菜、粤菜，还有西餐、日餐都颇有心得，用八个字总结‘紫云餐馆’融合菜的特点：‘古为今用，洋为中用’。传统的北京小吃驴打滚，墨西哥的玉米面薄饼……味道纷繁复杂得妙不可言。”

“玻璃开放厨房的大烤炉提供美味的果木烤鸭，别出心裁地以烤鸭卷的小吃方式提供，让你不用大费周章地动刀叉与筷子，品味得更轻松。”

戈阳边开车进停车场，边滔滔不绝地介绍起来了。甚至比这餐厅里的服务员介绍还到位。

“老实交代，你不会在这里有股份。”苏微微故意逗着戈阳说道。

“我想有呢，只是不行啊。警察、公务员不能参股，除非脱掉这身警服。这店我来过一次，感觉不错，就介绍给你们了。领导可不要想多啊。”

“开玩笑啦！”

戈阳熄灭了引擎，扭过头来向苏微微说道。苏微微便呵呵地笑，对他说一句：“听你的不会错到哪！”

“这家餐馆生意很不错，做得算是比较地道……你们进去就知道了。”

大厅门口摆放着一块写“紫云餐馆”字样的木牌。唯有从这一点上，才能看得出这家店的经营是餐饮。

三人下了车，置身于亭院里。餐厅前的院落中，长着十数棵高耸的梧桐，呈现出一片绿意盎然。室内四棵枝繁叶茂的梧桐树贯穿了上下两层空间，一直伸向蓝天。原来整个餐馆是围绕这四棵原先就存在的大树而建成的。而遍布两层的绿色盆栽，环绕玻璃房子的美景，一层活水流动的浪漫水帘，夜间点缀每个角落如萤火虫般的闪烁烛火，无不透露出经营者的环保意识和餐厅的绿色主题。

绿树环绕下的“紫云餐馆”极其安静，狭窄的长廊曲径通幽。推开朱红大门，踏着青砖，随着潺潺流水前行，穿过古朴的木雕走廊，不大的庭院现于眼前，堂院宽敞，绿色植物分布左右，脚下潺潺流水，流水中有金色鲤鱼，幽静雅致，完全离开了都市的喧嚣。不远处就是餐馆的大堂，人影在落地玻璃背后来回走动。

“苏队，我介绍的没错吧!”

“错是倒没错，不过呢……”苏微微故意停顿了一下。

“我知道你想说什么了，不就是钱的问题嘛！我们三人又不喝酒，要不了几个钱的。到这里来的就是奔着‘放松’二字。可以先享受一下工作后的全身轻松。”

“里面设有按摩?”一听到轻松两字，田静就警惕起来了。

“田支队，你误会啦，没有的啦。好好吃一餐饭不就是放飞身心吗?”

“哦，那就好!”

“进去吧!”

“还有位子吗?”戈阳推开门，轻声地向着正迎接他的服务员问道。

“先生，你们几位?”一位身材高挑年轻的女服务走过来。

“紫云餐馆”服务员均为二十岁左右的年轻女孩，这些女孩身材比例高挑匀称，而且还有姣好面容，据说是专门从东北那边招聘过来的。

“三位。”

“先生请往这边来!”女服务员走在前头，戈阳和苏微微在身后，便往里面走去。

三人走进大堂时，田静看见一个身形消瘦、染棕色头发的男子站在柜台外边和女收银员叽叽咕咕地交谈。看他年纪不过三十岁上下，脸色苍白，像没有睡好觉似的皮泡脸肿，他身穿着一套帅气的白色休闲装，走路的步伐也很酷，垂在他胸前的那条十字架的银色挂坠不停晃动。他头发上也不知是抹了发油还是什么，看上去硬邦邦的，给戈阳一种植物般的感觉。

“欢迎光临!”见到又有三个客人进来，收银台的女服务员便抬起头来冲着三人打了个招呼。

三人看了一眼男子，还向着他轻轻点了点头。

戈阳本以为他也是这家餐馆的饭客，却听服务员在介绍：“他是这里的保安经理，叫白小川，外号叫‘老鼠’。”

“老鼠”一脸边盯着戈阳和苏微微，边举着一杯啤酒一口喝光，然后又上下打量了他们很久。从“老鼠”的穿着与头发看起来不太像一个餐馆的领导，即便是一个保安经理，也不太像。戈阳在一瞬间有种想法，觉得他如果在街上的话，就是一个小混混之类的。而“老鼠”却一脸百般无聊地看着他们。

三人在临窗的长条桌旁坐了下来，坐在舒适的沙发上，伴随着悠扬的音乐，桌上的马灯里烛影跳动，让人好像感觉来到异国情处。戈阳就开始点单了。过了一阵，“老鼠”一手拿着一瓶啤酒，一手拿着个啤酒杯缓缓走过来。

"你们三位是警察?"

"老鼠"放下啤酒和杯子，站在桌旁问道。

"不……"苏微微刚想说不是，却让田静制止了，只见她微笑着说道，"你好眼力啊，我们这身打扮都能让你说对了身份!"

"哈哈，我还知道你是市刑侦支队长呢! 田支队，我说对吗?"

三人一听"老鼠"说话，还是吃惊不小。"老鼠"怎么知道他们三人身份的? 田静正想中，只听见"老鼠"又说道:"你们一定在想我是怎么知道吧?"

"你说对了，我们是警察。"

"欢迎三位警察同志大驾光临紫云餐馆指导工作!""老鼠"向三人做九十度鞠躬谢礼，"像你们真心用情为人民服务不多见，辛苦，辛苦了!"

"你见过有警察没真心服务过?"戈阳一脸不解问道。

"当然了，看你说的，现在冒充警察的也不在少数。说来巧了，曾经有人冒充警察来过这里白吃白喝。"

"有这回事吗?"

"那还有假的，上个月在西山县被识破了。电视台报道出来了，一看才发现眼熟的，原来他是冒充警察的，来这里吃喝多次。""老鼠"说完，又把目光投到了田静、戈阳和苏微微三人身上。

"敢在我的地盘上骗吃骗喝，让我再遇到非扒他皮不可!"

"这位应该是刑侦一大队苏队长吧?""老鼠"走到苏微微面前，依旧是一副笑容可掬。

"是的，我们认识过?"苏微微回答了一句。

"莫不会是……唐副局长的手下?"

"你说的不错，我们三人就是唐朝副局长的手下。你和我们唐朝副局长认识?”

“认识啊！之前他不是西山县公安局局长吗？上周刚提拔到市局啦!”

“你对我们公安局的事了如指掌啊!”

“不敢说什么都知道，略知一二罢了。”“老鼠”搓着手，一脸得意地说。

“幸会，幸会啊!”

一听苏微微这话，“老鼠”转而微微一笑，面带笑容地告诉她：“我在电视看到的。”

戈阳一脸惊诧地说了句：“是吗？听起来你平时似乎挺关注我们公安机关的节目的。”之后便不再说话了。

“真是不好意思，打扰到你们用餐了，这餐算我请客，还有什么需要的请尽管吩咐。”“老鼠”微笑着对三人说。

“我可以请三位人民警察喝杯啤酒吗?”

田静稍稍迟疑了一下，回答了一句：“对不起，我们有规定，周一至周五不能喝酒的。”

“老鼠”也还以笑声：“怎么，这可不是你田支队长的性格?”

“哦，那你说说我的性格怎么样?”

田静话音未落，“老鼠”就在旁边的一张空桌旁坐下，嬉皮笑脸道：“可以在三位警察旁边空桌坐下吗?”“老鼠”说完，一双眼睛贼溜贼溜地往田静脸上盯。

“请便!”

苏微微连看都没看他一眼，冷冰冰地回了一句。

“怎么，你要监督我们吗?”戈阳突然来火了。

“没，没，干吗发火呢！警察同志向来不都是大海一样的心胸宽阔吗?”“老鼠”一副皮笑肉不笑的样子，“警察老弟，一会儿我跟你碰一杯，怎么样?”

戈阳还想说下去，却让苏微微制止了，示意让他不要再和“老鼠”计较了。戈阳只好作罢。

田静始终沉默着，“老鼠”突然的套话太扫她的兴，她只想赶快吃饱东西然后出去。

这时，服务生给“老鼠”拿来一扎啤酒。他就毫不客气在田静三人旁的空桌独自一人喝起来。不一会儿，他又跷起二郎腿，看着三人吃了一阵三明治之后，开口问道：“我听说你们又开始侦破十年前的那桩破案了？”

“你想干什么？”田静一脸疑惑。

“一桩破案？什么意思？”苏微微回望了“老鼠”一眼，“老鼠”的话让她有些不痛快。

“离我们远点！”戈阳瞪着眼对“老鼠”说道。

“冷静！”田静冲着戈阳喝了一声。

“……开个玩笑嘛，是不是当警察的人都不会开玩笑啦！算我说错了。”见到苏微微惊讶，“老鼠”喝了口酒，“满城的人都知道，这也不是什么秘密。”

“对，不过不是又开始，是一直在侦破着。”田静回答。

“你们这不是白费功夫吗……要是能侦破早就破案了。过不了多久你们就会深有体会。”

“这不是你关心的问题！”

“老鼠”吹了声口哨：“三位真不愧是人民警察啊，敬业精神可嘉，这单子记在我账上了。”

“这倒不用，谢谢！”

“警察队伍里还有像你们这种人？”

“你对我们说的话有啥意思呢？”戈阳把脸转向“老鼠”，开始有些生气起来了，“这是什么意思，你是在羞辱我们警察吗？”

“岂敢岂敢！只不过我这也是头一次听三位这么客气，还以为是自己听错了呢！”

“这位警察老弟，你误会我了。我是说现在警察好人很多。”

“请三位好好享受一番吧。到我这里来的，全都是我的客人。”

“请多关照！”

“老鼠”的话，让苏微微更加觉得眼前这个长相猥琐浑身充满邪气男子实在是惹人讨厌，十足的痞流氓一个。

吃完三明治，苏微微把果汁的吸管凑到嘴边，向田静递了眼神：“我们走吧！”

“老鼠”被苏微微紧盯着看，他似乎有些迟疑，便哈哈大笑：“俺是个粗人，说话多有得罪，请多担待啊！”

“欢迎你们三位下次再光临，谢谢。”

“再给我来一瓶啤酒！”身后，只见“老鼠”对服务生大声说道。

“这人有问题。”田静突然开口说道。

“你发现哪里出问题了？”戈阳闻言一惊，扭头看着她的侧脸，可田静却依旧平静地说道，“我的感觉在告诉我！”话虽如此，也不过只是田静一人的猜想。

“我对你推测抱有怀疑！”

“也许吧！”田静坦言道。

田静把在紫云餐馆吃饭遇到的事向蒋立军做了汇报。蒋立军在电话里稍微停顿了一下，然后缓缓地说道，“你得向新上任的唐副局长汇报，他是抓刑侦这块的。”

“好，我明白了，蒋局。”

唐朝原是西山县副县长、公安局局长，一个星期前，刚上任丹阳市公安局副局长，级别从副处升至正处，主要负责刑侦这块业务。对唐朝的突然提拔，田静也感到很意外，自从去年之前分管刑侦的袁副局长调到省厅后，市局一直缺一个主管刑侦的副局长。这大半年来，想着坐这个位子的人绝对不止一个。究竟谁能真正坐上这个位子，除了个人的能力外，也需要有一个好的运气。

田静就这样想着，准备明天上班后，一是要到唐朝办公室汇报一下近期破案的事，二是想听听新上任的唐朝对刑侦这边的工作有什么安排。没想到三人刚走到车旁，正准备上车，田静的电话铃响了。

田静一看来电显示竟然是唐朝打来的，心里不由得热了一下，随即喂了一声。电话那边立即传来了唐朝洪亮的声音："你在哪儿呢？你们三人现在到哪儿啦？"

"我和苏微微、戈阳刚回到丹阳市，刚吃完饭啊！"

"你们三个都过西丹饭庄来吧，我有事找你们呢！"

但，田静的第一感觉不太放心，她决定让戈阳留下来，把握大一些，随时保持电话联系。于是，田静跟着戈阳说："你留下来盯一会儿。车子我们也留下，我们自己打的去和唐副局长会合！"

"没问题，见了唐副局长代我问好！"

"我和苏队直接去西丹饭庄！"

"去那儿干什么？"苏微微不解地问。

"是唐副局长点名要到那边去。"

"那快去吧，别让他不高兴。"戈阳说道。

"好吧，去西丹饭庄。"

34

傍晚，夕阳将暗红色的山脉染的更红。

脱掉白大褂，白邦云刚走到电梯旁，这时手机响了，拿出手机一看，是白玖打来的。

“邦云，你在哪儿呢？”

“我准备下班！”

“今晚想见你一面，可以吗？”

“有事在电话里说，今晚我真不方便！我请客北方来的同学……”白邦云说得不假，北方来的几个大学同学，昨天就到了，但昨天下午两台高难度手术，都是白邦云主刀，一直忙到晚上九点。大学同学来两天了，他没有空陪着他们吃过一餐饭，他已经过意不去。正好，今天下班早，他想做东请北方来的几个大学同学，说好今晚去吃海鲜。

“你请客同学，还用跑去别的酒店吗？我这不是开酒店吗？这样吧，我来安排，就在西丹饭庄。”

白邦云想推脱，还没来得及说出话来，那边白玖又说话了：“说吧，想吃什么？我叫他们准备。”

“这样不好吧！”

“有什么不好，在哪里都是消费，来西丹饭庄也算你支持我生意。”

“那好吧，多安排一些海鲜菜。不过，这餐饭算是我个人付费。”

“行，行，我都答应你，你出钱，可以了吧。”

“没别的事，我挂了。”白邦云说道。

“不要急嘛，我还没说完，还有……今晚你不要喝醉酒，今晚我有重要的事告诉你！”

“什么事？不能在电话里说？”

“不能！”

“怎么了，你到底想说什么？”白邦云问道。

“我说不能就不能，这事只能见面再说！”白玖撒娇道。

“晚上在哪见面?”白邦云无奈地摇摇头问道。

“御壶春茶馆吧!”

“大概什么时间?”

“九点半过后。”

“好，我等你电话!”

白邦云挂断电话，就走进了电梯里。自那个晚上在曼哈顿一号别墅区和白玖见面以后，第二天也没见白玖跑来医院找自己看病。这不，又半个月过去，两人一直没有联系。

从包厢出来去洗手间回来时，白邦云想先把账结了，等下饭局一结束，就可以走人。但收银员一听说是三C包厢的，她说什么也不给白邦云付费，她说白总来电话交代过，三C包厢不用客人结账。见白邦云一再坚持要结账，女收银员快哭了，她央求说道：“如果我不听白总的话，我就丢饭碗了，老板，行行好吧，别让我丢了工作……”

见到小姑娘欲哭无泪，白邦云不忍心，只好依了她。

聚会直到晚上十点才结束。期间，白玖已经发两次微信催他早点结束，她人早已到御壶春茶馆了。见白邦云没回复微信，白玖干脆又打电话给他，问白邦云什么时候结束。因为白邦云平时很少喝酒，这在大学同学都知道的，所以晚上白邦云正好要去见白玖，正好是一个推托的理由，同学也由了他。白邦云一个晚上就象征性地喝了两杯红酒，脸红扑扑的。

从西丹饭庄出来，白邦云就直接打的去御壶春茶馆。御壶春茶馆在枫林路，这个地方白邦云还是第一次来的，白玖给他发位置地图。从位置图上看，西丹饭庄到御壶春茶馆不算太远，也就是两三公里路程。

一上的士，白邦云就对司机说去枫林路御壶春茶馆。

十点，御壶春茶馆三楼杭州包厢，白玖早已在里面等了。

"就我们两人吗?"

"那你想要几个人?"

"你怎么不来医院找我?"

"去医院就非一定要找你看病啦?我到省城医科大附院看过。"

"情况怎么样?"

"你还会挺关心人呢?这么长时间也没见你给我电话问候。"

"上次从你家出来,第二天我在科室等你过来,没见你过来……"

"是啊,但也没见你主动打电话联系我,那晚的事,我确实生气了。"

"身体怎么样?"

"不告诉你。"

"你呀,有时候像小孩似的。"

"那是因为你对我不好。"

"好了,那就不说这个话题了。今晚为什么想到要来御壶春茶馆?"

"奇怪吗?这是我开的。"

"啊,又是你的产业……"白邦云疑惑不解。

"这有什么大惊小怪,我还有夜总会、美容院……涉及产业可多了。要不要还吃点东西?我叫服务员过来!"

"刚从那边出来,肚子还撑着呢。"白邦云歪着头,表情像是在想白玖明知道他是刚从酒店出来的。

"我是担心你只顾喝酒,没吃东西!"白玖起身说道。

"不用,不用!"

"真的不用?"

"嗯!"

“那咱俩喝茶吧！”

白邦云刚拿起点单册，却让白玖一手抢了过去。

“你还是那么笨，我请你过来还用你来点单啊！我早已点了，请你品一品太平猴魁！”

“太平猴魁？”白邦云不由得皱起了眉头。太平猴魁产自安徽。安徽名山众多，高山云雾出好茶，太平猴魁就是其中的佼佼者。

“你知道这茶叶的价格吗？”

白邦云马上摇了摇头。

“你啊，只会拿手术刀，真的不会享受生活。不享受生活的人，活着还有什么意义？”

“网上说，据调查普通人在死后五十年会被遗忘得一干二净，就如同没来过人间一样，时间再放大一点，百年后彻底尘归尘，土归土，除名人外。而你和我就像没有来过一样，没有人包括自己的亲人都不会记得了。人生不过百年，匆匆来匆匆去，百年后烟消云散，没人记得你是谁。人其实小得微不足道，活在当下，应体会活在这个世界上的每分每秒！”

“那是你的观点。而我呢，认为一个人活在当下，应心存敬畏，心存感恩！”

“好，好！不和你争这个问题。我们接着聊刚才的话题茶叶吧！

“在上海‘黄山杯’精品名茶拍卖会上，一百克的六百里牌太平猴魁拍出了十五点九万元的天价。在济南‘国礼茶安徽太平猴魁名茶拍卖会’上，一百克太平猴魁拍出了二十万元，相当于每公斤两百万元。产出这天价茶的茶树有三百多年历史的野生茶树，是太平猴魁中最珍贵的茶树。

“不好意思，具体哪一年的拍卖会我想不起来了。”

一听这话，白邦云顿时惊呆了。

“一些茶叶啊，有的仅仅十克就能卖出几百万元的天价。”

“中国最贵的茶你知道吗?”

白邦云马上又摇了摇头。

“你想听吗?”

白邦云点了点头。

“你真想听，那让我来告诉你中国最贵的十款茶叶吧!”灯光下，白玖一张白皙的脸庞始终洋溢着一种自豪感，白邦云清楚地看到，微弱的光线下，她的大眼睛反射着光亮。

只见白玖端起茶杯，轻轻优雅地抿了一口太平猴魁，然后把茶及生活中与茶相关的小知识向白邦云娓娓道来，向白邦云生动地再现了茶之本来面目。

“排在第一名的，普洱金瓜贡茶。金瓜贡茶是现在的陈年普洱茶中的绝品，被列为国家二级文物。云南金瓜贡茶的真品仅有两块，2007 年被云南人民迎回普洱市时，单投保金额就达到 1999 万元。云南金瓜贡茶是无价的，俨然已经是一种‘神茶’，仅供人们参观。

“第二名，武夷山母树大红袍。在第七届武夷山茶文化节，二十克武夷山母树大红袍拍卖出二十点八万元，相当于每公斤一千零四十万元。‘史上最贵’已不足表述武夷山母树大红袍，因为它早已无价。现存六棵母树大红袍，早就被列入《世界遗产名录》，绝对的珍稀茶种，早已被政府禁采。

“第三名，西湖龙井御前十八棵。西湖龙井茶一直被冠以中国十大名茶之首，而龙井中的龙井‘御前十八棵’当然在天价茶之列。龙井‘御前八棵’每年产量只有二两，其价格没法用确切数字衡量。

“刚才喝的安徽太平猴魁，排在第四名。其他像河南信阳毛尖、潮州凤凰单丛宋种1号、安徽六安瓜片、安溪铁观音、贵州都匀毛尖……”

“谢谢你今天普及最贵的茶叶知识，今天我总算开眼界了！”白邦云说。

“你呢，平时都喝有哪些茶？”

“偶尔喝的话也就是绿茶铁观音。”

“铁观音不属于绿茶。”白玖纠正了白邦云的话说道。

“说铁观音属于绿茶是一种误称，铁观音属于乌龙茶类，介于绿茶于红茶之间，半发酵茶类，高级的铁观音人们更喜欢用乌龙来称呼它。”

“哦！”

“喝铁观音好啊，改天我送一些好点的茶叶给你，都是最好的茶。”白玖走到白邦云旁边，轻轻地将他拉向她这边坐。这个举动让白邦云有些意外。

“对了，电话里你说有重要事找我，到底什么事？”白邦云挤出一丝笑容，再度问道。白邦云非常疲惫，没工夫和白玖兜圈子。

“不急嘛！”白玖的声音中带着明显的厌恶，“你知道你有什么缺点吗？就是性急！”

“我的缺点可多了，不仅是性格急，还有……”白邦云想说他有几个缺点，但却支吾了半会儿，除了性急之外，再也没有说出第二个来。

“还有什么，你说下去啊！”白玖看着白邦云一脸窘相，就笑了起来。

白玖笑容变得有些不自然，然后就像跳舞女伴一样，轻轻地搂过白邦云的腰，却让白邦云利落地转身摆脱了白玖的双臂，白玖只好又回到了她的座位。她凝视着还留有些许白邦云体温的双手，叹了口气。

白色的蕾丝窗帘随风飘动，从而外面的窗户吹进一股微凉的风。

“是不是白小川的事？”白邦云边喝茶边问。

“你只猜对了一半。”

“接下来你说我该怎么办呢？”白玖喝了一口茶，把茶杯放下，托着腮说道。

“你都还没告诉我事儿呢！”

“还是打算不告诉你的好！”

“不告诉我，你还叫我来这儿？”白邦云略显不安地问道。

“不管怎么样，没打算告诉你，是为你好！这事儿告诉你了，你会睡不着的！”白玖笑着说，“你害怕吗？”

白邦云估计她是下了很大决心才说出这句话的，他明白这一点，所以他没有看白玖的脸：“怎么事儿啊，难道是和杀人有关？”

这确实是白邦云无意中话赶话的事，他没想到接下来白玖告诉他的真的是和杀人有关的事儿。

“嗯，你还真的说对了！”白玖紧绷着脸点了点头，突然又像着了火似的放声大笑起来，“你怕了？”

白邦云脸唰地红到耳朵根，好像要掩饰内心慌乱似的拿起茶杯抿了一口：“那请你还是不要告诉我的好。那是公安局的事，你可以选择报警！”

见此，白玖又笑个不停：“讨厌，这么说，你一直盯着我？”

“你尽把我当傻瓜来作弄！”

“为什么这样认真呢？”

“对我来说，这着实是一件正经事。”

“你爱人不就是警察的吗？你只需要一句话，就可以立大功了！”

“立功？什么意思！”

“我不是要告诉你一个杀人案件吗？”

“我怎么越听你说话越糊涂呢！”

白邦云心不在焉了，刚端起茶杯到嘴边又轻轻地放下，他已经没有继续喝下去的心情了。

茶厢里暂时陷入了沉静。

“你瞧，你压根儿就没什么重要的事，真叫人扫兴啊。”白邦云起身走到窗前，拉开窗帘，透过楼上的玻璃窗往下俯视，夜晚的枫林路十分迷人。街上人来人往，车水马龙，商贩的叫卖声，顾客的喧闹声，汽车的喇叭声，汇成一首热热闹闹的街头交响曲。

“你要听我说下去吗？如果不听，今晚就到此结束吧！”半晌，白玖终于打破了沉默，问道。

“你今天下午要和我见面，就打算说这个事？”

“嗯！”

“说真话。”

“我是说真话，是你自己不相信。”

“为什么选择要告诉我，而不直接向警方报案？！”

“为什么？”

刹那间，白邦云仿佛看到坐在自己眼前的白玖，像戴着一副假面具，满脸严肃的神色，用熠熠的目光尖锐地对他睃了一眼。

她冷不及防地告诉他这些，“你为什么要这么做……”白邦云说了半句，突然吹来一阵秋风，像要把窗帘要刮掉。他和白玖都被吓缩成了一团。

一辆 120 急救车鸣着刺耳的警笛声从楼下呼啸而过。

“跟谁说这倒无所谓，但我觉得跟你说，也就相当于和警方报案无异，你不是警察家属吗？”

“啊，是吗？”

“我觉得是的。”白玖点了点头。

“你是故意跟我说的……”白邦云问道。

“好像我要陷害你似的。你把我想象得太坏了。虽然我们已经分手了，可你在我心里永远是最好的。纵然我们都各自成了家，但始终放不下你，你依然是我的唯一。要说我想伤害人，也轮不到伤害你。刚才我也说得很明白，你也可以选择拒绝知道。”

“你也可以选择报警！”

“哦！”

“你不想听，那我们走吧，今天你也累一天了。”白玖以略显生硬的口气说道，“我们回去好了。”说完，她臀部的一半已经离开了椅子。

白玖虽然挨了一把话，可也没有生气的样子。白邦云顿时觉得有点奇怪，事到如今，白邦云也只能听她说了。

“好吧，我听你说。”

听到白邦云这么一说，白玖又坐下。

“嗯。你真是个老实人。你好像对我不太放心。”

“人心真复杂，实在难捉摸啊！”

“你这个人才真是复杂呢。”

“那我可说了。”白玖像是有气无力地嘟哝了一句。

“哪管得了这许多！”白邦云“嗯”的一声，然后低头叹了口气。

白玖说，十五年前，刘刚强的哥哥刘刚华带着女朋友到市人民医院妇产科就诊时，接诊的是一名妇产科女医生，他媳妇刚脱了裤子上检查床，突然进来两个男实习生。刘刚华就不情愿了，在两个陌生男人面前，女朋友竟要把裤子脱光横躺在他们面前。他不愿让两个男实习生给他女朋友行下身检查，却被这个女医生一顿教训："我们这里没有性别之分，不管你是男的，还是女的，在医生面前，你就是病人。不实习、不观摩，毕业后怎么当个医生……"刘刚华被女医生训斥，当时心里别提多别扭了，感觉女朋友像被别人强暴了一样，可是又不知道从何说起，跟谁说？本想和跟他一起检查的病友说说，但看了几眼在他前面做检查的几个女孩，她们出来时什么话也没说，等结果时也都无比的沉默，他知道她们也一样被两个男实习生检查了，但却选择了沉默。这时，无处发火的他竟直接上手打女医生，女医生被暴打致全身淤青、硬膜下血肿，被收入外科治疗，他也被拘留十五天。带女朋友看病，自己竟落下一个终生阴影，从此，他耿耿于怀，尤其和女朋友分手后，他对这名女医生更是怀恨在心。一次酒醉后，他把这个事告诉给弟弟刘刚强，刘刚强当场就咬牙切齿，他说哥哥对他这么好，他一定要替哥哥出这口恶气。后来，还是在一场酒席中，刘刚强酒后曾经告诉他哥哥，他携刀潜入医院妇产科找那个女医生过，结果，到妇产科一问，才得知这名医生调走了。他这才罢手。但刘刚强始终愤愤不平，他发誓要给妇产科的医生一个教训。

"你在妇产科为什么那么受到病人欢迎？"白玖笑起来了。

"你别打插，继续说刘刚华的事。"

"该说的我都说完了。"

"说完了？这些年来他还恨妇产科医生吗？"

"我们换个话题吧。"

白玖努力想转移话题，白邦云却是不依不饶，两个人一直对峙焦灼着，一边想要转移话题，又被对方绕回到原来的话题。

"喂，你怎么不说话啊。"白玖突然转换话题，毫不客气地想知道白邦云在妇产科的故事。

"在妇产科，一天到晚站在手术台上，不是妇科手术，就是钳产、剖宫产，再就是引产，忙个不停，哪来那么多故事？”

“哈哈哈……”一边低头喝茶的白玖实在是没有忍住，扑哧一声笑了出来。被一口茶呛到了，又咳起来……

“所以，我一直很钦佩你一心一意做人、一丝不苟做事的原则。”

白邦云脸一下红了：“做人不应该这样的吗？”

白玖看了白邦云一眼：“你现在可是咱女病人的抢手货，要挂你这个妇科专家号可不容易呢！找你做看病得排队等候……”白玖伸了个懒腰，边懒洋洋地整理掉落在额前的发丝，边出声调侃白邦云道。

“你还有什么话要跟我说吗？”白邦云问。

“没有了。你还有什么问题吗？”白玖撇了撇嘴。

见白邦云不作声，白玖无奈地说道：“你还想知道什么？”

“这是他亲自告诉你的吗？”白邦云闭着眼睛，一阵热气沁进脑门，他这才直接感受到自己的存在。

不一会儿，他端起茶壶，自己给自己倒茶水，咕嘟咕嘟地喝起茶来。

“慢点，慢点品，这茶很贵的——你是说刘刚华？是啊！不是他告诉我，我哪知道啊？”白玖点了点头，站起身来，“估计柴雪丽医生被杀和他有关！”

一听到这儿，白邦云睁大了眼睛，不，简直吓了一大跳。他握着茶杯的手有点抖动，大惊失色。

“怎么？你是说柴医生的死与刘刚华有关？”

“你小声点，你能不能不激动？哦，这是你的第二个缺点，容易激动！”

“我没法沉住气！你知道吗，柴医生是我的同事！即便不是同事，你们故意剥夺一个人的生命，这是犯罪行为！”

“我们？你是说我和刘刚华吗？”

“不，我太激动了，我说错了。是刘刚华！不行，我现在马上向警方报案！”

白玖理直气壮地说：“好啊，你报案吧！”

白玖一生气，就拿起桌上的手机递给了白邦云：“要不要我拨打 110，你来跟警方说！我说过刘刚华是杀害柴医生的凶手了吗？你不能冷静一点吗？”

白玖的话一下子让白邦云哑口无言了。是啊，白玖刚才说估计可能和他无关，这个事目前还没有确定，也没有证据证明刘刚华杀害了柴医生。自己这样冒昧地去报案，警方问起来自己怎么解释？况且这个案件还是自己妻子直接负责调查的重案。

“一切你决定好了。我不反对你做任何决定。”包厢里沉静下来了。不久，白邦云平定思绪后，心情渐渐平静下来，首先打破了沉默，但语气缓和了很多：“你也认为柴医生的死和刘刚华有关？”白邦云刚说完，又问道：“不会是巧合，或者说，只是你一个人的猜测？”

“哦，是哪一个？你想表达什么？”

“我不知道，我不知道……”白邦云结结巴巴说道，一个劲地重复着这句话，半晌，又问了白玖一句，“他不怕你泄露出去吗？”

“如果真是他杀人，我要是说出去了，他肯定杀了我。他知道再给我十个胆量，我也不敢说出去。”白玖调整了一下坐姿。

“一想到柴医生无缘无故死在歹徒的利刀之下，这么好一个妇产科医生，凭什么要被那样被人非法夺去生命？想到这些，我就怒上心头。”

听完白邦云发泄，白玖只是微微一笑点了点头：“如果你觉得刚才我说的话有报案价值或者说是一个有利于警察侦破案件的线索，你可以随时报警。”

“嗯，不过……”白玖低了一下头，继续说道，“既然你知道了，也可以报警啦，但最好不报警。”

“为什么？”

“三个方面原因，一是这个事很多年前刘刚华在喝醉酒时说的，但事情过去好多年了，要是他想报复人，还用等到今天吗？二是如果真是他杀人，我告诉你这些，甚至可能会被灭口的，你忍心这样去做吗？三是如果真是他杀人，我能告诉你吗？况且他弟弟还是我的丈夫。如果华哥知道这个事是我说出去，我会没命的。他兄弟俩现在看管我很严。也不给我在外随意接触陌生人，尤其是陌生男人！我们之间的事，他兄弟俩压根就不知道。再说了这些年他兄弟俩也对我们一家不错，至少到现在，在我心中他们还是一个大恩人。没有他们，就没有白玖一家的今天，你说我会把杀人的事儿告诉你吗？”

“哎，我不应该告诉你这些。但这的确是我发自内心的关心的事。”白玖一边梳理散开了的头发，一边仰起脸来，甜滋滋地抿嘴笑了起来，“管他呢，嘻嘻嘻，多可笑啊！”

说罢，白玖无可奈何地拿起手机，像在给谁发去了信息，然后，不时看着桌上的电话。

“哦。”白邦云垂下眼帘点了点头，“我脑子现在很乱。”忽然，白邦云有些后悔起来了，他刚才真的不该听白玖说这些事情，本来答应和白玖见面，以为可以谈一些能轻松谈笑的话题。

“现在怎么办？”白邦云再次陷入沉默，似乎感到有点束手无策。

“邦云，你怎么了？”白玖看了看白邦云，轻声唤他。

“对不起，我无法忍受这种沉默。”白玖便开口说道，“今晚我想和你在一起。因为我们俩半个月没联系了，这也许是最后一次。”

“最后一次？什么意思？以后我们不见面了？”

“我只是随口说的，当然想见你。”

白玖声音虽小，这句话却像一根细长的针刺穿了白邦云柔弱的心，除了疼痛，白邦云还不由得感到一阵冰冷。随着白玖的激烈呼吸，白邦云看到那似乎是一种令人依恋的悔恨，又像是一颗只顾安然等待着仇恨的心。

“哦，那倒不至于你这样说最后一次吧……”

白邦云凝视着白玖那明亮的眼睛问道：“你今晚和我见面，是想告诉我这个事儿吗？”

“怎么了？咱俩不能换个话题吗？”

“前面我问过你，但你还没有回答我呢！”白邦云面带疑惑，抬头看着白玖。

白玖似乎有点踌躇，但随即加重语气回答：“不是，这不是我要见的原因。我只求你一件事，放过我弟弟吧！他很可怜！今生今世我不求你别的，就只求你这件事！”

“上次不是答应过你吗？”

“白小川说前些日子田静带着两个警察去紫云餐馆吃饭，一个男警察一直待到晚上十点后才回去……他们三个人不像是去餐馆吃饭那样简单的！”

白邦云把胳膊支在桌子上，手扶着脑袋。

到底该怎么办？

白邦云决定劝白玖让白小川去自首。上次他就有这个想法了，几次他想找白玖好好谈一下，但话到嘴边又不说不下去了。既然今晚白玖再次提起这个事来，白邦云唯一能做到的就是劝白小川去自首，他是共犯，那也没办法，自作自受。白邦云看着白玖，痛苦地思索。

“现在一切都发生了，只能让白小川去自首。”

白玖一听，惊恐万状地从座椅上跳起来：“你甘心吗?”

白邦云也情不自禁地站起来：“不甘心，可是没办法。”白邦云摇摇头，“看你这一跳，我还以为什么大事。”

白邦云擦了擦脸上的汗水，重又坐下。

“没办法，没办法，你就会说没办法!”白玖抬起脸，斜眼瞅着白邦云，“你知道吗?这可关系到我小弟的一生啊。我就一个亲弟弟，我们相依为命，你让他去自首，我不会同意的，我一定要坚持到最后。”

“那你说怎么办?这案子警察一直在侦破中，今天查不出来，但总有查出来的那一天!到时你怎么办?”

“警察也不是神仙，不是每个案子都能破，曼哈顿一号盗窃案不是十年了吗，破了吗?”

白邦云叹了口气：“你太自以为是了，破不了案的只是极少数!”

“别把警察夸到天上了，曼哈顿一号盗窃案不是明摆在那儿吗?是因为你家田静厉害吗?我就不信!”

“信不信，厉害不厉害，我不知道，但我知道早晚案子会破了的，也包括白小川这个案子!”白邦云提高了嗓音。

“记住，只要我白玖还在，不许你家田静动白小川一根汗毛。”白玖握着电话的手有点抖动，“不管怎么说，只要不把白小川交给警察，我什么都愿意做。可是你呢，只是一味叫他去自首。”

“是因为我觉得没有其他办法了，也是为你好!”

“为我好?是吗?既然为我好，你就应该站出来，劝一下田静放过，三十万劫款由我来偿还!”

“你以为让白小川自首，就没事了，是吧?你想得也太简单了！”白玖恶狠狠地说，“我们什么关系啊，连你都不帮我，还会有谁来帮我？你的好心我接受不起！”

“我就不明白了，白小川只是一个抢劫犯罪，又不是杀人，进去挺多也是判他三五年就能出来。为什么就不能听我劝一句呢？难道……”白邦云没有说下去了，他突然站起来，“难道他还犯有其他案？”

“反正白小川不能去自首。隐瞒到现在了，不能半途而废。一旦去自首，就再也没有退路了。”

“白玖，你生气了？”

“我没有道理对你生气！”

白邦云又慢慢坐下来，闭上眼睛，白玖的不理解，让他感觉特别难受。“哎……”

怎么办？白邦云痛苦地咬了咬自己的嘴唇，几乎要咬出血来。

“白玖，听我说，这不是杀人重罪，自首……是最好的出路！”

“你！”白玖的眼神变得凶狠起来，“我都说了，坚决不行！”

“如果你还要坚持让他去自首，就请不要再说话了，你闭嘴好了！”白玖的声音里带着哭腔，“我该怎么办？我那可怜的弟弟！”

白玖声泪俱下，然后，又突然“咚”一声下跪。

见此，白邦云不知所措，他只好把白玖扶起来，安慰她说道：“既然你不同意让他去自首，就当你没告诉我这件事吧，我当什么也不知道！”

“对不起。”

“不，没关系。是我一时中邪了。”

“那我就放心了。”白玖这才破涕为笑。

白邦云冲着白玖笑了笑。

白玖撒娇地说：“谁要你的笑？不稀罕。”

白邦云不说话。

“太晚了，我送你回去吧。”

“现在几点了？”

“已经深夜一点了。”

“我们该回去了。”

“这副样子，怎么回去呢？”白玖指着白邦云凌乱的头发，叫他整理一下再出门。

“我送你。”

“不用。你小心点开车！”

白玖点了点头，双唇露出洁白的牙齿：“知道，我会注意的。”

“说真的，你关心人的模样很可爱。”白邦云这种充满真情实意的口气，白玖感到非常意外。

白邦云从她那种笑吟吟的语调中，听出了她的心声。

“你现在好好的，何必想不开呢？”

“真像你说那样就好了，唯有女人才能真心实意地去爱一个人啊。”白玖脸上微微发红，她垂下了头。

白邦云起身的时候，白玖突然地把他抱住了：“我觉得今晚我最幸福。因为我还是第一次得到你的关心。”

茶厢里，白玖还在哭，肩膀微微抽动。

白邦云无言以对，任凭白玖流下的眼泪沾湿了他的肩膀。白邦云一动也不动。他朝白玖靠过来，抱住白玖的肩膀，找不到能对她说的话，只叹道：“好了……我会遵守诺言。”

“嗯，但……”说到这里，白玖停顿了一下，又抽泣起来，噘起嘴说道，“我还是不敢相信……”

白邦云的脸唰的一下红了，不好意思地说：“对不起，白玖，你是不是生气了？”

白玖没有抬头，声音很轻："没有。你说话算话吗？"

"我说话算数。"白邦云重重地叹了口气。

白玖这才转为笑脸。

白玖袒露出的肩背，仿佛张开了一把白色的扇子。那抹上了脂粉的丰腴肌肤，丰满得令人感到窒息。白邦云再看她时，那娇羞的样子越发迷人，热血一下子就涌上了他的心头。浑身一下燥热起来，他一把揽紧了她，她在他的怀中哆嗦了一下："邦云，你抱我一会儿好吗？"

白邦云再也没有推脱。

白玖依在白邦云肩膀："邦云，我喜欢依在你身边，听你的呼吸，别看你话不多，我喜欢你这种宁静。"

白邦云紧紧地抱着她，喘着粗气，她是一个水做的女人，柔软无骨，她身上散发出来的迷人的香气。她的脸深深地埋在他的胸脯上，他看不清她是怎样的表情，只觉得她的身子渐渐地变软了，也不再哆嗦了。她兴奋时发出喃喃细语："我想你，真的好想你。"

他没有吱声。

他用手捧起她的脸，一下亲住了她。她没有挣扎，没有挣脱，呼吸一下急促了起来，这便给了白邦云极大的鼓励与勇气，他用嘴撬开了她的双唇，将口对准了口，亲到了一起……

不知过了多久，白邦云突然惊醒过来，意识到自己正在犯着一个错误，他赶忙挣脱，然后就用手去推。越推，她似乎把他搂得更紧了。

"如今这世道啊。"白玖嘟哝了一句。

然而，白邦云却天真地说："什么时候都是一样的啊。"

过了一会儿，白玖抬起头来，茫然若失地说上一句："要是咱们永远这样抱着该多好啊！"

许久，白邦云终于推开了白玖。见到她脸上还有泪痕，他又轻轻地给她擦拭了脸庞上的泪水。

“时间不早了，我们走吧。”

“晚安。”白玖落寞地笑了笑，两人便走出包厢，下楼离开了御壶春茶馆。

下楼后，白邦云拒绝了白玖要送他回家的请求，而是选择走了一段路，他想让晚上的凉风吹醒一下头脑，然后再自个儿打车回家。白玖今晚的话让他感到十分震惊，但白玖也没有说柴医生的死与刘刚华有关。从白玖的话中，白邦云也并没察觉到她暗示刘刚华是杀死柴医生的可能性。她今晚告诉自己这个事儿，也许是出于对自己的信任和好心随口说的。

白邦云觉得白玖说的话确实有一定道理。现在社会上有钱的人多了，但内心却真复杂，还是自己当医生的思想单纯一点。

这城市的灯火依旧绚烂无比，只可惜，今晚照不进白邦云的心坎。白邦云独自一人走在枫林路人行道上，落寞地看着凌晨时刻稀疏的车子……

这时有一辆车突然在白邦云旁边停下，车窗摇落，看到是白玖，白邦云愣了一下：“怎么是你？”

“我跟你背后很久了。我送你回去吧！”

见推辞不掉，白邦云只好穿进白玖的车里。

“刚才我在茶馆里拿了点好茶，下车后你拿回去。”

白邦云没回答，略一迟疑然后摆手拒绝了。

35

田静和苏微微刚到西丹饭庄时，就有人在门口等候了。

“是田支队长和苏警官吧，你们好，我是西丹饭庄的领班，也是刘总手下，我代表全体员工欢迎你们二位领导的光临。”

“唐局长他们来了，他们在等着你们呢。”

“走吧。上楼去。”

田静和苏微微一同进了电梯。

“不好意思，让您等我们。”

“我刚上任，理应找个机会请们吃个便饭，顺便聊一下工作上的事儿。对不起，最近实在是太忙了，这不刚从办案现场回来，就为丹阳那几个案件啥……”

“谢谢唐副。我们在紫云餐馆那边吃过饭。”

“你在紫云餐馆吃过？那可是一个很好的餐馆啊！”

“唐副，你也知道啊！”

“当然知道了，那也是咱丹阳商人刘总开的餐馆吗？”

这时候，田静才发现唐朝和双刚集团的关系非同一般，她暗暗吃惊。

“要我说啊，我来市局一个星期了，田支队汇报工作的事儿少了一些……你不会对我这个新上任的副局长有什么意见吧！”唐朝略带责备地说。

“哪能呢，您也经过组织考核任命的，我肯定要服从您的指挥，您放心。”田静赶忙表态，接着又不无歉意地说：“对不住啦，我是应该早一点向唐副汇报工作。”

“其实我说笑话了，你们看，我刚上任一个星期，又去省厅开会三天，我们见面的机会都还没有呢。”刚才还在包厢看电视的唐朝，把电视关了，摆出一副谈话的架势，苏微微有点儿紧张，四下看了看：“今晚谁做东啊？”

“哈哈……”唐朝自顾哈哈大笑起来。

“唐副，田支队是真忙，您看咱市里这么几个大案子，能不心急火燎的吗？而且破案到了关键时候，不过她听说您找她，她特高兴，刚才在路上跟我说了。今晚见到唐副，有许多工作可以当面向您汇报请示。”

“呵呵，算你小苏会说话。哎，戈阳呢？他怎么不来啊？”

“他留在紫云餐馆盯着可疑之人，让我给您问好啊！”

“这小伙还行吧，你要想当好这个支队队长。一定要团结好周围的同志，特别是戈阳，来来来，坐坐坐。”

“我这不是刚从省城开会回来嘛，对家里的事一无所知啊。今晚叫你们来，主要是了解一下你们刑侦支队的情况。”

“现在全市可都知道你田支队长在负责这个曼哈顿一号盗劫案。可你知道吗，我为你捏把汗，这案子真要是破不了怎么办？呵呵，还好啊，我现在学习回来了，我们就要合力工作，我给你们鼓鼓劲，吃顿便饭。”

田静低着头，静静地听着。

“也许你们会问，在这种节骨眼，你还跑来这种场活吃饭？”

“我知道你们担心八项规定，你们不用害怕，这顿饭不是用公款请客，我个人掏腰包自费请你们。哎呀，不过这个啊，说实话，这种请客吃饭，也只能一年一两次可以，如果一个月一两次我当然也请不起啊！”

田静刚落座，包厢门就被推开了，这时刘刚华走进来，他手里还提着一个茅台酒口袋。

“对不起各位啊，有点事儿，晚这么多。这是田支队长吧！”

“你好，欢迎欢迎！”

“我给你介绍一下，这位是双刚集团有限公司董事长刘刚华，他和弟弟刘刚强可是咱们丹东的能人啊，本来这顿饭嘛，他想买单，可我不同意，我们不能做有违纪律的事。”

“大家都是朋友嘛。听说田支队长刚上任，我特别高兴，早就想为你接风，可是你是官，我是民，不好太冒昧，今天算是有缘，唐副局长来了，总算给我这个面子了。以后要遇到什么难事儿，尽管找我，用不着客气，有什么事儿尽管说话。以后咱们就算认识了。”

这也是田静第一次见到刘刚华本人，但他的名字在丹阳几乎无人不晓。刘刚华看上去非常和蔼可亲，金黄的头发，大大的眼睛，中等身材，笑起来非常的漂亮，没有老板架势。因为听赵东山说他走路瘸脚，田静就特别留意着他走路——是略有瘸拐，但不仔细看根本看不出来。

看见田静，刘刚华一边笑，一边握手：“幸会，幸会啊。”

“服务员，开瓶茅台。”刘刚华吩咐站在身后的两个女服务员说道。

服务员刚把一瓶茅台酒从酒袋里拿出来，却让唐朝制止了：“刘总，你心意我领了。说好了，这顿饭我来买单，你们谁也不要抢买单。另外，你的茅台酒我们也喝不起，也不能喝！你想让我犯错误啊！这样子老规矩，北京牛栏山二锅头，就是超市卖的那种十几块一瓶的，给我上几瓶过来。”

“唐局，问题是我这里没有啊！”

“是没有吗？那我们自个儿去超市买。”

一听到这话，苏微微就站起来，说道：“我去超市买。”

这时，刘刚华的脸上有些挂不住了，连连陪笑说道：“我叫服务员去买。”

唐朝只好作罢。不一会儿，只见服务员抱着一箱二锅头进来：“刘总，酒来了。”

“买这么多？哪能喝完？”唐朝接过话说道。

“唐局，今晚尽兴，喝剩下的留在这里，算我的。”

“那也好，也好。一会儿这酒我一起结账！”

女服务员给每一个人的杯子都上满了二锅头。

“今天就算是我为田支队长接风，我先干为敬酒!”

“哎呀，我不会喝酒，真的喝不了酒。”

“那……怎么都行，酒哪能不喝呀，你要是不喝酒，就是不给我刘刚华面子。”

“刘总，田支队长真不会喝酒，我可以作证。”

“不过田支队长，今天我在场，您多少抿一口，意思意思啊。”唐朝说道。

没办法，田静只好站起身，喝了一口二锅头。

“好，哎呀，只是喝太少了!”

“喝一口就喝一口吧，本来不应该再让田支队长喝了，可是我一想，这第二杯酒啊，不喝还真不行，这是一杯什么酒啊？这是一杯决心，也是一杯感激酒。什么决心，我一说你就明白了。你是警察，我是普通民众一员，现在我要向你表决心，我坚决支持你们公安的工作，不仅是我一个，包括我们集团的每一位员工，都要全力支持你们的工作。”

“再说，当下各行各业生意不好做，你们能来这里消费，就是对我们最大的支持。双刚集团感谢你们!”

“你不喝，我自己喝这杯酒。”

“我喝，谢谢你的好意。”

“为了表达我的诚心，我再喝一杯。”

“有你们公安局保驾护航，我们双刚集团就能发展，这杯酒啊，我陪你喝了，你还是喝一口吧。”

“哎，喝，干什么不喝呀？人家说得很有道理嘛!”

饭局一时到子夜一点才结束，田静也有六七分醉意了。

司机把田静送到家楼下时，田静这才发现这不是自个儿的车，也不是戈阳开的车，一看前排副驾睡着正是戈阳，此时他应该也是酒醉了。一问司机，才知道这是刘刚华的车，司机也是刘刚华的司机。

田静一急，就打电话给苏微微，问自己的红旗HS5呢，怎么能叫别人来送她呢？电话里，苏微微很委屈，她说她也喝多了，本来想叫代驾，唐副局长说不用去了，说刘总这边有司机送。

“我知道了，你休息吧。”

“田支队长，再见。”

“唐朝这怎么想啊？怎能让刘刚华的车送人呢？”

然后，田静又摇醒了戈阳：“你怎么时候过来的？我红旗HS5呢？”

戈阳揉着醉眼惺忪的双眼，也懵了，半晌才醒来：“我好像十一点过来，过来就被刘总连灌了三大杯，红旗HS5钥匙在我这儿呢，车子应该在西丹饭庄那儿。”

“我喝多了，你们怎么也犯这种错误？”

“哎呀，想想啊，人家刘总也是好心，派车、派人送一下，有什么大不了的事儿？”戈阳有些不服气说道。

“现在跟你说没用，明天你酒醒了再说。”

“误事，酒多真误事啊！戈阳啊，和商人打交道，我们哪里是人家的对手，谁知道有什么样的雷阵等着我去蹚呢！万一不小心一脚踩上一颗雷，不把我们炸得粉身碎骨也是遍体鳞伤，我们还怎么开展工作呢？”

田静正说着，见一个人影正朝着她走过来，一走近才看清原来是白邦云：“今晚和同学吃饭没醉？”

白邦云这时也发现刚从一辆豪华奔驰车里走下来的是田静，他大吃一惊。还好，看样子她应该喝不少酒了，连说话语调都打卷舌头了。

“你知道我是喝酒的，我早就回来了。”白邦云说了谎话，

“发了几次微信给你，不见回复，正准备打你电话。听楼下有你说话的声音，就下楼来接你了。”

“田支队，那我回去了。”

见凌晨时间了，如果让戈阳自行打的回去也不太安全，田静只好对刘刚华司机说：“他喝多了，你送他一下。辛苦你了。”

白邦云扶着田静进了电梯。

进屋，换鞋，打开房灯。

“哎，你看，谁的酒啊，别动别动，哎呀！”

田静终于看清了白邦云手里拎着一个黑色塑料袋子，她立刻有了警惕：“谁给你的？”

“不是刚才送你们回来的司机给我吗？说是你的东西。怎么啦！你这一惊一乍的，就像我手里拿炸弹似的！”

“我敢肯定你手里拿的这东西比炸弹威力还厉害……”

田静一把抢过黑色塑料袋子，见到里面装着两瓶飞天茅台酒，还有一个装钱的信封盒……

她立马明白怎么回事，马上找出手机，飞快地翻到刘刚华手机号码。

“刘总，这么晚了打扰你，我得提醒你一下，你送错东西给我了……”

“什么东西？这我就不清楚了。您说一下细节……”不知道刘刚华是晚上喝酒多真想不起来，还是假装不明白。

“没什么细节，就是一个黑色塑料袋子，里面装有两瓶茅台酒和一个信封……应该是你的吧。”田静正色说道。

“田支队长初次见面，我的一点小意思，请笑纳。听说您身体不太好，请您多买点补品！”

“请你把它拿走！”

“田支队，你想多了，你看现在太晚了，先留在你那里吧。

过几天我再取走，我保证。”

“不行，今晚你必须拿走。你打电话给你司机，叫他过来拿走。就说我在楼下等着他！”

“对不起，对不起呢，应该是他们太粗心拿错了，明早我好好批评他们呢！”

“是吗？但该批评应该是你，刘总。”田静不禁提高嗓门。

“好，好。您不必在意。对了，田支队长，下次再请您出来一块儿吃个便饭，顺便向您汇报一下工作！”

“吃饭的事就算吧，别客气了！”

“也好。再见！”

“刘刚华什么货色，混蛋一万元买补品，这一万块钱可以买一箱子的补品了！今晚的饭局差些让我掉进坑里去了。”

白邦云和田静在沙发上已坐很久，白邦云一直深沉地望着田静思索问题，见到田静他就想起今晚白玖和他交谈的事来。见到白邦云不说话，田静便不满地说：“我的白大夫，你又在想什么？能不能和我多说几句话。”

白邦云便冲田静笑了笑。

田静生气地说：“你今晚的笑不太自然，是不是和同学闹不愉快？”

此刻，白邦云可以说是糟糕透顶，他还是没有说话。

这时，门外有人摁响了门铃。田静知道刘刚华司机返回来了。

“这是刘总的东西，你检查好了，我没动过，请你马上把这些东西送给刘总！”

司机略迟疑一下，说：“刘总会大骂我的！”

田静拍了拍他的肩膀，说：“那个我不管，这是我给你任务！你送不到，该骂人的是我！”

司机点点头，接过田静手上的东西，出门去了。

田静一下子便瘫软倒在沙发上。

36

下午六点，田静从超市买好菜回到了家。

中午出门时田静就打电话告诉白邦云，说今天田雨生日，让他抽空到糕点店订制一个生日蛋糕。这段时间忙，要不是田静的提醒，白邦云还真的把这件事给忘了。

过完这个生日，女儿田雨就十三岁了。今年田雨的生日恰好正对周末，本来可以好好安排一下，没想到上午十点田静接到市局办公室通知，说下午三点局里召开一个紧急会议。就这样，一个下午田静全泡在会议室里度过。下午五点半会议才结束，一出会议室，田静立马往超市赶，她要去超市里买点田雨爱吃的菜，然后回家做晚饭。

回到家一看，并没有白邦云的身影，田雨也不在，屋子里一个人影都没有，但客厅电视机还打开着。田静觉得不对劲，这父女俩都去哪里了？

“你们爷俩去哪了啊！”田静从包里翻找出手机便给白邦云打了 个电话。

“出门取蛋糕马上到家了。”电话里，白邦云告诉田静。

放下手机，田静便系上围裙，进厨房开始张罗起晚饭来，她先将米饭煮上，然后又洗了菜……

不一会儿，白邦云就进屋了，手里还拎着一盒蛋糕。

“田雨呢？她不跟你在一起吗？”

“她在楼下等她的同学，她说还有三个同学一起过来。”

“什么？田雨还有三个同学一起来？”

“对啊，怎么了？”

“那我刚才买这点菜不够，还得再添加……”

“我点外卖加一个酸菜鱼吧。这不是你最爱吃的菜吗？”

“那你快点叫吧，时间不早了。”

厨房里，白邦云系着个围裙，和田静一起张罗着晚餐。两盘刚炒好的热菜被他端在手上，准备放到餐桌上。

夫妻俩正忙中，“咚咚咚……”，门外突然传来一阵敲门声。

“田雨回来了。你开门去。”田静对白邦云说道。

白邦云出了厨房朝门口走去。

“爸，我回来了。还有两个同学，加上一个同学的玩伴。”田雨指着身后的同学对白邦云说道。

“田雨，这么久？快叫同学进来。”

“妈，我回来啦！”田雨一进门便冲着正在厨房忙活的田静大声叫喊。

“知道了。”田静正忙着，也没顾着转身回看就应声了。

等田雨的同学进屋时，这时，白邦云脸色一下子变得吃惊起来，和田雨一同进门的除了她两个女同学外，还有她很熟悉的身影——白灵。她身穿着红衣裙子，见到白邦云打开门，白灵也惊呼起来：“白叔叔，你也在啊？”

听见白灵不明事理，田雨呵呵一笑：“哟，这可是我爸爸啊！”

“啊，怎么了，你们认识？”

“认识……”

白灵正想往下说，却让白邦云支了过去：“田雨，快叫同学进屋，不用换鞋了。”

“白叔叔，你好！”白邦云有些尴尬，他感到很意外，吃了惊。幸好，白灵也没多说什么，听到白邦云说不用换鞋，就直跑进屋里去。四个小姑娘玩得不亦乐乎。

田雨现在在市实验中学上初中一年级。小姑娘人长得很是漂亮，红扑扑的脸蛋上有一双水灵灵的大眼睛，忽闪忽闪的，长长的眼睫毛，双眼皮，大眼睛。

此时，田静忙着洗菜，她也顾不上出来和田雨同学打招呼。见田静没注意到，白邦云就悄悄地拉着田雨过一边，指着刚进门的白灵便问道："她，你认识？"

"我不认识，是我同学的玩伴。她们同住曼哈顿一号小区。"

"你叫她过来的？"

"没有。我叫同学过来。她在同学家玩耍，同学就问我可不可以带她过来，我就答应了。我也不熟悉她。"

"爸，你怎么了？看样子你不太高兴她来？"看到白邦云一脸阴影，田雨似乎误解了白邦云此刻的感受，"要是早知道你不喜欢她来我就不答应同学……"田雨一脸天真地说。

"爸没说不欢迎她啊！没有的事，爸爸不知道就问了问。你先带她们到房间玩耍，等会晚饭做好了再去叫你们。"

田雨含糊地点点头。田雨和同学去了她房间，白邦云又进厨房了。

"那女孩是谁啊？挺漂亮和机灵的小姑娘！"

白邦云闻言，忽然感觉事情有些奇怪："你指的是哪位？"被妻子这么一问，白邦云想起了白玖，感到一阵惊慌。他再次将目光投向白灵："你指的是穿红裙子的女孩？"

"明知故问。田雨的这两个同学，经常到我们家来，我还不清楚？当然是指穿红裙子的那个小姑娘了。"

白邦云本来就不打算隐瞒田静，就实话实说了："她叫白灵，田雨同学的一个玩伴。"

"你们好像认识？"

一听到田静这话，白邦云的心更加慌张了。他满脑子想的都是白玖，他不知道该怎么回答妻子的问话。

“没有。你都说了什么？”

“哦？”田静不由得出声问道，“要是认识也没关系，她父母是做什么……”

这个问题可真难倒了白邦云，他真不知道如何回答。

厨房里两人表情各异，一下子都凝固了。

“你听到我说话了吗？”田静接着问道。

“这个，我也说不清楚……但确实我不太清楚。”白邦云小心翼翼地说道。

田静早已看出，白邦云并不像嘴上说的那样有自信，只是希望白邦云有话实说罢了。

这时，门外两声敲门声传来。

“应该是酸菜鱼到了。”白邦云说着朝门口走去。

白邦云还真应该感谢外卖员的及时赶到，正好帮他解了围。打开门时，正是外卖员送来酸菜鱼。

听到有人敲门，田雨就跑出房间来去开门。见白邦云已经开门了，她便转身进去厨房，见田静正在切牛肉，便问她：“妈妈，我肚子饿了。大概几点能吃晚饭？”

“马上就好了，再过十分钟准时开饭。”

不一会儿，田静在厨房里喊了声：“田雨，快……叫你同学过来吃饭啦……”

白灵正要起身自己去盛饭，田雨却将白灵按坐在餐桌前，亲自去厨房里给白灵盛了一碗米饭。

这天晚上吃的是牛肉火锅，田静和白邦云的酒量都不大，却喝掉了一瓶的红酒。田静和白邦云的脸颊都有些泛红起来了。吃过生日蛋糕，见时间还早，田雨她们四个人又进房间玩游戏去。

这边白邦云捡了碗，开始收拾桌子。晚饭后，夫妻俩仍坐在餐桌前，聊了很多往事，关于医院的事、公安局的事，还有女儿田雨学习的事。

“我明显感觉到自你上任刑侦支队代理队长后比之前消瘦了很多。”

“谢谢老公关心！”当田静说到她上任代理刑侦支队长以来，遇到的几起案件都特别棘手，压力很大，甚至可能要患上抑郁症时，白邦云心疼极了。

白邦云一边认真地听，一边动脑想。几次他想把白玖透露出来的消息告诉田静，但话到嘴边，他又没有勇气说出来。

白邦云想了一会儿，伸手从烟盒里抽出一支烟来，点燃，抽了几口，说：“有天大的事也不能牺牲身体，身体是革命的本钱嘛。”

“我知道了，我会注意的。”

“这些案件都没有线索吗？”

“线索倒是有啊！只是价值不大。这半年来，我好像什么都没干，又好像什么都干。但就是没法破案，一切努力简直等于零。我这个新上任的刑侦支队代理队长颜面荡然无存，你说我丢不丢人啊？要把这些案都破了，估计还得通宵半年一载的。总之，我非把这几个案破了不可！”

“可是，你有把握吗？”

“百分之百能搞定，只是时间的问题而已。”

“我明白了。”白邦云点头，然后又猛地吸了一口烟。

“你明白什么？”

田静摇头摆手：“我可没跟你说过什么呀！公安破案信息属于机密的，我不能犯错。还好你也从来没在我这里打听过什么东西。”

白邦云心情烦闷，又大口地吸了几口烟。对于今晚白邦云的一些异常表情，田静倒也没注意，可能是因为喝了点酒的缘故，她有些醉了。

“还喝吗？”

“再来一点吧，今天是田雨生日嘛，我们该高兴才是。”田静回答。

“要是案子不破，不给全市人民一个交代，我倒宁愿脱下这身警服。”田静又喝了一口红酒，说道。

“是不是我影响到了你，给你添乱了？”白邦云抬着头看着妻子。田静说道：“你是大夫，我是警察，警察破不了案，能和你有什么关系？”

“要是社会平安，你们当警察就可以休息，那就好了。”

白邦云的话，却让田静感觉很好笑：“按你这么说，要是社会没病人，你们当医生就可以休息。可惜不是那么回事。”

“嗯，这可不是嘛！社会太平，人人身体健康，当警察的、当医生的都将全部失业了。”

“邦云，我想问你一个事。柴医生生前生活情况怎么样？”

“你是指哪方面的生活？”

“她社交方面的情况？”

“我们同事十几年了，没听到半句不利于她的言语。她除了是一个很好的妇产科医生，她应该还是一个很好的女人。”

“你听说过她在外面有情人方面的事吗？有什么风言风语吗？”

白邦云闻言，止不住地眨了眼睛：“我没听说过。”

“是吗？可是……”田静朝丈夫看去，“你对柴医生被杀一案的理解是……”

见到白邦云脸上浮现出犹豫的神色，田静鼓励他说道：“没关系，说说出你的想法？”

妻子的话彻底地触动了白邦云敏感的神经，他心想自己不能提示什么。白邦云这么想，他太担心此地无银三百两的事了，于是便说道："这好像和我这个只会拿手术刀的人无关吧！"

白邦云露出狼狈的表情，但田静却似乎有些不死心，继续说道："怎么说这种话。不就是想听听你的看法吗，你这么抵触。"

"我没抵触，在这方面你是专业的。在治病救人，我是专业的。你可以随时问我医学方面的东西。"

"嗯，这倒也是！"

"没关系。"白邦云小声说道，看了一眼田静，看到她脸上并没有恼怒的神色，也微微放下心来。

白邦云不说话了。他寻思，或许妻子并非一个要强的女人，而是觉得说了这些话，就表示自己已经尽到了一个丈夫的责任。

自和田静认识到结婚，白邦云很少和田静聊办案的事，但今晚好像是个例外，竟然和妻子石破天惊谈破案的事足足有半个小时。

"多大点事，没让你生气吧？"

这时，白邦云突然想了一件事，便站起身说道："我去一趟科室，中午来一个慢性高血压合并子痫前期孕妇。我放心不下她。"

"去吧。早点回来。"田静说完，便帮白邦云拿起桌上的手机给他，"我等你回来。"

"今晚你得交作业！"田静羞红着脸说道。

"什么作业？"

"……你懂的，我们大人的作业！"

"啊，知道了。应该不会很久的。"白邦云瞬间便明白了。

"等我回来。"白邦云说完，就要出家门。

"爸，你上哪儿去？"

"我去科室看一个病人。"

“爸，同学她们要回去了。是你送她们回去还是妈妈陪着我送她们。”

“叫你妈妈送吧。”

当白邦云看见田静送田雨几个女同学还有白灵下楼的时候，白邦云发觉自己与其说是紧张，倒不如说是松了一口气。这下终于不必再为多余的事担心了，他终于有了一种安定感。

然而——

或许已经晚了。

37

在去妇产科的路上，白邦云一直默不作声。他的心情很沉重。

走了十多分钟，白邦云便来到了妇产科。病人是白天上午科室进来的。这是一个慢性高血压合并子痫前期孕妇，白邦云实在放心不下病人，所以即使庆祝田雨生日也得来看看。一吃完饭，他便跑来科室，另外，出来也算是解脱今晚在家里的尴尬。

查完房，见病人平稳，他又不厌其烦地叮嘱患者和值班医生注意用药事项，终于放下心。

刚要脱下白大褂，一个二十多岁的姑娘进来，怯生生地问着：“医生，你看我能不能用药流？”旁边坐着的一名女实习生正低着头敲打电脑写着病历。

“例假有没有准时来？”

“例假？”小姑娘听到这里顿住了，然后说，“好像很久没来了啊！”

“你上次来的是什么时候？”

“三个月前了。”小姑娘说。

“药流，药流，都三个多月了还怎么药流？”女实习生眼睛瞬间瞪得眼铜铃似的，嘴里忍不住地呵斥着小姑娘，“你这是第二次了，我告诉你，你再这样的话，到最后吃亏的还是你自己。”

“快活时为什么不戴避孕套，要学会保护自己啊！”也是二十来岁的医学院实习女医生毫不客气地训她。小姑娘被女实习生一顿抢白刺得羞红了脸。

“可是，可是，我怎么说他呢……”

“你傻啊，现在是你痛，还是他痛，下次你叫他一起过来，我来帮你说他……”

女实习生眼睛离开电脑，无奈地叹了口气：“明天上班时间，你到门诊去找医生吧。我们这里是住院的。”

“对不起，我刚下班顺路就上来问了。谢谢，打扰你们了。”小姑娘一直都很客气。

小姑娘正要出门，白邦云便说：“等一下。”

“对待病人要有耐心！”他耐心地对女实习生嘱咐几句。然后，他让小姑娘坐下，询问了一些情况，做了一个简单的身体检查后，建议无痛人流。

“另外，你有过好几次人流史，如果再这样继续下去，会影响你以后的生育的。你先回家吧，好好休息。下周一你过来找我。我叫白邦云。”

小姑娘揉了揉眼，看着面前这个面容温和的中年男医生，正低头看着病历，她动了动唇，犹豫了一下：“那个……”

她没有继续说下去。

“怎么了？有什么事你尽管说。”白邦云抬头看她。

“引产会痛吗？”她埋下头，声音小得跟蚊子似的。

但白邦云还是听清了：“会疼一下的！之前你不是做过了吗？”

“之前两次都是药流的……”

"先回去吧，不要太担心。"白邦云又安慰了她。

"今后要明智一些，就不会这样了。"白邦云向她交代了一些注意事项，叫她不要有太大的心里压力。毕竟发生这种情况，她的压力已经够大了，如果再责怪她，真的会给她造成更大的心理负担。

"嗯。谢谢您。"说完，小姑娘走了出去。

安排了小姑娘的事，白邦云和女实习生又聊了几句。白邦云说道："对待每一位病人不仅要细心，更要有热心和耐心，特别要注意态度。试想一下，人家不舒服了，才来医院，不然人家这么晚了还来这里受什么罪啊！"

女实习生这才不好意思笑着说："我记住了。不过呢，说实在的，我来妇产科实习三个月，这个小姑娘已经是第三次来做人流了，我是真的心疼她的身体……"

"这不是一个医生对待一个病人态度粗暴的理由，你说是吗？对待病人态度不要冰冷，一个微笑，一个眼神，一句话，一举手，一投足都是极小的细节，把每一个细节都做好，尽量去做好每一件事情。"

"谢谢白主任教诲！我一定记住。"

从妇产科出来，快十点了。月朗星稀，清风送爽，街上，车辆行人匆匆。

路过医院门诊大楼，从门外往里望去，门诊大厅空荡荡，可回头转望住院大楼，一片灯火通明。

放在口袋里的手机忽然响起来。白邦云拿出来一看，是田静打来的。手机里传来田静的声音："我有急事去局里了，还不知道今晚什么时候能回来！"

白邦云刚想问她局里有什么事，话还没出口，田静就已挂掉电话了。

38

田雨送走了同学，进门时，便问田静："我爸呢？"

"刚才他不是跟你说有事要去科室吗？你找他有事？"

"妈，我告诉你一个天大的秘密。"田雨走到田静的身旁，低头俯近田雨的耳朵，"妈，我告诉你了，这算不算是我立功啊！"

"你怎么啦？有事？"

"你先回答我，算不算立功！"田雨嘟囔一句。

"什么？"田静问道。

田雨转向她，做了个深呼吸："算了，我还是不说了。"田雨慢慢地摇头。

沉默一会儿之后，田静笑了起来："一个小孩子你想立什么功啊！"

"妈你别小看我。"

"究竟是怎么回事？你听到怎么了？"田静仔细地盯着田雨的脸看了起来。

"妈，你先回答我的问题吧。"

田静便笑笑了，答道："嗯。说吧。"

田雨点了一下头，她把白灵说白马步行街是她舅舅白小川抢劫的事儿告诉了田静。

"田雨，这……"田静张口结舌，看得出她对此事是多么的震惊。

"啥也别说，妈再问你一句，这话真的是白灵说的？是刚才听到还是早前就知道了？"

"就刚才在房间时，白灵亲口跟同学说的！"

"她还说了些什么？"

“她只说他舅舅在一个叫什么餐馆上班。平时都叫他‘老鼠’。就这么多了。”

“啊，老鼠？”田静想起来了，理工路紫云餐馆的那个保安经理，她印象极其深刻！

“田雨，你可别对妈妈撒了谎。”被田静这么一问，刚才还玩着手机的田雨赫然抬起头，“不信拉倒，我也不要立功了！”

“这个事还有谁知道？”

田雨只顾忙着玩手机，对田静的问话根本不在意。

“田雨！”田静叫了一声。

“我同学都听到了。”田雨看到田静疑虑的表情。

田静一脸惨白。

“你好好回忆一下，还有别的吗？”

“我……我没空。”田雨低头玩她的手机，再不也吭声了。

“你听见了？”

“当然。”

“哎……”田雨低着头，把手机放下。

“还有吗？现在就回答我！”

“我说没有了。这是我最后回答你一次。田支队长，你太凶了！”

田静极尴尬。

“田支队长，你不信就拉倒，没人理会你。我洗澡去！”田雨说完，又不想理会田静，拿着手机就要进去她的房间。

田静却喊：“田雨你站住。”

“妈，我都告诉你我说完了。你还没完没了！我好讨厌你！”

田静再次转向田雨：“听妈的话，这事跟你妈工作有关！”

“不信拉倒，反正我也纳闷哩。”田雨垂下头，嘟囔道，“不瞒你说，白灵刚才还答应送我一部苹果的平板电脑！”

“什么？这个不行！”田静大叫。

“她爸妈都是大老板，钱多得用不完，不像你们连一部智能手机都舍不得给我买，都什么年代了，还叫我拿老人机？”

不可思议！这一次，田静说啥也弄不明白了，一个刚十三岁小孩哪来这么多想法，这个年代什么了，难道这一代人都是早熟了？但也没有早熟到这种地步啊！田静突然感觉到这些天自己只是顾忙着工作，疏忽了和孩子的一些交流，她对孩子的教育太失败了。但一想到，这个是非常重要的线索，她得把这个事情弄清楚再说孩子教育的问题。

“我说啊田雨，你先把书念好，妈妈答应你一定买智能手机给你……”

“白灵已经答应明天就送我一部苹果的平板电脑！我都送她一本小人书了，我们是交换的，有什么不可？”

“不行，我说不行就不行！什么小人书，妈妈明天再给买新的！”见田雨不听话，田静忍不住抬高了声音。

“妈，你好烦人呢！”田雨斜眼瞪住田静，只见她咬牙切齿，“怪不得你总是破不了案，原来问题出在你身上。”

“少拿你训部下那种口气教训我，我是小孩不假，但我也有自尊心！”田雨咆哮起来。刚才她是真心想要告诉田静，但见到田静没完没了像审问犯人似的，她就不乐意起来了。

“这丫头咋就那么倔呢！”

“你看什么看，我脸上有字啊！”田雨吼完这句，就把脸转向沙发靠背，然后伏着靠背哭了起来。

顿时，屋里便响起一片哭泣声。

就在田雨哭的时候，田静正在思考接下来的行动方案，她就暂时没理会田雨的哭声。

哭了一阵，不见田静安慰，田雨忽然抬起头："你就不能哄我一句啊！"

田雨气愤地指着田静，张了张口，又哭出了声。那哭声让人感觉到她很委屈。

田静原本正若有所思着，一听到这里就忍俊不禁，扑哧一声笑出来。

"好，好，是妈妈的不对，你的消息很及时、很有价值。"

田雨不再和田静废话，狠狠剜一眼田静，走了。

田静久久无语，胸脯一耸一耸，田雨刚才剜她的眼神让人猜不透她心里想啥。

听了田雨的话，田静的脑袋左右摇晃起来。田静的表情忽然平静下来，心里嘀咕了一句："我又犯糊涂起来了，对一个才十三岁的小孩，问得这么详细干什么啊！"

田雨从房间出来，两人面面相觑。

"妈，我真后悔，不该告诉你。你破不了案跟我有什么关系。"田雨低声咕哝道。

田雨拿着她的老人机朝着阳台走去。

"你要给谁打电话？"田静问。

"给我爸打的。刚刚打过了！"田雨回答。

田静不放心，她担心女儿给同学打电话，怕走漏风声，所以就从女儿手中拿过了手机，翻看了女儿刚才打的电话，确实拨打白邦云号码。

"你跟爸爸说些什么了？"

"就是问他什么时候回家，上周他答应过我生日那天送我一部平板电脑，但你们大人总是说话不算数，反悔。"

“平板电脑对你学习有帮助吗？”

“你说呢！”田雨反问田静。

过了几分钟，田雨手机响了，是白邦云打来的。

“你爸的电话，你接不接？”

“不接了，他答应这周就给我买去。”

“田支队长，我可要告诉你，在这个家，只有爸爸最懂我，宠我。哪像你凶巴巴的，把每一个人都当你的犯罪嫌疑人了！”

“我讨厌你！”田雨突然开口说，“你特让人讨厌！”

田雨斜眼看着田静，一张脸紧绷着，写满了敌意：“我要睡觉去了。”

“好吧。”田静灵机一动，答道，“妈妈知道错了。”

田雨听了一愣，她盯着田静，微微一笑，神色和缓了下来：“你不是开玩笑吧。”

“才不是呢！”田静也笑着说。

“你突然温柔了，跟之前的霸道截然不同。”

“妈妈感谢你！”

“感谢我啥？”田雨没好气地反问，“我不能相信其他任何人，只相信我爸。”

田静心头涌起一丝自责：“我知道我错了，向你道歉好不好。”

田雨点点头，“好，趁着我爸不在没人看到，不然你又要耍当警察的威风了。”

“在你的眼里，妈妈就这么不讲理吗？”

“这个问你自己去，就像今晚！”

田静被田雨一连串的问话，问得哑口无言了。

“是不是干警察的都是这样啊！如果再当个局长什么的，恐怕我们个个都是你犯人……”

田雨毫不掩饰内心的不悦，默然关了手机，声音开始激动，连珠炮似的数落着田静。末了，田雨又加一句“当个破队长就整天神经兮兮”，简直让田静有些接受不了了。她本想说“田雨你说话过分了，怎能这样跟妈说话呢……”田静怔了一下，最后还是没说出来。田静对女儿的感觉，突然觉得她发生了很多变化。这丫头，今晚到底怎么了？她田静到底该怎么琢磨她的变化呢？

田雨倚靠在门板，看着田静，田静还想毫不示弱地与田雨对视，结果田静的眼睛刚接触到女儿的视线，便感到一阵寒意。

半晌，田雨洗澡去，田静却一屁股跌坐在沙发上。田静能做的就是短暂地闭上了眼睛，调整自己的心态。等她再睁开眼睛时，她只觉得元气大伤，精疲力竭，满心复杂。

尽管外面夜色渐浓，但仍然轻易就能分辨出行走在小区里的人影。夜风不知从什么地方吹来，带着一股凉意，肆意从阳台穿进屋里。

可今晚田静的确感到孤单。

橘色柔光照亮客厅的幽静。

墙上电视综艺频道有清澈女声响起——

那夜的雨也没能留住你
山谷的风它陪着我哭泣
你的驼铃声仿佛还在我耳边响起
告诉我你曾来过这里
我酿的酒喝不醉我自己

你唱的歌却让我一醉不起

我愿意陪你翻过雪山穿越戈壁

……

熟悉的旋律盈盈溢出，田静静静听完，许久后发出一声轻轻的叹息。这首简单浅显、朗朗上口、韵味十足《可可托海的牧羊人》的歌曲，换在平时，田静可能要反复听，利用碎片化时间灌耳朵，但今晚田静却没雅兴。她站起来默默地把电视关掉，呆呆地站了几分钟，脑袋里一片空白。

有些歌不适合深夜时听，有些回忆，却很适合在这夜深人静时想起。

这些都已经不重要了，因为她突然感觉到女儿有些陌生了，接下来，丈夫会不会也要陌生了，整个家都变得陌生了？白邦云会不会也有事瞒着自己？田静在脑海中突然闪现出一个可怕的念头。

她现在该怎么办？

田静皱着眉头看着黑暗的小区，此时，一个人影都没有，整个小区都空荡荡的。田静显得焦躁不安，走来走去，心事重重。对于田雨的叛逆，下一步大人该怎么办？又该干什么？田静担心再这样下去，会不利于田雨身心健康，造成孩子成长的偏差。

呆坐了一会儿，又想了一会儿，田静突然清醒过来，刚才只顾着和田雨“理论”，差点把正事给忘了。

事不宜迟，马上行动，要是等白灵到家后，告诉大人她来过一个警察家吃饭，就有可能走漏风声。

一想到这里，田静就有主意了，到楼下，给白邦云打去了一个电话，告诉他临时有事去局里了。

39

出了医院大门，门外便是繁华的民主路。

来到路边时，白邦云却突然停下了脚步。站在路边，望着家的方向，那里万家灯火，但自己的心似乎被掏空了。今晚白灵的突然出现，彻底打乱了他的心绪。他不知道妻子田静是否察觉到他脸色的异常。他和白玖的关系，田静还蒙在鼓里。当然这样说话，又显得很不公平，他和白玖其实是清白的，尽管这些年来，他和白玖偶尔有一两次见面接触，但他从未越过底线，他没有出轨，没有做过对不起田静的事。想到这里，白邦云又有些问心无愧和心安理得。如果一定要说对不起田静的事，那就是他确实知道白玖的弟弟白小川参与步行街抢劫案，但他没有告诉田静，他一直当着他从来就不知道过这件事。至于伤医案，也没人告诉他是谁干的，他也不知道，这些事情好像和他无关。自己不是警察，侦破案子那是警察的事情。他今晚不是担心这些事，他最担心的事白灵万一说了他和妈妈白玖是熟人的，一旦他和白玖的关系暴露了，他可能会百口莫辩。

白邦云站在路边发呆似的看着。灯光、车辆、行人，还有散发着各种味道的小摊点。此时，正是热闹拥挤夜生活的开始。路树下，一个卖烤红薯的老头正在守他的铁桶，见白邦云已站了整整十几分钟，便问白邦云要不要买一个烤红薯吃，甜甜的，自家种的，全部都施农家肥，无化肥，有机食品。白邦云不由得感叹，现在连老实巴交的农民都学会了推销自己农产品了。

白邦云摇了摇头。

正想着，手机响了，一看是陌生号，白邦云犹豫了一下，还是接通了。

“喂，您哪位?”

“哦，听得出我的声音吗？手机里传来一个熟悉的中年女人声音。”

“我听不出。你是谁？说吧。”白邦云一时还有点想不起来。

“哎呀，邦云呀，连我的声音都听不出来了，我晕啊！我是白玖呀。”

“哦，白玖呀，什么事?”听着白玖的声音，白邦云的心情有点好转，嗓门小了不少。

“听说今晚白灵到你家，她没给你惹出什么麻烦事来吧?”

“没有啊!”

“你家田警官也没说什么吗?”

“没有啊!”

“你就知道说这三个字吗?”

“你家田雨还送白灵一本小人书，她喜欢不得了了。在忙什么？到民主路池塘里酒吧来陪我喝杯酒。”

“我在科室忙事儿。”

“这个我知道了，白灵回来跟我说了。”

“她说什么了?”

“就是说你一吃完饭就去医院了。这不，我特地来医院附近找一家酒吧等你。来吧，我等你。”

正好田静也不在家，想了一会儿，白邦云就答应了。

“行，就来。”

池塘里酒吧在民主路386号，离市医院很近。白邦云走路没用多久就到了。

对白玖的突然出现，白邦云是欢迎甚至是感激的。今晚的他太需要有一个人让他摆脱今晚压抑的心情，哪怕只是几分钟。

酒吧的生意很好，人很多，男男女女三三两两地坐着。白邦云一进酒吧，便找起了白玖来，最后在吧台边发现了她。昏黄的灯光下，白玖正一个人有点孤独地坐在吧台前的高脚椅子上喝着啤酒。

见到白邦云走过来，白玖站了起来，脸上带着一丝微笑，说道："打你电话也不接，我还以为你又反悔呢！"说着，她顺手为安拉好一张椅子。

白邦云坐下："我已经到门口了，为你节省电话费。"

"你也不乏幽默感！今晚超可爱！你想喝点什么，白酒还是啤酒？"

白邦云说："还是和你一样，来一杯啤酒吧。"

白玖举手向旁边的侍应生打了个手势，说道："给这位先生来一杯啤酒。"

白玖看了看白邦云，说："今晚难得你主动说要喝酒！你不是不喝酒吗？要是喝多了，田警官那里你好交代吗？"

"你打算不让我喝吗？"

"废话，刚才不叫服务生去拿了吗？"

其实，今晚给田雨过生日，白邦云和田静两人喝过一瓶半红酒过。也许在家喝红酒的作用，他现在正处在亢奋时候，所以一进到吧台，见白玖在喝啤酒，他就趁酒兴，主动提出要陪白玖喝酒来。

白玖一点也没察觉白邦云的心情，像孩子般开心地鼓起掌，说："好，好，做人爽快！我最喜欢。"

白邦云看着白玖，觉得眼前的她早已经不是多年前那个温顺柔弱天真单纯的女孩了，她是另一个白玖，妩媚动人，成熟世故，像一口井。他不喜欢她这种变化，本来他们会成为一家人的，但老天爷像故意捉弄人，让他失去了她。

“今晚你怎么了，又想出来喝酒了？”

“没有什么啊，这也是一种生活方式啊！”

“谢谢你，难得你有这份心出来陪我喝酒。”

两人碰了杯，白邦云一干到底。这让白玖大吃一惊。

酒吧里放着彭筝的《太想念》：

玫瑰花瓣一片一片片
凋落在眼前
你的承诺一点一点点
回荡在耳边
……

很嘶哑、很忧伤，歌词倒还有几分契合白邦云的心绪。夜晚听歌，总是带给人太多莫名的伤感，有时那伤感是很难穿透的，它像一层痂，牢牢地裹住人的心灵。就像今晚，白邦云的心情。

“邦云，我在跟你说话，你到底听没听啊？”白玖放下酒杯，说，“白灵在你家没给你惹什么麻烦吧？”

“一个小屁孩，能给我惹什么麻烦啊。她很乖巧，很懂事。”

“你来这里，你家田警官不知道吧？”

“她这会儿正忙着呢！”

“她怎么了？”

“刚给我打来电话，说有急事去局里。”

“没说具体什么事吗？”

"她工作上的事，我从来没就问过。"

"你们两个都是大忙人。"白玖刚说完话，就用手紧抚着肚子，"我肚子有点不舒服，我去一下洗手间。"

白邦云看着白玖双手紧捂着肚子，脸色很难看。他估计是肠胃的问题，关切地问起来："没什么大事吧！"

"不好意思，我得上一趟洗手间去。"

"要我扶你去吗？"

"不用。"白玖的表情有些不自然，让人感觉到捉摸不定。

"你去吧。"

白玖离开吧台。有十几分钟，白玖才返回。但她还捂着肚子，说好了一点点。

"那就不喝了，我送你回家。"

"呵呵……"白玖突然笑开，她的笑却让白邦云感觉到莫名其妙："你不舒服，还这么开心？"

"呵，今晚我开心。自从你结婚到现在，每次你出来，从来没听说过你要送我回家。来，干一杯。谢谢你的关心。"白玖举起杯子伸到白邦云面前。

"是应该关心你一下。我这个人笨，你不要见笑。"白邦云苦笑了一下，也举起了杯子，和白玖来了一个清脆响亮的干杯，然后一仰头，就一下子把一杯啤酒顺畅欢快地喝见底了。

"和你在一起很多次了，今晚你还是第一次这么干脆。"白玖又咕咚咕咚地给白邦云倒了一杯。

"你是说我今晚喝酒很干脆吧！"

"都有！"白玖的回答让白邦云吃惊不小。

"你看，今晚一约你出来，你马上答应。又是主动提出陪我喝酒，都很干脆！"

“对不起哦！我这个人很笨，幸好你没嫁给我。要不你可受不了我这个臭脾气。”白邦云接过啤酒杯，给白玖倒了起来。和白玖相交那么多年，白玖不仅知情达理，而且她很会安慰人，脾气也很好，白邦云最欣赏她这一点。

“瞧你现在一副垂头丧气样，哪有名医气派。不管遇到好或不好的事，都要随心，不用把自己弄得焦虑难过，也不要因为某件事或某个人而难过。

“开心也是一天，不开心也是一天，何不开开心心过好每一天呢！我认为是对的。我觉得这句话说的真在理。

“所以我说嘛，一件小破事，值得你这么伤脑筋吗？”

白邦云的心一下子暖洋洋的，他闭上眼睛，心里想着，自己什么心事都瞒不过她。

“我要像你那么洒脱就好了。”

“你啊，你什么都不知道。

“不要以为只要有钱，就会很幸福。如果你这样想，那你就大错特错。

“有钱就幸福吗？钱，确实是许多人所向往的东西。在一些人的眼里，只要有了钱，就会有一切，因此，也就必然会有幸福。有钱就一定会幸福吗？未必如此。当然，有了钱就可以有许多东西，就能建立一个在物质上比较富裕的家庭，也就能过较为舒适的物质生活。

“是的，有了钱，你就不必去菜场为了块几毛的争得面红耳赤，你也不用每天天还没亮就从被窝里爬起来挤最早一班地铁……可是，有了钱，你反而失去了最简单的快乐。你不停地验证你们的爱情，没完没了的电话，不可理喻的犯作……甚至分手时还在谈分手费多少……

“一个人，有两种不可或缺的生活，一种是物质生活，一种是精神生活。幻想着过奢侈生活的人，那是因为他或她并没有真正体会到失去后一种生活的痛苦。还是那句老话，钱可以买到房子，但买不到家；钱可以买来婚姻，但买不来爱情。因为爱而结婚，夫妻俩还可以挣钱。而因为钱而结婚，夫妻俩却永远挣不来爱情。这些道理，谁都会说自己比别人懂得多，但依然还有很多人在经历痛苦之后才说‘当初要不是怎么样怎么样……’之类的话。”

“有钱也不幸福？我还是第一次听你说。要不是你亲口说的，我还不相信呢！以为你假谦虚。”白邦云笑笑说道。

“要我说你啊，你现在就过得比我好，你该知足了。

“我承认我有钱！不要以为嫁了个有钱的男人就万事无忧了，你得明白这点。

“总说女人喜欢钱，是因为女人的虚荣心比男人强。女人有虚荣心本无可厚非，甚至有点小资心理都是无可厚非的，但为了虚荣而舍弃一生幸福的女人，不是聪明女人。

“幸福也许有很多种定义。但提到幸福这两个字，你首先想到的肯定也是一段永不分手的爱恋吧。你看那些流传千百世的爱情故事，‘梁祝’‘牛郎织女’‘七仙女下凡’‘孟姜女’等又有哪一个不是悲剧呢？

“幸福是两个人的事儿，一定要找一个和自己同频的人，而不仅仅是为了钱。毕竟，和你生活的是人，而不是钱。

“你整天拿着手术刀，哪里知道，这世界上的女人形形色色，可她们凭什么要选择你呢？因为爱情吗？或许是的，可是人性贪婪，尤其是女人。他们无论嫁给谁都会后悔的。即便你有别墅豪车，她还想要私人飞机；你有钱有公司，她要你多陪她逛街旅游；你有时间陪她，她要你有钱还要你成功……她总有没完没了的要求。等到那一天，你才会明白，钱也不能解决所有事，反而会带来更多麻烦。当然，男人也不都是省油的灯，他要求你美，但又不能是花瓶；他要你待在家乖乖做个主妇，但又怪你乱花钱；他要求你懂事又嫌你不会撒娇……

“有了钱就没有争吵了吗？那你把女人想得太简单了，你把男人想得太无趣了。”

白玖的话，白邦云只是当笑话听着，他只顾一个劲地乐呵。

“呵呵，这种话可不适合从你嘴里出来。”白邦云被白玖突如其来的一本正经谈幸福观逗得咧了嘴。

“你知道我现在的情况吗？”白玖端起酒杯，突然问，然后自个儿把一杯酒喝了个见底。

“什么情况？你遇到什么问题了，怎么回事啊？快告诉我啊！”

白玖沉思了一下，最后还是没说出来：“今晚难得高兴，不谈这个了。你和我说真话，和我在一起，你紧张吗？”

“没有。”

“唉，你在骗人，以往的每一次我们在一起，我能感觉到你很紧张，心很不安。那么紧张干吗，难道你要告诉我，是我破坏你们的幸福……想当年，我们读高中的时候，在高一（9）班，我们可是班上一对让所有人甚至老师都羡慕的小恋人呀。”

“在高中，我可是班里长得最漂亮的女生，一米七的高挑身材，纤细苗条，无论走到哪里都是回头率最高的女孩子。这个你得承认吧！”

白玖盯着吧台上的倒斗吊灯，一脸神往地说着，好像自己又回到了那个充满着青春活力的学生时代。

白邦云点点头。这个和他高中谈了三年恋爱、大学又谈了三年恋爱的女人，现在她是一个成功的女商人，也是人妻了。三年高中生活激情燃烧的岁月，在教室里两人为各种考试而废寝忘食，在学校食堂里，彼此看着对方的饭菜，你夹我的菜我夹你的菜。那年那月那追梦的读书片段，这些年断断续续地浮现在白邦云的脑海里，挥之不去。当然白邦云也忘不了与白玖分手后的那段痛苦的日子。

“都是过往的事了，我们就别提了。”白邦云摇着半杯啤酒，晃荡着，晃荡着。

“我们现在是聚一次少一次了。”白玖忽然像想到什么，说话显得有些忧伤。

白玖突然想到了什么，就对白邦云说道：“问问你夫人此时在干吗吧，说不定等下撞见她呢，多尴尬。”

见白玖说得有道理，白邦云便给田静打去了电话，问道：“你在忙什么？”

田静说：“哦，邦云，有什么事吗？”

“你到家了？”

白邦云笑着说：“还在医院忙着呢！”

“知道了，我正忙中，挂了。”田静不等白邦云回答就挂了。

“你夫人不会出什么事情吧？”白玖说道。

“不会，她应该有紧急会议什么的。”

“要不，你给她再打个电话。”

白邦云又拨了田静的手机，通了，可没人接听。

“她应该在开会。”

这时，服务生又送上来了满满的一大杯啤酒，白玖拿起来说：“今晚我高兴，来，咱们再碰一杯，我先喝。”

说完，白玖一口气便喝完了。白邦云被白玖这种豪放的喝法惊呆了，他怎么也没想到一向文雅的她竟会有这样的举动。

白玖放下杯子，看着白邦云错愕的表情，有一种让人捉摸不透的快感，她微笑着，说："怎么样？再来一杯，行不行，这么晚你还出来，真不容易。"

白邦云忙说："别，别，喝慢一点。"

"今天真开心啊！"

白邦云点头表示赞同。

白玖沉思着："我们聊天吧。"

"你聊什么？"白邦云靠在椅子上，轻松一笑。

"聊你的工作，聊你的家庭，还有我们的过往。"

白玖的话，让两人都沉默了。

"我一辈子都无法忘记我们逝去的那段青春岁月。"

白玖率先打破了两人的沉默："来，再来一杯我们就走了！"说完，白玖又自个儿先喝起来。不一会儿，又一杯啤酒杯底朝天了。

等着白邦云跟后喝完，白玖看了看手机，说："我还有点事，我们走吧。"

"那我去买单。"白邦云站起身说道。

"和你在一起，还轮不到你买单。"

白邦云见白玖坚持要买单，就笑着说道："你不见书上说吗，一男一女在一起吃饭，如果女的买单，这两人一定是夫妻关系。"

"呵呵，这说明你还爱着我吗？"

白邦云没回答，只是苦苦一笑，无奈地热摇头："喝多了，我们回家吧。"白玖却呵呵又一笑："为难你了，不要勉强自己。"

"走吧，先送你回家，方便吗？"白邦云说。

"看你傻的，我什么时候都方便，只有你不方便。"

"那我送你回家吧。"

"今晚不用。"白玖摇头。

"怎么，害怕啦。"

"你说呢?"白玖嘲讽，"不好意思，我刚才叫司机过来了。就在门外！你又不早说你要送我回家!"

"下次，我一定。"

本想已起身要离开的白玖，听了白邦云这话后，突然一把揽过白邦云的腰，把头搁在白邦云的肩膀上，两手紧紧环住他的脖子，就在大广众之下朝他脸上亲了一下，呵呵一笑："你这傻瓜，不说真话，我知道你心里还有我……"

两人出了池塘里酒吧，一辆黑色奥迪 A8 已在外面等着白玖了。

把白玖送上车后，白邦云说："以后你少喝点酒。"

"知道了。谢谢你。"

白邦云回到家，已经深夜一点。但田静还没回来。

40

"嗒、嗒、嗒，嗒嗒嗒!"

一阵带有强烈节奏的敲门声响了起来。

卧室里，还在睡觉的白邦云被急切敲门声惊醒过来，他连拖鞋也来不及穿上，光着脚就跑去开门，一打开门，却是田静站在门外。

"忙什么到现在才回来?都天亮了。"

"我知道，现在早晨六点。昨晚出门急，却忘带钥匙了。打你手机没见接听。打田雨的手机又是关机。敲半天门没见有人开门，我只好用力拍打了——你怎么睡得这么死啊！平时一有动静你就会醒来。今天怎么回事啊，是不是从医院回来太晚了?"

“哎，你也知道，晚上睡觉的时候我手机都开静音。”

“好了，不说了，不说了。快进屋吧。冲个澡好好睡一觉吧。”

“我是没法睡了。我回来取笔记本电脑里面的资料后马上又要出去。”

“怎么，出什么事了吗？”

“没事。有急案处理。”

“那好，要不要我弄早餐，你还是吃肉沫面条吗？”

“随便吧，越快越好！我洗个脸，刷个牙，然后拷贝点电脑资料就马上走。”田静一大早返回家，是要把之前苏微微调查紫云餐馆一些资料拷贝带到上午会议要用。

两人边说边进屋里，田静进书房，白邦云找一双拖鞋穿上，进了厨房。

“我的田支队长啊，一大早你还让人睡觉不？敲门那么大声，全楼上下都听到了。”不知什么时候，田雨已经起床了，正倚在客厅的沙发背，一脸睡意，她生气地盯着田静，“这不是理由，再急的事也不能影响到无辜的我们！”

“妈妈有急事，有很急很急的事……”田静在卫生间边刷着牙，边应声道。

“真是的，好不容易挨到一个星期天，全让你们大人搞破坏了。”

说完，田雨又转身进了她的卧室。“砰”的一声，她狠狠地把门带上，以示她一早的不满。

“这小家伙近来脾气特急，是不是到青春叛逆期了？得找个时间和她好好沟通沟通，不然可能要出问题。”

“等她醒来了，我找她谈谈。”

“那辛苦你了。有你在我什么都放心！”

田静唠叨完，白邦云也煮好了一大碗面条，他把面条端放在桌上后，又帮她去找辣椒酱来。田静喜欢吃辣椒酱，每次吃面条都会在碗里放很多辣椒酱。

吃完面条，田静丢下碗筷留给白邦云收拾，又匆忙出门去了。

第六章　拔剑

41

下了一晚的雨没有停过，一直滴滴答答下个不停。南方的天气就是这样，不下雨就不下雨，一下雨就没完没了。

下雨出行都很不方便。吃完白邦云煮的肉末面条，田静就立马火急火燎地赶去局里。这时，十余名警察已在市公安局办公大楼门面待命了。一见到田静下车，苏微微便上前汇报，参加今早行动的警察中，市局刑侦支队有五位，其他人员都是云州区分局刑侦大队和下辖派出所的。

田静办事非常利落，简单做了情况介绍后，就切入了正题。在把行动计划公开前，她先把参加行动的众人手机收起来统一保管，然后，才在早上行动计划大概说了一下。田静还告诉大家，刑侦支队戈阳从昨晚十点就开始在紫云餐馆蹲点。

“开始行动！”

田静一声令下，突击行动马上开始。市刑侦支队、分局、派出所三级联手，派了十二名警力直扑理工路 19 号的紫云餐馆。

田静和众警察来到餐馆门外，一直蹲点到天亮的戈阳见状迎了上来。

“怎么样？见‘老鼠’的影子了没有？”田静问。

“他人在里面，昨晚一直蹲到清早天亮时，才见他回来，这会儿人应该正在睡觉。”

“不请示唐副局长了吗？”苏微微问。

田静刚拿出手机，沉思了一会儿，却没有拨打，她重重地垂下头。

“你……确定人在里面？”田静转向戈阳问道。

“嗯，没问题。”

“知道了。人到这了，没办法请示了。出了什么问题我担当着。”田静说道。

“田支队，下决心吧。”苏微微说。

“好，把餐馆所有进出通道包围起来！”

顿时，十余名警察立马严严实实包围了紫云餐馆。到了餐馆大门，戈阳上前敲门。出来开门的保安还在睡眼惺忪中，他正要骂娘谁这么大早上门来找事，一开门却见五个持枪警察站立在大门前，瞬间被吓呆了。戈阳迅速抓住他胳膊，两下子就把他控制住。

“蹲下，双手抱头，不要动！”

保安乖乖蹲在地上，双手抱着头部，身上直打哆嗦，像筛糖似的瑟瑟发抖。

门一打开，警察便纷涌而入，开始一个包厢一个角落地搜索，连卫生间也不放过。半个小时过去，连“老鼠”的人影没见着。正当苏微微向田静请示是否撤离时，紫云餐馆大门左边的一栋楼顶上，突然传来一阵哈哈大笑：“田支队长，不，是田代理支队长，我人在这呢！”

田静和众警察急忙顺着声音传来的方向转头过去找，只见“老鼠”傲然站立在楼顶上，一身得体的米色休闲西服，板板正正系着一条红底白线条的领带，穿一条深淡黄色的休闲裤，脚蹬着一双发亮的黑皮鞋，手上一枚黑金闪闪的戒指。“老鼠”站在楼顶上叫嚣着，明摆着一副嚣张示威的样子。

“对，就是他，白小川，外号‘老鼠’。”

“知道你们要找我，正等着你们!”

“怎么样，有本事上来啊!”

“我们可以好好谈一下。”戈阳右手拿着手枪直指“老鼠”说道。

“小老弟，你要谈哪个方面？哈哈哈！你们可真讨厌!”“老鼠”爆出一片狂笑，摆出一副狂妄姿态。

“我得提醒你，我最讨厌有人用枪指着我。开枪啊，有本事你开枪啊!”“老鼠”咆哮着，然后，又开始嘲讽刺，笑着笑着就变成了仰天哈哈大笑。右手也学着开枪的架势，嘴里叫着“砰”一声，做出仰倒的姿势，随后又一阵仰天哈哈大笑。

戈阳往前走去，走到楼下：“你下来，我们谈谈。”

“老鼠”站在的楼房并不高，是一栋五层高的低矮老楼房子。“老鼠”和戈阳就近距离对峙着。

“老鼠”摆了摆手：“想抓我，你们还嫩着呢!”

“警察算什么东西!”他狠狠地骂了一句。

“白小川，你闹够了没有！事到如今，我就不妨告诉你，投案自首才是你唯一的出路。”

“自首？你是在叫我吗，哈哈——你好厉害啊!”

“哈哈——你们警察也就这点本事了。哈哈哈，看来你是经常被那些胆小的人崇拜太多了！看看你身后吧——”

“老鼠”突然手指着一众警察身后的楼房，当田静、戈阳等人转头向身后楼顶忘去时，却什么也没发现。

还没等众人反应过来，只见“老鼠”纵身一跃，趁戈阳不备，直扑他而来！当田静发现“老鼠”意图时，一个箭步急跃上前，想把戈阳推开，但已经来不及了。瞬间，“咚”一声大响，“老鼠”落地的同时，戈阳也重重摔倒在地上。戈阳被“老鼠”直扑倒在地上，身上压着“老鼠”，两人一同重重地摔倒在地上。田静自己也被“老鼠”左手抓着了，幸好苏微微眼疾手快，一把推开了田静，否则后果不堪设想。

“老鼠”的头撞地，血从鼻腔股股流出，他张口想说话，却什么也说不出来，一动也不动地趴在戈阳身上。田静和其他警察赶忙跑过去用力把戈阳拉开，可是一切已经晚了。看着戈阳静静地躺在地板下，头部一摊血水。雨水混合血水，变成鲜红色的雨水四处散开来。“田支队，我恐怕不行了……”他缓缓睁开了眼。田静双膝跪地抱着戈阳的头，使劲地叫喊：“戈阳，你会没事的，坚持一下，救护车马上赶到……”

“戈阳，你怎么样，哪里痛，快告诉姐姐……”苏微微使劲地摇着戈阳的肩膀，“戈阳，你不要吓我们啊。”

“苏姐，你答应过我等案子破了要给我介绍女朋友……”

“田支队，对不起，我没有……完成……任务……”戈阳用微弱的声音说，“田支队……放下我吧……”

田静含着眼泪不停地叫喊：“戈阳，你醒醒啊……”但戈阳脸色越变越淡，声音也越来越微弱，最后任凭田静和众警察怎么叫唤，他再也没听到了，睁开的眼睛慢慢地闭合上。

田静紧紧地搂抱着戈阳，他全身下下都是血，尤其头部，简直血污成一片，连头发都染红了。

田静猛地一晃，眼前开始出现幻觉。她强撑着，努力警醒自己，这不是真的，这只是戈阳累了，他睡着了。

“田支队，120马上到!”苏微微哽咽着说。

见到苏微微不停地抹着眼泪，田静才反应过来，重重说一声：“戈阳，不要——”

一向坚强的田静像泄了气的皮球，沮丧地瘫坐在地上，哭得撕心裂肺……这仿佛像做梦似的，直到众警察都哭了，她才相信眼前的事是事实。

苏微微也怔愣了。时间像静止了一样，她被眼前突发的事吓傻了似的，还是呆呆地瞪圆了眼睛望着倒地的戈阳。

倒地的“老鼠”一身酒气，看样子，在警察来之前，他喝过了不少酒。看来他知道警察一大早来抓他，穿戴整齐，还喝了酒，好像故意在等警察来抓他，而且，也做好自杀的思想准备。他像是早就得到警察要来抓他的消息，难道有人给他通风报信了？谁是这次行动的泄密者？田静把公安局里面她所熟悉的人在脑海里快速的过滤了一下。这是行动是极少数人知道的，连局领导都不知道呢？如果是公安系统内部的人泄密，那到底是谁呢？苏微微、戈阳两人最先知道这个线索，但凭着田静和她们交往这么久时间，她不相信他俩会是泄密者的。早上集结的十余名警察就不敢说了，但早上集结后才告知大家行动目的，行动前也全部收缴了手机，执行了严格保密纪律措施。包括田静在内，十二人分坐两辆警车直奔紫云餐馆。车上，田静也十分注意，没发现异常情况。这次行动连局领导她都没提前报告，可以说，田静他们到达紫云餐馆前，局领导一个人都不知道怎么回事。那么，这个泄密者是谁呢？田静真的一直想不出来。难道是巧合了？昨晚田雨悄悄地告诉了她，白邦云也没在家，他也不知道这个事。难道问题出现在田雨身上？是她告诉了别人，她一个小孩，她认识的人有限，她和白灵也不熟悉，更不用说认识“老鼠”。说她是泄密者也没依据呢。会是白邦云吗？他也不知道这件事啊，即使田雨跟他说了，他也没有理由向其他人通风报信啊！想了半天，田静实在想不出白邦云这样做的动机，然后她又自我否定了。但“老鼠”刚才的那副得意神情，分明是在警方行动前他便已得到消息了。而且田静还敢肯定，这个消息应该是在警察包围紫云餐馆时才刚刚得到的，不然的话，如果警察包围紫云餐馆前得的，他人早就跑了，他也没必要回到餐馆，自投罗网。除非他早已经决定与警方鱼死网破，有这个可能吗？按照“老鼠”这种很早就出来闯荡江湖的人，应该不可能会犯这样低级的错误。在行动前，苏微微还征求过她意见，要不要向唐朝汇报，当时她也考虑到要向唐朝汇报，毕竟唐朝是分管刑侦的领导。但一转念，唐朝和双刚集团高层人物接触比较近，在这关键时刻，她还是选择了不信任他，所以她对苏微微借口说时间上来不及了，就下令马上行动了。会是他吗？她脑子里反复闪现那晚在西丹饭庄吃饭的情景，唐朝和刘刚华频频举杯互敬，就像一对老朋友那样子的随意，这让田静的脑子乱极了。

思忖一会儿，田静忽然狠下心。她没有太多时间忖熬在这里，她必须以最快的时候把案子给破了。田静蹲下身，再次认真地看着戈阳，重重地说：“戈阳，听着，你是为案子死的，很冤！你的死与那些犯罪分子包括通风报信的人，至今还逍遥法外。不管他们是谁，不管背景多大，我一定亲手把他们绳之以法，这点我敢保证，请你一定相信我。”

在苏微微的记忆中，田静一直都是乐观积极向上的，遇到任何困难总是一副嘻嘻哈哈的样子，仿佛她面对任何困难都会迎刃而解，殊不知……田静呆呆地望着冷冷地面，突然感觉到一阵心悸，“呜呜呜——”一阵轻轻的呜咽声传来，苏微微慌了，双手扶着快要倒下的田静，声音慌乱而颤抖：“田支队长，人走了，不能复生……我们案还没破……”一向沉稳镇定的田静终究还是号啕大哭。

不知是田静的话感染苏微微，还是田静的誓言影响到她，刚才还呆站在一旁的苏微微突然扑过来，一下子抱住田静，放声大哭起来。

田静一筹莫展，内心还在痛苦的揣测，谁才是这行动前泄密的嫌疑人？戈阳就这样死了，田静陷入极端痛苦之中，所有参战的人都痛心不已。120救护车走远了，田静还呆坐在地上，半个小时过去，苏微微多次想把她扶起来，她都拒绝了。

直到蒋立军和唐朝到达紫云餐馆后，田静才站了起来。她正开口要向蒋立军汇报早上行动方案时，却让蒋立军挥手打住。蒋立军直接叫来苏微微，让她来汇报早上的行动方案，直到苏微微汇报完了，蒋立军也始终没和田静说上一句话。

“这个行动你们请示报告了吗？”

“没……有……”苏微微声音很低，几乎没有声音了。

“简直儿戏，如此胆大妄为！”唐朝狠狠地瞪了田静一眼，又吼道，“乱弹琴。简直是胡闹！”

“我这个分管副局长你们可以不放在眼里，可以不汇报，但蒋局长你们应该请示报告一下吧，这么大的一次行动，你们还有没有组织原则，还要不要纪律？”唐朝火气一上来，就停不下来。

蒋立军脸色非常难看，耐着性子最后却没有吼出来。

“蒋局……”一直站在蒋立军身旁的田静，此时想说话，又让蒋立军摆手制止。

“对不起……我没能……”

“为什么道歉？你该向道歉的人不是我！是牺牲的战友戈阳！”蒋立军愤怒地吼道，直接朝田静狠狠地瞪了一眼。

田静没有躲闪，是啊，她有什么资格道歉，连道歉的资格都没有。

“马上跟我回局里。这里的事情，移交给唐副局长处理。”蒋立军脸色一沉，声音中带着怒气。

然后，蒋立军走了。临上车时，蒋立军又转过头狠狠地瞪了田静一眼，那眼神很凶。田静从蒋立军的眼神中读懂领导的意思：好你个田静，擅自主张，擅自行动，回去后有你好果吃！

王八蛋，让我逮住了，非给剥了你的皮不可！绝不能让戈阳白白牺牲，一定要把通风报信的那个人揪出死……田静心一横，终于不再忍，在心里骂了一句。

这时，已经天大亮了。淅淅沥沥的雨下了一整夜，此时还下个不停。秋天的雨很有特点，要么不来，要来就连绵不休。少有大雨，更多则是细雨霏霏，却是缠缠绵绵，不歇不休。

秋雨敲打在地上，似轻敲在田静的心上。

42

已经过了九点，妇产科里很安静，偶尔有婴儿的哭声，上小夜班的护士穿着白色平底鞋，走起路来如猫一样轻巧。每一个夜晚对于妇产科的护士来说都是绷紧了神经的。护士刚换完吊瓶，正准备离开病房，却见到白邦云和两个女实习生走进来，她一脸笑意打着招呼："白主任，这么晚了您还来查房？"

"在家也是闲着，没事过来看看。"晚上没有事的时候白邦云喜欢过来看看，这已成了他的习惯。只要有病人呼唤，他经常第一时间赶到，从无怨言，病人戏称他是二十四小时坐班医生。

白邦云今晚特地过来看 17 床病人。一个多月前妇产科来一位特殊女病人，她就是 17 床，年龄才四十岁，是一位"恶性葡萄胎"术后合并转移的病人。来到医院时就已经晚期并转移的病人。手术时，白邦云发现病人肿瘤已经转移，多处浸润粘连，连下刀的地方都不好找，更别说治病救人。癌症治疗一般采取手术、放疗、化疗，但并不是所有癌症病人都适合手术，一般来说，除血液系统的恶性肿瘤（如白血病、恶性淋巴瘤）外，大多数实体瘤可以采用手术治疗。尤其是早、中期癌症，没有发生局部和远处转移，瘤体一般较小，适宜手术治疗。放疗和化疗是恶性肿瘤治疗过程中常用的治疗手段，尤其是在手术以后，化疗目的用来降低复发和转移的概率。临床试验表明，化疗能够延长生存期，减低复发率，也就是说把病人分成两组，一组做化疗，一组不做化疗，最后发现，做化疗能够带来生存上的获益。

17床病人已经到岌岌可危的地步，癌细胞已经全身扩散了，已经失去化疗意义。白邦云预估她的生命只有三个月时间了，如果给她化疗也只是增加她的痛苦。但病人很乐观，她不像别的一些恶性肿瘤患者或家属，一听到医生建议化疗，立刻摇头，死活也不同意。一说到化疗就心有余悸，都认为化疗都活不长，社会上，这样的谣言还是非常有群众基础的，许多人都把化疗妖魔化，认为化疗副作用巨大，会把人给击垮，加速死亡。但17床却例外，她主动向白邦云提出化疗要求，她说只要医生认为可行的治疗方案，她都能接受。所以，白邦云对17床病人印象特别深刻。

病人刚进院那会儿，每次白邦云过来查房，她都请教有关化疗知识。白邦云说癌症化疗，是为了延长生命，降低复发率，起到姑息治疗作用。临床上化疗是利用药物，通过局部或者全身给药，杀灭身体里面的癌细胞。像静脉注射化疗药物，口服化疗药或者腹腔化疗药物灌注。根据化疗目的又分为三种。一种是根治性化疗，也就是说，有一些肿瘤，对化疗药物高度的敏感，通过化疗就可以消灭这些肿瘤，不需要手术和放疗。例如某些类型的白血病，淋巴瘤，绒毛膜上皮癌和生殖细胞恶性肿瘤等肿瘤，这些肿瘤单纯通过化疗就可以，不需要手术等其他治疗。还有一种情况叫作辅助性化疗，就是说化疗是辅助作用，常见于实体瘤。手术是最主要的治疗手段，化疗可以在手术前给药，也可以在手术后给药。如果一个病人需要做化疗，那就说明一件事情，肿瘤一般都不是特别早期的，因为早期肿瘤通常不需要做化疗的。辅助性化疗的主要目的就是消灭肉眼看不见的肿瘤细胞，手术只能够切除肉眼看得见的肿瘤，清除可能转移的淋巴结。但是，肿瘤细胞可能会在血液及全身的淋巴结，或者其他远离肿瘤的地方，局部肿瘤分期越晚，肿瘤细胞跑到远处去的概率越大。最后一种是姑息性化疗，一般是肿瘤晚期，全身转移或者复发的患者。这些患者已经没有办法治愈了，化疗只是延长患者的寿命，延缓肿瘤的生长，提高患者生命质量。目前恶性肿瘤治疗已经进入了一个精准医疗的时代，像靶向 PD1 免疫治疗层出不穷，这些治疗疗效好，副反应轻，有渐渐取代化疗的趋势，但是并不是所有的患者，都适合这种精准的医疗。

17 床病人身体条件很差，不适合化疗，化疗结果只是增加她的痛苦，并不能挽救她的生命。因此，白邦云不建议她化疗。一听到白邦云建议不化疗，她便很失望。趴在病床上整整哭了一天，谁都劝不住他。她当时都不想活了。

见到白邦云进来查房，她就哭开了。

“我难受啊！”

病人对白邦云说这种疼痛无语言状，一会儿像有刀子在肚子里割，一下一下，痛得入心入肺，一会儿又像有千万条虫子钻进了身体，又麻又酸。她说她现在最恐惧的并不是死亡，而是疼痛。死亡只是一瞬间，而疼痛却是没完没了。

在最痛的时候，她甚至向白邦云请求“安乐死”。

白邦云知道，患者癌痛又发作了。一个身体健康的人永远都不会知道，癌症晚期疼痛发作时的痛苦，那种疼痛非常人所能忍受的。癌痛无法形容，常人根本无法想象这种疼，令人痛不欲生，就想死。这不是单靠意志就能忍受得了的，它比死亡更让人恐惧……对于一位癌症晚期患者来说，最难以忍受的不是化疗引起的恶心、呕吐、腹泻，而是常人难以想象的疼痛。癌痛的危害不仅仅在于会让病人感到难受和痛苦，影响生活和治疗，关键是这些疼痛让患者不能吃、不能睡，严重影响他们的免疫力，削弱对肿瘤的抵抗能力。尤其是，癌痛还会严重影响患者治疗信心，甚至产生自杀倾向。一些癌症患者之所以选择自杀，除了对这种病治疗抱着无希望而感到绝望外，还有的就是承受不了癌痛的折磨。

“白主任，求求你再给我打一针止痛针吧。”她哪里知道，这些天医生已经给她使用镇痛泵了，泵里用的是吗啡镇痛药。这已经是最强效的镇痛药了，如果注射吗啡镇痛药都止不了痛，就再也没有其他止痛方法，离死亡也不远了。

临床上对疼痛一般采取“三阶梯”治疗方法，对癌痛轻、中、重三种程度分别采取不同的用药方案治疗。针对轻度癌痛的，主要应用非甾体抗炎镇痛药物；针对中度癌痛的，主要应用弱阿片药物，如可卡因、曲马多等；针对重度癌痛的，主要应用吗啡等强效阿片类药物加辅助镇痛药物。对中重度疼痛病人进行止痛治疗时，医生首选的药物哌替定，但哌替定的止痛作用为吗啡的八分之一，止痛时间只能维持两个半小时至三个半小时。而且止痛药在体内代谢后会产生有中枢神经毒作用的物质，癌症病人在大剂量用此药后必然会造成积聚，出现中毒、震颤、幻觉、抽搐、肌痉挛和癫痫发作。因此，注射强效镇痛药是有严格使用规定的，剂量使用也要受到严格控制的。

看到病人因疼痛大声地哭喊，两个实习医生和值班护士都不忍心直视那病人。白邦云转身对护士说道：“再给临时皮下注射一支吗啡吧。”

“别哭，疾病不相信眼泪。”

“如果你信得过我的话，就勇敢地面对病魔，我们一起来对付它。”

不忍心欺骗，但实在也是没办法的办法。面对一个癌症晚期病人，白邦云知道说这种话其实很无奈的，但此时白邦云能做到的只是带着善意谎言在病床前安慰安慰她，仅此而已。任何治疗的药物对她来说，已经基本上不起作用了。

她抬起头，看到白邦云的眼中也闪着盈盈的泪光。白邦云知道此时他就是病人最大的精神支柱。

临时皮下注射一支吗啡药后，不到十分钟，她就不疼痛了。

她松了一口气，露出一丝笑容，说道：“白主任，谢谢你！”

她抬头，重新露出笑脸，她缠着白邦云问：“白主任，你说我咋办啊？”

临床上，很多癌症患者在疼痛加剧时想以死解脱，而当疼痛经过使用强效止痛药后得到有效控制时，往往又重新燃起求生的希望，再次鼓起抗肿瘤的信心和勇气。但这个药效也仅仅维持三到五个小时左右，药效一过，剧痛会马上重新开始。

“主任，天天这样麻烦你，多不好意思啊，我多希望尽早能出院，再也不用麻烦你们。”

或许病人真的不知道她的病情，她的生命已经进入倒计时。即使神医华佗再世，也没办法让她的人生重来一次。病人强烈的求生欲望，让在场的人都感到震撼。站立一旁的护士悄悄转过身抹掉眼泪。但医学就是医学，它容不得作假。

这个星期来病人情况比较差，有时一整天都处在昏睡的状态，意识混乱不清。刚进来时，她整体情况还算不错，能吃能睡高兴的时候还能看看电视。而时间才仅仅过去一个月，她的情况越来越差，吃的东西越来越少，医生和护士就这样看着她一天天变瘦，变成皮包着骨头，血管清晰透明，双下肢因为营养不良导致低蛋白血症和肿瘤对下腔静脉压迫，水肿越来越大，像两个大白萝卜……

妇产科里所有医护人员都知道她的一切都不远了，她的一切即将结束。白邦云曾经建议家属带她回家照顾，但家属坚持不同意，说不忍心让她在家等死。

“你休息一下。”白邦云对她说。

“谢谢白主任，你先忙去吧！”她点了点头。

白邦云和两位实习生出了妇科病房，又到其他病房查看，等白邦云把所有重病患者查完后，便回到医师办公室，摘下胸牌，脱掉白大褂，他准备回家了。

这时，他就听到产房那边传来助产医生声音：“白主任正好在病房，快请他过来看一下！”

白邦云一听便知道产房那边有问题了，应该有孕妇遭遇难产。正如白邦云所料的那样，随着一阵急促的脚步声，一会儿便有护士跑进医师办公室，她慌张地喊道：“有一个难产孕妇，情况很紧急，请您过去看一下。”

白邦云二话不说，又从墙上扯下白大褂，一边走路，一边急急穿上：“怎么了？产妇有事吗？”

“不是产妇的事。产妇难产需要紧急剖宫产，但产妇家属拒绝剖腹，他们坚决不同意。执意要顺产。”

产妇丈夫说打麻药对小孩子有影响，对大人也不好。助产医生和我们苦口婆心，也无计可施了，正好见你在这边查房，就叫你过来，护士边走路边解释。

护士生气地说道：“产妇并非足月生产，而且是第一胎，产道根本不可能分娩出来。”

“女人嫁这样的男人是悲剧！”护士气愤地嘟哝道。

“在产科上班这么久，我最大的感悟就是遇到一个好的老公和好的婆婆是多么的重要。”产科护士说。

产科护士刚毕业才来医院，还没成家：“嫁对人很重要，如果他对你不在乎，不疼你，我宁愿孤独终老……”

很快地，护士和白邦云就到产房了。

生产过程中遇到难产，这是每个医护人员最怕遇到的状况，难产对孕妇的身体及肚子里的婴儿都会是一个很大的挑战。

见白邦云匆匆进来，助产医生马上让开产床。她双手的手套上全是污血和羊水。

产床上的孕妇二十多岁，脸色苍白，正闭着眼睛，汁水湿透的头发披散着，双手无力抓住床沿，声音也是渐叫渐小。她的双腿搭在产床上，宫口全开，羊水已破，混合着污血一块流淌，宫缩一阵比一阵剧烈。白邦云一边握紧她汗津津的手，一边和她轻声说话，调节沟通。

“谁是家属，必须马上手术。”白邦云斩钉截铁，毫不犹豫地说道。

“我们不同意剖宫产！”家属似乎对产妇的危急状态视而不见，甚至无动于衷。

“危险啥？我又不是没生过小孩，我生几个小孩，有男有女，就没有剖宫产过。”产妇的婆婆说。

产妇的每一秒都充满危险。人命关天，而且还是两条人命。

“必须手术！”

但家属就是坚持不同意，一定坚持要顺产，婆婆不顾儿媳安危，阻止产妇丈夫签字手术。双方就此僵持不下，眼看再这样耽搁下去，产妇和胎儿随时有生命危险。能做的工作都做了，能说明的危险因素也都说完了，而产妇婆婆顺产的决心也很明确。一边是产妇在产床上疼得死去活，一边是产妇丈夫坚决地摇头，拒绝签字同意剖宫产。

时间在一秒一秒地过去，无论白邦云医生如何解释，产妇丈夫和婆婆态度依旧坚决。

白邦云再也忍不住了，他脸色铁青，终于愤怒了，大声警告他："你还要不要你老婆和孩子的命！如果不要，马上签字下来！我们会满足你们的要求！"

产房里，刚才还吵吵的声音戛然停止，丈夫瞪着恐怖的眼睛问道："真的会死人吗？"

产妇丈夫一直用近乎挑剔的目光紧盯着白邦云，他根本不相信女人在生孩子过程中会出现死人："自己生，孩子聪明……"产妇丈夫欲言又止。

产妇脸色苍白，呼吸微弱。眼看两条生命就要含恨离去，白邦云扶了扶无框眼镜，冲着产妇丈夫咆哮道："混账东西！给我滚一边去！再不立刻剖宫产，两条人命随时都有危险，你们自己掂量掂量吧！"

宫缩愈来愈烈，产妇已经无力号叫，高一声低一声地呻吟着，只见她艰难地动了动嘴唇，呆滞的目光移动着落在丈夫身上，声泪俱下，苦苦哀求："听医生吧，剖宫产……"

产妇丈夫吓得低着头，不敢看白邦云一眼。产妇婆婆犹豫了好一会儿，最终同意剖宫产。产妇丈夫也在手术同意书上签了字。

白邦云松了一口气，露出一丝笑容，说道："通知手术室，有紧急手术。"

"你们盲目选择一种生产方式，却枉顾大人和婴儿的性命……"白邦云语重心长地对产妇丈夫说道。

产妇丈夫动了动嘴，犹豫着该怎样开口才好。

"那个……"产妇丈夫犹豫道，没有继续说下去。

"怎么了？"白邦云抬头看他，"你尽管说。"

“麻醉对小孩有影响吗？”产妇丈夫声音很小。

但白邦云还是听清了：“对胎儿基本上没什么影响。”

“那就好，那就好。”

产妇丈夫这才气馁地点了点头，跟着护士推着产妇去手术室，而产妇婆婆一直沉默着没说话，跟在他们后面。

一幕惊心动魄的悲剧就此避免了。

望着远去的一家人，白邦云感慨万千。有爱、有温暖的家庭，有时却可望而不可即。在妇产科这么长时间，白邦云早已看见太多的人情冷暖，他看见过那种产妇疼了一晚上但老公却在病房里看了一晚上电视的，连一句问候都没有。人真的好奇怪啊，就算是陌生人看着产妇那么疼，疼那么久，都会好奇地问句什么时候生吧。有时候白邦云自己都心痛了。他也见过那种好紧张自己老婆的丈夫，一直陪着，从阵痛到产房又到剖宫产，产妇两天没睡他就两天没睡，还不停地问情况，不停地忙前忙后。他也看见产妇生产时有丈夫哭的，哭得稀里哗啦，签字时眼泪啪啪滴在纸上，这让白邦云很感动……

43

窗外阴沉沉的快要下雨了。

下午三点。田静拖着沉重的脚步朝唐朝办公室走去，苏微微亦步亦趋地跟在她身后。田静心乱如麻，一脸疲倦，目光无神。

两人走到唐朝公室门口，唐朝正在打电话。见到田静和苏微微进来，唐朝板着脸，一声不吭，双眼盯住田静，显得特别严肃，然后继续打他的电话，始终连头都不抬正视她们两人。

看着唐朝的脸色，田静知道她这次闯祸可不小。这场围捕战，戈阳牺牲了，连犯罪嫌疑人也自杀了，可以说是一次非常失败的围捕战。

唐朝电话打了三四个，持续近半个小时。在唐朝持续打电话的过程中，田静和苏微微也不敢坐下，一直站立等他打完电话。

唐朝终于结束通电话了。放下话筒，二话没说对两人就劈头盖脸一通骂。唐朝大骂一通，瞬间把田静点醒了，她把头低低埋下来，在田静心里，她好想彻彻底底地哭一场。

“你们心目中还有我这个分管刑侦工作的副局长吗？”

田静心虚地把头埋得低低的。

唐朝却背对着她俩，双手放在背腰，眼睛看着窗外，说：“你们说现在该怎么办？

“……你们行动前怎么不报告一声？”

“……简直吃了豹子胆！”

“……你们好大的胆，谁给你们这个权力！”

田静和苏微微没吭气，她们是不敢吭声。

唐朝一直背对着两人，手撑重重拍打着椅背，激动地说：“有你们这么当警察吗？这种突击行动是乱搞的！浪费警力不说，对犯罪嫌疑人也是打草惊蛇。”

“唐副，这都是我一个人责任，和苏微微他们无关。我愿意接受任何处分！”

“把你处分完了，戈阳就能死而复活？你说得这么轻松！”

“对不起……”

“对不起就行了？我看你们是胡闹，现在出事了吧！”

“但是，行动之前一定有人通风报信……”

唐朝被迫停止怒气的释放，不悦地转过身来，两眼死死直视着田静问道：“啥？你说什么？”

田静的话很小声，但还是让唐朝听到了。

“你是说有人通风报信？”唐朝对田静盘的话很恼火，瞬间，他又爆发了，恼怒地说，“我看你真的是吃了豹子胆!”

见到唐朝发火，田静相信，这次她没看走眼，一定有人在她行动前向“老鼠”通风报信，不然她百分之百有把握抓到他。

“你告诉我，通风报信的人是谁？你告诉我呀!”

见到田静还不服气，唐朝抬着右拳在办公桌上重重一擂，他冲着田静一肚子吼叫：“回头让组织撤了你这个代理支队长!”

“好你个田支队长，你……”唐朝声嘶力竭地吼着，嗓音都有些嘶哑。

见到唐朝咆哮，苏微微便扯了一下田静衣角，示意田静冷静，也希望田静能少说两句。此时满屋子都是火药味了，若再不控制，就有失控的可能。

“唐副，有事慢慢说，田支队包括我，都知道错了，我们愿意接受组织处理。”苏微微开口道。

唐朝瞪着眼睛，眉头紧皱。他终于冷静下来了。

“田支队，我知道你有能力，组织才敢把刑侦这重担交给你，但你让组织失望了。”

“你们两个坐下吧，大家都冷静一下。”然后，唐朝再也不说话了。

坐下后，苏微微便给田静倒了一杯水。

田静没想到这一场围捕战如此狼狈收场，而且还牺牲了戈阳。这是田静万万没想到的。昨晚自己还亲去紫云餐馆现场观察，从她掌握的情况分析看，在她们行动之前，“老鼠”一定得到了消息，一定有人把行动消息泄露出去了。这真是不可想象的事，毕竟，事前她考虑欠妥，没意识到这一点。

田静心里一直坚持这样认为，肯定有内奸。田静心中愤愤不平，如果事先没人走漏风声，“老鼠”怎么可能知道警察来得这么快？而且和警察对峙的时候他还颇有挑衅地叫喊，气氛十分嚣张："你们来晚一步……"从他穿着、从他一身酒气来看，田静认为"老鼠"早已得到警察行动的消息了。在警察到来前，他还故意喝着酒壮胆，甚至已做好自杀的思想准备。这不是明摆着有人走漏消息嘛。

想到这儿，田静抹了一把眼泪，一边喝着水，一边又说："唐副，在行动方案没报批的情况下就行动，这是我的错误，你批评得对！但我还是要坚持我的观点，有人把警方行动消息泄漏出去了，才导致这次行动失败。"

"当然，我这样说，不是要辩解，不是要为自己开脱责任。我该承担什么责任我不会推脱的。"

"我看你是瞎说。"唐朝又瞪了一眼田静，但话语态度缓和了许多。

"这次你吃准了？谁是内奸？"唐朝眼神直勾勾地盯着田静。

"吃准了。"田静重重地点了一下头。

"有内奸那你咋不早说呢！"唐朝见田静说的认真，他相信，田静应该真的掌握了一些情况，要不然她也不会这么直言。

"真找到了，谁？"

"就在我们内部。犯罪嫌疑人穿着整齐，又是一身酒气，加上他挑衅的话都可以佐证。"

早上，当田静他们到达现场的时候，听戈阳汇报，"老鼠"早晨五点多钟才返回紫云餐馆，而且还是他一个人开车回来，从他下车和走路看，他不像喝过酒。

田静此话一出口，唐朝一下子震怒起来，端起刚盛满的茶杯在桌子上狠狠地敲两下，桌上文件上是滴落的水珠，湿漉漉的一片。

"我看你倒像那个通风报信的人。"

唐朝正气上头，办公室秘书进来了，轻声道："唐副，蒋局请您过去一趟。”

“你这个代理支队长早应该好好反思一下了，你自己看着办吧！”刚走到门口，唐朝忽又转过身，眼睛盯住田静和苏微微两人，“闯这么大的祸，我是没有权利撤掉你的职务，但是，我有向组织提出撤换你的权力！”

唐朝走后，办公室就剩田静和苏微微了，两人面面相觑，没吭气。

“你倒是说话呀。下一步如何办，我这边等你指示呢。”苏微微一边擦汗一边说道。

戈阳的死田静脱不了干系，就算脱得了关系，但田静也对不起他和他的家人。此时，抓捕“老鼠”就能迅速破案的想法消失殆尽，田静甚至开始嘲笑自己，她曾经自信自己是一个头脑冷静的人，怎么会犯下如此愚蠢如此低级的错误?！还提出先抓再审，然后突破！

糊涂，真是糊涂！怎么就没想到这一层呢，怎么偏偏就把“老鼠”转移注意力这事给忘了呢，也怪自己，太急于求成了。

一场不是很大的抓捕战，便牺牲自己一名同志，犯罪嫌疑人也死了，刚到手的线索也随之断了。这在社会上造成恶劣的影响，田静很清楚，摆在自己面前等待的是什么。

“没有指示。”田静冷冷地说。

苏微微怔怔地望着她，田静那白皙的脸庞红扑扑的脸蛋，蒙上了一层晶莹的细汗，犹如一朵朵沾满露珠的月季花。已经进入中秋时节了，外面的天气凉了，田静身上居然出了汗，可见她的压力之大。

出了唐朝办公室，田静的心久久不平静，她有一种不好预感，“老鼠”的死没有想象中那么简单，他的背后应该还有另外的一双眼睛在幕后注视着警方的一举一动，甚至是很多双眼睛也在盯着她……“老鼠”的自杀，也让田静彻底地冷静下来。“老鼠”是双刚集团的人，但现在没有证据指明双刚集团牵涉其中。一点是肯定的，这一个抢劫案，数额并不是很大，“老鼠”肯定也知道，即使被抓了，被判刑了，也判不了多少年。但“老鼠”居然采取自杀这种极端方式结束自己的生命，这说明什么？这说明他不是主谋者，在背后肯定有一个组织严密的集团，甚至是一个实力强大的靠山。“老鼠”可能是被背后的那个控制住的。背后的人采取某种交换条件使指他自杀，而“老鼠”就是牺牲品，或者是“老鼠”还犯有其他重大的案子，只有这样解释，才能说明“老鼠”选择自杀的目的和动机。这个集团应该是犯罪累累，包括“老鼠”在内，也应该是背负累累案底。但在调查“老鼠”案底时，他是清白的。这又如何解释呢？到目前为止，有关“老鼠”和“老鼠”背后的人，田静仍然一无所知。

如果“老鼠”背后的人是双刚集团，那就太可怕了。不管前面有多艰难险阻，不管别人什么想的，作为一名人民警察，田静一定会凭借法律的利器，依托民心所向，与之展开正义与黑恶的斗争。

一想到这儿，田静便开朗起来。

44

戈阳牺牲后，田静被暂时停了职。田静停职期间，刑侦支队长暂由唐朝兼职，主持刑侦支队全面工作。

苏微微带队抓获了各种犯罪嫌疑人三百多人，其中小偷或者曾经干过小偷的犯罪嫌疑人是一百多人。警方全部摸排，没有找到涉及青花瓷案件这几个大案有价值的线索。刑侦支队和专案组也查了上百条线索，但是经过落实都和这几个大案没关系。

田静一个人闲着待在家里，但她的心一直在办案现场。

她给苏微微打去了电话："对了，排查的情况怎么样啊？"

"都正常。"

"'老鼠'未婚，一直独身，父母很早就去世，他进双刚集团当保安很多年了。他有一个姐姐叫白玖，就是双刚集团董事长刘刚强的妻子。白玖十几年前在市三医院内科当过护士，后来辞职不干了，现在是双刚集团下属几个酒店的法人代表。紫云餐馆也是她负责经营管理的，从表面上看，她没有很复杂的关系。白灵是白玖的女儿，就是上次到你家过田雨生日的那个小姑娘。"

果然不出田静所料，这个"老鼠"和双刚集团有着千丝万缕的关系。看来，"老鼠"不是一个简单的人物。

"双刚集团你们查了吗？"

"初步了解了一下，各方面还挺正常，这些年对丹阳社会经济发展贡献很大，也是一个慈善公司，口碑不错。"

"对'老鼠'要深挖，不可能一点痕迹都没有，除非他自个儿从天上掉下来的。背后的人还没有浮出水面，我敢肯定他们现在也在做最后生死挣扎。他们隐藏越深，越会想不到留下蛛丝马迹，一定会让我们找到的。你们对自己要有信心。"

"这几天，我们的侦查员持续在走访和调查了他们之间的关系。我们也查清楚了，'老鼠'坠楼的那天晚上，他是和几个朋友在外面打麻将到早晨五点才返回餐馆，经找到和他打麻将的那几个人核实，在打麻将中，他出门接过几个电话，但经过排查，没发现可疑电话。"

"'老鼠'离开麻友到他自杀这段时间的电话，你们查了吗？"

"查了，就有一个电话进来，六点零七分。经查是一个按摩女孩打给他的。"

“一大早，按摩女孩找他干吗？”

“那时候，按摩女孩刚下班，要让他请喝早茶，之前就约好了的。”

“确认？”

“是的，没有问题。”

“他名下的电话都查了吗？”

“全部查遍了，他有三个号码。”

“难道真的是意外？”

“田支队，还有一个情况……”苏微微说到这儿，就变得吞吞吐吐起来了，“什么情况啊……不知道唐副什么意思呀？这些天他几次到咱们支队听取案情进展汇报。有一次，他还找到我们大队的小李，谈什么一切行动听指挥之类的话……”

“这也是正常啊，唐朝分管刑侦工作，他听取你们工作汇报没超出权限内容……”

“没有另一种可能吗？”

“不要乱猜测没影的东西。”

“好，我明白了。

“另外啊，田支队，我一直在想啊，‘老鼠’案件会不会和这三个案子有什么关系？‘老鼠’为什么自杀？是不是他掌握了那个背后的人有什么致命的证据？是不是有人逼迫他，按理说这起抢劫案不足以判他重刑，他为什么要这样结束自己的年轻的生命。这三个案子之间至今还没有找到一个可以并案的。所以……哎，我这也是乱想啊。”

“这就是我们办案子的复杂性。不急，既然他们从恶，就一定有可能继续，要有耐心，抓住这条线索不放，继续往下挖，谜底一定会水落石出的。”

“到现在都没有找到与之关联的东西。对了，田支队，你什么时候回来啊？支队的同志都盼望你早点回来。”

“我回不回来，不是我个人说了算，那是组织决定的。”

“有人提前通风报信导致的结果，全都让你一个人背着，这不公平！”

“不说这些问题了，办案时小心一点，不要像我这样犯低级错误。”

“知道了，田支队。”

“好了，我挂了。”

田静挂掉电话。

白玖，田静在心里默默地诵了一遍这个名字。她觉得这名字很有诗意。对这个名字田静好像曾听说过，但一下子又想不起来在哪里听说过，结果想了半天没想出来。那天晚上到自己家参加田雨生日的小女孩白灵，居然有这么一个显赫的身家，这多少还是让田静有些惊讶。而且这是一家人，白玖、白灵、白小川，现在又加上了一个双刚集团，可见里面的水有多深啊。

田静一个人静坐在沙发上，默默地发呆。戈阳已入土为安，但逝者已逝，活着的人又不知何时才能走出伤痛。

一眨眼工夫，离戈阳牺牲有十天了。

这段时间田静也成了唯一不用去公安局上班的“闲人”，一个人在家每天不就是洗洗东西，就是收拾家里，以前忙着上班也没时间，现在正好有时间收拾收拾家。每天，田静除了宅在家，便没处可去。跟之前判若两人，谁找她，她都不理会，甚至手机响了，她都懒得去接听。

今天是国庆长假的第二天，国庆假期正逢传统节日中秋节。后天就是一年一度中秋节，是一个万家团圆的日子。一大早醒来，田静发现也没处可去，她决定叫上苏微微陪她去一趟六甲公墓，几天前，戈阳就安葬在那里。

六甲公墓区，离市区较远，有近二十公里。苏微微的车直接上了外环路，开得非常慢，沿着国道一路向西，走了快十分钟，田静一言不发，一双眼睛专注地盯着路面。

“停，停车!”刚过丹州大桥，田静突然叫苏微微把车停下。苏微微急忙踩下刹车踏板。“嘎吱”一声，车便停了。田静走下车去，然后小心地从路面捡起什么。

等田静上了车，苏微微才看清，那是一只压死在路上的小鸟，应该被碾压的次数不少，只剩下一张干皮。

“你捡只死鸟干吗?”

“这鸟为什么跑到路中央来让车子给碾压了?”苏微微想不通。

应该是谁家养死的扔了……田静心里这样想，却没回答苏微微的问话，叫她注意开车。

田静再上车后，苏微微陡然就将车速提得飞快，一路疾驰，直到开进墓区停车场，这才停下来。

六甲公墓，紧挨着一处大谷里面。此时的公墓区，非常安静，一股风冷飕飕地刮过，吹得那些种在墓区一圈的杉树发出呼呼的声响，各种虫子不断嘶叫。

通往公墓的山上是有大道的，可田静带着苏微微偏选择小径。进到墓区时，早上天气还很晴朗，突然天空一下子变得黑沉沉的，一场秋雨紧跟着来临了，风越刮越大，不久天空下着雨来。雨越下越大，墓旁的小树苗在风雨中不停地摇晃。

没地方躲雨，两人只能任凭风吹雨打。大约又走了十分钟，这才来到十区二十九号墓，戈阳的墓前。此时，戈阳就躺在花丛中。墓碑下残留着几截燃烧未尽的蜡烛、香火。这一幕让田静的内心一下子就悲凉起来。此时的田静脑子里还是一片混乱，还是无法相信戈阳是真的离开了这个世界。记得安葬他的那天，她也是哭过的，哭得很痛苦，好几个人都劝不住，后来还是苏微微劝住了她，让她别哭了，不要让哭声惊动了戈阳。

可今天，当她突然又站在戈阳面前的时候，眼前，残留着的蜡烛、香火让她呼吸加快。她有一种人在梦里的感觉。

见到田静脸上现出凄凉的神情，苏微微说道："戈阳在那边一定在看我们了，他等着我们破案的好消息。"

田静动着嘴唇，最后却什么没有说出来，任凭眼泪哗哗流下。站在墓碑前，田静才明白，她还没从戈阳牺牲的阴影逃出来。十多天过去了，她原以为自己已经逃得干净彻底，她以为只要自己不再去想，不再去回忆，就能重新回到她需要的生活中。可到现在，田静的脑子里都还是自己和戈阳早出晚归去办案的一些碎片。她的手机通讯录、微信里仍然保留着戈阳手机号，早上打电话给苏微微时，不小心还拨到了戈阳的号码，听到一大片忙音，才蓦然醒过神来。田静仍然固执地想，那个就是戈阳的手机号码，打通它就能找到戈阳。

上一秒还跟你交谈的战友，下一秒就阴阳两隔，你甚至都来不及悲伤，牺牲总在发生。一个活蹦乱跳生气勃勃的年轻警察突然就没了，死了。十多天来田静的脑子还是转不过弯来，戈阳就这么没了？她一遍遍疑惑着，一遍遍地问着，她无法接受这个事实。

公墓区周围浓密的杉树林里时不时传来一两声老鸦叫，苏微微战战兢兢地问："田支队长，刚才路上你捡的死鸟来干什么呢？"

戈阳生前说他喜欢鸟，他把鸟视为至宝，这个鸟属于他生前的爱好。鸟死了，可以埋在他的坟边上的。

"对不起，田支队长。能做你部下我们很开心。我相信戈阳他也会这么想的。"

“我现在不是支队长了。叫我田姐吧。”

“在我心里你永远是支队长。”

“别犯傻了。”

“不，你永远都是我的支队长。”

见说不过苏微微，田静就说道：“那由你吧。”

“田支队，你觉得唐朝这个人怎么样？”苏微微突然问道。

“你是说唐副？”听到这话，田静很诧异。

“会不会是他……”

苏微微欲言又止，吞吞吐吐，没想到却让田静续了她的话：“你在怀疑他？”

他会是那个通风报信的人吗？田静自己也在问她自己。即使今天苏微微不向她提出来，她早已经对他有所不信任了。围捕“老鼠”行动，之所以不报告他，包括蒋立军，她就担心公安系统内部存在有人泄密。但随便怀疑自己的同事，况且还是一位局领导，没有确凿证据，这话能乱说吗？

见田静沉思半天不搭话，苏微微又问道：“你是不是也早有怀疑了？是否需要暗中注意他？”

“什么叫暗中注意？不，监视他。”

“这合适吗？弄不好，会错加上加错。”

“那你说怎么办？”

“从许中间突然死于车祸，再到‘老鼠’自杀，但这真的和他有关系吗？”

听到苏微微一句“唐朝这个人可能有问题”的话时，田静就陷入了沉思。处于警方调查之中的许中间突然死于一场“神秘”车祸。虽然事故原因已有定论，但有关这位司机背后延续了十年的青花瓷盗窃案，着实让田静心惊胆寒……

现在“老鼠”又自杀，“老鼠”姐姐又是双刚集团二号人物的老板娘，双刚集团和唐朝关系又特别近……这些有必然联系吗？而且，还有一个问题让田静一直想不明白，“老鼠”亲姐姐是双刚集团二号人物明媒正娶的老板娘，实权在握，她有数不完的钞票，花不完的钱，双刚集团年产值上百亿元，“老鼠”真的缺钱花吗？他就为区区三十万元去铤而走险抢劫，他为什么要这样做，动机呢？这个推理不成立啊！这几天，田静闲在家里一直在思考纠缠这个问题，但越想脑子越乱，田静痛苦极了。正因为没办法说服“老鼠”缺钱花这个理由，田静才不敢把这一切的一切和唐朝自然而然的联系起来。

“他和双刚老板似乎走得很近……种种可疑，我觉得唐朝这个人可能有问题。”

在雨中安静了片刻后，田静继续道：“……但现在很难说他是那个泄密者。你什么时候有这个想法，是不是从戈阳牺牲那时就开始的？”

苏微微倒也不屑虚言，坦然答道：“他是最可疑的人。”

苏微微这么一说，田静纠结了半晌，小心翼翼地问道：“还有什么选项？”

“比如，暗中……监视。”

“你别说得那么大声嘛！”田静做了一个嘘声的手势，又看了看墓区周围，发现一个人影都没有，这才说道：“你发现没有，但凡出现和案件有关的人，他就死了，线索就断了。从西山，到紫云餐馆，概是如此。”

“这不是明摆着吗，有人通风报信，有人被杀人灭口。”

“这一切恐怕和双刚集团有关。如果真是这样，那案件就复杂多了，我们面临的对手很强大，大到我们暂时还看不到边际。”

“真是怪了。”田静的话，苏微微直接噤声愣住。如果真如田静这么说，这会在整个丹阳掀起惊涛骇浪，这也太可怕了！苏微微彻底目瞪口呆了。

“我们要不要跟蒋局汇报一下？”

“汇报什么，汇报说唐朝是内奸吗？你挨骂还没够吗？”

田静这层意思，并不是她怕，而是涉及证据问题。没有证据，就随便去怀疑一个局领导，那可是要闯大祸。现在摆在田静面前的是一个黑洞，很深的一个黑洞，深得不见底。这可能是一个犯罪集团，绝不是一个人。多么荒唐而又可怕的事实啊！

“我甚至有理由相信，抢劫案，甚至包括青花瓷盗窃案、刀插红衣女案、伤医案都是同一伙人犯案，绝不是一个一个独立的案件。”

“这些问题你跟蒋局汇报了吗？”

“没有。我担心……”田静没继续往下说，但苏微微读懂了她的话。

“连他你也怀疑？”

“谁？”

“蒋……你是说他也和这些案件有关。”

“确切地说是我自己说服不了自己……”

一听到这，苏微微便有一种不寒而栗之感窜上心头，甚至说有一种心惊肉跳的感觉。苏微微算是彻底被田静的话搞蒙了，这些人在她眼前突然变得神神秘秘起来，再加上身处墓区的地方，一阵风刮过，苏微微浑身起了一层鸡皮疙瘩。

“你害怕了？”

“没有。有句话说，自古正邪不两立。”苏微微压低声音说道。

“世界不是非白即黑，非正即邪，非左即右，还有灰色地带，就像阴阳太极的交界之处！

“俗话说正邪不两立，但正邪从古至今不是一直都存在，而且还一直对立！

"但邪终归是邪，邪左右不了正。即使现在左右了，那也是暂时的。

"可以肯定地说，戈阳之死在于有人通风报信。甭看他手眼通天，一波一波的浪都能平息，但这次，他平息不了。表面的平静向来证明不了什么，暂时的喘息也仅仅是喘息而已。

"只要人做过，总会留下痕迹的。

"我发誓一定要这个人揪出来，一定让他受到应有惩罚！"

……

不想田静不等苏微微说完，只见她抬起右手正要点燃 根香烟，不小心把手掌碰到墓碑锋利的边沿上，流血了，疼得她浑身一哆嗦。远处，传来一声声野猫凄厉的惨叫声，让人听着就觉得那些猫的嗓子估计都叫破了。

公墓的风愈刮愈剧烈，秋雨越下越大，大颗大颗的雨水从两人的额头上滴下来，两人的额上满是细密的雨珠，身上的衣服都湿透了。雨水把墓碑前刚摆放的两束鲜花、几个月饼和苹果全给淋透了。出来时，天空没下雨，所以两人都没带上雨具，被大雨淋得像只落汤鸡，狼狈极了。

准备离开时，田静蹲下身，再次认真地看着墓碑上戈阳的照片，重重地说："听着，你死得很冤，那些通风报信的人，至今还逍遥法外。你九泉之下，一定要开心起来。青花瓷盗窃一案，不，这一系列的案子，我一定全破了，不管前面的有多艰难困苦。这点我敢保证，请你相信我。"一直瑟瑟发抖站在旁边的苏微微，突然也蹲下身，一下子抱住了田静，放声大哭起来。

下山的时候，两人没有沿着小径往回走，而是选择了大道。田静看了一眼路面，水泥路面像一条柔软的带子，飘飘忽忽从一排排整整齐齐墓碑中缠绕到了山顶。从公墓中下来时，田静放在口袋里的手机忽然响了。这段时间"闲"在家，田静的手机好不容易安静了下来，她本想不理会手机响声，苏微微提醒她好几次，无奈，她才从口袋里掏出手机来，一看，不禁有些愣怔，她没曾想这个电话是唐朝打来的……

“怎么，我的手机也不想接了？”唐朝有些不高兴。

“刚才走路没注意听……唐副，找我有什么事吗？”

“小田，你现在在哪？”

“我现在闲人一个，在家呢！”

“心闲身不闲，是真闲！身闲心不闲，是真忙！我还不了解你，其实你没有闲着，我能感觉到你不在家里，对吧？”

见唐朝看穿了，田静只好老实说话了：“我在六甲墓区。”

“哦。我说嘛，你表面像一个闲人……你快回局里，我有急事找你。”

“可能也要一个小时左右才赶到。”

“我等你！”

唐朝突然来电话，而且又是在国庆假期间，这让田静很吃惊不小。她一个停职检查之人，唐朝突然打电话找她，有何等大事？田静若有所思地说。

快下到山底时，远远的，田静就见一个黑影，一瘸一拐地从墓区西头走过来，黑影移动速度并不快，并且非常僵硬，很难想象一个人会用那种方式行走。

“苏微微你看那黑影？”田静手指向戈阳墓的方向，对苏微微说道。

“他衣服褴褛不堪，分明就是一个乞丐。”

田静听了这话，眉头蹙了蹙，若有所思道，“公墓怎么会有乞丐？”

只见黑影没有从戈阳墓前走过，而是停下，看了一下墓碑。这时，山风戛然停止了，整个墓地变得相当安静，甚至连虫子都不再嘶叫。

苏微微的心悬在嗓子眼里，望直了眼睛，也站酸了腿，一双眼睛死死地盯着那个黑影……

那黑影四处张望，见四周无人，便弯下腰把墓碑前面的水果和月饼捡起，又啃起月饼来。还没等田静喊出口来，他一溜烟就跑远了。

田静又重复了刚才的怀疑："乞丐怎么跑到公墓偷吃东西？"

苏微微回道："肯定是翻墙进来，应该是太饿了，想溜进来找点吃的填饱肚子。你看他衣服鞋子都破得不成样子，很可怜。"

这公墓怎么管理了，连乞丐都能混进来了。再看看低矮的公墓围墙，田静似乎明白了。

"这乞丐，有手有脚去干点什么活填肚子不行，偏偏跑来这种人人忌讳的地方偷吃。诶……"

苏微微叹了口气，和田静离开了六甲公墓。

45

产妇被顺利地推入手术室。

还好一切都来得及。消毒，换衣，用最快的速度，实施手术……手术室外的走廊静悄悄的，谁也感受不到，在走廊尽头的手术室里，一台紧张和忙碌地迎接新生命的剖宫手术正在进行。

一个半小时后，剖宫产结束。白邦云快速将孩子口鼻中的羊水等杂物排出，婴儿憋足劲儿"哇"的一声哭，这是一个新生命来到人世间的第一声啼哭。

刚出生的婴儿身上都是血迹等污秽物，这边婴儿刚出来，护士又忙着开始擦干孩子，动作麻利整个过程不到三十秒。白邦云用两把无菌止血钳分别在距离脐带根部两厘米和五厘米的地方夹住，然后在距脐带根部两厘米的地方将脐带剪断，之后进行包扎，让脐带暴露在外，这样有利于脱落。这边护士又忙着给婴儿称重，测量体长，记录数据，戴上手牌……

母子平安，白邦云也松了一口气。清创、整理、缝合、包扎，等最后一层纱布覆盖在病人身上，已经是两个小时以后。

麻药过后，产妇顾不上自己的伤口还在疼痛，用微弱语气问一声："是男还是女的？"这也是每一个刚当妈妈产妇向医护人员问得最多的一句话。

"恭喜你，带枪把的！"白邦云说。

一听这话，产妇的脸也露出幸福的笑容。

护士抱起孩子，让产妇看一眼，便开始做阿普加评分，这是医生用来判断孩子健康与否的一个重要指标。见到婴儿各项生理机能都很稳定，护士又将孩子抱到产妇身边，让母子亲密接触。

而白邦云和护士却忙得连喝口水的时间都没有。从手术室下来，白邦云眼睛布满了红血丝，这是长时间精力集中的后果。他看了眼时间，已经凌晨了。

助产医生也疲惫极了："白主任，您要回去休息吗？这里有我呢。"

"嗯，辛苦你们了！"

手术室护士也累极了，产妇一送回病房，她们就瘫坐在椅子上。

46

凌晨两点，田静依然毫无睡意，她还在想着昨天唐朝找她谈话的情景……

从六甲公墓下来，田静去了唐朝办公室。唐朝告诉她，组织上想让她去西山县公安局当政委，西山县公安局缺政委快有半年了。组织上通过通盘考虑，认为田静比较合适这个岗位，想让她下去“锻炼”一下，这也是组织对她的充分信任。唐朝说完，田静就提出两个要求，一是她坚决服从组织上的决定，到西山县公安局当政委，但她要求等她先把这几个案破了再去，不然她对不起死去的戈阳。第二是她不想去当什么官，如果可以的话只要能让她留在市局刑侦支队就行，做一个普通警察也没意见。唐朝告诉她，作为一名共产党员，怎能跟组织上讨价还价？这不是在菜市场，可以跟商贩讨价还价。唐朝还告诉她，没有讨价的余地，如果不服从组织上决定，那只好让她脱掉这身警服。

戈阳死了，错还是出在田静身上。死对谁来说，可能是无法更改的结局，但戈阳的死，如果自己不把罪犯绳之以法，会让她一辈子心都不安的。唐朝说组织上基本决定了，希望国庆长假后她就到西山县公安局报到，希望她接受组织安排，在新的岗位建功立业。一听这，田静就急起来了，马上跟唐朝争执起来，大意是说，在正式任命之前也应该找她谈话，应该征求听取一下她的意见。对于局里突然安排下到县公安局工作，她说需要一点时间考虑，哪怕给三天也行。再说西山县公安局缺政委也不是两天的事情了，也不差她这几天。田静的话唐朝也没料到，局面一时有些僵。对于田静提出的理由，唐朝“教育”意犹未尽，瞪着一双大眼睛，狠狠地扫视着站在他眼前的田静。

田静的口气过于急切，隐隐还带有一股脾气，以至于都忘了，自己是在跟上级领导说话，她得带有礼貌和尊敬。

唐朝倒没怎么在意，只是很古怪地冲她笑了笑。田静觉得，唐朝这笑含着一股明显的嘲讽意味，他就是假装大度。田静自然猜不透他的心思，虽然唐朝是新上任的，之前也都是熟人，但现在他身份不一样了，他是市公安局副局长，又是分管刑侦工作的，确切地说他是自己的直接领导，她还得尊重他。

“你还要考虑吗？”见田静走神，唐朝转过身子问。

“你这是代表组织找我谈话吗？”田静这么跟唐朝说了一句。

唐朝说他今天就是代表组织专门找她谈话，专门听取她本人意见，难道还要组织去求她不成？田静说她想和蒋局长通一次电话。但唐朝说，今天找她来谈话，这也是蒋局长的意思。田静开始明白了，“组织”是想让她尽快离开这里，也许这才是“组织”让她下去“锻炼”的真正目的。

离开唐朝办公室，到楼下时，田静给蒋立军打了个电话，她把两个要求跟蒋立军提了出来。

没想到蒋立军在电话里带着纠正的口吻对她说，组织让她下去当政委，不是一种下放，是一种工作需要，是一种工作正常调动。另外，问她，你还是一个共产党员吗？如果每一个共产党员都这样对组织讨价还价，组织的严肃性在哪里，组织原则在哪里。蒋立军叫田静放下思想包袱赶快去上任。蒋立军的话让田静感到有些失望，她最后表示服从组织安排，但向蒋立军请假，她需要一个月时间去照料母亲。田静的话没有说假，她母亲已经八十三岁，一直生活在乡下，前段时间不慎摔了一跤，左脚摔断了，现在一直在县医院住院。平时，都是两个姐姐在轮流照顾她，她因为太忙了，只有母亲手术的那个晚上，她匆忙过去陪了一个晚上，其余的时间都丢给两个姐姐照顾。一个耄耋的老人躺在床上，吃喝拉撒全在床上，真的考验照顾她的子女。正好，现在离开刑侦支队，到县公安局当政委，也不会像在刑侦支队的繁忙了。现在，她可以腾出点时间，好好一下尽孝，弥补一下自己的遗憾。

田静越想心越乱，实在睡不着，干脆打开了卧室的灯，坐了起来。虽然蒋立军已经准假了，但田静还是焦虑不安。田静不想到县城当什么官，她只想继续留下来，即使在刑侦支队当一名普通刑警也行。内心中的抑郁，已经无法抑制她的焦虑，她一闭上眼就是关于工作上的事，尤其这半年来，压力大，经常整宿失眠，睁着眼直到天亮。

窗外，漆黑一片，很安静。一缕清风吹进来，吹起了田静的头发。田静抬眼望天，却找寻不到月亮的影子，繁星也隐去了踪迹。

田静的心一直空荡荡的。

47

又两天过去了。这两天田静总觉得哪里怪怪的，好像有一种不祥的预兆，但又说不准什么个回事？

这两天，六甲公墓区遇到的那个黑影一直在田静的脑海中闪现。奇怪，这到底是一个怎么样的乞丐，专门偷吃墓区供品，他胆子也太了。如果不是因为饿，他不应该出现在墓区里，但仅仅因为一个“饿”字能说得过去吗？总觉得那个乞丐好像要告诉她什么事儿。田静始终觉得出现在六甲公墓区偷吃供品的这个乞丐不简单，可是她始终又想不出为什么，她不知道这个乞丐为什么要待在这个人见人恐惧的地方。一种很奇怪的感觉，田静实在说不准。所以，田静决定明天上午单独去会一下乞丐。

七天国庆长假的最后一天。这天上午，田静一直睡到十点才醒来。

她伸着懒腰从床上坐起来，视线一扫，发现白邦云一个人站在阳台边上，手捧一杯热水，望着窗外。田静看着丈夫高大颀长的背影看了片刻，轻声唤了他：“你在看什么呢？”

白邦云听到身后的动静，立刻转脸看向她，问道：“你醒了？昨晚睡得好吗？”

“好，特别好！这么久终于睡着一个晚上。还是安眠药有作用啊。”田静点头，如果早上不是饿醒了，她肯定能一觉睡到中午。

由于田静长时间被失眠困扰，白邦云担心再这样下去，田静的身体会扛不住，没办法，他昨天从医院开处方买了一小瓶安定片。晚上睡觉时，田静吃了几片，还真管用，不到半小时就昏昏欲睡，然后不知不觉就睡着了。

不是失眠人，你是不会理解和感受到失眠人的痛苦的。作为一个深受失眠折磨、饱尝失眠痛苦的人，失眠问题深深的伴随着田静，她从来没有一天轻松过。多年来她最大的愿望就是告别失眠，能每天像正常人一样睡个好觉……

“是不是我走路声音太大，把你吵醒了？”

“没有，刚醒，没见你在床上，正想找你呢。”

田静摸了摸肚子，对他道：“我太饿了。”

“碎肉面条我已经做好了，在厨房里搁着，就等你醒来了。”

一听到这，田静动作麻溜地翻身下床：“我起来洗漱吃早餐啰！”

白邦云睨着她：“好，我帮你盛去。如果凉了，我重新热一下。”

“帮我多放些辣椒。”

“知道了。”

如果白邦云出差不在家，田静自己一个人的时候，不是去食堂的路上就是在外面小摊凑合着对付一顿。有白邦云在家，她觉得自己很幸福。她不挑食，胃口也好，只要饭菜做熟就能吃下肚。

田静拿起还冒热气的面条，低头吃了一大口。

“我做的碎肉面条真的很好吃吗？”望着田静吃得津津有味的模样，白邦云问道。

“你做面条水平一流，我永远都吃够，这辈子我就喜欢吃你做的碎肉面条。”田静抬眼看着她，撒娇着说道，“你是我眼里最完美的男人，这辈子嫁给你，不后悔。”

“那我就天天都给你做！”

“就怕哪天我失去了你。”

“咱俩都老夫老妻的，还说这些干什么？”

看田静吃得这么香，白邦云突然问道：“昨晚你说今天上午要去六甲公墓区会一个朋友？”

末了，白邦云又问道：“你有朋友在墓区上班？我可从来没听你说起这个朋友来？”

“不是朋友，是一个乞丐。”见白邦云一脸疑惑，田静呵呵笑了声。

“去六甲公墓区会一个乞丐，怎么回事啊？”

“暂时不告诉你。”田静卖了个关子。

白邦云“哦”了一声，又说：“乞丐和案子有吗？”

“怎么，你很好奇吗？”田静取笑他，“对我来说，在案子没破之前，每一个人都值得怀疑。”

“也包括我？”

“我说的是每一个人，当然包括你了！”

白邦云脸色暗暗一变，好像受了刺激，半天，咬着嘴唇说：“草木皆兵。”

“好了，开个玩笑。”

田静便把前几天和苏微微去六甲公墓祭拜戈阳遭遇到一个专偷食公墓区供品的乞丐的事儿告诉了白邦云，“那个乞丐看起来年纪不大，看着蛮可怜的。”

白邦云听了这话，眉峰蹙了蹙，若有所思道，“公墓区怎么会有乞丐?”

田静回道：“他应该是太饿了，翻墙进来的，找点吃的填饱肚子。衣服鞋子破破烂烂的，很可怜。”

“我能感觉到，你绝对不是因为可怜他才去会他的。”

“让你说对了。”

“我感觉这个乞丐里面有问题。”

“乞丐就是乞丐，哪能有什么问题?”

“难道他也和案件有关?”

“不知道。我有不好的预感。”

“你一个人去?”

“当然了，难道我一个警察还怕一个乞丐?”

“你对付得了吗?”

“不是对付不了，是人去太多了，反而惊动到他，不好。”田静苦笑着道。

白邦云心里一松，喝口水，继续道：“那你一定要注意安全。”

“好，我知道了。”

很快地，田静就把一大碗碎肉面条吃完，白邦云把碗筷收拾妥当后，说了一句：“我去病房转一圈。”

白邦云出去后，田静换上一套蓝色的运动套装随后也出了门。

在医院门口的一处快餐店，花二十元买了一盒快餐，三肉一菜，还有咸蛋。田静叫老板娘打包好，就拎着上车。

田静自己一个人开私家车去了六甲公墓区，她本想要去找公墓区管理处，车刚开到公墓区管理处，见办公室大门关着，她这才想起今天还是国庆假日，没人上班。她又开车返回公墓区，铁门紧锁着。一个保安坐在门卫室里，正在吃午饭。

放好车，田静走进门卫室。

见有人进来，保安抬起头，怔怔地看着站在眼前田静，他有些不耐烦地说道："你要买祭祀品？我这里没有卖。"

"你好，我是市公安局的。"

"公安局的？"一听是公安局的，保安赶忙放下饭盒，站了起来，他语气缓和了很多。

"我想了解一个情况，可以吗？"

"你想了解哪个方面？"保安一头雾水，说话很紧张。

"这个公墓区有一个乞丐你知道吗？"

"知道啊。"

"他在这里待了好多年了，赶都赶不走。也报过警，抓进去了又放出来，后来他又跑来这里。"

"他是哪里人，多大年纪，知道他姓什么吗？"

"谁知道他是哪里人，年纪估摸也有四十来岁吧。"

"他在这里有多少年了？"

"反正我来这里守门有五年了，我来之前，他都在了。"

"你要找他？"

"是的，我想找他？"

"你认识？"

"没有。能找到他吗？"

"他就睡在公墓区一墙之隔的山洞里，饿了经常翻墙进来偷吃供品。"

"你可以带我去他住的地方吗？"

"没问题。"

说完，保安就想关门带着田静去，田静却叫他先把午饭吃完了再走。听后，保安匆匆扒完饭，便带田静上路了。

保安走在前头带路，田静拎着饭盒跟后，两人气喘吁吁爬到半山腰，用了大约半个小时，两人终于来到了山洞口。田静人还没站稳，一股刺鼻的臭味扑面而来，这臭味都能把人给熏晕了。田静连忙用手捂住口鼻，小心翼翼地走进洞里，她凝重地环视洞内，到处污水横流。田静不禁秀眉一皱，忍不住便干咳几声，咳声把乞丐惊醒了。一看墓区保安带着一个女人进来，他以为又是来抓他："你们要干什么？"

说罢，他一骨碌爬起来，就想跑出去。不过，田静眼疾手快，一伸手就把他的手给扣住了。

"你不用跑，今天不是来抓你的。我给你送吃来的。"

乞丐怔住了，下意识地抬眼看向田静，问道："你们想要干什么？"

"你没听说吗，给你送吃的来了。"保安嗓音很大地说道。

乞丐漆黑的眸子往田静白皙圆润的脸蛋上凝定，盯着她看了两三秒钟，他狐疑地蹙了蹙眉心："真的假的？"

田静一本正经地点点头："真的。"

田静把盒饭递给了他，他迟疑了一下，才伸出脏兮兮的双手接过盒饭。

"坐下吃吧！"田静把筷子递给她，示意他坐下来吃。

乞丐就田静的对面坐下，抓过筷子，用力刨碗里的饭，两边嘴角全沾满了饭粒。

见乞丐吃得狼吞虎咽，田静轻声道："你慢点儿吃，当心噎着。"

乞丐听了她的话，拿被头发遮住的眼睛瞅了她一眼，点了点头，然后继续快速扒饭。

田静就这么看着他，一直等到他把一口饭咽下肚，才轻声问了一句，“好吃吗？”

他抿了抿唇角，眉头轻轻一挑，低低从唇间吐出两个字：“好吃。”

保安听到这话，顿时睁圆了一双黑白分明的大眼睛：“今天你不用翻墙了。”

乞丐边慢慢咀嚼口中的饭，边看着她，脏黑的薄唇勾了勾，“我饿嘛！”

“饿，你不会去垃圾桶里捡吃？”

乞丐怔住了，下意识地抬眼看向保安，但却没说话。

“怎么了？我说得不对吗？”

田静摆了摆手，示意保安先不要训斥他。保安眉头一拧，不过并没有再说下去。

田静看着她，好奇地问：“对了，你为什么要跑到这里来？”

“我太饿了，就翻墙进去找吃的。”乞丐回答道，然后又继续埋头吃饭。

乞丐吃得很快，不到几分钟就把碗里的饭全部干掉。然后，又捧着碗把碗底的米粒都舔干净，又打了个饱嗝……

“你说吧，找我有什么事？”

“在这里住你不害怕吗？”

“害怕什么？怕有鬼吗？”

“你是哪里人？叫什么姓名？你的口音不像外地人。”

“我也不知道我是哪里人，我没有名字？”

“你从哪里来？”

乞丐摇摇头，表示不知道。这时田静才注意到他右手有一块很大伤疤。

“你的腿什么了，走路一拐一拐？”

“摔倒膝盖受伤了。”

“什么时间?”

“不知道。”

乞丐双贼眼睛开始骨碌骨碌在她身上转了，看样子乞丐在提防着田静，然后，不管田静再什么问话，乞丐都说不知道，就这样应对过去。

田静问他半个小时，乞丐都说不知道，看来再耗下去了，意义也不大。田静决定下山了。

下到山下，田静回头往山上望，只见乞丐孤零零地站在山洞外，他正往山下眺望。

中午时分，墓区很寂静，远处的墓区中部还能看见几个人影在晃动，那应该是今天过来悼念先人的……

48

今天周日，白邦云一早起来就去医院附近的公园走路锻炼，回到家时，田静和田雨没有起床。

坐在沙发上缓了一阵后白邦云才去洗澡，又将早餐准备妥当，他就坐做到电脑旁，先打开邮件，看没有需要处理的邮件。白邦云打算十点钟再去病房转一圈，多年的习惯已经让他形成了条件反射，双休日，哪怕再累也要跑医院病房，看一下病人。

还真有一个新收到邮件，看日期是昨天发来的。打开后，发现是一个女病人在投诉他妇产科室的一个实习男医生。女病人说她在门诊做妇检，被一名男医生摸了她的隐私部位，女病人很气愤，所以几天前她就向医院投诉他了。白邦云闻讯后，马上找来当事的男医生，这是一名实习男医生。经过反复核实，白邦云了解到当时在进行妇科检查时，旁边就有护士在场，诊疗规范要求。白邦云知道这是女病人的误解，他整理了一下措辞，然后再给这位女患者回复——

> 您好，我收到您的信件了，根据您的描述，因为是性别关系的原因女性患者肯定有点不适应，这个是很常见的。现在妇科男医生越来越多，这也顺应了医学发展的需要，在国内大医院，顶尖的妇科专家很多是男的。经查实，我想纠正您的观点是：医生不是摸你，妇科检查就是需要检查产道里面的宫颈、子宫的。这个是妇科检查的必需项目，不是在摸您，所以没有什么不好意思，医生只是在做检查。我很感谢您的监督。

给女病人回复完，白邦云上网浏览一下。闲时，白邦云喜欢上“海角社区”去浏览。海角社区是一个论坛，在国内算是人气比较旺的呢，很多网络红人也都是从海角社区出来。白邦云喜欢“海角社区”很久，确切地说应该超过十年了。

海角社区是一个吐槽网，以论坛、博客、微博为基础交流方式，设有海角杂谈、娱乐八卦、情感天地等人气栏目，注册用户数超过亿人，号称全球华人网上家园，安全方面和可信度还是比较高的。

在“海角杂谈”，有一则“妇产科能不能不用男医生——关于妇产科男性医生是否有必要存在大调查”的帖子。闲着也没事，白邦云便认真地看了起来。

这是一位在教育行业工作的女网友提出的，她叫安安。她说她常常听到有关女性在医院就医时遇到的尴尬和气恼事，不吐不快。她说妇女节这天，她有一好友的心情被一场不愉快的检查搅浑了。3 月 8 日上午，怀孕三十八天的好友到某医院做检查。做完 B 超，已经确认孕期和胎儿大小，但一名中年妇产科男医生说还要检查白带，然后叫她褪掉裤子，她认为这是一种性骚扰行为……安安也说她有类似的经历，一次因便血到医院外科就诊，一位男医生在对她进行肛检时，有意说看不清楚而叫来了另外一位男医生会诊……安安说这是男性医生在利用职业之便，每天轻而易举地观察和触摸女性最为隐私的部位，这是一种持合法证照"高级流氓"。为此，她在网上专门发帖，要求来一场大调查，看是否有必要存在男妇产科医生——

作者：001　回复日期：10-10　21：03：39

反对。女人的事女医生自己就行。

作者：002　回复日期：10-10　21：18：15

哈哈，看来海角知音还是多数啊！在科技高度发达、人文高度文明的今天，思想还停留在中国的古代，太荒唐、愚蠢、可笑了！

作者：003　回复日期：10-10　21：24：08

反对。男妇科是流氓，这应该是很大一部分人的看法。

作者：004　回复日期：10-10　21：38：41

支持！本人理解、相信男妇产科医生是纯洁、高尚的！社会越文明、越进步，男妇产科医生越多！相信大多数人是支持的！

作者：005　回复日期：10-10　21：57：22

其实男妇科医生更好！以后我生孩子，如果可以选择，我坚决选择男妇科医生。其实去医院看任何病，我更愿意选择男医生！我更相信他们的能力！

作者：006　回复日期：10-10　22：26：44

其实所谓“食色性也”，男人都好色，正人君子和色狼的区别只不过一个表现在行动上一个表现在思想上。从某种方面说妇科男可能是个好医生，他也有高超的技术，也有良好的医德，也很希望把你的疾病治好。

作者：007　回复日期：10-10　22：36：11

萝卜白菜各有所爱，不是球迷不会理解世界上会有球迷，不是酒鬼不会理解世界上会有酒鬼，如果对一个问题的想法所有的人都一样，那这个世界上也就不存在争论了。

作者：008　回复日期：10-10　22：43：38

我绝对相信男妇产科医生的纯洁、高尚。事实也是，网络上有几个新闻是男妇产科医生有流氓行为的报道？那些攻击的人完全是自己心态不正常。所以，我支持、理解男妇产科医生！

作者：009　回复日期：10-10　22：57：12

无知呀！全世界最好的妇科大夫全是男人。西方国家百分之九十五以上的妇科大夫是男人。国内最好的妇科大夫，也都是男人。而且男医生给女病人做妇科检查，必须有女护士或女大夫在场，这是全世界医院的规定，也是常识。

作者：010　回复日期：10-11　10：30：19

存在即是合理，有女医生也有男医生，你不想看男医生，那就都去找女医生看啊！本人是女性，我对男妇科医生不持反对态度，但最好要给患者选择的权利，至少我，就更能接受女妇科医生。但我觉得满口秽语攻击男妇科医生是流氓变态什么的人都相当无聊甚至无耻。

作者：011　回复日期：10-11　22：21：54

首先赞赏你对医务人员的理解！本人也是外科医生，很了解本行业的情况。下面介绍医务人员在医疗、护理时处理男女病人隐私部位（性器官）的情况。

中国是一个受传统文化思想影响的国家。无论男人、女人在异性面前暴露自己身体，第一次确实会介意，毕竟觉得男女有别，特别尴尬。医院在这方面是严格保护病人隐私的。首先，男医生在给女性做妇检时，一定会有第二名医务人员（一般是女助手）在场，这是诊疗规范要求；其次，从医生的职业角度来说，医患之间只有医生和患者的关系，女性朋友不必对性别太在意。在国外百分之九十五妇产科医生是男性。对于病人的备皮包括男病人和女病人（根据手术部位的需要）、导尿（插尿管）等，一般也是由护士完成。人体是非常复杂的，很多疾病是各个科互相联系的，很多时候还要进行鉴别诊断，无论看哪一科，医生都要具备各个科的知识，这是医学的特殊性。医学院实习医生（不分男女）在校时，无论什么科（内科、外科、妇产科、小儿科、眼科、耳鼻喉科、放射科、心电图科等）全部都要学，最后一年都要去医院实习各科。县级以上的医院都安排有实习生，在妇产科，正常接生都要实习。这个话题本就不应该拿来讨论，无意义。医生眼里，只有病人。质疑男妇产科医生是否有必要存在的人，不是神经病就是心理变态！

……

白邦云点开几个网页，网上争论得非常激烈，看了部分网民争论，结果看不到十分钟，就看不下去了。白邦云干脆关掉电脑，就出门了。

一路上，白邦云在想，这也叫调查？这不是无聊吗！白邦云是一位男妇产科医生，他能理解女病人的想法，但这个帖子居然提出“男妇科医生是否有必要存在的调查”，让人哭笑不得，更有甚者，以保护敏感（隐私）、保护女性尊严等做借口，将正常的检查或操作一律视作“猥亵”，因此，便有了攻击、谩骂、侮辱医生。往往这时候，就容易引起医患紧张，甚至出现伤医事件。男妇产医生已经存在几十年，什么时候有了是否存在的话题？目前公认，男医生在精力上、体力上、思维上、应急能力上都比女医生强，妇产科男性医生比妇产科女性医生最大的优点就是体力较好，有时候一个复杂手术需要六七个小时，甚至八个小时以上，对女性医生来说是一种体力挑战。上次在海南三亚召开的世界妇产科论坛一半以上是男医生。在外科，只要是腹部手术，不管是男女病人，都要直面对裸露的部位进行消毒。医院工作的特殊性，很多科都会涉及异性隐私部位检查，根本不可能如病人所愿，可以选择的。每一个学医的人都要学习《人体解剖学》，人体解剖学研究的就是人体，这是每个医生必须要熟练掌握的基本学科。同样的，每一个家庭都有女性，每一位女性都有可能遭遇妇科疾病，都有可能接受妇科男性医生的诊断和治疗，争论的两派无非是支持废除妇科男性医生和反对废除妇科男性医生。支持的人，设身处地地站在患者的角度考虑问题，呼吁人文关怀。反对的人，坚持认为从科学的角度来看，妇科男性医生存在很有必要。

白邦云刚走到 A 区住院部楼下，他就接到科室打来的电话，说有一名急症患者被送到急诊室，初步检查发现患者的腹腔有大量积液，疑似输卵管破裂……

白邦云面沉如水："准备手术。我随后就到！"

秋冬以来，妇产科病房特紧张，一个床位都没了。

第七章　收网

49

从六甲公墓回来，田静便直接回乡下老家。因为母亲吵闹着要出院，都说伤筋动骨要住院百天，母亲摔倒右脚骨折住院手术后，才住一个月就受不了，这几天一直闹着要回家，她就赶到县医院，好说歹说终于说服了母亲继续住院，然后又替换妹妹在医院陪护母亲一个晚上，直到第二天下午才返城。

田静刚进家不久，白邦云就跟进门，他刚去超市买菜回来，手里拎着大包小包食品袋。见状，田静赶紧接手帮他拿到厨房。

“昨天会见乞丐有什么收获?”

“没有。”田静苦笑着道，然后又无不怀疑地说，“我总感觉哪里不对头。”

“唉，白跑了一趟。”

“我请教你一个问题，人体身上胎记可以通过手术除掉吗?”

“当然可以。利用微创手术可以将胎记去掉的，比如激光除去胎记。我们医院就能做这种手术。你有朋友要做?”

田静摇摇头。

“激光手术也是现在非常流行的一种手术，可以去斑去痘印去疤痕，也可以去胎记。”

“手术后，它还会再长起来吗？”

“胎记治疗后复发的概率比较小。”

“怎么啦，又发现什么秘密？”

“哦，这样啊！”田静若有所思，“你说乞丐右手背上的那块伤痕会不会是手术后留下的？”

“你是在问我吗？我又没在现场，我怎么知道？”

“你要干什么？”白邦云露出惊恐地问，然后又说，“你啊，我发现最近你神经真的有了问题，我现在是怕……”

“怕什么？”田静追问。

“怕你身体受不了。”

“我没事。”

田静正说完这话儿，突然想到了什么，急得大声惊叫起来：“不好，不好了，我太大意了！对了，这个乞丐应该是宋三强，绰号‘强哥’……”

田静的样子吓坏了白邦云：“你发现哪里不对？”

“他应该做过去胎记手术。”田静恍然想起来，他右手背上的那块大伤疤，不像烫伤留下的疤痕，也不像摔伤或刀伤留下伤疤，那绝对是手术留下疤痕。

这让白邦云莫名其妙：“你看清楚了？”

“他讲话的口音也不像外地的人！这里面一定有问题！不行，我得马上给苏微微打电话。”

很快地，苏微微的电话就拨通了。

“微微，快，快！六甲公墓的那个乞丐便是宋三强。我敢肯定！”

这个情况来得太突然了，连苏微微也都还没反应过来：“田支队，你是说和青花瓷盗窃案有关的宋三强？”

“对啊，我确定就是他！”田静重重地说一句。

“是绰号‘强哥’的那个宋三强？”

“马上实施抓捕乞丐行动，去六甲公墓，马上！”

“请示唐朝吗？”

田静犹豫了一会儿，才缓慢说道：“边赶过去边报告他吧。”

“好的。”

“我马上赶到局里，你组织三个刑警一起去。”

“知道。”

“等一等……”

“田支队，怎么了？”

“我被停职了，我好像不适合参加你们的行动……”

“什么！你不去？”

“不是不去，是去不了，明白吗？”

“那怎么办？”苏微微追问。

“你不用管我了，你立刻带人赶往墓区实施抓捕。”

“那我布置去了。”

“好，注意安全。不要再出什么意外……”说到这里，田静就心痛。

挂断电话，田静心里一松，喝口水压压惊，然后自言自语：“但愿有一个好结果。”

等苏微微率几个刑警赶到达六甲公墓时，在保安指引下，众警察爬到乞丐平时居住山洞时，乞丐早已不知去向。苏微微又下山去问了墓区保安，门卫保安说半天也讲不清楚乞丐的去向，什么时候离开，一问三不知，这让苏微微急得直跺脚。墓区外面没监控，他的去向和离开时间已成为迷。眼看就快到手线索又中断了。

当苏微微把这消息告诉田静时，田静瞬间就瘫软坐在沙发上，两条胳膊像两条松软的蛇，有气无力地垂着。白邦云更是受惊了一般，他呆呆地立在原地，一时间不知道怎么安慰着她。

直到天完全黑下来，田静脑海里还是念念不忘那个乞丐，想想，不觉得愤然："混账东西，想跑，没那么容易！"

想到戈阳的死，田静的泪水一下子涌出了眼眶。

50

今天又是白邦云坐门诊的日子。

一大早，白邦云就赶去门诊大楼。从家里出来，路过医技大楼时，不远处放射科一楼正围着一堆的人群，吵吵闹闹，推推搡搡……

白邦去本不想去理会，听到有人大声骂粗话，他还是停下了脚步。走近瞧瞧，才大致了解了一些情况，原来是放射科医生和一个年轻女病人在吵架，当事医生还被女病人的男友一顿拳脚暴打。

白邦云到达现场时，双方的激烈争论还在继续中，且大有愈演愈烈之势。当事医生和女病人的男友虎视眈眈地对视着，四周围满了人。

女病人因为过于愤怒，两眼瞪得几乎要跳出眼眶，脸上的皱褶在颤抖，说话的声音也有些粗暴："你胆大包天，你不道歉，不然的话……"

"不然的话能怎么着，你还能咬人？"当事医生也不示弱，毫不相让，反过来质问女病人的男友："我没有错！"

女病人的男友气得浑身发抖，用颤抖的手指着当事医生，说话的声音也颤抖："姓林的，你必须对你今天的事行为负责。"

而女病人冷冷一笑，无所顾忌地说：“你是个流氓医生！”继而继续释放她的怒气，“在拍胸片时，遭遇被要求脱光上身……我上身差些儿全被他给看完了。”年轻女病人哭诉说道。

放射科医生说此为正常流程，女病人却不同意他的观点，两人你一句我一句，在激烈理论中，各说各有理。

“到底正常流程，还是另有所图？”女病人男友怒斥当事医生道。

“拍胸片让患者脱衣服完全符合操作规范，这也是对患者检查负责！”而当事医生则反驳说道。

“问过他三次，一定要脱吗？但他一句话都没给我解释为什么要脱！”女病人不依不饶，又哭又喊，只见她“呸”了一口，说，“我看你是平时看女病人隐私部位成瘾了！”

放射科医生又解释说道，他担心病人文胸上的铁扣子会影响拍片效果，诊断不清楚，就叫病人把胸衣脱掉，他希望得到清晰的影像学结果，也已经解释很清楚了。

女病人说她未婚，思想很单纯，医生要求她脱衣服又不解释，医生的行为剥夺了她的知情权。

当事医生一直在做解释，按照医学上严格规定，每一部位进行 X 线检查时，必须去掉一切能影响 X 线穿透的物质，如药膏、敷料、发夹和金属饰物，尽可能将被检查部位的衣服解除，因为担心照片产生阴影，影响照片质量，为的是明确诊断。

“我上身全给你看完了。”女病人一边掩面痛哭，一边强调要求当事医生给她公开道歉，不然她将向法院起诉。

“你一句解释话都没有，为什么要全脱掉衣服？”女患者不停地痛斥说医生隐瞒了她的知情权，伤了她的自尊心。

“不可能，绝对不可能！”放射科医生激动地大嚷说道。

此时，围观的人越来越多，现场气氛异常凝重，女病人更是哽咽得几乎说不下去。

白邦云挤进人群时，女病人已经激动得泣不成声。女病人一大早在女同事的陪同下来到医院看病，她拿着医生开的单子来到放射科拍摄胸片。进拍摄室后，放射科医生叫她脱掉衣服，但她拒绝放射科医生要求，她说一个未婚女孩子，不好意思在男医生面前把衣服都脱。在放射科医生再三的催促下，她只好解下了自己的外衣，单穿着一件文胸，放射科医生还是说不行，要她把文胸也脱了。放射科医生解释说，文胸上的铁针纽扣会对成像质量造成不良的影响。双方一直僵持不下，最后放射科医生告诉她说屏风后面有专用的衣服，可以穿着拍片。

拍完片，女病人又找到放射科医生，希望能够就“为何拍片需要脱光衣服”给出一个明确的答复。

放射科医生称此事的纠纷可能是他表达不清引起的。去除体外异物，是为了尽可能地减少伪影，给出更精准的诊断。女病人并不接受这样的解释，最后，她给男友打了一个电话，男友急匆匆驾车赶来，一到放射科便冲进去找当事医生，然后，不分青红皂白揍了当事医生几拳，又踹了几脚，后来就演变成双方互殴。

听完双方互相控诉，白邦云才明白原来双方沟通不畅引起的。白邦云用力拉开女方男友，劝对方有话慢慢讲，这是一个因为误解发生的纠纷，但不应该以暴力方式解决问题。他表示，医院是特殊场所，通常情况下，医生不可能对患者产生别的想法，拍片过程都是有规程可循。当胸部或呼吸系统有疾患时，往往需要拍胸透或 X 光片。做拍片或胸透时，脱去影响观察的厚重衣物，否则，这些都会影响观察或在胸片上留下阴影，影响胸片质量，误导诊断。

白邦云又指着放射科墙上张贴的一张宣传画报说，拍摄胸片有三种方式：第一，购买一次性纸质背心；第二，裸露上身，把项链、胸罩都脱掉；第三，穿自己纯棉质背心，无污染无纽扣无化学原料棉质的背心。

“如果有选择权的话，我希望有女医生做拍片，毕竟男医生检查有点不方便。”

白邦云则表示：“放射科大部分都是男医生，这和专业有关。不仅在咱丹阳市人民医院，其他医院也基本如此。”

“这位老师，算了罢，最后不是没有全脱了吗？”

“如果我不拒绝，早让他看光了。”

“这医生好像是故意的……”

白邦云眼看着围观的人越来越多，心中也不免焦虑起来，他感觉到看热闹的百姓开始有点群情激愤起来，白邦云不由苦笑，不停地解释。那一刻白邦云出奇地冷静，他痛心疾首地说：

“各位病友，我是妇产科医生，我姓白。请大家安静一下容我说两句，好吗？

“医生是一个特殊的职业，你们可能对这个也有血有肉群体持着一种神秘感。近年来，医患关系恶化，这是为什么呢？主要还是病友和医生缺乏有效沟通，不理解医护这个行业。同为父母所生，也有七情六欲，也吃五谷杂粮，也面临生老病死。医生就像暗夜中渡你过河的人，医学的复杂性和太多的不确定性就像脚下湍急的水流，医生同样手无寸铁，此时，你给医生撑一把伞，说一句鼓励、信任、温暖人心的话，他们一定会付出自己全部的努力，把病魔造成的危害降到最低。就拿我来说吧，医生这一职业注定我每天和不同病人打交道，每天都很忙，从医二十余年，已经无法确切统计自己经治病人的数量。和我的同事一样，每天都是提前到医院，很少按时下班，周末、节假日来查房是一种家常便饭。在门诊时，基本上整个上午不喝一口水、不去一趟厕所，一刻也没离开过诊室。在临床摸爬滚打二十年，我深切地感受到，很多医患系，很多伤医悲剧本来是可以不必发生的。就像今天，我是看在眼里，痛在心上。”

白邦云的一番话还真的起了作用，围观的人群渐渐地安静下来。

白邦云继续说道：“和各位病友讲这些话，不是什么大道理，主要源于我内心那份实在憋不住的‘不吐不快’。谢谢病友对我们医护人员支持！谢谢！我向大家鞠躬致谢了。大家都散了吧，不要耽误看病时间。”

人群散去。白邦云走到门诊大楼电梯口，正在等电梯，刚才的女病人突然喊住了白邦云，白邦云转回头，她气喘吁吁跑到了白邦云眼前，向他鞠躬说道：“对不起，给你们添麻烦了。”然后，她就跑开了。

看到这场景，白邦云忍不住叹一声，要是每一个患者都能理解当下医生的处境，主动配合，医患关系这么简单就好了。

在白邦云走进电梯时，便有一辆警车驶进门诊大院来，三个警察下车把放射科医生、女病人和她的男友全都带走了。

妇产科门诊每天依然是病人云集。到达五楼时，妇科候诊大厅全坐满了等候看病的人，甚至过道两边也都站满候诊的病人。在过道和人群的夹缝中，白邦云急着走路，在放射科时已耽误上班近半个小时，刚打开专家门诊室，还没来得及穿上白大褂，一个三十岁左右女病人就挤了进来，手里拿着一份病历和挂号条，怯生生地来诊台旁，叫了一声“白主任”。

女病人穿着一袭黑色长裙，脸庞白净，举止端庄。

白邦云和颜悦色地问道：“您哪里不舒服？”

“您好，白主任，我……”她咬着嘴唇，没有继续往下说道。看着她欲言又止的样子，白邦云感觉到她可能心里承受了很多的压力，她心里一定有着说不出口的难言之隐。女病人不敢正视白邦云眼睛，只能捂着下腹肚子："我……"

"坐下来，慢慢地说。"白邦云开导她，"不管什么病都要早治疗，耽误了那就延误了治疗的最佳时机。"

听了白邦云的话，女病人才慢慢坐下来。她眼角略向下垂，说她丈夫在一家欧美企业任高管，一年有半年时间都在外出差……

这时候，白邦云大体上已经知道她的病痛在什么地方了。看着她羞怯的样子，白邦云告诉她女性的身体很特殊，既然来找医生看病，不要不好意思。从医这么多年，从病人的一个眼神，一个动作，白邦云基本上就知道她的病痛在哪里，只是他是一个妇产科男医生，这让很多女病人一开始觉得不好意思说出她病痛的特殊部位。妇产科有着它的特殊性，是给女人看病的。做一名妇产科男性医生，白邦云每天要经常接触女性的特殊部位。一旦穿上白大褂，就进入了特殊的角色，就要专心致志地面对病人。当然，在妇产科还有一些特别需要注意的规矩，比如，为女病人检查的时候，必须有其他女医务人员在场。白邦云从来不跟女病人开玩笑，哪怕彼此再熟，也矜持把握。白邦云知道，无论是作为一个自然人还是作为一个病人，病人的尊严与隐私应该无条件受到尊重的。对于女性的生殖系统，当自己穿上白大褂，就进入了医生特殊的角色，只把它看作是一个器官。就像一个口腔科医生，让女病人张开嘴，想看的只是她的牙齿，而不是要和她接吻。这些年，白邦云接诊过病人无数，年轻的、年老的、好看的、丑陋的，妙龄少女的、白发苍苍老媪的……在他眼里，她们都是一样的，都是病人。一些女病人比较保守，接受不了男性医生为她检查这样的事实，毕竟是把自己的隐私处暴露给一个陌生男人。

见到女病人还有些顾虑，白邦云轻声说道："我知道了，躺在里面检查床上。"

然后，白邦云叫来女护士。按规定妇产科男性医生给女病人看病必须要有女医务人员在场。

见到也有女护士在场，女病人很听话地躺上了妇检床。

接着，白邦云换好手套，上前站定，一边工作一边跟她说工作流程：现在要做什么什么，会有什么感觉，接着又要怎样，可能会有一点不舒服……白邦云这种提前预告的职业习惯，尽量降低病人的窘迫感，也让病人放松下来，积极配合医生检查。

不到几分钟就检查完了，诊断为尖锐湿疣。

"只要用药得当，四至六个疗程治疗期就会治好。不要太过于担心。

"不过，这个病需要夫妻双方一起治疗。不然的话，一个人好了，同房时又有了，会反反复复的。"

白邦云开处方的时候，女病人终于打开了话匣子。她说，在其他医院，每次到门诊接诊医生都问你丈夫是做什么工作的？是不是因为你丈夫不检点传染了你？诊室的门开着，门前人头攒动，医生旁还有一男一女的助手，她背后还好许多拿着化验结果等待的人，顿时弄得她无地自容，恨不得找个地洞钻进去。

这样类似的语言，让女病人很难堪，很难过，因此她心理压力很大。每当想起，还心有余悸。

女病人还告诉白邦云说因为听说市人民医院妇产科白主任看病细致，所以她今天才下定决心特地请假过来找他。之前去过几家医院，有时遇到的医生仅仅限于开一些药，有些医生对她提出的问题还会惜字如金，甚至于有的医生会用另外一种眼神去看她……在检查时，一些医生经常冷冷地说："躺下，检查看看。"这些都让她感到自己的尊严被羞辱殆尽。

这时白邦云才知道女病人已经来过妇科门诊几次了，每次挂完号都是因为觉得不好意思说出自己的病而没有看就走了。

开好处方，白邦云又告诉女病人怎么使用。就在女病人站起身准备离开的时候，她硬把一个红包塞给白邦云，然后就急步要走出诊室。

“回来！”白邦云叫住了她。

女病人听到白邦云严厉的叫声，只好转身回来。

她一脸涨红。

白邦云说道：“不要以为给医生送红包，医生就好好手术，反之，就不负责任。这种想法只能说是侮辱了医生。

“别的行业可能会存在给了钱，就尽心尽意给你办。不给钱，就拖着不办。

“一个医生只要接诊病人是没有选择的。如果这个病人需要手术，却因为病人不送礼或不给红包就故意不给病人好好做手术，或者故意隐瞒病情……没有这种说法，没有这种可能。

“对于任何一个病人，我们都是一视同仁，没有什么特别关照。”

当然，这么多年来，白邦云也遇到过给领导或亲朋好友看病或做手术，被他们反复叮嘱，而他只能回答说他会特别当心，不会出什么技术事故，他只能做到的就是这些。医生的劳动需要病人的承认和肯定，但这种理解和敬重并不是需要病人送礼品或红包的。

“对不起。我错了。”女病人收起了红包。

白邦云还对她说，他只有周二全天和周五上午在门诊上班，其他时间都在病房，需要换药什么的也可以直接到病房找他，他也可以交代门诊其他医生接诊。

女病人终于心满意足地离开了诊室。

51

一连几天，田静的精神状态非常糟糕，这都是六甲公墓乞丐突然失踪引起的。

尽管田静现在属于停职检查中，但当她坐下来平心静气地一再琢磨，觉得组织上给她这一个停职检查也是应该的，毕竟自己犯了严重错误。她有时候也在扪心自问，换作她是上级领导，部下犯这么严重的问题，能轻饶过吗？采取处罚措施是理所当然的，是必须的。所以，她对这个停职检查心服口服的。话又说回来，虽然她已经接到通知到西山县公安局任政委一职了，但现在还是请假阶段，严格上来说，在未报到之前，她还是刑侦支队的人，而且蒋立军也没有叫她对侦破案件撒手不管啊。所以，当得知乞丐不在公墓区旁边的山洞时，她很震惊。和她之前判断一样的，这个乞丐有问题，甚至不是一个真正的乞丐，他应该是犯事了采取一种逃脱别人视线，说白了，他就是一个假乞丐，那天自己去找他，应该是把他给惊动了，所以他才跑了。田静高度怀疑这个乞丐就是宋三强本人的。当苏微微告诉她乞丐走了，田静就决定再到现场一趟，或许能发现些什么问题。这一趟，有几个问题她最挂心，乞丐突然出走，毫无疑问，问题很大，她相信自己的判断。乞丐突然失去消息，应该和她前天过来有关，外人透露消息可能性比较低。也就是说不存在有人通风报信的可能。从乞丐长住的山洞下来，田静再一次来到墓区门卫，了解情况。

就在这时候，她突然收到了蒋立军的电话，没想到蒋立军这会儿给自己打电话，这使她感到非常意外。接到蒋立军电话时，田静还在六甲公墓区暗中调查乞丐的事。

“刚刚接到报警，有群众在丹江双凤路市财政局附近水域打捞到一具浮尸，你赶紧带人前往现场处置。”

“蒋局，我……我这个身份……带队合适吗？”田静结结巴巴说了出来。

“你现在不是还没报到吗，你目前还是刑侦支队的人！这和你即将到西山县公安局任职并不矛盾。我现在命令你马上行动，你的身份仍然是刑侦支队代理队长。至少目前你仍是市刑侦支队的代理队长！”蒋立军又重重说了一声。

一听蒋立军这么说，田静瞳孔放大，声音惊乍地说：“真的吗？”

“我的话你还不相信吗？”蒋立军咳嗽一声，继续道，“吸取教训，深刻反思，倍加珍惜同志生命。”

“是，蒋局，我明白了。”田静叫了一声。蒋立军的电话让田静心里涌出一缕说不出来的温暖。

“得，我要忙去了。我明天要到省委党校学习，涉及业务方面的，你要多多向唐副局长请示汇报……”

蒋立军说完这话后，又不无关心地对她说：“小田，你对工作太过于拼命了，以后要注意休息，劳逸结合嘛，听说你有严重的失眠，你要珍惜你的身体。毕竟革命的本钱就是身体第一。”

“蒋局，你放心我身体没有问题，以后我一定会注意的。感谢您的关心。”

田静一阵感动，顿觉心里热乎乎的，便想，如果再不把这些案子破了，就辜负领导的期望。

田静匆匆地离开了六甲公墓区。

不到四十分钟，田静和苏微微还有另外三名刑警便赶到丹江双凤路市财政局附近的河段。辖区派出所民警已经第一时间赶到现场。警方将打捞上来的男子搬到船上，年龄三十岁上下，已死亡多时。刚到达河边时，田静就听到有女子在哭，一眼看过去，一名女子跪在岸上哭，有人对田静说哭者是死者的新婚妻子，刚结婚两天。

河岸边一棵柳树下，一个蓬头垢面、衣衫褴褛的乞丐瘫坐在树底下，被一名警察控制住，乞丐沉默不语。田静到达时，他仍是惊魂未定，衣裳也全是湿的，那湿衣裳贴在他身上，他冻得一阵哆嗦，一双手冻得通红。还没等田静走近，她就一眼认出是前天自己接触过的那个六甲公墓区乞丐。

“给他换干净的衣服，然后把人带走。”

“立刻进行血型检验，加紧审查！”

田静简短地下达命令。

种种迹象表明，乞丐已构成重大嫌疑。旋即，乞丐被警察带走。

见到市局刑侦支队的人过来，派出所的同志就过来简单介绍情况。下午三时左右，这对年轻夫妇开车途径河堤路时，突然就听见河里传来人叫救命的声音，男子二话没说马上停车，没有丝毫犹豫，脱掉厚重外套后跳入河水中迅速将把落水者推向岸边。秋冬季节的丹江河冰凉刺骨，男子却因体力不支，不幸遇难了。据说两人是去酒店预订办婚礼酒席回来的路上，两人才登记结婚一个星期。

“不得了，有一个乞丐跌进河里，一个年轻小伙子下河去救，乞丐没死，救人却死了。小伙子刚新婚才几天……”当天晚上，一年轻小伙子救落水乞丐被淹死的视频在丹阳市民朋友圈传播，一时间，对于小伙子救乞丐意外之死众说纷纭，也有人怀疑是命案。

下午，田静亲自审问，面对田静犀利的眼神，乞丐彻底明白了，这绝不是一般的审讯，乞丐的心悬了。他最担心的事情，终于还是发生了。虽然他不甘心，但却改变不了事实，面对警察的审讯，也只能绝望供述出自己的罪行。

“终究还是被抓了，我知道这一天总是要来的。我就是你们要找那个宋三强，参与了十年前曼哈顿一号别墅区盗窃案，我交代。”

据宋三强交代，逃亡期间，他先后辗转西安、银川、西宁多地，睡过大街，捡过破烂，天天担惊受怕，看到警察就心慌。平常埋头做工，不用真实姓名，不敢交朋友，不敢谈家人，不敢说过去，什么都埋在心里。他觉得自己就像在做梦一样，很痛苦，过年过节经常一个人在床上哭。说到过往，宋三强痛苦地哭。时隔多年，他已经忘记了乡土乡音，就连家里的情况都不知道。

宋三强供述了十年前他参与曼哈顿一号别墅区的偷盗案，时间是大年初二深夜一两点后。偷盗案发后，他从丹阳逃跑，先后到过西安、银川、西宁打工三四年。在此期间，还先后将三名当地妇女骗出强奸、抢劫，并交代，当年和他一起参与曼哈顿一号别墅区偷盗的还有他哥哥宋三宝。当年宋三宝是双刚集团的一名保安部经理，是刘刚强手下一个最得力的马仔。至于都有谁参与偷盗，他知道的并不多，他只是负责开车接应，开车接应还有另外一部面包车，谁负责开车，他也不清楚。宋三强供述他也是受哥哥宋三宝的临时欺骗才开车过来接应的。他哥哥本人不会开车。宋三强开着自家的皮卡车过来，其他的事他一概不知道。宋三强怀疑偷盗案的主使应该另外有他人，他肯定不是他哥哥宋三宝主谋的。当天晚上，那一带片区大面积停电，得手后，哥哥和另一辆面包车分头逃跑，他和哥哥宋三宝同坐皮卡车逃跑，与面包车约定好在丹阳郊区十字岭会合。皮卡车刚驶出曼哈顿一号别墅区不久，轮胎侧面快接近地面的地方被东西刺破，漏气了。就在他下车查看时，发现身后不远处有人正在朝他们走来，他很紧张，车上本来就装着四袋赃物，他把两袋最重的赃物卸下，就强行开车逃跑了。而宋三强也不知道，下来查看车子轮胎时，恰好被许中间和另一个人赶上了，丢下两袋最重宝物后，兄弟俩强行驾车逃跑了，这让许中间两人无意中捡到了宋三宝丢下的两袋宝物。

哥哥宋三宝见财起意，他已经不打算再回到双刚集团，决定独吞这两袋宝贝。出城后他俩把两袋东西搬到驾驶室的后座，以免路上被摄像头拍照到车厢装有东西。这时，宋三宝根本就不打算去十字岭和面包车他们那伙人会和，他知道偷这家人的宝贝都是值钱的东西，而且也知道这家主人的名字和平时做什么生意的。他觉得如果把车上还剩下的两袋的东西都变卖了，兄弟俩就可以过上一辈子的花天酒地生活，反正兄弟俩从小就是孤儿。而且在双刚集团做事也不利索，被打骂是经常的事，动不动就采取家规处罚。他们当晚就直接开车走国道，上省城，在省城找人制作假身份证，制作假车牌号，随后又买了交通地图，在省城待上两天就直接开车向着北方出逃。他曾经问过宋三宝是谁主使盗劫，但宋三宝没说，只说有钱赚就行了，问那么多干吗？第一站他们逃到西安，在一家古玩市场分多次把东西卖掉。在西安各古玩市场变卖时，他们惊讶地发现偷到手的这两袋古董一半是赝品，特别是字画居多。对于真品，两人因为太紧张，也不敢讨价还价，所以也没卖得好价钱。卖古董得到的钱，不到三年就全部花光了。没钱后，他想过要回丹阳，但哥哥宋三宝不同意，说要是让刘刚强知道他们回来了，非丢命不可。刘刚强是一个心狠手毒的人，平时组织成员集中食宿，不允许私自出门活动，有“行动”时统一服装，统一标识，统一分发凶器。部下不听话，动不动就动用家规处置，轻则打骂，重则砍手砍脚。在西安待一年后，两人又逃到了西宁、银川，在银川哥哥宋三宝因肝癌死了。后来，他实在受不了西北奇冷的天气，加上事情已经过去几年了，他估计警方早已放松对这个案子的侦破工作了。他便在银川去掉右手背上的胎记，一路扮演着乞丐又潜回南方，在南方一个小县城因偷盗人家晒在院里腊肉时，被人追赶，跳到一个深沟里，把右腿给摔断了，主人家见他是一个乞丐可怜，也不打算报警，还帮他找来中药疗伤，从此落下了个瘸腿，走路一瘸一拐，伤好后，他继续装疯卖傻，加上风吹日晒，他的模样改变很大。回到丹阳后，一次偶然的机会，他捡垃圾路过六甲公墓区时，发现墓区经常有很多供品，根本不愁吃，他就决定待在墓区附近不走，饿了就翻墙进入墓区偷食供品。无意中他又发现，离墓区不远处的一处半山腰有一个不大不小的山洞，他就决心把家安在这里。在这里，根本没人会把那个惊天动地的大案与一个乞丐联想起来。在墓区旁小山洞一待就是五年多了。直到这次田静去找了他，他开始意识到有人已经盯住了他。虽然他还不知道田静是什么人物，但当时他已经预料到警方不久将会出现在他的面前，所以，当田静一走，次日天一亮他马上就离开了墓区的小山洞，他已经决定再次出走丹阳。今天上午，他一路捡破烂到了丹江河堤，看见河边有人在烧烤，烧烤摊旁边丢了几个空啤酒罐，他们还没来得及收拾，他就想过去捡空啤酒罐，没想到草坪很滑，一下子就滑进河里了……

就在这边田静审讯宋三强时，苏微微又带一支精干的小分队火速赶赴六甲公墓区宋三强长年落脚的山洞里，搜查罪证。侦查员从洞中搜出了其强奸、抢劫抢来的铜戒指九枚，银戒指一枚，各种衣物六件，各式女包两个，以及手表、钱夹等物品。

十年前的青花瓷案终于有进展了，令田静和所有人都感到欣慰。十年来，一夜又一夜，一天又一天，所有的努力没有白费。而这时，因为“青花瓷案”的突破，田静到西山县任政委一职的事也暂时停了下来。

52

唐朝刚打完电话，外面就传来敲门声。打开门一看，是田静、苏微微两人。

“你们……”唐朝甚感意外。就在一个小时前，他刚主持召开刑侦工作会议，讨论会上，大家各抒己见，气氛热烈。参加会议的人都各汇报自己的工作，这会儿，她们又找上门来，难道还有别的事？

“唐副，我们……过来汇报工作。”田静一进门有些窘，想好的话噎在嗓子里，吐不出来。

“进来吧。”

两人极为腼腆地走进唐朝办公室。

“有什么话，直接说吧，等会我还有会议，没太多时间。”唐朝说的是实话，并不是婉拒田静的意思，十点半他在政府有一个会议，刚才他接的电话是局里办公室打来，通知他到市政府参加会议。

“唐副，我们是来向您请示传唤双刚集团刘刚华的。”田静鼓足勇气说。

“你们要传唤刘刚华？”唐朝吃惊不小，他在想着，刘刚华可是双刚集团的一号人物，此人可非等闲之辈。

“是的，我们怀疑他参与青花瓷盗窃案。”

“他可是咱丹阳市时代楷模人物，又是省、市两级政协委员啊！你们说传唤就传唤？”

“他人现在在市人民医院住院。我建议事不宜迟，马上行动。”田静提议道。

“你们确定真实无疑？”

“这个……目前不敢下结论。”田静说话吞吞吐吐。

“这不是胡闹台、乱弹琴嘛。我反对！”听完田静的话，唐朝大声斥责道，“瞎折腾，我建议取消行动——不，不是建议，是命令你们取消行动！”

听了唐朝的话，不仅是田静愣怔着，苏微微也愣了好半天没说一句话。

唐朝到底葫芦里卖什么药，田静一时之间还搞不清楚。

田静决定到唐朝办公室找他，为了避免不必要的尴尬，她又叫上苏微微一同过来。来之前，田静也没有把握，是否能说服唐朝，但她已经做好挨骂的思想准备。传唤刘刚华建议是田静提出来的，田静还对苏微微保证，出了事情一切她来扛。刚进唐朝办公室汇报时，刚开始唐朝倒是很积极，听得也很认真。等田静说完，唐朝就问道：“你们刑侦支队开会讨论过了？”

田静说：“方案是我拟定的，和大家没有关系。方案还不是很成熟，今天来向您汇报，就是想听取一下您的意见，然后进一步完善。”

唐朝没急着说话，他把目光投向苏微微，苏微微轻咳了一声，道：“传唤刘刚华，我没意见。”

“这是你真实话？”

“是的，唐副。”

“来我这之前，你们已经统一过意见？”

唐朝的话音刚落，苏微微接话道：“应该说会议讨论一致意见。”

“你们……”

田静感觉到唐朝最近很神秘，似乎在有意避开田静、苏微微等人，几次田静过来向他汇报“青花瓷盗窃案”工作，他几乎都是只听田静汇报，而自己却不说话，很少发表自己的意见，好像对田静汇报的工作一点都不感兴趣。田静却觉得，唐朝最近遇到了什么麻烦。一个人如果不遇到麻烦，是不会轻易改变自己的。唐朝现在的态度，跟前一阵子完全不同，田静想不透他变化的原因。

苏微微说完，唐朝没急着表态，又将目光投向田静："田支队长，你说呢？"

唐朝的话，让田静不知如何回答才好。传唤理由她说了，传唤的方案她也说了，她是决心要传唤刘刚华的。现在唐朝问她"你说呢"，她真的不好回答。因为她建议传唤刘刚华，但已经被唐朝否决了。但既然自己有了这种想法，田静觉得还是坚持自己的观点，于是她说道："我还是刚才那个意见，传唤刘刚华。"

"苏队长，你呢？"

"我和田支队长一样意见，马上传唤人！"

等田静和苏微微说完，唐朝才说："传唤刘刚华我没意见，我全力支持。但是，他作为省、市两级政协代表，我们一定要谨慎再谨慎。"

"谨慎再谨慎？"田静暗自一惊，这话分明是话中有话，刘刚华身份特殊没假，大家都知道，如果要传唤当然要履行必要的程序，谁都知道对待这种特殊身份的人不能糊来。田静早已料到唐朝会说这话。

"刘刚华身份特殊，我们一定会依法办事的。"

"难道我不知道依法办事？"唐朝重重说了这么一句话。

"那……我们不传唤了吗？"苏微微又问。

"还能怎么办，你们说咋办就咋办，不是一向都如此吗？"

田静知道唐朝这在说气话，他是对上次实施抓捕白小川行动没跟他请示一事还耿耿于怀。那次也是自己考虑不周全，主要是当时过多考虑内奸的问题，在没向局领导请示情况下，出警去抓捕白小川，结果，白小川自杀，戈阳牺牲，田静也差点被脱掉这一身警服。

“好吧，你们说话理由我相信，不过你们要记住，刘刚华可不是一个什么普通人物，他是市里的红人，甚至在省里，也算得上半个红人，对丹阳市社会经济发展贡献很大，万一出现纰漏，那影响可就大了，懂吗？”

“懂。”田静重重点了下头，见唐朝像也并无反感她的意思，田静又说道，“唐副，你不会记恨我吧？”

“为什么要记恨你？”

“上次不经您同意，围捕白小川失败。”

“哦，你说那个事啊，罢了，不用说了，早都过去了，哪还用天天记着。”

“我就说嘛，您大人有大量，他们还不信，说我一定会被您臭骂出去。”田静说到这儿，苏微微就笑了。

“别那么阴暗，咱都光明一点。”唐朝制止田静，叫她不要专心去想刘刚华这个人了。

苏微微吐了下舌头，唐朝这样子，跟刚才那个唐朝简直判若两人。苏微微想，哪些才是唐朝的真实意思。这世上的事，真奇妙，苏微微想了好长一会儿。

“好了，我要去开会了，今天就先谈到这儿。”

这次的请示自然没有结果，田静也不想要什么结果，她就是想当着唐朝的面探个虚实罢了。走出了唐朝办公室，苏微微说：“唐副今天怎么啦，一提到传唤刘刚华，他好像很不高兴，我感觉他这个人不简单啊！”

“越是不简单，我们更要越慎重。”田静说道，“如果犯罪证据确凿，那就要抓捕，而不是传唤！”

"你不怕?"

"怕啥啊，要是他真的犯罪，谁再有能耐，也左右不了。"

"他目的很清楚啊!"苏微微说了一句。

田静清楚苏微微的意思，跟着道："这事不简单，有人暗地里不高兴。"

到现在，田静和苏微微并没放弃对唐朝的怀疑。但有一点她俩可以肯定，双刚集团背景复杂，官商勾结是存在的。至于刘刚华，田静到现还有些琢磨不透。外界关于他的传说很多，说法各不一样。有人将他形容成一个大善人，理由就是这些年他常常做公益，盖了不少学校，修了不少路和桥；有人说他是一个奸商，甚至是一个不择手段达到目的恶人。喜爱他的人，说他是丹阳经济腾飞的重要贡献者；憎恨他的人，说"丹阳人每赚十块钱，就有一块钱进了刘刚华的腰包"；而那些和他做过生意的人更是说："我保证十个里头有十个会一听到刘刚华这个名字就立刻大骂他。"一方又将他美化成善人，一方又将他说成魔，大相径庭。以前田静倾向于前者，但最近，田静有点相信后者了。在对白小川自杀案调查中，田静获悉，白小川经常状态不正常，神情恍惚，有人反映白小川有吸毒史，经尸检证实，检验结果呈冰毒、氯胺酮和摇头丸阳性。又据牌友交代，抓捕白小川那天他和另外四个朋友在市内一酒吧食用了一种名为"开心水"（也叫"HAPPY 水"）的新型毒品，然后返回棋牌室打牌。

通过审讯宋三强，田静判断"青花瓷盗窃案"主谋者应该在双刚集团内部，而且还任职重要岗位。虽然不敢说百分之百，但可能性极大。或者说刘刚华知道这件事，但没有直接证据证明他参与该案。所以田静提议传唤刘刚华，一是出于一份责任，另外，也想此机会，进一步观察唐朝。她想看清这两个人，只有看清他们，才不会犯错误。不管怎么，从审讯宋三强后，田静对刘刚华的态度有了很大的转变，至少对他是持有怀疑态度的。

在来唐朝办公室前，田静亲自给蒋立军打去电话，他想跟蒋立军陈述传唤刘刚华的理由，再向他请示下一步行动。偏偏这时候他人不在丹阳，手机又关机了。早在几天前，蒋立军就到省委党校封闭学习去，对局里现在的情况他自然知道的少。

田静也有她的难言之苦。在一个公安局内，最令人头痛的事就是上下级不和，你说东，他说西，公说公有理，婆说婆有理。按理说呢，唐朝也算是一名称职领导，从警迄今近三十载，比田静大十岁，也是一步一步从基层上到今天的位置，工作还算求真务实。他工作中守成思想较重，缺乏开拓精神，处理问题思路不够清晰，且有追求表面文章之嫌，但他刚愎自用，十分固执自信，不考虑别人的意见。天下最难打交道的是刚愎自用的人。刚愎自用的人往往很霸道，他的霸道是建立在强权基础上的一种以势压人。与这样性格的人搭工作，要么就是屈从，他说啥你听啥，要么是两头牛拉车各自一个方向，尿不到一个壶里去。虽然唐朝上任丹阳市公安局副局长还不到半年，但之前在西山县和他接触过几次，一起处理过几个案子，田静与他在好多方面思路相悖，工作有分歧，加上当时两人都是平级，不是上下级关系，有时候，为了顾全大局，田静不得不忍气吞声地屈从。但田静是眼里容不得沙子的，屈从于一个她认为霸道自负的领导实在很难，如果不屈从就更难，她的工作更加难以开展。况且上次西山县许中间不明不白死于交通事故，不能不说，田静对唐朝信任度比较低，谈不上对唐朝有多糟糕印象。这样说来，倒不是田静担心她在代理队长这个位子上待不下去。丹阳出了一系列的刑事案件，虽然不是谁的责任，但是，接下来要在唐朝的具体领导下开展侦破工作，麻烦事肯定不少……

见到田静沉思半天，苏微微呵呵一笑：“领导这唱的是哪出啊？”

田静也莫名其妙：“就是嘛，和刚才有点不一样，刚才他是执反对意见，这下好，态度积极得令人吃惊。”

“接下来你打算咋办？”苏微微长长叹了一声，问道。

“不知道。”田静如实说。

田静的确不知道接下来该怎么办。但她知道，她不会停下调查的脚步。

苏微微非常理解地看着田静，沉默了半天说：“是罪恶，就必须将它铲除。我们要对自己有信心。”

“我有信心。”田静说。

“谢谢你啊，微微。”田静由衷地说。

苏微微沉浸了一会儿，抬起头说：“谢我干吗，我不也是一名人民警察吗，警察职责就是打击罪恶，而且要重重打击。”

“对呀，我宁愿得罪某些少数人，也绝不得罪丹阳市的老百姓。”田静说。

苏微微点了下头。

“刘刚华长期在丹阳经营，市里、省里他的人脉广泛自然不用说，肯定有通天的本事，我们面对的是一个不简单的对手。弄不好，会把好事搞砸了。”苏微微说。

“甚至把我们的饭碗也给砸了。我们需要谨慎。”苏微微又补充说了一句。

“没有你说的那么严重，你也说谨慎再谨慎，难道因为谨慎，工作就不干了？”田静有点不满意。

苏微微一笑：“你先别急嘛，容我把话说完。”

田静报以歉意，最近她的确有些心急，这么多事压在心上，不急才怪。

田静沉吟了一会儿，道：“说实话，我担心的不是唐朝那头，如果刘刚华犯罪，没人帮得上他忙，这也包括唐朝在内，我担心……”

“你担心什么?”

“担心有人把抓获宋三强一事泄漏了，让那些牵涉该案的人跑了。”

“听人说，唐朝的一个侄儿在双刚集团一个部门当中层干部。”

“真的吗，什么部门?”

“据说是集团资产管理部经理。”一旁的苏微微站着说道。

“唐朝应该早就和双刚集团的人熟识了，甚至可能达到称兄道弟的地步了。”

田静“哦”了一声，一屁股坐进副驾驶室。

“我看不传唤可以，但需要对他采取点措施。”

“啥措施?”苏微微带着一丝不安问。

“当然要监控着他。”田静自信地说。

田静在苏微微耳边说了“去医院探望他”，苏微微心领神会，脸上闪着笑，说道：“好，我赞成。”

“那就行动!”田静说。

苏微微驾着警车，和田静直往医院驶去。

一坐在到车上，唐朝这个人又在田静脑子里活跃起来，田静总感觉，刘刚华是不是参与“青花瓷案”，现在还不好说，但愿他在丹阳的一切活动，不牵涉唐朝。否则的话接下来整个丹阳，恐怕都要地震。

“事到如今，试一试吧，凡事只有试了，才能知道答案。”田静想想。

漩涡之下，田静已经没有任何退路了。

53

清晨六点半，田静还睡着，就被白邦云折腾醒了。

“还不到七点，你去医院这么早干吗？”

“有个病人从西山县上来马上就到，我去病房看看安排得怎么样了。”

睡眼蒙眬中，田静看见白邦云穿戴整齐急匆匆走出家门。

穿过妇产科走道，走进医师办公室，白邦云抬头瞥了一眼墙上的挂钟，七点半了。这时候，护士站里几个上大夜的护士在忙碌着。

十点，他还有一台绒毛膜上皮癌手术，九点半他就要进手术室准备。这是一台高难度的手术，顺利的话，也要三四个小时，不然的话要五六个小时甚至以上也说不定。

白邦云刚穿好白大褂，就见病人林小格父母走进医师办公室。

“一大早让您跑过来，辛苦您了，白主任。”白邦云跟林小格的父亲握了握手，看样子老人年过六十，头发花白，神色呆滞，一个朴实的农民大哥。一看，便能感觉到这是一位忠厚老实、朴素勤劳的好父亲。

“你们也早啊！”白邦云微笑着说。

“我们昨晚就到了，住 38 床，到医院时已凌晨了，所以就不打扰您。”

“没关系，没关系啊！”

病人林小格是从西山县过来的，是白邦云一个高中同学介绍过来找他的。林小格在西山县人民医院门诊检查发现患卵巢肿块待查。

林小格的父亲和白邦云高中同学的父亲是熟人，白邦云的高中同学在西山县人民医院外科当医生，他告诉林小格的父亲说他有一个高中同学在丹阳市人民医院妇产科上班，是一位妇产科专家，让林小格的父亲不妨带小孩去市里找白邦云看看。昨天下午六点钟，高中同学给白邦云打了电话，白邦云一听病人很年轻，今年刚上大一，白邦云就急了：“叫他们明早赶早过来，我会提前到医师办公室等候。因为上午十点还有一台妇科肿瘤手术。”

挂断电话后，白邦云就叮嘱护士长安排床位等候病人到来。

得知病人已办好住院手续，白邦云便去病房。走到38床门外时，从半张开着的门，白邦云看到病床上的被褥整整齐齐，四只角折叠得方方正正，似乎床上根本没有病人。他把门又推开了一些，才看到病人正躺在床上，两眼直直地盯着窗外。

“这是白主任，一大早就过来帮你看病了。”林小格的父亲向女儿介绍说道。

“白主任，您好！”林小格向白邦云打了声招呼。她的美使白邦云不由为之一怔：白皙秀丽的脸蛋、一双深黑色的眼睛和满头乌黑有光泽的头发，像十五六岁的女孩子。

白邦云走到床头便拿起她病历卡看起来。

患者姓名：林小格

出生年月：2000年12月12日

年　　龄：20岁

主管医生：吴桦

住院病症：卵巢肿块待查。

治疗方案：剖腹探查。

看完病历卡后，白邦云轻声说道：“等一切辅助检查后马上安排手术。”

“白主任，我病情严重吗?”林小格声音哽塞问道，“不会是恶性肿瘤吧?”

“你不用太担心，即使手术后真的发现什么问题，医生也会完全手术摘除掉。”

“怎么会这样啊？我身体什么会长着这种东西，我怎么这么不幸啊!”林小格两眼蒙上了层泪水，话还没说完，眼泪便滚滚而下，然后，又用双手捂住了脸，禁不住又哭出声来。

“剖腹探查是大手术吗？白主任，请你把真实情况告诉我吧。”林小格突然开口问道。

白邦云劝道：“如果情况不是特殊，一般术后四五天后便可以出院回家。”

林小格抬眼看了看他：“谢谢您白主任!”

小姑娘很懂礼貌。

见到林小格镇定下来，白邦云又问起了林小格的病史来。白邦云的问题与林小格早前在西山县门诊医生问过的一样——是否有疼痛感，是否有压迫感，有没有出血的现象。林小格每回答一个问题，白邦云总是点头微笑。

“手术能解决问题吗?”林父缠着问。

“现在还没手术呢，只有手术后，才知道里面情况。”

林父想继续问下去，这时他的手机响了，他急忙走出病房外面去接听电话。

“有什么问题你尽管问吧，都没关系。”白邦云完全能够理解病人的心情，他想让林小格把话说完。

“你在西山县做的涂片报告我也看过，是阴性。”白邦云安慰她说。

见白邦云这么一说，林小格点了点头。

“你家有几个兄妹?”

“就我一个。”

“父母身体都好吧。”

“都好。”

“家庭成员有患癌症吗?”

林小格踌躇了片刻，支吾起来：“我……我不知道。”

“没听说过吗?”白邦云问道。

“我真的不知道。我不知道！我不知道!”说完，林小格突然呜呜地哭了起来，“这个问题可以不回答您吗?”

“为什么?”白邦云第一次遇到这种拒绝回答，吃惊不小，等了片刻。病人是不是有什么难言之隐，白邦云这样想。

“病人说得越详细，越利于医生对病情的判断。”

好久，林小格这才镇定下来，说道：“我不知道，因为我不知道我亲生父母是谁。我是他们领养的，我不知道我的家族史。”

“哦，我明白了。”白邦云同情地说道。

“我对自己身世一无所知……”林小格显得十分伤心，“长这么大我从没见过我的亲生父母。”

“我要找到他们，我要弄明白他们为什么把扔下不管。”林小格继而冷冷地说道。

“我想你一定会如愿的。”白邦云微微笑着。

“谢谢。”林小格紧张的心情松弛了。

问完病史，白邦云又给林小格进行全面检查，等一切检查完后白邦云才离开病房。

刚回到医师办公室，林父就跟随后面进来：“白主任，小孩病情严重吗？你可透露一点吗？我保证不会告诉她的!”

“未做过探查之前，我确实无法回答你的问题。”

“刚才我同学也打来电话问到小孩的情况，小孩特殊情况同学也跟我说了，他还一再嘱托我关照你们。”

“谢谢白主任。”

“刚才我在病房外接听电话，就是他打来的，他想了解一些情况。”

“剖腹探查万一查出……”林父还要往下说。

白邦云打断他的问话，解释说道：“现在还没有手术，不好下结论。这正是我们要做探查手术的原因。到目前为止尚未出现流血、疼痛、阻塞等症状，很难确诊。术后即使里面真发现什么，那也算是及早发现，及早治疗！”

“十点钟我还有手术，我现在就要进手术室准备了。”白邦云站起身，准备离开医师办公室。林父却站着没走，伸手拉了一下白邦云的手，请他稍留一会儿。

“白主任……来得匆忙也没准备什么，一点小心意请你收下。”林父突然从口袋里掏出一个信封来，“请收下。”

“你这是要干什么，送不送红包我都要认真看病，认真手术，认真治疗。”

白邦云谢绝，林父却一再坚持：“小小意思，不成敬意，收下吧！”

“你这可是让我违纪啊！你马上给我收起来！”见到白邦云一脸严肃，林父只好又把信封收了起来。

“谢谢你。”林父说，他两眼蒙上了一层泪水，“孩子是弃婴的，我们捡来的。太可怜了，万一她有个三长两短……”

“从目前情况看，情况还是比较好的。”

“多谢了，太感谢了，”林父松了口气，忙不迭地道谢。

“好好安慰小孩吧。时间不早了，我去手术室了。”说罢，白邦云进了电梯。白邦云完全能够理解做父亲的心情，即便林父是一个养父，但他同样有着浓浓的父爱，这让白邦云深受感动。电梯徐徐关上，白邦云突然想起，他已经差不多有一个多月没与父母通电话了。他打算今晚下班到家就给他们打电话。

十点钟的一台绒毛膜上皮癌手术在等着他，白邦云是这台手术的主刀医生。这台高难度的手术足足用了五个小时，从十点开始直到下午三点才结束。

从手术室出来回到妇产科病时，白邦云突然觉得有必要再去看一下林小格。尽管白邦云已经安慰过她。在一般情况下，二十刚出头的女子是不大会出现恶性妇科肿瘤的，可她的情况是，他怀疑一侧卵巢的肿块可能是恶性的。在妇科癌症中，恶性卵巢瘤发生率虽位居第二，但对生命的威胁却大大超过其他所有肿瘤。

“白主任，您上班了？”林小格高高坐在床上，突然见白邦云走进来，她有些吃惊，刚才还在玩手机的她立马放下手机。坐到床沿上。

“我刚从手术室下来。”

“哦。”

“你一个人在，你爸呢？”见林小格一个人，白邦云就问了她。

“他出去办事了。”

“您要找他吗，我这就给他打电话。”林小格准备拨打，却让白邦云制止。

“不，不用。我就问问。”

白邦云发现，林小格的精神状态已和早上有所不同，他感到宽慰。她脸上带微笑。看着她的笑脸，白邦云更加觉得她秀美超群。

林小格告诉白邦云，这个病给她带来很大的压力，时刻被巨大的恐惧所笼罩着，她也想过，这样的肿块也有可能是一种恶性卵巢瘤。从县医院医生告诉说她身体里长有肿块的那天起，她就没睡过一天好觉，甚至平时连走路她都要小心翼翼的，生怕走太急便会触动那个东西，使它向四周扩散。林小格说，她当时都不想活了。

直到今早白邦云来检查时告诉他说之前的涂片检查结果是阴性，林小格这才稍稍感到松了口气。

“你不必担心。手术在全身麻醉后进行，切口位于腹部，横向切口。我只会给你留下一个很小的疤痕，不会影响多大。”

说到这儿，白邦云哈哈大笑。

“术后做一个病理化验，要是没有什么特别，四五天后你就可以像正常人一样出院回家了。”

“当然，”白邦云补充说，“如果化验报告为阳性，我们也有办法处理它，当下你要宽心下来，就不要想那么多了。”

“我担心它不是一个好东西。你说我咋办啊？”林小格说着说着，又抽泣起来。

“别哭，疾病不相信眼泪。”白邦云轻轻地拍着她的肩说，“如果你信得过我的话，就勇敢地面对病魔，我们一起来对付它。”

病房里只剩下白邦云和林小格。

“我怕。”林小格的声音很小。

“白主任，您知道吗？您现在就是我唯一的精神支柱。”林小格的话变得多起来。

“坚强一点！”

“嗯，白主任，我一定听您的话。”

白邦云点了点头，然后走出病房。

54

上午十一时。

“传唤刘刚华！”田静命令道。

"蒋局批准了？"苏微微兴奋地叫出声来。

田静先是没吭声，沉静了一会儿说，说："传唤一个身份特殊人物，你说呢？"

"唐副知道吗？"苏微微又追问一句。

苏微微突然问出这么一句，田静一怔："怎么，你信不过我？"

"没有啦！"苏微微笑了笑。

田静亮出了传唤证："这下你该相信了吧！"

"那好，去三医院。出发！"

很快，田静、苏微微和另外三个刑警随后急速赶到市三医院，把住院大楼 C 栋八楼心脑血管科楼梯和电梯全把控住了。

田静、苏微微两人走进医师办公室。

"请问刘刚华住在几号病房？"

只见一个刚才还在低头伏案写病例的医生抬起头来，"你们说的是 VIP 病房刘刚华，我是他的主治医生，姓刘。"

"你找他有什么事吗？"

"我们是市公安局的，我们需要把这个病人带走，配合一下调查。"田静向刘医生表明自己是警察，亮出警官证，要将其带至公安机关讯问。

"可是病人……"刘医生一副吞吞吐吐的表情，欲言又止。

"刘医生，借一步说话，我有事情和你说。"田静在刘医生耳边说了一句话。

刘医生跟着田静出了医师办公室。

田静把刘刚华可能涉嫌一起重大案件告诉了刘医生，但涉及哪个案件田静没具体说出来。

刘医生听了之后，并没有表露出来震惊的表情。只见他神色淡然地说："田警官，在我眼里只有病人。我是一个医生，以救死扶伤为己任。所以，我不会在意病人犯了什么罪。”

“在我眼里，任何一个病人都应该得到尊重。”刘医生再次重复他刚才说过的话。

刘医生说完，便要转身进医师办公室。

“你妨碍警察执法了，知道吗？”

“对不起，病人现在不方便见任何人。”刘主治医师站住了，转身告诉了田静。

“他患的是什么病？”

“病人现住在ICU病房。”

“可以带我们去看吗？”

“这个没问题，请跟我来吧。”刘医生点点头。

“ICU病房一般情况下不允许外人进入，里面住的都是病情危重患者，很容易感染，造成其他的并发症。另外，每个病床前都有很多监测（抢救）仪器，外人进入会不小心碰到，影响患者治疗……整个ICU聚集医院最危重的病人，有的病人能走着从这里出去，还有很多病人从另一个专用通道被推走。”刘医生说了一通理由，“不过，只能进去两个人。”

“我们会严格遵循医院相关规定的。”

“谢谢理解！”

田静因为白邦云在医院上班，她也知道ICU病房的特殊性，是医院里最重要、最特别的一个部门。ICU病房是一个不仅离死亡最近、也是离希望最近的地方，在这里让很多人收获了生的希望，这里也是距离天堂和人间最近的一个中转站，这里的医护人员每天像战士一样和死神做斗争，这里的病人都已直面死神，有的更是和死神擦肩而过，这里和你看电影里片段一样，每天都能看到惊心动魄的抢救瞬间，插管、除颤、心肺复苏、动脉穿刺……

来到 ICU 病房门口，静悄悄的，因为还不到每天固定的探视时间，ICU 大门紧关着。这便是常人称是生死之门，也是常人所说的与死亡很近，却也是离重生很近的地方。一墙之隔，相差的往往是生死。生死离别，每天都在这里上演。

刘医生在外面按了门铃，不一会儿，里面传来走路的脚步声，田静通过 ICU 病房大门上方的“猫眼”往里面望去，一个护士从里面过来，按动了大门开关。ICU 病房电动大门便徐徐打开。

“两位警官可以进去了。不过，进去后还要换上 ICU 病房专用鞋子和衣服。”

进了 ICU 病房大门，刘医生极为轻巧地脱下皮鞋，然后换上室内专用拖鞋，然后又示意田静、苏微微换上室内专用衣服和专用拖鞋。

进到 ICU 病房里，只见一张张多功能监护床上全是病人，在每一张多功能床前都放置着一台被称作“生命岛”的架子，架子上井然有序摆放着各种仪器。“生命岛”与多功能监护床一起，组成一个单元床：心电监护仪、呼吸理疗机、多导联心电图机、除颤器、输液泵……大大小小、异常精密的仪器，铸造着生命危重病人生命的防线。在常人看来，ICU 更像是蒙上了一层神秘的面纱，因为所收治的病人大多病情危重，且病房几乎与外界隔离，它往往给人留下神秘又恐惧的印象，每天动辄过万的高昂费用。确实，住在 ICU 病房，患者每天需要支付高昂的医疗费用。生命无价，但抢救生命需要用钱。对于很多危重病人来说，没有 ICU，就意味着生命的终结。每一个被送入 ICU 病房的病人都承载着家人的牵挂和期盼。病房里，病人努力求生，医护人员全力救治。病房外，家属把这里视为救命的地方。对于患者和家属们来说，时间走得很慢，因为每一分等待都充满焦灼与挣扎。对于医护人员来说，时间却走得很快，因为抢救与护理，分分秒秒都是忙碌的。

刘医生指出最里面的一张病床，说道："那病床上躺着的便是刘刚华。"

田静和苏微微轻轻走近，只见刘刚华躺在病床上，全身插满了各种输液的管子，整个人奄奄一息，显得生气全无。

"我们说话他能听到？"

"能听到。"

"怎么回事？"

"过量服用安眠药中毒……他本身又是患有严重糖尿，并发症很多，比较复杂。病人刚进来时在 VIP 病房，三天前又转入 ICU。"

"大概什么时候能出去？"苏微微问。

"这个不好说，得看情况。"

"目前他情况严重吗？"

"那还用说啊，不严重还能进这里来的。这是烧钱的地方。"

"这样吧，等病人转入普通病房时，麻烦你告诉我一声。"田静对主治医生，并互相留了电话号码。

"可以，但估计不会有那么快的！"

"刘医生，谢谢你！"

无奈，对刘刚华的传唤工作，只能终止。

在丹阳市民面前，刘刚华这位"时代楷模"人物，一直都是满满正能量。在偌大的一个丹阳城，无人不知刘刚华这个人名。前些年省报某记者还专门采访了丹阳经济能人刘刚华，报纸报道刘刚华励志是这么写的——

刘刚华出生在丹阳市乡下的一个贫穷的农村家庭，小的时候家里条件不好，母亲久病缠身。在刘刚华七岁的中秋夜，母亲让他去帮忙买药，母亲吃完药，刘刚华就在旁边睡着了。第二天醒来，却发现母亲的身体早已冰冷，自那天起，他再也没过中秋节。刘刚华的童年，充满坎坷。母亲去世后，父亲就带着胞弟刘刚强不知去向了。自此，刘刚华跟爷爷奶奶相依为命，小小年纪，却已经外出打工，为家里撑起一片天。为了生计，不到十六岁的刘刚华只身一人下广东打工，在广东认识丹阳老乡赵东山，两人年纪相仿，后来两人又一同去浙江，进入东阳一家具厂打工，和老板经常跑广西东兴、凭祥等地红木市场，甚至经常出入缅甸、泰国、老挝、柬埔寨和越南等红木原产地。有一次在越南大山里查看工人砍伐红木时，不小心踩到了地雷，从此右脚落下轻伤，幸好手术及时，才未导致严重后果。刘刚华把打工挣到的钱都寄回家给爷爷奶奶。在赵东山的眼里，刘刚华是一个特别孝顺的人，而且能干，不怕苦不怕累。后来，两人摸熟家具厂门路后，刘刚华和赵东山便开始自己创业，成立自己的家具厂，家具事业越做越大，赚足了第一桶金。一次春节返乡时，偶尔从朋友那里听说丹阳市属国企服务公司面向社会公开招聘一名负责生产经营的副总经理。他决定去碰一下运气，没想到他的运气超级好，在十几个应聘中他居然被选中了，他进入丹阳市服务公司。这是一家市属国有企业，因长年在外打工，刘刚华算是见过世面的人，而且他极善搞人际关系，在市服务公司几乎就没有领导不喜欢他。仅仅五年，在人生的平台上他再上一个高度，从一个副总经理干到了市属国企总经理的位置。在刘刚华接手前，市服务公司业绩十分糟糕，在全省同行业中排名倒数，是丹阳市有名的困难企业。然而，刘刚华的表现让人不得不佩服，他骨子里本来就有两大特质：一是想方设法搞活企业，让职工有班上，有工资领，不给政府添乱添麻烦；二是有一颗不甘屈居人下的心。正是这两种特质，刘刚华把公司搞得红红火火。刘刚华他做事颇具见地章法，在组织任命下达的第三天，他便开始大刀阔斧推开企业“三项”制度改革，调动了员工的积极性。在刘刚华的敢打敢拼和苦心经营下，短短五年，公司就让人刮目相看，从当初只有几家破落门面房的“小作坊”变成了拥有近三十家的大型批发零售大公司。公司资产也从当初不到百万元，飙升到了近亿万，实现了数千倍的升值。刘刚华的亮眼成绩，很快就赢得了业界与社会的一片好评，他先后被评为“省优秀企业家”“省劳动模范”。然而，在拿到如此多的殊荣之后，刘刚华似乎并不开心。他要把企业带向一个新高度。恰逢国企改制，在刘刚华主导下，市服务公司很快就从市属国有企业变成了一家民营企业，公司的名称也随之改变了，叫“丹阳市刚华商贸有限公司”。至此，三十七岁的刘刚华在丹阳市甚至在全省成为家喻户晓的人物，他放弃在浙江沿海一带的优越工作，回乡工作，当上了市属国企的副总，再次轰动一方。如今，他成了丹阳市远近闻名的年轻企业家，加上经常做一些善举，在十里八乡有很好的口碑，故当选省、市两级政协委员。

近几年来，地产行业崛起，吸引了无数投资人进入地产行业。长年经商头脑精明的刘刚华，瞧准时机，大刀阔斧地进军房地产。刘刚华做了个让同行诧异的举动，贷款并砸下全部身家，花了近三亿人民币在离丹阳市中心二十公里的天寿山脚下拿下近千亩洼地，高调进入地产行业。见此，同行人都幸灾乐祸，等着看他房子卖不出去如何赔个精光时，他却十分自信，展现出了超乎常人的眼光，未生半点退却之心，高调对外宣称要把这块地打造成丹阳最响亮的别墅区——曼哈顿一号。他别出心裁，创举性地提出了“曼哈顿一号——给你一个五星级的别墅”的宣传口号，一下子使全市乃至全省都轰动了。不仅丹阳市有钱人，连附近市县的有钱人也都跑来天寿山曼哈顿一号来买别墅。“曼哈顿一号”上万套别墅不到一年全部售罄，实现超过数百亿元的售楼收益。刘刚华借助“曼哈顿一号”赚得盆满钵盈，“曼哈顿一号”也让他成了丹阳地产业中的首富。

时过境迁，刚华商贸有限公司已由当初的只经营一家宾馆的公司成长为经营酒店、物业租赁、商场、地产开发等综合性集团公司，稳坐丹阳市民营企业的头把交椅。集团公司核心产业主要有两大块：一个是地产，丹阳市最具代表性的“曼哈顿一号”别墅区；另一个就是商贸，像酒店、餐饮、商场等。刚华商贸有限公司是丹阳市著名民营企业，在丹阳人的眼里，刘刚华为人豪气、大方，他往往一出手就是一个几百万元，甚至上千万，从学校、医院、敬老院等基础福利建筑，到公路、风景区等政府开发项目均有涉及。刘刚华成为家乡甚至整个丹阳市人心中的模范企业家。

也正在他事业如火如荼的时候，弟弟刘刚强突然出现，两兄弟分别二十几年，又重逢，可谓是人生的又一大喜事。刘刚华把刚华商贸有限公司改成“双刚集团”，他是集团大掌柜，弟弟刘刚强是集团公司二掌柜。从此，兄弟俩不仅有手足之情，又有成功事业加身，一时间成了丹阳市人人皆知的人物。

从二医院出来，田静和苏微微两人交换了意见。

“从医生判断，刘刚华病情不轻，人都进了ICU了，不像是普通的病人。”苏微微说。

“现在外围调查工作正在悄悄进行中，目前还没有确切证据指向刘刚华在青花瓷一案中有重大嫌疑，我们只是想传唤他了解点情况。”田静说。

“还要派警力在医院盯着他吗？”

“我的意思你还不明白吗？”

“他现在还不是一个犯罪嫌疑犯人。等他转到普通病房了，我们再传唤他。”

“我明白了。”

“现在外面有多传闻，说他们兄弟俩私下里与地方官员搂腰揽肩称兄道弟……”

“有了上层人物的拥护，在丹阳兄弟俩便可以根深蒂固，呼风唤雨，具有通天的本事。”苏微微摇摇头，发出一声叹息。

“只要触犯法律，就要受到法律严惩！”

这次安排传唤刘刚华，田静也是顶着极大压力。和苏微微去找唐朝时，唐朝不同意传唤，说此事重大，怕影响太大。没办法，田静只好一人去找蒋立军，把自己的分析全后说了半天，蒋立军才点头同意，而且要求不到万不得已，不得采取措施，因为刘刚华身份摆在那里，再说也还没有证据表明他是一个犯罪嫌疑人。连蒋立军都说了，他的压力比谁大，更不用说田静的压力了。但这些她不会告诉苏微微。就田静而言，作为一名人民警察，她要承受的远非只是来自犯罪分子的猖獗和破不了案的压力，更多的怕还是来自上层的压力。

“不过，我对侦破青花瓷案子有信心，而且离真相越来越近了，包括一系列的案子。现在犯罪分子在暗里，我们在明里。一动就有破绽，一动就会露出马脚。我还是那句话，不管他是谁，只要触犯了法律，我绝不放过！”

田静脸上闪出一层光芒，自信的光芒。

说到“我绝不放过”，田静笑了，语气也轻松下来，不像刚才那么严肃。她说：“刘刚华的背景，无非就是官商勾结。”

“官商勾结”苏微微瞪大眼睛，一下没反应过来，等意识到田静说什么时，忽然笑了。她拍了下自己的脑袋，自嘲道：“我这脑子，一到关键时候总是短路！”

“是经常发生短路。”

田静说完，两人会意地笑了起来。

55

早上时间刚过八点，田静就已经起床了。她想趁着今天周末天气晴朗，把床单被罩拆洗了。

正在卫生间洗漱时，丢在床上的手机响了。田静第一反应可能有什么重要或紧急的事情，周末一大早手机响起，田静预感到可能又发生大事了。

田静一边丢下正准备洗脸的毛巾，一边急忙冲到床边，她划下了接听键……

电话是苏微微打来的，苏微微声音有些急切：“田支队，有要事向您报告。”

田静拿着手机走到阳台上，她语气平静地说：“说吧，什么事？”

苏微微说：“古腊镇丹江河道惊现一具无头尸骸。我已赶到现场。”

田静心里一沉，还未等苏微微说完，忙问：“确定死者的身份了吗？”

“暂时还没办法确定。”

苏微微迟疑了一下，说道：“我接到丹州区公安分局刑警大队的报告后迅速带人赶到现场，在现场了解到，无头尸骸是一个十五岁的男孩发现的。”

“你说具体一些。”

“是这样的，发现尸骸的小孩男孩当时正在河边里钓鱼，突然，他鱼钩被东西勾住了。他就下河去查看。因为是秋季，水位下降了，他摸到一个四方钢笼，钢笼在淤泥里。男孩很好奇，等他用力一点一点地把钢笼拉出水面时。他才看清楚钢笼里面有一副人骨头架。瞬间便被吓着了，一溜烟儿跑回村里向大人报告。

“接到报案后，丹州区公安分局迅速赶到案发现场，第一时间将出事水域封锁起来，接着开始对这个地方寻找，寻找了大半天，捡到基本完整的人体骨架，却一直找不到头颅。大家推定这应该是一具无头尸骸。

“我接到消息后，随之也赶到了现场。”

“有没有进一步了解到其他线索？”田静问道。

“田支队长，我们把尸骸检查了一遍，没发现……”

“这应该是案发第二现场，其中的一个抛尸点。”苏微微说不下去了。田静心一沉，定定地望着窗外，自言自语道：“又是一起重大刑事案件！”

“这是你个人推测的？”田静又问苏微微。

“是的。”苏微微回答，然后又说道，“判断应该不会有错……”

“你们现在哪儿？”田静问道。

“在城东古腊镇，我发定位给你。”

“知道了，半个小时后我赶到。”

说罢，田静就挂了手机，迅速查看了一下苏微微发来的微信定位地图。

“发生什么事了？”白邦云见状忍不住地问道。刚才田静手机响声，已惊醒了还在睡梦中的白邦云，只是他还赖在床上不想起来。

“城东古腊镇发现一起刑事案件，我得赶过去一趟。”田静对还躺在床上的白邦云说道。

“又是一起凶杀案件?”白邦云吃惊地问道。

田静点点头，语气沉重了下去：“是的，直觉告诉我这应该不是一起简单的凶杀案件，不过现在还不好说，还得等到进一步调查。事情也许要更复杂。”

“丹阳市这一年来变得有些吓人，发生这么多起恶性案件。”白邦云忧心忡忡地说道。

“你这个刑警支队长可不好当啊!”白邦云强忍着心中的忧伤，继而说道，“那你快些过去吧，早日把案破了。”

看着妻子忙碌的身影，白邦云暗暗发誓，以后会把一切都原原本本地告诉她，但现还不是时候。现在一切平静，他不想让田静马上经历这么多事。三口之家现在这么幸福，告诉她好像太不合时宜，他可以先替她扛起这副重担，他会找出一个办法自己弥补他个人犯下的可怕错误。

白邦云想到这儿，又用低沉而认真的口气说：“你要注意身体，不要太劳累了。”

“我知道了。有你的关心，其实我很幸福，任何时候都会被惦记。有你我很知足。也是我努力工作的动力。”田静冲着白邦云眨眨眼说。

“吃完早餐再走吧，我起来帮你做。”

“不用了，苏微微她们还在那儿等着我呢，一会儿到楼下随便买些包子之类的在路上吃就行了。”说完，田静走进卫生间匆忙把脸一洗便出门了。

田静到达古腊镇现场时，已经是上午十一时了。

摆在田静面前的是一具没有头颅的尸骸。死因判断目前还不好说，因为只找到身体骨架，无头颅，导致线索不明晰，这给警方断案带来了不少的困难。

当务之急就是要明确死者的身份以及死亡时间等，根据这些线索判断死者的社会关系和生前经历的事情。

田静和分局同志正在河岸研究案情时，蒋立军和唐朝这时闻讯也赶到了现场。

“蒋局，周末也让您不得安心，打扰到两位领导休息时间了！”

“发生这么大的案件，蒋局能安心休息吗？怎么说的话啊！”唐朝一副很生气的样子说道。

蒋立军下车后，和田静、分局的同志一一握过手，接着开始听田静汇报案情，田静汇报完毕，苏微微补充道：“死者应该在三十五岁左右，可以确定是一具女性尸骸。”

“法医来了吗？”

“来了，是分局李法医。”田静指着自己身旁一个戴眼镜的中年警察介绍说道。

蒋立军便侧过身子热情地和他握握手说道：“你辛苦了！”

李法医用手扶了扶眼镜，说：“初步确定死者年龄在三十五至四十岁之间。”

“能确切推断吗？”蒋立军问。

“具体年龄只有通过骨化中心进一步化验来推断，一般误差在三至五岁左右。如果找到头颅了，就好办多了。”

“从颈脖骨头断开处看，应该是一刀砍断颈脖，而且是死后分尸。也不难看出犯罪分子下手凶狠。凶手应该举起砍刀，直直向死尸劈下去的。”田静在一旁插过话说道。

“是的，一看刀口就知道凶手很残忍。田支队长的看法是准确的。”

蒋立军点头示意，看了看李法医和田静又说道：“其他的还发现有什么价值线索吗？”

“暂时还没有。”田静回答道。

“一个早上，你们就只讲出这点东西来？死因呢？你认为死亡原因是什么呢”听了田静的汇报，唐朝脸色更加难看，一眼就能看出他对田静的回答很不满意，“你们怎么干活的？”

田静被唐朝一问便卡住了，她回过头对唐朝说道：“无头尸案件的死因判定不好说，至少目前是十分棘手的事情。尸骸上没有发现骨折痕迹，也就是说死者的损伤可能是在头部。由于没有头颅，所以目前暂时无法判断是钝器伤还是锐器伤，是机械性窒息还是别的原因致伤。”

“但是，从颈脖切面看，我大致认为这是一把刀面较宽较厚重的刀。”田静继续分析说道。

“你能大致分析出是什么刀吗？”

“我想很可能砍猪骨头的那一类砍刀，就是平时我们在农贸市场经常看到屠户用的那种宽面且厚重的砍刀。”田静说。

“哦——”蒋立军长长哦了一声，不语了。

“我们看看尸骸去。”

“尸骸就在前面。”田静指着不远处的刚搭建的一个深蓝色帐篷对蒋立军说道。

蒋立军走进了帐篷，他很专注地弯下腰查看尸骸，甚至还没来得及将戴上的手套整理好。

片刻，蒋立军冷冷起了身，沉声道：“验尸。”

蒋立军绿了脸。蒋立军是很少绿脸的，他的脸上平日只有两种颜色，一种是红颜色，见了他高兴的事，他就笑，一笑脸上就泛了红。另一种黑颜色，见了田静迟迟破不了案，他的脸色就全成了黑色。有人说蒋立军一黑脸，丹阳就要出大事了。事实的确如此，伤医案发生后，他的脸色一直黑，很少露过笑容。唐朝这时倒感觉很轻松，他和分局的几个警察一直在不远处交谈，因为离田静比较远，田静没听清楚他们交谈了些什么内容。

蒋立军仔细查看尸骸半个小时，这才脱去手套，缓缓地问道："李法医，你看死者死亡时间呢？"

只见李法医沉思了一会，说："这个……一下子很难推断。"

见到蒋立军脱去手套，唐朝知道他查看完了，便过来，也正好听到了李法医的回话。

见到李法医回答，而田静也站在一旁，顿时唐朝眉头一皱："你们一个早上白忙活了，掌握的信息源这么少？"

蒋立军挥挥手说："不用责怪大家了，他们也都辛苦了，我也相信此时的他们也不会好受到哪里去！"

唐朝这才不作声，只是双眼紧盯了一下田静："看你当的刑侦支队长，刑事案件一桩接一桩，没完没了。"

众人一听唐朝的话，都难过地低下头，没人再说话了。

"抢劫案、刀插红衣女案、伤医案、暗洞抛尸案……一个又一个案子等着你们去攻克，可在这节骨眼上，又出了无头尸案。同志们啊，我们丹阳再也不能出事了，我们再破不了这些案子，怎么向党和人民交代？这分明是犯罪分子向我们发出挑战呀！"蒋立军说到这儿，情绪有些激动起来。

唐朝盯向田静，也跟着附和道："你们刑侦支队的工作能力让人不敢苟同……"

听唐朝这么一说，田静感到很惭愧："一切都怪我，是我个人能力不足，给领导添麻烦了。"

对田静的这种自我检讨唐朝并不满意，唐朝又紧盯着田静一眼："田支队长，你作为刑侦支队长，你应该知道你肩上的责任，现在丹阳市不太平啊！这和你们破案不力也有些关系，你说是吧？”

田静一怔，疑惑地看着唐朝，唐朝摆摆手：“你可别误解我这句话，我的意思是丹阳的老百姓他们只是想看到结果，案子破不了，你们再多努力，没人承认的，你们说是吗？”

田静没有说话，她心里啥都明白了，她已经能从唐朝的语气中看出他对自己的不满意，从某意义上说，唐朝不认可自己，甚至视自己站在他的对立面。是不是唐朝已经感觉到她在怀疑他了？她只是怀疑，而且这个事也只是她和苏微微知道，难道唐朝真的知道有人怀疑他了吗？

田静的眼神有些闪躲，看上去有些失神，显然情绪很低迷。

“田支队长，我看你今天心情有问题，和我们分析案情时老是分神，你有心事吧。”

蒋立军一眼就看出田静有心事，这让田静很是吃惊。

“你是刑侦支队长，你倒是说话呀！”

田静不敢正视蒋立军，她委婉地说道：“唐副批评得对，这确实是我个人能力上有问题，我感到很惭愧！”

“光知道惭愧也不行啊！重要的是你要正确对待批评……不懂汇报，工作能力再强也没用。”唐朝冷冷地说了一句。

蒋立军朝唐朝递了个眼色，示意他不要再说下去了。唐朝没有再说下去了，蒋立军许久才缓缓说道：“田静同志，面对这么残酷的现实，我们不回避，争取早日破案。我要求刑侦支队当务之急要尽快组织精干力量，深挖细查，争取突破！要拿出破案结果来证明你们是行的！是丹阳社会群众可以信赖的人民警察！”

“我要的是结果，明白吗？”蒋立军面色沉重地望着田静，他加重语气，不容置疑地提高嗓音说道。

蒋立军在“结果”两个字上加重了语气，但是田静只理解了一层，见田静没有马上回答，蒋立军有些不悦地说道："为啥？你是对这个案件没信心，还是对我没信心……"

"请领导放心，我们一定会拿下这个案！"

"我要的就是你这句话！"

田静很是听从地频频点头："嗯嗯，我知道了，以后不会了，嘿嘿。"

蒋立军只是稍微地扫了她一眼，没有继续说下去了。

"好了，一会儿我和唐副要向市领导汇报去，就不去参加你们案情分析会了。"

说罢，蒋立军就上了车。唐朝回头扫了田静一眼，这才跟后上了车。送走了蒋立军，回想起唐朝刚才的眼神，田静忽然有种怅然，感觉心里酸酸的，很不是滋味。

直到蒋立军乘坐的警车消失在村头后，田静才醒悟过来。她决定分头行动，一方面马上对尸骸进行检查，一方面对周边村庄进行走访排查，她希望尽可能最快地找到附近失踪的女性。

56

这两天妇产科很安静，护士长都说好久没有这样安静了，这和近段病人较少有关，整个走廊显得特别安静。

白邦云正要下班时，突然送来一个急诊病人，原来是怀孕七个半月有早产现象，她主动要求引产的。病人看上去很漂亮，年纪轻轻，还不到三十岁，却是怀孕四次流产三次手术一次了。病人的经历让接诊医生唏嘘。病人来的时候有出血腹痛，病痛让她漂亮的脸扭曲变形了，一双化着浓妆的大眼睛，看着挺骇人。

"快点做手术吧，我受不了了！"见白邦云进来，她不停地用微弱的声音求着。

因为需要家属签字，白邦云让她叫老公来，这才得知她还没有结婚。她打了半天电话，才等来了一个男人。白邦云一看，就知道他是一个吸毒鬼，身体瘦弱，精神萎靡，面色枯黄，眼窝深陷……

“你是她男朋友？”

“不是，朋友关系。”

值班医生问她为什么孩子都七个半月了又放弃不要，她就来气了：“要不要是我的权利，如果你不愿意做手术，我到别的医院去。又不是你们一家会做引产。”

值班医生好言相劝，说她流产多次了，再这样下去就会影响今后的生育。

“一句话，你们帮做还是不帮做？不然我马上走人！”

看着她，让在场的医生和护士都感慨不已。这样的人谁会可怜他们，是谁造成了现在的结果呢。这恐怕不是一两句话可以回答的。

安排好手术医生后，就到下午六点了。长长的一天上班时间终于结束了。

白邦云下班到家的时候，见到田静正在厨房里忙着，平时在家都是白邦云弄饭，今天倒是太阳从西边出来，田静早早到家就在厨房忙开了。而且白邦云还发现桌上摆满了很多熟菜，有红烧猪蹄、脆皮五花肉，还有一碟花生米，这些都是白邦云平时最喜欢吃的肉菜。

“今天怎么了？是什么日子？”

“你说呢？”

“连续五个多小时的手术已经累瘫了，真的想不起来。”

“是你四十五岁的生日。”

“哦。”

“对不起老公，我不会做菜，所以就买些熟菜回来。今晚你必须听我的，你好好坐着等吃，不用你动手。只要你不嫌弃我做的饭菜就行。另外，老公，我下班路过医院门诊部时，见一大堆人正围着看表扬信？你知道表扬的是谁吗？”

“谁啊？”

“当然是我的老公白邦云啦！”田静兴高采烈地说道。

“是吗？”

“我还把表扬信用手机拍照下来，发到你微信啦！你没看见吗？”

“今天实在太忙了，哪来闲情看手机呢？”

“那你好好坐着看吧，我一个人忙厨房就够了。”

白邦云被田静笑得竟有些不好意思起来，想想，就说：“既然你这么热情，我就不推辞了。今晚我就吃个现成的。”

白邦云从厨房里出来，坐在沙发上就翻看手机微信来，表扬信是这样写的：

尊敬的市人民医院领导：

我叫乐小曼，今年四十五岁，是一名高中数学老师。今天我怀着无比感恩的心情给丹阳市人民医院领导写这封信，敬请院领导在百忙之中阅读为谢！

6月初，正在教室上课的我突发腹痛，学生看我痛得直冒冷汗，就把我送到市人民医院检查。当时我腹痛难忍，被送到了妇产科。接诊我的是白邦云主任，那时他刚从手术室下来，连歇息都还没来得及，见到我从急诊科转进病房，白主任马上给我进行详细检查。检查完后，他一脸严肃地对我说：“赶紧准备取检化验，等化验结果。”

很快地，第四天病检结果出来了，是宫颈癌，早中期。当时我就感到犹如晴天霹雳，就躺在床上一个劲哭。白主任来查房时，发现我情绪很低落，他安慰我说："事已至今，焦虑也没有用，马上手术。关键时刻要保持愉快心态这样才有利于术后身体恢复。手术前，精神放松点，会很顺利的。"

经过一周抗感染治疗后，我被推进手术室，白主任亲自为我做了"广泛全子宫切除+双侧附件切除+盆腔淋巴结清扫"手术。整个手术花费六个多小时，手术很顺利。事后，从其他医生得知，当时切除的肠子和子宫都完全黏在一起了。可想情况有多严重！他们还说，当时白主任手术完出来时头发衣服都湿完了。自入院以来，我得到妇产科全体医护人员的精心治疗和悉心照料，得到白主任和主管医师的精心医治，最为难得的是不管节假日、休息日还是晚上下班时间，白主任都会来查房，不断给我鼓励，耐心地从心理方面解开我的心结，让我直面人生。那段时间，是我人生最至暗的时刻，白主任就是我唯一的精神支柱。一个人如果不患癌症，就永远不会体会到癌症病人的焦虑，那不是你说宽心就能宽心的，一个人再强大，再坚强，当你真正面对死亡时，才会体验到死亡的恐惧，是人都一定会拼命挣扎。

经过一个多月的精心治疗，我终于病愈出院。出院后重拾教学工作，重新回到讲台。只有在这三尺讲台，和孩子们在一起，我才能真正感受到活着的意义。

写这封表扬信的时候，我又忍不住流泪了，自己不过是一个普通人物，一个普通的人民教师，竟然会得到白主任这样著名专家关心和照顾，他不但救了我的命，更是给了我全家心灵上的温暖。现在我已经康复了。市人民医院是一家真正的老百姓自己的医院，没有这样的好医院、好领导、好专家、好医护人员，也就没有我全家幸福的今天！为此，再一次感谢白主任，感谢照护我的主管医师、主管护士及妇产科全体医护人员！祝你们好人一生平安！

病人乐小曼

×年×月×日

白邦云看着这封情深意切的表扬信。他已经记不太清楚这个病人了，这一年做过的手术太多了，印象模糊了。这些年他收到患者送来的锦旗和感谢信数不胜数，于他而言，今天的这封感谢信是自己四十五岁生日的最好“礼物”。

见到乐老师如此热情，白邦云又想到下午自己主刀的一例妇科癌症病人。上一周妇产科进来一位确诊子宫内膜癌的女病人，入院各项检查完后，白邦云把治疗方案告诉她，她一个劲地强烈要求保留子宫，对他说要是切掉了子宫，她宁愿等死……白邦云说：“你留下它，就是在身体里埋一颗定时炸弹。”作为医生，他无法答应这种请求。但是她可以到其他医院再看看，听听别的医生建议。白邦云的实际意思是——如果她要坚持保留，可以另请高明。因为这也关系到他作为一个医生的原则问题。但话不能那样说，不委婉，对病人太刺激了。后来她思索再三，还是接受切除子宫的手术——这不，今天下午刚刚做完手术。

切除是破坏，当可以避免或是能缩小它的危害时，他必尽力而为。以前的病人很惧怕医生，基本上是医生说什么，他们就服从。但是现在不一样，随着社会的进步，病人常常提出他们特别的想法。在临床上，白邦云经常遇到一些女病人在手术时，强烈要求保留她们的子宫。子宫本是一个很不平凡的器官，它既关乎本人的机体，也关乎后代，会影响女人、男人，甚至上下几代人，娘家婆家……所以切除子宫这是一个很慎重的问题。白邦云认为，医生不是修理机器的管道工，面对的不仅仅是一个生了病的器官，而是一个完整的、有血有肉、和周围有着千丝万缕联系的活生生的人……摘不摘除子宫，主要依据病情，综合家庭、生育情况、年龄等因素。白邦云曾经为一个女患者在子宫里切除近百个肌瘤，剔出那些大大小小的颗粒，这当然比一揽子切除子宫费时费力，操作很麻烦，像在一团海绵状的橡胶里抠除豌豆。这个项目的世界纪录，由英国医生保持着，从子宫里一下切除了三百多个肌瘤，国内目前还没曾打破它。

沙发上，白邦云陷入了沉思。

厨房里，田静一直在忙碌着。

夜深了。

看着身旁已经入睡的田静，白邦云睡意全无，独自到客厅阳台，衔起一支烟，遥望着星空，心事茫茫，想着白玖怎么变成这样的人，他就不相信白玖会把他也害了。

下午下班前，他接白玖打来电话，白玖说要请他出来吃饭，希望白邦云能给她一个面子，说要感谢他前段帮她的忙。那时，忙了一天的白邦云，确实真的很累，他想尽快回到家，吃饭洗澡，早一点休息，没进家之前，他根本没想到今天是他四十五岁的生日。所以，当时他就不失时机地说："感谢的话就不说了，你的情我领了，等以后有空再说吧。"

白玖却说："以后有空是以后的，今天是今天，说好了，晚上我等着你。我们好长时候都没有聚过了，也应该聚一聚，就到紫云餐馆吧。"

最后，白邦云还是拒绝了白玖。

白玖很不高兴地说："没想到你这么不给我面子，难道就这么不给我面子？”白玖甚至在电话里大声质问他为什么，为什么对她这么残忍……

白邦云就在电话是笑着说：“不是不给你面子，你千万不要误会，我主要是怕田静知道了不好。”

白玖说：“那好吧，你们好好恩爱，不要后悔就行。”说完就气呼呼挂断了电话。

直到现在白邦云都想不通自己在哪个地方得罪了白玖，她今晚为什么这么生气，白邦云胡乱想了一通，又将思想收回到了从认识白玖到现在的点点滴滴。她完全变了。她现在是一个怎么样的人，连白邦云自己都说不清楚。

“你是不是有什么心事？从来没见你大半夜抽烟？”

见到田静不知道什么时候站在自己身后，白邦云大吃一惊，极不好意思地说：“让你看到我抽烟了。”说着，便想把烟给夹灭了，却让田静制止了：“都已经点燃了，就抽吧。”

白邦云爱抽烟，但他和田静有个约定，不准在家抽烟，所以这些年他基本上不在家抽过烟，今晚却例外了。

“你实话告诉我，你最近是不是有心事？”

一听田静这话，他的脸色一下变紫了：“我没有什么心事？”

田静正色说：“不对，我感觉得到，你最近的变化。”

白邦云一头虚汗地说：“这个，这个……最主要还是工作压力大。”

田静说：“你别这个，这个了。”

白邦云见田静一脸严肃，只能说谎，“没有什么，可能是最近太忙了，有些压力了。你放心，我没事的。”

但田静却好像没有完全相信他的话，她无非是想让他自觉说出来，但见他又不敢说，便说：“有什么问题，我们两个人一扛，你一个人硬扛着总比两个人扛的好。没有什么解决不了的问题。”

见到田静并没察觉到具体怎么回事，白邦云仿佛获得了一丝希望，急忙向她保证："我自己调整一下就好了。也许明天就好了。"

田静听了白邦云的这番话，不由得长舒了一口气，又重复了刚才的话，说道："不管发生多大的事，有什么事不要一个人扛着，会把你憋坏的。"

"你不相信我吗？"白邦云恍惚地回答道。

田静说："有你这番话我就有底儿了，我本来几次要问你了，可话到嘴边又不知道怎么问了，因为见你今晚生日都不开心，也把我心绪扰乱了。"

"对不起啊！"白邦云很内疚地说。

"看来我的担心是多余的。"

白邦云说："一点都不多余，没有你的这番话提醒，也许我自己都打不开心结呢。"

白邦云说着便朗声大笑了起来，田静从他的笑声中，感觉到丈夫今晚是心虚的。

"我进去睡了。你也早点休息吧！"

"嗯！"

田静进屋了，白邦云脑袋里突然一片空白，不知所措地站在原地，大口大口地吸烟……

第八章　灼痛（上）

57

子时，午夜十一点。

田静和苏微微终于可以下班了。

下到一楼，田静突然感到一阵眩晕，她不得不扶一下门边，头晕这才止住，可是身体却瑟瑟发抖。田静这段时间总感觉不安，脑海里总有不祥的预感，预感好像有事要发生一样。我到底怎么了？有时这种预感还很强，往往这时候她自我安慰说这是心理作用而已。下楼时她就一直在思考着这个问题，直至到一楼时她还是一语不发。

"愣什么呢？"苏微微漫不经心地看着田静问道，"看你精神状态不是很好……出了什么事吗？"

田静转了转脖子，似乎是在摇头。

"要不要……跟白主任说一声？"苏微微问道。

"怎么这么说？我又没什么大问题！"

"你别误会。"苏微微赶忙摆了摆手，"我没别的意思，见你难受，随便说说。"

"哎，你说的也没事儿啊。"

田静叹了口气答道："我老感觉哪个地方不对，但又不想出来……我有不好的预感，总觉得有事要发生。"

"是不是这段时间精神压力太大了，你又胡思乱想了！看起来你这段时间比之前又憔悴很多。"苏微微着看田静说道。

田静的脸色阴沉下来。"不对，我有一种很强的预感，有大事要发生。"

"大事……你是说无头尸案吗？

"还能发生什么事？

"随着案件调查进展，已经开始出现一些有价值线索和痕迹物证了。这样的阵势，我相信很快就能破案了。"

"不是。和案子无关的事……"

"你越说越让人糊涂了！"

"你不明白的。明天可别迟到，明天可是很重要的一天。我们再去一趟古腊镇。"

"我知道。"苏微微捋了捋凌乱的头发说道。

目送田静渐渐走远，苏微微摇了摇头。这大半年来，丹阳刑事案件接连发生，但这几起刑事案件的调查迟迟没有进展，成了田静的心结，虽然刑侦支队一直没有放弃调查。现在，又来了一个无头尸案，换谁当这个当刑侦支队长都有不小的压力。每一个案件每一个推理都很有趣，有说服力，但每一个案件好像都是证据不足。

苏微微没想到，对田静致命的打击这才刚刚开始。

次日，一大早田静和苏微微又赶到古腊镇。早前，在尸架出现方圆几公里的几个村庄，田静、苏微微用了一个星期时间全走个遍，田静感觉前面的工作确实已经做了很多，但有价值的线索好像收获不多，昨天她就决定今天再来古腊镇，她认为调查需要更仔细一点，更广泛一些。

果然今天在古腊镇，田静收获不小，就在走访到离无头尸架发现最近的赞字村时，听村委主任说，村里头的贾抄应该有一些情况要反应。

“假钞？这个名字不赖！”一听村委会说这个名字，苏微微一脸不解，她感觉很好笑，忍不住就笑出声来。

“不是那个假钞，是贾抄。”

只听村委主任说，贾抄是村里年纪最大的一位老者，今年八十五岁了，身体还很硬朗，眼不花耳不聋，平时去镇上赶集，甚至到离村有十公里远的县城，他都自个儿骑着摩托车去。

“哟，有这么回事？”田静暗忖。

村主任以为田静不相信，又说道：“等一下子你们见面了就明白。”

田静就再也没说话。

“他离这儿远吗，麻烦你带我们去找他。”田静问。

一听村委介绍，田静马上就要去贾抄家，村主任却摆了摆手，说道：“不用劳烦你们去，我一个电话他马上过来。”说罢，村主任就给贾抄打了电话，在电话里他说当地方言，田静她们都听不懂，一会儿，村主任对田静说道：“我已经通知他，他这会儿正在地里，洗个手马上赶过来。”

果然，没到半个小时，贾抄就骑着一辆老式摩托车赶到村委会。一进村委办公室，便大声嚷嚷道：“主任，找我有什么事吗？我正在地里干活呢，你电话一来我就赶来。”

“这是市公安局两位领导。”村委主任介绍道。

贾抄微笑了一下，来到田静和苏微微面前。两人一看，站在她俩面前老者看上去最多也就是六十来岁，如果不是村委主任前面告诉她们，她们一定看不出来这是一位八十五岁的老者。这也太让人羡慕了。

“能看出来这是八十五岁了吗?”村主任呵呵地笑。

“你这身体很多年轻人都比不上呢!”田静对贾抄直夸赞道。

“血脂、血压都很正常。前几天刚从医院检查回来。”

引人注目的是他的头发还是漆黑一片，苏微微道:“老人家，你真厉害啊!改天一定过来向你讨教养生秘方……”

“谢谢两位领导，说吧，找我有什么事?”

“先喝口水吧。”村主任不知什么时候去哪里弄来了几瓶矿泉水，他正要递给田静和苏微微。

“不必了。”田静马上说，“坐下说吧，打扰你做农活，真是抱歉。”

“听说你有一些问题要向公安机关反映……”田静把自己的来意告诉了贾抄。听完田静说话后，贾抄仔细想了一会儿，才开口:“哦，你们是说那个无头尸架啊!”

田静点点头:“你有什么线索吗?”

“是不是线索，现在还不好说。但我有情况要向你们反映。”

“没事。”苏微微安慰道。

“你说吧。”田静看看他，问了句，“时间过这么久了，你还有印象吗?”

“有。”

“能跟我们说说吧?”

“没问题。”

贾抄说着站了起来，田静示意他坐下来慢慢说。

贾抄说警方发现无头尸架的河段比较偏僻，平时很少人到那里，因为河段附近的一个小土坡是垃圾场、坟场、沙场，脏、乱、臭，后来包括贾抄一家在内的那一带的村民陆续搬迁离开。贾抄回忆说，他家就是离发现无头尸架最近的地方。记得五年前的一个冬夜，半夜时分他起床上厕所，这时他听到屋外有一阵汽车发动的声音，他家养的一只大黄狗发出汪汪的叫声。从厕所出来，他还特地瞄了一眼墙上挂钟，才是凌晨三点一刻。他觉得好奇，这个鬼地方人人都害怕，他家早就想搬离了，但苦于新家还没建成，只好忍着恐怖坚持下来。这深更半夜谁还这么大胆，竟然跑到河边来！所以他就上楼顶看了一眼，见河边有人影在晃动，还打着手电筒。他家离河边也就是六七百米远，他大概能看到有两个人影在晃动，还有一辆车停在河岸。

贾抄说到这，让田静给打断了，“我想问一下，那是一辆什么样的车了？”

哦，贾抄应了一声，然后思忖一会儿，说：“面包车，柳微型的。”

“你确定？”

贾抄又犹豫了：“好像是！”

“你先继续吧。”

贾抄点了一下头。

贾抄说可以肯定那不是来钓鱼的。他也不知道他们在干什么，看了一下也没见到有什么异常，他就下楼继续睡觉去。那晚过后没多久，新房终于盖好了，他家也搬离了。贾抄说他一家是最后一个搬离的。正因为那一年是他家搬离，所以他记得很清楚。

“前面我们进村调查时，你怎么不来反映？”田静很诧异。

“我前一段到县城跟女儿小住了一段时间，这不昨天刚回来，要收拾一下地里，准备种红薯藤。河里出现无头尸架还是昨天到家后才听说的。听村民议论这具无头尸可能早在五年前就被人抛进河里了，我联想到五年前那个夜晚我看到有人在河边走动，这可能和无头尸案有关。昨天路上遇到村主任就和他说了。”

一听到这里，村主任又赶忙抢过话来：“我正准备这两天向派出所报告，没想到你们今天又过来了，我都还来不及报告……”

“我们知道了。”田静示意村主任先不说话，她继续和贾抄了解情况。村主任便不再说话了。

“你这么肯定那不是钓鱼的？”田静问。

“钓鱼？谁那么大胆，到现在白天都还没人敢到那里钓鱼，何况夜晚的。谁不知道那个鬼地方！”贾抄答道。

田静点点头，继续问：“第二天你发现有什么异常吗？”

“没发现。”

“我刚才说的那些有助于你们破案吗……”

“当然有了……”

田静报以微笑。但她的脸上除了阴沉，又增加了些疑惑：这说明犯罪嫌疑人对这一带很熟悉。

“不好意思打扰你这么久，对调查很有帮助。”

田静和苏微微告别了村主任和贾抄，下了村委会楼。

一走出村委，田静便说：“贾抄反映的情况很重要，至少说明时间就在五年前，这和法医说死者死亡时间有些吻合，这应该不是巧合的。至于和案子是否有关，得看接下来的调查情况。”

“你是说贾抄反映的和无头尸案有联系？”

“有这个可能。”

苏微微耸耸肩，慢慢摇头：“贾抄的回忆不一定对，看他这般年纪了。”

“我看没问题。虽然他已经八十五岁了。但看起来他的思维很清晰，比年轻人看来还正常。”

苏微微表示认同田静的观点，点了点头。

田静表情僵硬地看着苏微微，然后说道：“平日里村民不敢去那里，村民路过那一带，也都要绕道而走的。再从尸体上发现的河水冲刷痕迹，我判断死者的死亡时间应该是贾抄说的五年前。这是一段人见人怕的地域，尸体就这样隐蔽在河中不见天日，想要找到被害人身份信息也并不是一件容易的事。不过，这也说明作案的人一定熟悉这一带的情况，正因他料定村民平时不敢来到这里，在这里抛尸不易被人发现，等若干年后，尸骨全烂掉被河水冲走了，就一切神不知鬼不觉了。”

苏微微又一次不得不同意田静的观点。

田静掏出手机，想打唐朝电话汇报刚调查得到的线索，手机铃声却响了。

“我是唐朝。”

“我是田静。我正想给您打电话呢。”田静把自己的看法向唐朝汇报。

“我马上跟蒋局汇报。”

“我们还想再到现场去看一下。”田静说。

“不，你们现在去另一个地方。”

“哪里？”

“鉴定中心。”

“有什么情况吗？”

“DNA 结果出来了。”

“知道了。”田静看了看苏微微。

“唐朝说 DNA 结果出来了，让我们快去鉴定中心。”

58

妇产科晨会一般从早上八点十五分开始。

医院科室晨会每天上午上班后，工作前十五分钟内召开。主要进行交接班工作，听取值班人员汇报晚夜班工作情况，解决医疗、护理以及管理工作中存在的问题，布置当日工作。

晨会正在进行中。

恰在这时，白邦云的手机响了。早上晨会时，偏偏忘记设置静音了。顿时，手机铃声在这寂静的晨会中格外响亮，惊着了正在开会的医护人员。白邦云有点不好意思，拿着手机一看，见是白玖打来的，不能不接，只好拿着手机到室外，接起了电话。

白玖问他在哪，白邦云还没说正在上班，白玖就很着急地说："你过会儿到紫云餐馆三楼我办公室来吧！"

"我在上班呢！"

"我能不知道你在上班吗？"

"电话里不能说吗？"

"不能！"

"来，还是不来？你给我一个痛快！"

"我真是在上班……"

"你不来，你会后悔的！"

见拗不过，白邦云最终还是决定要去一趟紫云餐馆。交代好妇产科副主任主持晨会，白邦云就下楼了。

上午八点许，恰好是上班高峰时间，路上很堵，加上红绿灯路口又多，的士行驶快十几分钟了，都还没走出几公里。从医院到理工路，正常的话也要半个小时。

白邦云人还在路上，白玖又催他快点。

白邦云出现在紫云餐馆一楼时，漂亮的前台小姐见了他，迈着优雅的脚步立马迎了上来，脸上闪着程式的微笑："请问先生找谁？"

"找你们白总。"白邦云一边说，一边四下张望寻找上楼楼梯。

"请问先生有预约吗？"

"没有。"

"那对不起，现在不能给您安排，要不先生您先坐在那边等等。”前台小姐伸出修长的手臂，做出指引的动作。

白邦云视而不见，一双眼睛仍旧四处张望，见到前台右手边就是楼梯，转身就朝楼梯那个方向快步走去。

前台小姐急了：“先生您不能上去！”

“你跟着我干什么？”白邦云一本正经道。

“没有预约，是不可以上去的。”

“是你们白总叫我来找她的。”白邦云急忙改口说道。

“先生刚才我问过您，您说没有预约的。您到底预约了没有，请不要为难我了。”

白邦云打开手机，让前台小姐看白玖之前打给他的电话号码。

“对不起先生刚才您没说明白，现在可以了。”

“先生，这边电梯请。”前台小姐迟缓了一下，然后快步走到白邦云前头，说了声请，并带着他走向电梯口。

“8301，白总办公室。”进了电梯，前台小姐冲着白邦云友好地笑笑。这表情训练得很好位，冲这一点，她算是一个合格的前台服务员。

白邦云这才知道前台背景墙后面有电梯，按正常人的理解才三层楼的高度，应该没设有电梯。

到达三楼，白邦云穿过长长的走道，穿过两道门，到了。白玖已在办公室等他有一个小时了。

见白邦云敲门进来，白玖就叫女秘书走开，说有事再叫她，没叫的时候不准进来打扰她。

眼前的景象让白邦云悚然一惊。才一个多星期不见，白玖的样子已跟白邦云在池塘里酒吧那晚见到的完全不一样。此时此刻，她在白邦云眼里，瘦了，憔悴了，完全像一个病人。她虽然面带病容、身体羸弱，但是依然挡不住她的美貌。她头发黑而亮，如瀑布一样散开在肩上。她的脸美极了，不只是皮肤细白如玉，没一丝皱纹，眼角也平平的，找不到一丝纹路。脖子肌肤细软光滑，羊脂一般泛着透亮的光泽。胸部饱满坚挺，特别有型。至于身材，那就更不用说了，满满的成熟优雅气息。能想象出当年刘刚强为她所迷的样子。

“你怎么瘦这么厉害？是不是……病情严重了？”

“家里发生这么大的事情，能不操心吗？”

“我弟弟的事，你听说过吧！”

“嗯。整个丹阳城疯传开了，无人不知道啊！”

“田静没问起你什么吗？她没嗅到什么气息吗？”

“白玖，你越说我越听糊涂了，你是说……”白邦云说不下去了。

“哎，我都不知道如何表达了。”

“我弟弟的事，当初要是你肯帮忙，肯定避免不像现在……”

“白玖，对不起，不是我不想帮这个忙，只是我不知道该怎么帮？希望你能理解我。”

“喝杯茶吧，我们坐下慢慢聊。”

见白邦云坐下，白玖把一部手机递给他：“你拿这部手机吧。”

“什么？”白邦云愣住了，“上次你送我手机我都还没给钱呢！”

“准确地说，你给我过了，是我不收而已。怎么能说是你没给呢。”

“那你现在还送我手机是什么意思？”

“这段时间，我们经常联系，我怕对你影响不好！”

“我不明白你意思，你还是直接说了吧！”

“你笨啊，我弟弟出事了，田静是警察，她肯定会顺藤摸瓜查我的手机通话记录，那我们之前的联系不也暴露了吗？”

“查就查吧，我们之间又没有做什么？不偷不抢，不杀人放火！”

“可我告诉你，按警察办案的思路，他们很快会查到我们之间的通话记录。”

听后，白邦云脸色一下骇然，眼睛顿时睁大：“什么意思？”白邦云说话的声音明显抖起来。

“你真的不怕？”

“有啥可怕？我们做了什么坏事吗？”

“话是这么说，我担心影响到你！当然，也有可能是我想多了。不过，我所做的一切都是为了你好！你还是拿着吧，免得给你带来麻烦。打现在起，我打你这部手机吧！”

白玖一副伤神的样子，让白邦云看了心疼。他不忍心拒绝她，只好默默地收下。

“记住了，以后拿这部手机联系我。”

“今天你找我出来，就这个事？”

“是的。我得走了。”

“等一下。”白邦云叫住了她。

“怎么了？”白玖一双眸子盯着他。他嘴唇动了动，又很快合上，想说什么最后却没说出来。

白玖眼角却始终盯在白邦云身上，眼里突然多了些惊恐，双手捂着胸脯：“你要干吗？”

白邦云勉强地笑了笑，说：“你要保重身体。”

白玖看着白邦云，突然扑过来，一下子抱住白邦云，放声大哭起来。

“我就一个弟弟，他死也太惨了。不过，有一个警察垫底了，总算有一些安慰……”说到这里，白玖再也不说话了，只是紧紧地抱住白邦云，身体也跟着瑟瑟发抖。

“我可以问你一个问题吗？你姐弟俩不缺吃，不缺住，更是钱多得花不完，为啥白小川还要去做犯法的事？”

“这个问题……”白玖怔了一下，哭声停了。她用力地把白邦云推开，自己身子又往后缩了缩，抬眼看着他，但不说话。

白玖思忖一会儿，说：“上次，在‘老外婆饭馆’时我跟你说过这个事，他也是替人家做事的。”

“人家是谁？”白邦云重重吐出了四个字。

“这个事你还是不知道的好，对你不好！”

“我又不是参与，为啥对我不好？你要是这么说，我真的无话可说了。”

“邦云，很多和你无关的事情我还是希望你不要懂得太多，也不要问太多，你还是好好当你的妇产科医生吧。好了，今天就先到这了，我有急事要出去了，你可以先坐下喝一会儿茶再走。”

未等白邦云开口，白玖便匆匆走了。

一会儿，女秘书又进来：“白总今天要见大客户，早先约好了的。白大夫，您先坐下喝茶，我来帮您沏茶。”

“谢谢，不用了。我得回医院上班去。”

“我送送您。”

女秘书走在前头，白邦云跟后，女秘书把白邦云送到电梯口，等着他进了电梯，这才离去。

下了楼，白邦云来到路边，匆匆拦下一辆的士，他要赶回医院上班。

时间过得挺快，这一眨眼又过去一周时间了。

这几天白邦云的右眼皮一直在跳，一直断断续续地跳。

在老家的时候，白邦云经常听父母说，左眼跳财，右眼跳灾。这是预示着将有不好的情况将要发生。当然，白邦云他不相信这些。起初只是右眼皮在跳，后来下眼睑也随着跳，刚开始的时候白邦云以为和以前一样，跳一会儿就没事，是没想到这一跳就跳了将近十天，而且还逐渐加重了。没办法，白邦云只好去找神经外科医生检查。神经外科医生检查时发现白邦云眼白全是血丝，给予指导建议：“这种情况有可能是由于疲劳引起的，一般熬夜，休息不好，用眼多还有精神紧张都会导致。需要注意休息，不要熬夜少看手机电脑，再热敷治疗，可以先休息观察一两天。”

按照神经外科医生的建议，所以白邦云请假在家休息两天，他想等眼皮好点了再去上班。

时钟已经过了十二点半，田静还没下班到家。古腊镇发现无头尸后，本来就因为侦破古董盗窃案、抢劫案、伤医案忙得心力交瘁，现在又来一个无头尸案，田静与同事更是忙碌了，每天都是早出晚归。白邦云自己也同样如此，每天早出晚归地忙着工作，与田静相处的时间除去睡眠，每天真的可以用分钟来计算。而与远在老家的父母，白邦云更是忙到忘记给他们打电话问候。

直到子夜一点，田静才到家。

“这么晚，又有重大案件发生？”

“还不是因为要抓获双刚集团二号人物老板娘。”

白邦云大吃一惊，很快地，他马上镇静下来：“双刚集团二号人物老板娘怎么了？”

“目前我们掌握的是她包庇白小川抢劫一案，警方正要传讯她，却让她逃跑了。”

白邦云抖索着看田静，身体也跟着瑟瑟发抖，吓着瘫软下来。幸好田静没注意到，不然就露馅了。

白邦云假装关心地问：“什么时候的事，抓到了没有？”

“她公司的人说，一大早就不知去向了。警方一直调查到凌晨才收工。”

听完田静的叙说后，白邦云故作震惊，摆摆手道：“还没抓到啊。”

“没有，双刚集团二号人物老板娘，她跑了。”田静面孔严肃地说道。

白邦云看了田静一眼，假装镇定：“不过，我相信很快就会抓到的，她一个女人能跑到哪里，能跑多远？”

“她罪不容诛，正义的力量决不会允许这类人逍遥法外！”

一听到这，白邦云开始紧张起来：“你们搞刑警出身的，还能让她跑了？”

“有人提前给她通风报信了。”

“是吗，然后呢？”

“让她跑了，就这些。有了一些结果，还有许多待查。其中重点之一就是谁向她通风报信。”田静缓慢地眨了一下眼睛又说话，“谁这么了解我们警方的情况？”

听这话，白邦云浑身不自在，他害怕田静看到他的异常，才赶紧打了岔：“你辛苦了。”

“辛苦倒不感觉，案子没破，大家心里有气没地方发泄。”

白邦云点了点头，站起身来：“你吃过饭了吗？要我去给你热一下饭菜吗？”

“都什么时候了，还没吃饭？”

“邦云，我问你一个事。”田静突然说。

白邦云一愣，慌着脸说：“你说吧。”

“我们在调查她电话通信记录时，发现有和你通话的记录，而且很多次。”

“啊，是吗？”

“是的，”田静点了点头，“就在前几天都还有你们之间的通话记录。”田静睁大了眼睛。

“怎么，有问题吗？”白邦云问。

“哦，这倒没发现。”田静尴尬地笑了笑。

“那是……她找我看病的。”白邦云冷静地说道。

“找你看病的？”

“是的，或者说，正因为我是一名妇产科专家，才结识了她。”

“哦，她什么病？”

“妇科方面。”

“可以说具体一点吗？”

“都是一些常见的妇科病，比如子宫肌瘤，卵巢囊肿，还有慢性盆腔炎……”

“哦，什么时候找你看病？”

“这个我记不太清楚了，好像从前年就开始了吧！”白邦云讲话给自己留下后路。白邦云知道，警方不会只是查看最近的通话记录，应该会往前面的时间查，也许还要更前面的时间段。所以，他只能说前年开始的。哪怕田静查到前年还发现两人通话，白邦云一句“不太清楚”足以混过关了。

“是这样的，在丹阳我是权威妇产科专家，慕名找我看病很多，这个你也知道的。你不也是经常受朋友之托，跟我预约过吗？”

“她的情况你清楚吗？”

“什么情况？”

“比如，身份、处世为人，平时喜欢和哪些人接触这些。”

“我就知道她是双刚集团的人。”

“谁人不知，双刚集团恐怕半个丹阳城的人都知道吧。”

“不过，在我的眼里，最高贵和最卑微的病人都是一样的。没有身份上的区别。”

“我知道。”田静臀部的一半已经离开了沙发。

“前天她打你电话都谈了些什么？”田静问白邦云。

“我问她用药一个疗程后，情况怎么样？”

“她怎么说的？”田静凝起了眉头。

“她说改善了很多，对我表示感谢，还说等有时间了请我吃饭。”

“是吗，然后呢？”

“我叫她坚持口服吃药，加上用药膏结合。就这些。”

白邦云往前一步：“怎么，你对她有什么怀疑？”

“呃，怎么讲呢，她弟弟参加抢劫，我们警方肯定需要调查清楚，包括她周边的一些朋友圈……”

白邦云来了兴趣，搬过一把椅子，坐在了田静面前，他：“她是不是犯什么事了？”

田静像是不情愿的样子，因为这个已经涉及案情机密了，她不想外人当然也包括家属白邦云谈论，这是纪律所不允许的。

“说说嘛！”白邦云又催田静。

田静抵挡不住白邦云的好奇，道：“白玖身上的许多疑惑有待我们警方进一步调查……”

“还有这样的啊。”白邦云叹了一句，又问，“开始调查她了没有？”

田静说：“正在开始。”

“哦。”白邦云惊了，有点伤神的样子。

“她问题严重吗？”

田静点了点头，站起身来：“我洗澡去了。”

“你去吧，我去帮你准备睡衣。”白邦云说道。

“等等。”田静又坐下来。

“这么说，她是你认识的人？”田静问道。

“原来认识。”

“原来是什么意思？”田静露出了好奇的表情。

“她之前经常来妇产科门诊看病，加上她是双刚集团的人，我对她有很深印象。不光是我，连刘岩风院长也认识她。我估计在我们医院，她恐怕认识一半以上的人。”

“这样啊，也就是说……她状态怎么样？我们想仔细了解一下她都接触哪些关键人物。”田静调整了一下坐姿。

“怎么说呢……”白邦云歪了歪头，心想：今晚恐怕够呛，不知道田静接下来还要想问什么。

“那你还想在我这里知道什么？”白邦云催问道，“今天你也累一天了，你尽管问好了。我尽量配合。”

“你没有什么秘密吧？”田静说话时眼神跳跃了几下，像是窥见了白邦云什么秘密。

这样的眼神令白邦云有几分不安，但白邦云还是掩饰了过去。

“有什么事你就跟我说，别憋在肚子，憋烂了容易憋出蛆来。”田静又说。

“看你都在说些什么？”白邦云做出生气的样子。

“你又不是犯人，我不需要审讯你。”田静已经感觉到白邦云脸部变得有些僵硬。

“好了，就这些。我洗澡去。”说罢，田静站起身，去了卫生间。

田静走后，白邦云的手还冒着冷汗，感觉黏糊糊的，墙上的钟已指向子夜两点半。

估计要不了多长时间，或许一切田静都会知道。白邦云想，心里也暗暗着急，但眼前只能这样了。既然一开始已经说谎了，也只能说谎到底了。再说，自己也不是那个通风报信的人，白玖只是自己以前的恋人，即使和她在一起，他也从来没有和她谈过案件，她好像从来也没问过。白玖的逃跑和白邦云无任何关系。白邦云之所以不想马上坦诚地告诉田静他和白玖之前的关系，他是担心田静误会。他和白玖之间早已经结束了，这些年偶尔和白玖在一起，他也从来没做任何对不起田静的事来，这个他可以对天发誓。

田静进了卫生间，白邦云就坐不住了。白邦云在客厅里转了有三四个来回，中间有几次，他在沙发上坐下来，目光或对着电视机，或者就死盯着着电视上方墙上的挂钟。

白邦云心里暗想，今天白玖约自己去见她，原来是想最后一面，她说去见一个大客户，原来是借口的。白邦云不敢往下做猜想了。

白邦云心在想，没有不透风的墙，他和白玖的关系迟早都要暴露的。现在该怎么办，怎么才把他和白玖的关系告诉田静呢？包括白小川的事，甚至包括刘刚华的问题……

如白邦云所料，今天果然是非常漫长的一天。对于上午和白玖见面的谈话，白邦云思忖了一天都没明白，他觉得自己有点虚脱了。

白邦云突然感到有些害怕了。他忽然狠下心，他不想再煎熬自己，他必须以最快的时间把事情的来龙去脉说出来，他要向田静坦白。

这样白邦云才心安。

59

下午三点刚过，田静手机的铃声响了。

这时，田静刚进到办公室，就问："微微，上午进村有什么结果快说。"

"田支队，有重大发现……"

"您那儿说话方便吗？"苏微微激动地大声喊道。

"没事，你快说。"田静从椅子上起身，走到窗前。

“通过被害人DNA，我们已经找到她的直系亲属了。”在电话那头，苏微微很兴奋。

“真的吗，辛苦你们了。”

“喂，喂，……你在听我说话吗？”

田静因为实在太激动了，她一下子说不出话来。半晌，她才应一声：“嗯，我在听着呢。”

“上午进村还真有大收获。被害女子姓许，丹阳市古腊镇人，已婚，五年前被曝失踪，失踪时25岁……果然不出你所料，案子发生在五年前。”苏微微说话都忍不住发出颤音来，足以说明她此时的激动。

“微微，你慢慢说。”

“好的。”这边苏微微也放柔了声音，便开始汇报她和另外两名刑警上午再次进到古腊镇调查得到的情况。

五年前冬天的某一天，在丹阳市某商场做皮具生意的许某丈夫谢某一直没有看到自己的妻子回家，打电话手机又显示已关机。谢某焦急寻找几天之后，妻子仍然没有任何消息，按捺不住心中的不安，谢某便报了警，但最后却不了了之。

“下一步怎么办？”

“你马上带着这一线索，提取许某母亲血液DNA。”

“好。”

“谢某这人你查了吗？”田静小心翼翼地问。

“正调查中，还在收集信息。”苏微微回答。

“有什么线索吗？”田静问。

“这个嘛……还没有。”苏微微没有马上回答，像是在考虑是否做出肯定的回答。

“抓紧调查。”田静焦急地说了一句。

下午七点，经过与许某母亲DNA对比验证确定，古腊镇无头女尸架正是失踪五年之久的许某。被害人身份确定，结合死亡时间，田静推断就在许某失踪初期就很有可能已经被人害死了。晚上九点，田静连夜召开案情分析会，就在这时候，另一小组走访调查谢某结果也出来了。据谢某说，妻子许某和他结婚三年，没有小孩，两人感情还算不错。没想到，表面看似乎平静的日子，谢某却发现许某有事瞒着他。谢某发现许某不安分，每天频频往一家名叫双刚集团公司里跑，在谢某的跟踪下，谢某发现许某经常和双刚集团公司的一些男人交往，特别是跟一个姓刘男子交往比较密切……

听了调查谢某小组成员汇报，田静不由得大吃一惊，如此一来，许某应该和双刚集团的人认识。许某和双刚集团关系密切，这又会让案件变得扑朔迷离起来。

田静这样猜测着，很快地，她心中就有了下一步行动方案，她对调查谢某小组成员说道："马上将视线转向许某生前的通话记录，马上调查许某生前通话记录！"

果然，临近深夜十二点，调查谢某小组又传来好消息，说在许某生前通话记录中发现问题，在许某失踪前一天，最后一个与她通话的人叫刘刚强。从移动公司查到，刘刚强是双刚集团的总经理，也是刘刚华胞弟，双刚集团二号人物。

田静又是吃惊不小，可以肯定地说刘刚强就是最后一个见到许某的人。

"事不宜迟，立即讯问刘刚强。"

"马上？"

"现在几点了？"

"哦，我都糊涂了。"

田静掏出手机看了一眼时间，抬头看看苏微微，田静的这双眼睛锐利得能看穿人心底，让苏微微不寒而栗。

“明天天一亮，马上传讯刘刚强！”

“要请示唐朝吗？”

田静没有马上回答苏微微的问题，而是提议说时间不早了，要大家先休息，明早上班再说。苏微微表示同意。

上午九点刚过，田静的手机响了。

正在田静办公室讨论案情的田静和苏微微互相看着对方。

田静一言不发地站起来，拿起手机：“你好，请问你……”

“我来了。”

“你是谁，你在说什么？”

“你不是田支队长吗？”

“我是。请问你是谁？”

“我是双刚集团公司刘刚强，我自首来了。”

“你是刘总？”

“我现在已经到安都分局大门了。”

“什么！”

田静连连大惊，苏微微从椅子上起身：“田支队，出什么事了？”

“你在那里不动，谁找你都不要理，我马上过去。”

田静放下手机，表情僵硬地看着苏微微：“来了。”

“谁来了，你倒说明白啊！”苏微微疑惑地看看身旁的田静。田静开口了：“嫌疑人投案自首来了。”

“啊，你是说双刚集团刘刚强……”苏微微呆住了。

“什么这个，那个，咱们马上赶去安都分局……”

“柳暗花明，今天太开心了！”苏微微兴奋地说道。

“上车，去安都分局！”田静说道。

“好。”苏微微答道。

一路上，田静又陷入了沉静：“你没有什么想要说的吗？”

田静转身面向苏微微："人家都来自首了，我还能有什么要说的。"

"你啊，你的想法还能瞒得住我？"田静长叹了一声，"你不正要问我，我们正要去找嫌疑人，嫌疑人却自己找上门来？我说对吗？"

苏微微挺直身子，她把脸扭向田静，点点头："是的。有人提前通风报信了。"

"那是谁？"

"其实……"田静做了个深呼吸，犹豫的想法还在脑中盘旋，但她终于彻底斩断这个念头，下决心说道，"我们还是没有证据。"

"……"苏微微困惑地扬了扬眉梢，看着旁边的田静。

"确定是他？"

"我想是的。"田静知道苏微微所说的那个他是谁，两人心照不宣，彼此之间都知道同指一个人，但是却不说出来。两人自然心领神会，彼此方没有明说就知道对方什么意思，因为两人都心里知道了。

田静心脏剧烈地跳动。

"只能这么说。"

"嗯。"苏微微点点头，"不是吗？"

"他昨晚没参加我们案情分析会议，会不会另有其他人泄漏出去？"

"昨晚我们开什么，研究分析什么，他能不知道吗？"

"是的，我想也是。"苏微微重重地垂下头。

田静没有反应，也完全不看苏微微。两人沉默着，大概在思索如何应对。

"田支队……"苏微微叫道。

"有话直说，我特别讨厌说话吞吞吐吐不干脆！"

“你说双刚集团会不会……”苏微微说到半又不说下去了。

这让田静干着急：“你今天这是要干吗啊！”

“双刚集团会是一个干净的公司吗？”

“苏同志，你就不能直接点吗？拐弯拐角呢，你就直说，双刚集团会不会是一个黑恶势力犯罪集团？我来帮你说完！”

苏微微一下子脸红了，颤着嗓子说：“没有证据，我不敢说！”

田静没急着往下说，收回紧盯车前方的目光，转向苏微微，用一种调侃的口吻说：“苏微微啊，听听你这语气，好像没信心了。你会不会是怕了？”

苏微微一时有点不知道怎么回答，不过她仍是说：“呵呵，有什么困难能吓倒一个警察吗？”

“对，我们不会被吓倒的。”田静双手抱在胸前观察苏微微，过了一会儿，她对苏微微说，“我们还是先听听刘刚强怎么交代问题吧。”

“好。”苏微微点点头。

田静在想，接下来发生的一切，应该都是爆炸性的时刻。她怎么能不激动？在接到刘刚强打来自首的电话，她也暗暗高兴，这些家伙们平时一个藏着掖着，到现在全部抖搂出来了。

60

审讯刘刚强连夜进行。

“你叫刘刚强？”理着平头，看上去只有三十几岁的刘刚强实际年龄有四十七八岁了。他个子虽然不高，体格却很健壮，像一堵墙，脸也很宽大，锐利的目光像有点斜视。

“可以问一个问题吗？”刘刚强试着问道。

“当然可以。”

“自首可以减轻处罚吗？”

由于太过突然，苏微微感到非常惊讶。

“按照刑法规定，对于自首的犯罪嫌疑人，法院可以从轻处罚，但最终还要结合自首情节、立功表现及犯罪情节……”

刘刚强再次看着田静：“你们说都是真吗？”

“只要你认罪认罚，就会得到从宽处理的机会。”苏微微对他说。

“我愿意如实交代，认罪认罚。我也是一个遵纪守法的商人。”

“但愿如此吧。”田静语气虽然很客气，但包含着刑警特有的威慑力，有点像是在提醒他，负隅顽抗是没有路的。

刘刚强沉默下来了，问可以抽烟不，田静依了他。田静知道，他现在就像一头困兽，在奋力地挣扎、冲突，试图想避重就轻，二十几年刑警生涯，田静太了解这个小把戏了。

刘刚强脸上的每一个表情，都清晰无比地钻进了田静的眼睛。于是，田静又敲醒了他一句：“你也知道我们的政策，既然来自首了，就要老老实实交代问题，千万不要抱着侥幸心理，避重就轻，那是对你百害无一利。别整一些没用的东西出来。”

“是，是。我知道，我知道。”

在强大的政策、法律攻势震慑规劝下，刘刚强貌似强大实则不堪一击，他的脸色一下子变得苍白起来，先是问要一支烟，大口大口吸着烟，然后又沉默良久，他终于供认自己的罪行。

结果出乎意料。从刘刚强自述得知，他和许某认识很久了。一切还要追溯到四十年前的那个雨夜。刘刚华、刘刚强是一对双胞胎，兄弟俩七岁那年，母亲突发去世，其父亲就带着七岁的刘刚强连夜出走，狠心丢下哥哥刘刚华一个人在老家跟着爷爷奶奶过日子。刘刚强长到二十岁时，带他出来打工的其父亲在广东去世了。几经挣扎，他毅然选择继续留在了异乡打工。此后，他孤身一人，几经周折后，他终于在一个老乡的帮助下，在深圳莲塘的一家电子厂找到一份杂工的工作。学历不高的他，与所有打工人的遭遇没两样，受尽歧视。没有学历也没有手艺的刘刚强，只能从事一些简单的体力劳动，然而他还吃不了苦，工作是换了一个又一个，辗转反侧又跑到东莞一家电子厂打工。那时，许某正好也在这家工厂打工，两人在一次偶然交流中，刘刚强得知许某也是丹阳人。他乡遇老乡，显得格外亲切，这样两人一来二往，从同事变成老乡，一个二十五六岁，一个刚十八九岁，两人从老乡又变成恋人，不久便同居在一起。刘刚强七岁时和父亲离开家乡，父亲在外头去世后，他一人流落他乡。刘刚强特别想念自己的家乡，在外头漂泊近二十年，他也不知道老家的情况怎么样，只知道在老家还有一个哥哥叫刘刚华。他很想回丹阳老家看一看，正好许某是丹阳人，每年春节许某都要回丹阳老家。每年春节许某回家，刘刚强都要许某打听丹州区古腊镇一个叫刘刚华人。许某不打听还好，一打听可不得了，刘刚华那可是整个丹阳的红人，富甲一方，大名鼎鼎的商人。刘刚华是丹阳市一名大商人，生意遍布餐饮、酒店、商贸、地产等多个领域，总资产超百亿元，是丹阳大名鼎鼎的首富。一接到许某的告知电话，刘刚强兴奋极了，他二话不说，连辞职申请书都没写，便直接坐火车到省城，然后又换坐大巴车跑回丹阳。兄弟俩分开近二十年，终于又见面了。刘刚华是一个重亲情的人，见弟弟回来，他干脆把公司的名称也改了，叫双刚集团。刘刚强也摇身一变，先从保安部经理干起，接着又是总经理助理，后来又变成副总，再后来就是集团公司总经理，名副其实的二号人物。

许某没想到，自己的恋人背后隐藏着一个腰缠万贯的哥哥，她也从厂里辞职和刘刚强双双回到丹阳，刘刚强在集团公司当保安部经理，而许某则在集团下属一家酒店前台做收银员。事业如日冲天的双刚集团让许某感觉到危机，她开始死缠硬磨要和刘刚强结婚。刘刚强表面上答应，但暗地里却一没动静，经常背着许某与其他女孩子来往。也就在这个时候，在一次三医院住院时，刘刚强认识了读卫校在医院实习的白玖，刘刚强被二十岁的白玖的青春美貌吸引，他痴迷白玖，开始移情别恋，对白玖大献殷勤，不但出手大方，人还很热心，不断地帮着白玖解决生活上的困难，又帮着白玖弟弟白小川摆平打架斗殴的事，接着还帮白玖安排了工作。白玖在刘刚强的凌厉猛追下，特别是白邦云移情别恋于同村考上警官大学的田静，白玖自然而然地答应了刘刚强要求，刘刚强终抱得美人归。而这头许某也不甘示弱，三天两头找刘刚强闹，但都没用。闹了很多年，许某眼看刘刚强不可能和白玖离婚另娶自己，知道再闹下去也没有用，倒不如让刘刚强给她一大笔钱来得实用，渐渐地她就有了放弃的念头。她向刘刚强提出要五十万块青春损失费，没想到刘刚强连眼睛都不眨便爽快地答应了。后来，不出一年许某便和一个做皮具生意的谢某男子走到一起。许某虽然和谢某结了婚，但她还是放不下刘刚强，尽管许某和谢某已经结了婚，但许某和刘刚强却一直保持着情人关系。俗话说常在河边走哪有不湿鞋的，两人十余年的情人关系最后还是被谢某发现了。这一年许某三十五岁，两人决定最后见上一面，而后正式结束这段感情。许某扯谎骗过丈夫谢某后，便来到了事先约定好的刘刚强家里。刚开始，两人谈得挺好的，也说了分手什么的，但最后许某又开口跟刘刚强再要两百万分手费，如果不给就告诉刘刚强家人，甚至还威胁要把双刚集团一些内幕抖出去。刘刚强对她说，前段时间许某说要做生意，刚给她三十万，现在又狮子大开口，而且让刘刚强忍无可忍是她居然威胁了他，说要把双刚集团偷税漏税等她所知道的一切统统抖搂出来。

刘刚强本身就不干净，果然一听这话，就是脸色一变，色厉内荏道："你算个什么东西，别给脸不要脸，小心我弄死你。"但许某却不畏惧，这些年刘刚强所做的一切违法事情她都一一暗记下来，她不相信刘刚强会杀了她，她相信越是有钱的人，越是怕没命。其实，许某也并真的要把她所知道的事情全抖搂出来，她只不过想拿这个作为把柄逼刘刚强就范，多给她一些钱罢了。于是，她对刘刚强咬着牙说："随便。"刘刚强跟她说了很多，甚至还求她了，但许某还是不依不饶，丝毫没有放弃的打算，两人越吵越凶。怒从心头起，恶向胆边生，必须狠狠教训她一顿。要想平息事件，唯一的办法只有根除许某这个祸患，才能一了百了。刘刚强趁着许某不注意，就拿着一根擀面棒击打了许某的头部。很快，许某便没了声息。然后，刘刚强又用一把杀猪刀砍下她的头颅。为了达到彻底毁尸的目的，他还把许某的头颅放在锅里煮烂，因为头太了，还把头颅给烧焦了一部分。刘刚强从小在古腊镇长大，他知道这里有一个河段村民不敢去。当晚他把许某的尸体冰冻起来，白天找人焊了一个铁笼，把许某尸体装进一个麻袋时，又装进铁笼里，趁夜色开着一辆七座面包车悄悄地把铁笼拉到古腊镇抛入河里。头颅部分则在一个星期以后亲自开车拿到西山县乡下，抛进一个深山暗洞里去。

至此，经过警方的缜密侦查，古腊镇惊现的无名白骨案和西山县深山暗洞的头颅案终告破。天网恢恢疏而不漏，正义也许会迟到，但绝不会缺席。

至于青花瓷窃案，他一直否认参与且也不知道其他情况。

审讯结束，已经深夜十二点了。

在回家的途中，田静脑中一片混乱。虽然审讯顺利，但田静不禁起了疑惑，当年许某突然失踪，谢某报案，警方也曾经顺着这个电话号码查到了刘刚强，而且当时还是丹州区公安分局分管刑侦工作副局长唐朝负责的……

这案的卷宗让田静惊讶。田静惊讶的是，此案五年前是由唐朝负责侦办的。

审讯结束，田静也不停地挣扎。谁才是帮凶，谁才是破坏法制者，或者说是罪犯者？之前质疑通风报信的那个人，又在田静的脑子里突然闪现出来。是他吗？他就是那一个戴面具的人吗？

得知刘刚强供罪后，唐朝很是震惊，又只是淡淡地说，当年是他经办没错，因为证据不足，就没有立案。据唐朝说，当年谢某报案后，他亲自主持侦破工作，他审讯过刘刚强，刘刚强承认许某是他的前女友，两人分手后，许某向他索取要五十万青春损失费，从此两人互不往来。后来，其又额外再给她三十万元。在失踪一个月前就打给她了，而且直到她失踪后，警方调查那两笔钱一直在许某的账上没动过。另外，警方讯问刘刚强给许某打最后那个电话是什么意思，刘刚强说许某已经怨倦了丹阳生活，她要离婚去沿海一带城市谋发展，说这是最后一次联系，从今以后她换新号码了。警方调查谢某时，谢某证实许某确实提出离婚要去外省谋发展，丹阳的房产她一分都不要，全部留给谢某，还额外再给谢某十万块钱，离婚协议都写好了。通过一系列的调查，丹州区公安分局警方也认为证据不足，最后就没有立案。

回到家，田静便匆匆洗漱睡觉。这么久了，今天终于突破一个案子，压力减轻不少，按理说晚上应该能睡个好觉。虽说睡着了，但她睡得很浅，翻了几次身。

白邦云背对着她，躺在旁边的被窝里，肩膀和后背一动不动，他打鼾打得很响。

“喂。”田静试着叫他。

白邦云缓缓转过身来。

“你还没睡啊？”白邦云问。

田静把脸贴在枕头上，转了转脖子，似乎在摇头。

“你怎么啦？”白邦云坐起来。

田静没有回答，在旁边默然不语，她在思考一个问题，白邦云真的和双刚集团二号人物老板娘只是医生和病人之间的关系吗？如果不是，那他们又是什么关系？堂堂的一个双刚集团二号人物老板娘，不缺钱，还美貌，难道他们是……想到这里，田静就不敢想下去了，实在太可怕了。田静又很快地自我否定，不，他们应该没有任何特殊关系，就是医生和病人间的关系。白邦云是一个怎么样的人，田静很清楚，即使全天下百分之九十九男人变坏了，剩下的那个好男人一定是白邦云。田静不放心，又把从认识白邦云那天起，仔细想了一遍，还是没有发现他有可疑的地方，自己是一名警察，只要他有可疑之处，她相信很难逃过她双眼的。

“愣什么呢？”白邦云问。

“没什么，工作上的一些事情，还没琢磨透呢！”田静撒了个谎。

田静下床，走到窗前，把窗帘全部拉开，漫不经心地看着小区，除了漆黑一片，什么也看不见。是的，看不见。田静最不想看见的是人在变坏，就像今晚，什么都不看见，心就清静了。

田静马上拉上窗帘。

“今晚没月亮，外面漆黑一片。”

“这几晚不都一样吗？”

“怎么了？”白邦云又一次问道。

“我有一种预感咱家要发生什么大事。”

“你是指哪一方面的？是我们，还是田雨，或是老家双亲？”

“不是。这种预感很强烈。但我也说不清。”

“你怀疑我？”白邦云突然说。

田静摇摇头，转过身来："我没怀疑你，只是我一个人想不通罢了。"

田静的话显然吓到了白邦云，他脸色急剧地变化着，幸好房间没开灯，白邦云不安的表情让黑暗掩饰了过去。

白邦云偷偷往田静脸上瞟了一下，没发现什么异常，他就爬起来。来到窗前，伸手去拉开窗帘。

"别拉！"田静说道。

"我现在一见到外面漆黑一片，就害怕。"田静喜欢每天早上起床，拉开窗帘一看，外面是白茫茫的一片，所有的繁乱与浮躁都被涤荡得干干净净，纯洁而透明。唯有害怕夜晚天空漆黑一片。

田静是不是发现了什么？但自己好像也没做错什么事。如果要说错事，唯有他和白玖之前是恋人这层关系没告诉她。再说了，这也是他和田静结婚前的事儿，这些年偶尔和白玖见面，他也从未做出过格的事情来。他承认有过拥抱，但绝对没肌肤之亲。自从结婚后，他爱田静胜过爱白玖，因为他知道她和白玖已经过去式了，没必要再有纠缠不清的事情发生……成家后，他也从来没想过要和白玖复合。

白邦云暗忖着。

如果一定要说有错，那就是他早就知道白马步行街抢劫一案与白小川有关，但自己一直当做什么都不知道，他没干预过田静破案。至于刘刚强携刀去市医院妇产科欲行凶，结果也没得手，这跟柴雪丽伤医案也没有关系啊！

白邦云想了想，除了自己和白玖之前的恋情没告诉田静之外，其他的好像也没有大的错误。这个星期来，白邦云也觉得应该跟田静"坦白"了，但最后他还是选择了再等一等的隐忍方式。

"不早了，睡吧。"白邦云体贴地说了一句，并后面尝试着抱田静，想通过肌肤之亲安抚田静一把，却让田静推开了。

“都睡觉去吧！”

白邦云点点头：“好。”

两人离开窗台，朝床铺走去。

61

一周后，接到刘刚华的主治医生电话时，田静还在开会中。

等田静开会结束已是上午十点半了，当田静率领苏微微等四名刑警再次赶到医院时，刘刚华早已不见踪影，只剩下那张空荡的病床。

主治医生一脸哭丧说，刘刚华三天前刚从 ICU 转到 VIP 病房。这两天他刚好老家有事，他请假回乡下了。昨晚半夜才回城，他也是今早查房时才知道刘刚华转回普通病房，问护士，护士也说不清楚病人什么时候走的，打电话已关机。主治医生说都怪他没交代清楚，让事情出现了纰漏，连连说对不起。

刘刚华果然是高手，以狡猾的心计，精湛的演技，骗过了所有人，玩了一出金蝉脱壳，逃脱了。

在医师办公室里，田静脸色铁青，让主治医生倒吸着冷气，站在旁边大气不敢喘。田静本想骂主治医生一顿，但想了想，还是算了，现在唯一只有追查刘刚华的去向。苏微微也从未见过田静生这么大的气，所以，在还没搞清楚刘刚华逃跑原因和意图之前，他们什么话都不敢说。一众人在医师办公室里沉默了许久。

田静最近都是睡不着觉，头痛，有时睡着了又接连着做噩梦。昨晚田静还做了一个梦，梦到被追捕的犯罪嫌疑人逃脱。现在想想，怎么这样巧合，连自己也做了这样的犯罪嫌疑人逃跑的梦。

从医院出来，田静想把昨晚的梦告诉苏微微。然而，田静说不出口，只是凝望着苏微微，忍着心中涌升起的那股异样冲动，最终还是止住了动作，露出无奈神情。突然，田静又联想到唐朝和他关系密切，他的逃跑会不会和他有关系呢？

田静不禁愕然。

这才可怕。

田静做了二十几年的警察，破了大小无数案子，没想到轮到自己头上，做起事来竟然那么小儿科，田静为自己没有向唐朝据理力争主张布置警力蹲守在医院而感到万分后悔。半个小时前，当田静和苏微微赶到三医院住院部楼下时，她还心中有数，打了半年多的胶着战，好不容易胜利在望，她不想因为刘刚华的逃脱而毁了这场攻坚战。田静的头嗡嗡直响，嗓子发干，手心潮湿。现在，田静后悔了，她要立即向唐朝汇报。田静给唐朝打电话，唐朝的手机关机，可能他人还在开会中。隔了半个小时，她再打了一次，还是：您所拨打的电话已关机，请稍后再拨。

刘刚华的逃脱，让整个丹阳市都震动了，尤其是唐朝，一连几天他都沉默不语。虽然没有直接证据证明他参与双刚集团的一些黑幕，但那天他对田静提出要传唤刘刚华的态度，或多或少都让人表示不理解。

下达抓捕刘刚华命令过去几天了，但此人像是突然从人间蒸发了一样，神秘消失了，杳无音信。

62

逮捕刘刚强已经整整一个星期。

所有与古腊镇杀人案犯罪相关的事实，他都承认了。只有一样，他三缄其口——青花瓷盗窃案。

刑侦支队长办公室里，田静来回踱着步子。刘刚强不承认自己参与青花瓷盗窃案，难道他真的没有参与其中，或者根本就不知情？一个上午，田静脑海中一直浮现出两个人的面孔，一个是刘刚华，一个是刘刚强。刘刚华虽然暂时逃脱了，但田静相信警方一定会把他抓捕归案。剩下就是刘刚强了，难道他是真的除了杀害他前女友外，再也没有其他犯罪了？

“可疑的地方是？”苏微微主动问田静。

“你相信刘刚强不会参与青花瓷盗窃案吗？”

“这个还真不好说话。”

“你干脆说不知道得了。”田静对苏微微的回答不太满意。

苏微微思索了片刻，不知该不该回答这个问题。苏微微最终判断这点信息还是可以说的。

“宋三宝是双刚集团的手下，按理说他应该了解他手下的，这么一个惊天的大案不可能一个保安部经理就能干得出来。我不相信。宋三宝挺多也只是一个参与者，不会是主使者。他应该没有这个能力。”

“那就是说……”

“宋三宝现在死了，要不然事情就好办多了。你倒说一句话啊。”

“我不知道该说什么，只能保持沉默。”

“是吗？我一直以为，此次犯案肯定预先计划好的。”

“这还用说吗？”田静再一次表达了自己的不满意，“我认为是。”苏微微点了点头。

“再次提审刘刚强。”

此刻，田静为自己的推理还有细致判断感到骄傲，脸下绽开笑说：“我们真正的较量还没开始呢！”

审讯室里，刘刚强若无其事的样子，朝着审讯台田静和苏微微这边望。

田静尽量用语气缓和的声音说："刘刚强，你还没有交代完，你还有事情瞒着警察，现在你还有机会，就看你把握不把握。"

刘刚强用一双眸子盯着田静，一动不动，他盯着田静看了很久，但最终却什么也没说。

"你认得这个人吗？"田静尝试着过去，掏出一张照片递到他跟前。

刘刚强目光往照片上看了一会儿，又抬眼看着田静，但不说话，只是摇摇头，表明他不认识此人。田静判断，刘刚强不认识应该是真的，宋三强确实他哥哥宋三宝临时请来负责开车的，估计刘刚强也还没机会见到面。

"他的哥哥叫宋三宝，你不知道？"

"宋三宝，我知道，是我手下，保安部经理。至于他弟弟我确实不认识。"刘刚强嘴唇动了动，终于开口说话了。眼里的戒备也少了些，心里也松懈下来。

田静判断，他最初的抵抗，应该是从事情暴露开始的，但听说参与的手下宋三宝早已逃得无影无踪了且至今十年过去杳无音讯后，刘刚强应该料定宋三宝早已从人间蒸发了，他也不用担心什么了，他认为只要警察没有证据，他完全可以逃避法律的制裁。

"我给你倒杯水吧，我们来慢慢聊。"

田静放弃了继续盯着他，转身为刘刚强倒水，眼角余光却始终盯在刘刚强身上。就在他倒水的时候，田静看见刘刚强双腿在瑟瑟发抖，田静也就明白了，犯罪嫌疑人心理防线开始崩溃了。

"今天再次提讯你，你也知道肯定有原因的。你还是老老实实向警方交代，交代了你个人也会轻松下来，硬扛是扛不住的。"

田静将水杯捧过来，递到刘刚强手上。

刘刚强接过水杯，一口就把杯子里的水全喝完了。

田静知道，她已经没有太多时间放在刘刚强身上，她必须以最快的时候撬开刘刚强嘴巴。

田静回到审讯台，坐下，再次认真地看着刘刚强，重重地说："听着，我是为你争取坦白从宽争取最后机会来的。你哥哥刘刚华现在是警察通缉中，你别指望着他来帮你脱罪，等把他缉拿了，你想坦白也就晚了。你好好想一想，今天不想说，不要紧，明天我们再来。"

再次审讯刘刚强就这样结束了。

正当青花瓷盗窃案陷入困境的时候，看守所的同志反映，二次审讯结束后，刘刚强在看守所里坐了一夜，任谁叫唤他都不理会。一听到看守所同志报告，田静就知道马上好戏看了。果然不出所料，第二天一早，刘刚强就主动要求坦白，并请求宽大处理。铁的事实在前，他终于明白，再顽抗下去只能是罪上加罪。

还是老话一句，该来的，早晚得来，再老辣的江湖，也有翻船的一天。正应了那句老话，法网恢恢，疏而不漏。

刘刚强承认，价值连城的青花瓷器，是他两兄弟密谋偷盗的，参与这个案子还有赵东山的儿子赵小山。青花瓷器现在就埋在刘刚强乡下老家的一块菜地里。

更让田静和苏微微没想到的是，刘刚强还交代柴雪丽是他派人去杀死的，他只想帮哥哥刘刚华报仇两个男实习生妇检哥哥女朋友一事。杀害柴医生的凶手叫袁德荣，是十几年前和刘刚强一起在广东打工的一个舍友，现在已经逃到山东了。本来刘刚强只想叫袁德荣去教训一下，没想到袁德荣作案后，想要逃跑，却被死死拉住，柴雪丽不停地大声呼救，恼羞成怒的袁德荣便丧心病狂地砍柴几下，她倒在血泊里。从妇产科下来后，袁德荣先到地下室躲藏起来，然后趁人不注意，换上了事先带去的麻衣，装扮成前来探丧的亲友，混进太平间探丧，再趁机逃之夭夭。在此之前，袁德荣已到医院进行无数次踩点，他发现医院地下停车场监控根本就只是一个摆设，没有发挥作用。医院的太平间恰好就设在住院部的东门，一旦有病人死亡，东门进出的全都是探丧的亲友，拥挤不堪，根本没人会注意到，作案后他只要混进探丧人群时，就神不知鬼不觉了，然后伺机脱逃。

至此，伤医犯罪嫌疑人如何从医院逃脱终于真相大白。

至于刘刚强交代参与青花瓷器盗窃案还有赵东山的儿子赵小山一事，令人瞠目结舌，包括看守所的人在内，所有人都震惊不已。众人在原地呆立了半晌，没有反应过来。

刘刚强交代，也是十几年前，赵小山还在读高中。偶然的一次机会，自己得知赵小山在西山县的一次野外打猎时，将一名在山中草丛采野菌的农妇误当猎物用弓弩射伤致死。刘刚强称，出事的地方在西山县汤加村西南角一处深山里。赵小山所用的弓弩是从网上购买的，一支大威力弓弩，他想试一下这款号称“野猪克星”名叫“大黑鹰”弓弩的威力，趁着放暑假，就和双刚集团的保安人员白小川结伴开车到西山县一个叫汤加村的深山老林中试弩。爬到半山腰时，赵小山看到一只小野猪便准备搭箭，哪知一眨眼野猪就跑到草丛里去了。没过多久，他见草丛中有了动静，以为是野猪，一箭就射了过去，“猎物”应声倒下。赵小山本来挺开心的，结果走近一看，人顿时蒙了。原来，他将穿着灰色衣服的农妇误认成猎物，飞出的箭正中她后背。当赵小山看到致老妇身亡的那一箭，是从后背射进身体的，箭头已经穿过身体，箭上有倒刺，离胸口很近。慌乱之中，白小川便主张把农妇掩埋了。由此刘刚强抓住了赵小山这个软肋，得知赵小山这个事后，兄弟俩便密谋策划偷盗青花瓷，并让赵小山配合。这件事正因为有了赵小山的参与，才做得天衣无缝，神不知鬼不知。案件发生后，虽然警方全力以赴破案，但一直没有进展。那时赵小山刚上大一，一个大学生孩子气质，没人料到他是一个内应。正因为有他做了内应，刘刚强才顺利进了赵东山的大门。而进入赵东山藏宝室三套门，事先是由赵小山偷了他爸爸赵东山钥匙复制的。这个案子刘氏兄弟俩密谋已经长达一年多了。

但让田静和苏微微不明白的事，那天晚上曼哈顿一号别墅区全片停电时，是怎么回事，是他们事先弄坏的吗？刘刚强说，纯属巧合罢了。十年前大年初二晚上，那晚有如神助似的，那一带一条几千伏高压线路恰好出了问题，造成那一带全部停电，漆黑一片，监控也没起作用。

刘刚强最后供认，他们偷盗出青花瓷后，才发现犯了一个大错误，因为这个青花瓷，存在世上只有两个，现在一个在法国，一个在他手上，这是一件价值连城的古董，实际对他来说有价无市。他不敢拿出去卖，他认为卖到哪里包括国外也不安全，只要这件国宝一露在世上，肯定会引起社会上巨大的轰动，随后麻烦也会跟上来。所以偷到手后，他才发现自己犯了一个错误，东西拿在手上简直成了个烫手山芋。最后，兄弟俩想来想去，只好把青花瓷转移到老家，然后趁着一个狂风雨夜，装在一个特制的不锈钢密封箱里，深埋在自家菜园地里。

一案带出多案。至此，丹阳“青花瓷盗窃案”“杀医案”“无头尸案”终于告破。

63

白玖自那天从紫云餐馆出去会见大客户后，这一出去再也无音讯。一个星期过去，白邦云用她给的那部手机给她拨去电话，一直提示是空号。

这一个月来，丹阳市一直在流传这样的一个消息，双刚集团老板娘被抓起来了。甚至有更详细的消息称，有市民举报她在民主路一带出现，警方收到举报后，马上对全城设卡布控……经过审讯，白玖承认了自己弟弟白小川参与白马步行街抢劫案，并向警方交代她所知道的一切秘密。白玖还承认了双刚集团是一个黑恶势力集团，杀人放火，无恶不作。据消息灵通人士传言，白玖被捕后，连夜进行异地关押，目的是怕有人去说情。有关她的审讯交由省公安厅的人负责，要不了多长时间，一切就会真相大白。而传言举报她的人，据悉是一位医生，至于这个医生在哪家医院，有人说在中医院，有人说在精神病专科医院，众说纷纭。

这些消息是白邦云一大早到妇产科上班时听同事议论得知的。

白邦云听了很生气，他不知道这消息是真是假，但又觉得传消息的人说得有模有样。白邦云在想，就算她想要逃走，一个弱女子又能逃到哪里去？再说了，她到底参与了哪些重案，有必要逃跑吗？

一个上午白邦云的眼中充满焦虑。甚至上午十时有一台妇科肿瘤手术原本是他主刀的，也临时换其他医生主刀进行。

晚上下班刚进家，白邦云的新手机响了。一看，是一个陌生的手机号码，白邦云一接，惊讶得快说不出话来，是白玖打来的。见到田静正在厨房里忙着，白邦云急忙躲进卧室里，把门反锁起来了，就接听电话。

此时是下午七点钟。白玖给白邦云打了电话，这是她被警方追捕以来的第一次和外人联系。

“白玖你在哪儿？”

“我在哪和你没关系。”

白邦云想让她终止逃亡之路，撒谎道："可是，我很想见一面。"

"你要见我？"白玖说道，"你想配合警察来抓我是真的吧！我现在就是一个犯罪的人，此时丹阳市警方正在布下天罗地网来抓捕我，你也要配合他们吗？我本想还希望你帮我一把，看来我还是打错了电话。"

"可是……你又能去哪里呢？"白邦云说道。

"你不为自己想，也应该为白灵想，她还那么小！"白邦云试图说服白玖。

"用不着你管我！"白玖喊道，她气极了，"我只想知道，我这样做连累你了吗？我弟弟的死也有你的责任吧！"

白玖在电话里质问白邦云："我们相爱五年，你血液里还流淌着我的血液……你也想拿我立功！"

"我没有。你听我解释……"

"我不想听……"

见白玖彻底地误解了自己，白邦云急死了，但在电话里一下子又说不清楚。劝她去自首，也是为她好呀。这样逃亡下去，何日才是个出头？逃也不是一个办法啊。不是说自首就能减轻罪行吗？至于其他的什么他连考虑都没考虑过……

白邦云的良苦用心白玖并不完全知道，所以她才有这些复杂的想法。事实上在白邦云心中，他只想劝说她回头是岸。

此时，白邦云不知所措了，先想办法和她见一面再说吧，在电话里头是讲不清楚的。

"听我一句话，好吗？让我见上你一面，好吗？"

"呸！你想让警察来抓我，没门！这是咱俩最后一次通电话，缘分尽了。今生今世就算我死在外头，我都不会再乞求你。"

"白玖，你……"白邦云的心里涩涩的。

“有一次你接到一个陌生的电话，还有印象吗？那是我叫人打给你的，是想试探一下，你会不会向田静报案，还好，你没报案。此生，可能要感谢你的，就这件事了。但你对我的背叛，我绝不会原谅。”

白邦云这才想起，那次在门诊坐班时，接到那个陌生电话，原来是这么一个回事。人性嬗变，世情冷暖，即使是夫妻，也有互相背叛的时候，何况白玖呢！白邦云不由得感叹了一声。

“白玖，你不是以前的那个白玖了？”

“是吗！白邦云，我恨你的背叛，我永世不会原谅你的！以前和你谈情说爱的那个白玖已经死了！警察很快会找上门来了……你等着吧，哈哈哈哈……”说完，白玖挂断了电话。

白邦云一时怔怔的。白玖说白邦云对她的背叛，纯属一场误会。当年白邦云考上大学，同村的田静也考上警官大学，白家和田家两家相距不远，平时双方父母经常互相串门。田家父母就有意识要撮合成这桩亲事，那时白邦云已经和白玖订婚了。起初，白邦云父母还有些拿不定主意，但在左邻右舍亲友不断撮合下，白邦云父母居然也同意了。在父母不断地鼓动下，加上白邦云在学校听说白玖已傍上丹阳一个大款消息后，白邦云也稀里糊涂地与白玖悔婚了。白玖在医院实习时认识刘刚强，刘刚强给她解决了很多家庭的实际困难，又听说白邦云父母悔婚了，她干脆就选择了刘刚强。刘刚强是一个粗人，动不动就发脾气，还会家暴，虽然嫁给刘刚强后不缺吃，不缺穿，不缺钱。但她始终是刘刚强的一个花瓶，刘刚强基本上有家不回，外面女人一大堆。白玖认为自己是不幸福的人，她认为这一切都是白邦云悔婚给她带来的。白玖嫁给刘刚强后，她也就变成另外一个人似的，她也一直记恨着白邦云对她的背叛。

这时，卧室门外传来敲门声，田静说饭煮好了，叫白邦云出来炒菜。白邦云急忙挂断电话，打开了门。

正要走出去，白邦云听见田静问："你怎么躲到卧室里来打电话了？刚才和谁通电话呀？"

"没有。"白邦云说道。

"还说没有呢，看你眼圈都红了。你有事瞒着我？"田静说道。

见实在瞒不下去，白邦云只好再一次编谎："一个女病人刚去世，孩子才十四岁，和我们家田雨一样年龄。"

"很可怜！"白邦云声音很低，然后走出门。

田静望着他的身影呆了好一阵，又进了卧室，她好像要从卧室里找出点什么来的。

过了一盏茶的工夫，田静又出来了。见到白邦云低着头切肉："我怎么老是感觉你有心事，有事瞒着我？"

白邦云转身，灰着脸说："你想到哪儿了，我能有什么事瞒着你？"

"不对，你应该有事瞒着……"

"田静你怎么了，看把你一惊一乍的，好像我有问题似的。"白邦云装着嬉皮笑脸说道。

"难道我感觉有错？"

"这回你还真的感觉错了呢！"白邦云不知哪来的勇气，回敬了田静。说完，低头继续洗着他的菜。

"这几天我双眼老跳个不停，咱家不会出什么大事吧？"

"我也和你一样，不过我只是右眼皮跳。"白邦云装傻，手下动作停了下来，看着田静的脸色，又一次解释道，"我去看神经外科医生了，医生说是长期精神紧张导致的，建议要多休息。"

"我预感真的有错？"

白邦云斜视了田静一眼："你最近怎么变得这么敏感啊！"然

后，再不也说话了。

他自顾打开燃气灶，接着开始动手炒起菜来。

炒菜时，白邦云的手还流出了冷汗。他一再对田静说谎，但这毕竟是自己编的故事，难免破绽百出，况且田静是警察出身的。白邦云想，即使那样，如果田静再追问起来，他也要一口咬定，除此之外别无选择。

白玖的逃跑，很快公安机关通缉令遍布于丹阳全城。蒋立军要求田静必须尽快抓获白玖，这给田静乃至市刑侦支队带来巨大的压力。大批警力设卡布控，动员全民协查。悬赏奖金从五万提高到十万，丹阳电视台不断打出滚动字幕，详细描述白玖的体貌特征，提醒市民提高警惕。丹阳市民热烈而紧张地议论着这个事情。

吃过饭，白邦云借口跟田静说他去科室。从家里出来，初冬的冷风呜呜地叫着，吹得外面的树枝乱摆，有的枯枝禁不起这大风的袭击，“喀嚓”一声折断了。就在今晚，白玖彻底地恨他，这种恨不是一般的恨，而是已经变成了仇恨。当他突然明白白玖话里有话时，他震惊了。他突然意识到，自己已经被牵连进去了，自己现在就是一个犯罪嫌疑分子，他感觉这好像是一个局。这个局还是自己过去的恋人设置的，但他始终不肯相信，白玖设计害了他，她是那么善良的一个人，她怎么能害他呢？不，刚才她说的那番话不是真的，白邦云甚至这样理解白玖，她做出这样的决定是在气头上，人生气的时候就变得不会思考了，成了一只想攻击的斗兽。白邦云不相信白玖会加害于他，一定是她想自己亲弟弟心切，自己也没干坏事，也没帮上白玖的忙，他没有这个能力。但白邦云还是很恐惧，因为他还没做好承担最坏后果的准备。在去医院的路上，白邦云疯狂地打着白玖的手机，但却始终是关机。

白邦云到了科室，把新手机丢在自己的抽屉里，他不想把这部新手机带回家，万一让田静看到了，又说不清了。放好手机，白邦云就出来。白邦云知道，他和白玖之间的关系，再也不能隐瞒下去了，他突然狠下心来，明天，不，就这两天一定和田静好好谈一下，把事情前前后后统统地告诉田静，或许只有这样做他的心才安定下来。

然而，这又如何开口呢？太难了，白邦云心情郁闷到了极点。下楼后，他直接上了大街，路过池塘里酒吧，这让他想起上次和白玖在这里喝酒的情景，想想自己也没地方可去，于是，白邦云一个人进了酒吧，自己把自己灌醉了。胃中灼烧得厉害，白邦云跌跌撞撞往卫生间走去，只是脚上却像是不听使唤一样，脚下一个踉跄，就扑了过去。

几乎是下意识地，他抱住了什么东西。还好没摔个狗啃屎，只是跪倒在地上。

“先生，您喝多了。您的朋友呢？您告诉我他的电话号码，我帮您叫他过来……”

身后传来的是轻柔的女声。白邦云醉意熏熏地抬起头，只见一个女孩站在她身后。

“我没有朋友？”

“就您一个人出来喝酒？”

女孩很吃惊：“我帮您叫一辆车送您回家。”

“不用，我酒还没喝够……还没喝够！”

“先生，您喝醉了。”

窗外电闪雷鸣，伴随着倾盆大雨。

田静焦急地在屋子里面徘徊着，这已经是她打给白邦云第五次电话了，虽然每次都能够打通电话，但是每次都没有人接听。

“奇怪了！”田静又从茶几上拿起手机，瞥了一眼手机后说自言自语道，“又在抢救重症病人吧？”

“估计又临时有手术吧。”

“快十二点了，怎么还不回家呢？不回家也应该打个电话吧？电话打通了也没有人接听，到底出了什么状况呢？”田静心里面不停地胡思乱想，居然都紧张得双手发抖了起来。

这个时候田静已经再也坐不住了，她匆忙换上一件外套，然后拿起雨伞，准备去妇产科找人。

就在田静刚要准备出门的时候，手机响了，电话显示是白邦云的手机号码。

田静赶紧接通了电话，心急如焚地说道：“邦云，你在哪儿啊？怎么到现在还不回家啊？”

“您先生喝多了，您过来接他回去吧。”

田静站了起来，满脸问号：“我先生？”三个字刚出来，田静愣住了。

“是的，我见他电话响了个不停，他又接不了，就回拨过去。”电话那头一个年轻女孩的声音，似乎有些嘶哑，听上去有点儿醉意熏熏的感觉。

田静眉头一皱，从来没有接到过这样的电话，出于对白邦云的关心，田静耐着性子，问：“您是哪位啊？我爱人的电话怎么会在您那里呢？”

电话那头传来了温柔甜美的声音，但分明也是喝醉酒了的：“您是他什么人？哦，对了，一定是他女朋友，对吧！哈哈！”

那头的人说话颠三倒四的，可见也喝多了，一会儿称田静是白邦云的“老婆”，一会儿又说是田静的“女朋友”。

“快叫白邦云接电话。”

“你男朋友喝醉了……他跌倒在卫生间外面……我看你男朋友喝高了，你们两个一定是吵架了，对吧。哈哈！”

“如果你还爱你男朋友的话，你就过来接他……”说罢，电话那头就传来女人的呕吐声。

田静等了半晌，才听到对方说话：“你来还是不来，我才懒着管你们哩！”

田静赶紧问道：“在什么地方？我马上过去。”

“池塘里酒吧，你快点儿来，人都走得差不多了。”那头的女孩说完这句话，就直接挂断了。

田静也不敢多想，赶紧收起电话，拿起雨伞就冲了出去。

外面，大雨一直下个不停，因为池塘里酒吧离医院很近，拦了几辆出租车，一听说去池塘里酒吧，他们都不愿意拉人。田静只好走路，但走路到池塘里酒吧也要十几分钟，又是下着大雨。

走了将近二十分钟，田静才到赶到池塘里酒吧楼下。田静半身衣服全被雨淋湿了。

收好雨伞，田静打电话给白邦云，等了一会儿，有人接听了。

“我到池塘里酒吧了，你们在哪个包间啊？”

“1314。快点上来，这会儿人都走完了。”

田静挂了电话就赶紧上楼去找1314包间，推门进去，见到一个看样子二十五六岁女孩举着手机，冲着田静喊道：“你这个女朋友，当得不够格，你们吵架啦？！”

“哎，这年头，有什么好吵架。我嘛，我男朋友劈腿了，我才一个人跑来这里喝闷酒，你们是怎么回事，是不是你出轨……”

“你少说两句。我来了，你可以走了。谢谢你！”

“那你要照顾好他。”女孩走时，还不忘了交代田静。

田静点点头。包间里面一片狼藉，白邦云就横躺在沙发上面，而且这个时候还是处于昏睡的状况。

女孩刚走门口，又转身回来：“我忘记把他手机给你了。”

然后，女孩把白邦云手机还给田静，说道："我走了。"

"和他一起喝酒的人呢？"

"不知道啊！他应该是一个人吧，你们吵架了？"女孩继续瞪着眼睛跟着田静说道。

女孩摸一把头，呵呵笑了："看你们这把年纪，应该是谈二婚吧！"

田静气得脸都紫了，又转念一想人家还主动帮自己的忙呢。还没等到田静回话，那个女说道："的士在下面等得不耐烦了！我走了。"

田静还没有来得及说谢谢，那女孩已经跑了出去。

田静不敢多想，这个时候只是想尽快把白邦云叫醒，然后回家。

可是任凭田静怎么呼喊，白邦云就是一动不动，就像是被人下了药一样，而且还是那种很猛烈的麻醉药。

无奈之下，田静只能把白邦云背了起来，踉跄下楼。

外面的雨一直下个不停，一辆的士"嘎"的一声停下，"去市医院"，司机摆手说不去。

"给你三十块车费。"

司机一听三十块车费，这才同意拉着两人。田静赶紧放下白邦云，也顾不得撑开雨伞便扶着白邦云坐进车里。

到家后，田静又帮白邦云换下脏衣服，处理好一切，累得个半死，然后，才冲凉入睡。看着身旁已经酩酊大醉的丈夫，突然间，她突然感觉到白邦云变得很陌生，丈夫是不是还有什么事隐瞒着她。田静细细回忆过往，晚饭前他进卧室关起门来打了一通电话……田静觉得丈夫有些地方确实可疑，神情中包藏着一丝愧疚，丈夫为何如此，到底在隐瞒什么。一想到这里，田静便感觉到很害怕。田静也不知道自己为何有这种想法。

一个晚上，田静也想不明白，白邦云怎么喝成这样子，夫妻这么多年来，喝醉成这个样子，白邦云还是第一次。今晚他和什么人喝酒，跟他一起喝酒的人，又为什么不把他送回来。他们全走光了，只留下白邦云一个人在那里。女孩又说白邦云一个人在喝酒，说真心的话，这些年来。田静应该感谢的人就是自己的丈夫。多少次她加班晚归，他风雨不误到市公安局接她；多少次她执迷办案于家事不顾，他扎起围裙做饭洗碗；多少次她抱怨这个家的清苦，他总能用最简单也最坚毅的话语鼓励自己坚持……而现在白邦云变了吗？是啊，就连天气都阴晴不定，谁又能保证身边的一切不变。这当然也包括白邦云，以前对丈夫的十足信心这时却让她感觉不自信了。如果要说他变了，那又是什么时候开始变的？田静无从知道答案。一连串的问题，让田静越想越不明白，她决定等明早他醒来了，再问个明白。

这时，田静感到一丝不安，田静倒是希望天快些亮，等白邦云醒来，田静想解开自己心中的谜团。

64

晨曦徐徐拉开了帷幕，又是一个早晨，带着清新降临人间。天刚拂晓，空气似乎还被雾气笼照着，今早起来，田静还要问白邦云昨晚到底怎么回事，但直到自己洗漱后，白邦云都还没睡醒，还酣然大睡。田静因为今天上午要实施抓捕赵小山，她就顾不得等白邦云醒来了。

还是等晚上下班回家再问问吧。一想到这儿，田静就先上班去。

因刘刚强的缴械投降，田静接下来的工作容易多了。

很快地，赵小山在睡梦中也被警方抓获归案。

在市看守所审讯室，审讯赵小山工作正在进行中。

有人走到苏微微身旁，给她递了电话。苏微微接过电话，走到一旁，秘密地说了些什么，然后走回来把电话给田静："田支队，蒋局要你接电话。"

田静不解地看了苏微微一眼，便接过电话。

"赵小山开始交代了。事情就要弄清楚了。"还没等蒋立军说话，田静就先说开了。

"蒋局，你还有什么要交代吗？"

"先放下审讯，马上到我办公室来！"

蒋立军一个电话命令田静放下审讯，要她马上赶到他办公室来，说有重要的事找她。

"蒋局，审讯很顺利！很快就结束！"

"我要你马上到我办公室来！"

田静情急地说："蒋局，你再给半个小时，马上就结束。"

"我现在命令你马上回来。至于审讯工作我会安排其他同志继续。"蒋立军在电话里，毫不含糊，而且听起来，他很生气。

"蒋局……"田静想再说服局长让她继续审讯下去，但马上被蒋立军训斥了："我限你半个小时到我办公室，否则，我马上撤你的职！"说完，他便生气地挂断电话。

田静放下手机，心事沉重地抿紧嘴唇，看了看审讯室墙上的挂钟，上午十点刚过。

田静和苏微微面面相觑。田静只好暂停对赵小山审讯，立即出了审讯室，匆匆地赶回市公安局，她不知道蒋立军为什么发这么大的火，而且就在审讯即将取得突破的时候，叫她停止审讯。难道上面有什么人给他施加压力？

"眼前案件就要取得突破性进展了。"

苏微微在车内故作闭目养神许久，听到了些许动静，缓缓睁开了眼。

“田支队长，蒋局这是什么意思?”苏微微的声音有些冷。

田静冷冷一笑：“但愿我们的压力不是来上面的领导?”

还没等苏微微开口，田静摆了摆手，沉声对她说道：“车速快一点。”

一路上，田静陷入了沉思。短暂的沉默之后，苏微微插言道：“这应该不是什么大不了的事情，别太苛求自己……或者领导出于其他方面的考虑。”

“微微，我刚想起一件事来。”

“什么事?”

“你说，前面我们刚接手侦破青花瓷盗窃案时，赵老板赵东山突然打电话叫警方撤案，是不是和他儿子射伤农妇致死有关?”

“田支队，你说得太对了，你不说我还真的忘记了。很明显的，他突然跟警方提出撤案，他是担心警方侦破该案时牵出赵小山打猎误杀农妇一事……”

“这么说，他和这起误杀案也有关联?”

“应该是。”

田静脑海里突然闪现出一个这样的念头来：赵东山他再清楚不过，自己的儿子干了一件伤天害理的事。为了隐瞒儿的罪行，自己帮儿子扛着，这种事只有当父亲护儿子心切才想得出来。难道不是吗?但赵东山万万没想到，自家青花瓷被盗居然和自己儿子有关，居然是赵小山做的内应，竟然做得天衣无缝。赵东山更没料到，他和刘刚华本是一对有难同当的朋友加兄弟，他和他之间却扮演着农夫和蛇的故事。世上许多事情真是让人难以预料啊!

眼看就要取得突破了，蒋立军却突然叫自己放下审讯，“他要干什么?”田静不安地自言自语道。

“不知道啊！”苏微微简短地回答后望向田静。

只能服从命令了，只能这样，田静再次对自己说。

一路上，从看守所到市公安局，甚至人进了电梯，田静都还在考虑这个问题。半个小时后，田静和苏微微就出现在市公安局大楼里。

第九章　灼痛（下）

65

蒋立军办公室的门开着，田静人还没进门，就老远看到了蒋立军正站在窗前，他两只手放在背后，正朝窗外望去。

田静轻轻地敲了一下门。“请进。”蒋立军转过身来，“你俩坐下。”

“蒋局，审讯马上取得突破……可惜了。”

“很可惜吗？”蒋立军面向田静和苏微微，一脸严肃：“你们可惜，我比你们更可惜！”

田静不知道蒋立军话中有话，于是她低声地问道：“蒋局，是不是我们做错什么事了？”

“好一个田静，你是真不知道还是假装不知道？”

“蒋局，我不明白你的意思？”田静小心翼翼地问道。

“你是真的不知道？”

“我知道什么了？”田静急着快哭出来了。

“好，既然你说不知道，那就让我来告诉你真相吧。”

“我现在可以明确地告诉你，是你爱人白邦云一直在通风报信!”

“你是说白邦云通风报信！蒋局，我不明白你什么意思?”

“对，是白邦云！我们已经掌握部分证据，不会冤枉他的。”

“蒋局，你们不会弄错吧?”

“弄错?”

蒋立军对田静的盘问感到很恼火，最后，他爆发了，恼怒地说：“你不可能一点都不知道吧？自己枕边的人，他的一些异常活动，不太可能一点儿都注意不到。亏你还是警察出身!”

“我什么都不知道。”田静竭力使声音保持平静。然后，她沉默不语。

“就在昨天，他还跟一个陌生号码通电话。我们查证过，那是用假身份证办理的手机号码，但我想那是他跟犯罪嫌疑人通电话。”

“谁是犯罪嫌疑人?”

“你不知道吗?”蒋立军严厉地盯着田静问道。

“对不起，我真的一头雾水……”

“好吧，既然你什么都不知道，那我就一一告诉你吧……”将立军的声音变得尖锐起来。

“田静同志，你认真听好了!”蒋立军一字一顿地说：

“4 月份在‘老外婆饭馆’，白邦云就已经知道白小川参与了白马步行街抢劫案。

“10 月份在‘御壶春茶馆’，白玖曾经暗示过他，杀害柴雪丽的可能和双刚集团二掌柜刘刚强有关……

“就在上一周，在紫云餐馆白邦云和白玖还见上最后一面，白玖还特地送他一部新手机，专用于两人联系……”

蒋立军把白邦云经常和白玖见面的事一一告诉了田静。同时，蒋立军还详细地描述两人见面或打电话交谈的一些具体内容。

“现在你该明白是什么情况了吧！”蒋立军恨不得怒吼一声。

“白玖这个人，你应该认识吧？”

“她不是白邦云的一个病人吗？”

“哼，恐怕不仅仅是一个医生和病人之间的关系呢。”蒋立军问田静，“这是怎么回事？”

“其实你都明白，我只说一点……你从谁那儿知道了事情的经过？”田静的表情中混杂着紧张和胆怯，但终究还是确信蒋立军的话。

“你当我是编故事吗？如果不是犯罪嫌疑人白玖亲自电联向公安机关举报，我都还不相信呢。”

“你现在还有什么话要说吗？”蒋立军盯着田静问道。

说完这些，蒋立军又问道：“他和白玖的关系，你也不清楚？”

“什么关系？”

“白邦云的前女友叫白玖，高中时她还曾经救过他的命……”

“这些你真的都不知道？”蒋立军有些不相信。

田静失神落魄地摇了摇头：“我万万没想到他隐藏这么深啊！我一点察觉都没有啊！”田静像触了电似的呆住了，自己枕边的人竟然是一个“内鬼”。这让她万万没想到，她苦寻那个“内鬼”竟然是自己的丈夫。

田静瞪着失神的眼睛，紧紧咬着嘴唇，缄口不语，泪水顺着脸颊滚滚而下。

田静的头就“嗡”的一声响，然后又开始疼痛起来，两眼一黑，身子一晃，差点晕倒在地，幸亏及时扶助了墙壁。田静心中苦思冥想“内鬼”那个人，居然是自己的丈夫。说什么她也不相信，她无论如何也想不到，白邦云会走上这条让她带来耻辱的路子。她真的想跑到医院，质问一百个为什么。一个女人，家庭是她的世界，世界破裂了，她还何以生存？屈辱，再屈辱，她认了，但家庭得要完整的。炽烈的岩浆到了火山口，终于没有喷发出来。田静还是克制住了，强行地克制住了。田静不想在另外的一个场合里，再一次出家丑，田静已经丢不起这个面子。

田静伤心欲绝，心在默默地流泪……

“不过，这仅仅是我们展开初查阶段，我们接下来还要传唤你丈夫，要彻底把事情搞清楚……”

蒋立军办公室里，苏微微也被这突来的事整蒙了，一直愣怔着，好半天没说一句话。

田静想不通，白邦云什么时候堕落到这种地步。在同事眼里，在同学眼里，白邦云温文尔雅，每个熟悉田静的人，纷纷感慨田静这辈嫁对了人，白邦云既有事业心，又为人正直，人品、三观都无可挑剔。田静对此也感到很欣慰，白邦云真的是一个很优秀男人。结婚后，她就一直被宠爱着，小日子过得很幸福。她为白邦云生下一个女儿，一家三口其乐融融。这些年，白邦云兼顾家庭与事业，无论再怎么忙，也都会抽空陪伴田静和孩子，是顾家型的好男人。两人平时都很忙，但白邦云一直将整个家庭重担都压在自己一人身上，毫无怨言。他深知田静工作特殊性，一直默默支持她的事业，将工作和家庭两头挑。

而此时，白邦云的形象一下子在田静心里崩塌了，他不但有一个前女友，而且还藕断丝连，还充当一个通风报信的人，田静真的受不了。

田静突然想起来了，她到刑侦支队报到上班的第一天，那个开一辆橘红色的豪华的跑车——奥迪 R8 和一辆摩托车相撞，那个叫白玫的女人，那个说认识自己的女人，原来是白邦云的前女友，原来是双刚集团的老板娘。她认识自己，一定是白邦云介绍的，而不是她说的什么在电视上看到的人。田静终于明白了。

田静觉得眼前的蒋立军变得模糊，不断地重叠着，更替着，最后眼前一黑，身子一晃，摔到地上。

苏微微把她扶起来，她几近虚脱，苏微微扶着她，要她坚强点，别尽往坏处想，她发了疯地吼："我真的接受不了，谁能告诉我这是为什么？我快疯了，真的快疯了！"

苏微微怯怯地看着田静，突然感觉到田支队长很陌生，她现在已经完全崩溃了。苏微微一把抱住她，田静失声痛哭起来。

一连半个小时过去了，田静双手抱住自己的头，谁问话她不都不回答。这消息简直就是晴天霹雳啊。这不是捉弄人吗？怎么可能呢？

听蒋立军话后，虽然感觉还是难以相信。但现在的问题是，就算自己不相信，那又怎样，一个市公安局局长不可能无缘无故去冤枉她，包括白邦云。田静这时候也不知道说什么好了。虽然田静还是觉得白邦云可能被人陷害的，和白邦云做夫妻二十年，在她眼里，白邦云就是一个好男人，好丈夫，好父亲，更是一个好大夫。现在，白邦云为了自己的前女友，隐瞒了这么多事情，这可是包庇犯罪行为，果真像蒋立军所说的那样，这对一个家庭来说可是灭顶之灾。

田静的脑子乱极了。

刚才在来蒋立军办公室的路上，她还以为自己已经离真相很近，原来却是……田静不敢往下想了，她只觉得天晕地转，如果没有苏微微扶助，她早就晕倒了，换作是谁，谁都受不了。白邦云突然变成了一个犯罪嫌疑人。田静真的无法接受这种打击。

半晌，田静才回过神来："审讯赵小山还得继续下去……"

"这已经不是你考虑的问题，你好好休息几天，在家待着，组织会弄清楚一切的。"

"要是你想隐瞒什么，我们会调查清楚的。"

"对不起，我现在无法解释。但我是清白的。"田静感觉自己已经不被信任。

蒋立军马上察觉了她的想法，道："当然，我们也不会冤枉一个好人的，组织原则你是知道的。"

此刻，田静心里特别的难受。她想，假如真有地狱，自己一定万劫不复。但除此之外，她一直想不通，田静觉得自己最亲近最熟悉的人，居然跟别人联手攻击她，这是她最不能接受的，她感到很绝望，恨不得马上去死，从十七楼一跃而下。

"从现在起，审讯赵小山由苏微微同志负责。另外，我要告诉你，我已安排王真真带人去市医院传唤白邦云了。在你们回来的路上，他们已经去了。"蒋立军的怒火似乎还没有消下去，他疑似再次警告田静，要她老老实实向组织说明一切问题真相。

"这一切是真的吗？"田静喃喃自语。

见田静还不相信，蒋立军又返回办公桌，拉开抽屉，从里面拿出一份材料，扬了扬："这是白玖向唐朝副局长举报的材料，你要不要看？"

田静绝望地摇摇头。

蒋立军又把手中的材料收了回去："有的人表面看起来光鲜，其实袜子早已滑到了脚底。"

田静知道蒋立军这话是说白邦云的。苏微微不解其意，皱了皱眉，她一直盯着蒋立军的眼睛。

蒋立军一脸沉郁，在办公室里慢慢地吸着烟，眼神带着怒火，又似乎有一种无法言喻的痛苦。蒋立军高大的身影站在窗前，手指间的烟如同他阴沉而晦暗的眼神。此时，没有人能够猜透着他的内心，毕竟事情出现在他特别看重的田静身上，而且田静这个代理队长也是他提议上任的。这下倒好了，他怎么解释，他如何说明……

田静摇摇头，她感觉喉咙被什么堵住，难受半天，才泪眼婆娑地说道："我该怎么办？谁能告诉我？我……"

田静半蹲在地上，双手抱着头痛哭。此时的她脑子近乎空白。不，杂陈着无数难以名状的东西，恐惧、愤慨，各种滋味都有。

蒋立军却没有回答。一直还在震惊中的苏微微这才惊醒过来，她扶着田静站了起来，插话道："田支队，我们现在调查不只是一个案子，对付的也绝不是一个人，这案子有多复杂，我们都要搞清楚，案子盘根错节，四下蔓延，这是一棵棵大树，甚至可以说是一片森林，现在案子又涉及白大夫，这可不是一般复杂，组织上会搞清楚的。"

苏微微不知怎么说下去了，又将视线转回蒋立军身上。

“是的，得到这个消息，我开始也不相信……”蒋立军语气变得平和了，不容置疑。

田静微微摇了摇头。

“我辜负了领导的栽培，辜负了大家的信任，让组织和领导失望了，给集体抹黑。”田静当苏微微的面向蒋立军鞠了躬，她真诚地感谢他。田静的眼睛里还含着泪水，弯腰的一瞬间嘴角忍不住地颤抖，似乎下一秒就会号啕大哭。田静担心在蒋立军办公室里失态，她努力控制情绪，平复心情后才挺直腰杆站起来，“对不起，这个案件已经不适合我参加了，我自愿回避……”

田静的天空完全塌下来了。

66

田静缓缓地起身，拖着精疲力竭的身体慢慢地走出蒋立军办公室。她整个人显得很是落寞，回到九楼自己的办公室，她把自己关在里面。

田静呆坐在沙发上，却没法不去想刚才蒋立军说的一切，没法不去想白邦云给她这一致命的打击。所有这些，她一次又一次地想起一家三口人的共同生活片段，回味一家三口曾经在一起的点点滴滴。风和日丽的四月一家人骑车去郊外踏青，和煦的阳光，徐徐的微风，快乐的人儿，一切都是如此的美好，她轻轻抱住他的腰，把头靠在他坚实的背上，不时调皮地揉捏他肚上的肉，而他用力地蹬着单车，不时地哼唱着《简单爱》，朝着他们未来美好的生活路前行……

一切来得太突然，突然到忘记了思考，幸福的瞬间，也就没有了。一生最爱的人在毫无预料的情况下失去时的那种锥心刺骨的痛无药能为她解，只期待时间能拭去满面的泪。田静多么希望时光能倒流啊。此时丈夫的高声笑语远离了她，幸福甜蜜离开了她，最爱的人已背叛她，今后很长一段时间只有孤独忧伤伴随着她，痛苦跟随着她。

下班后，苏微微说想过来陪她，想拉田静一起外出吃个饭，然后散散心，这样做或多或少能减轻对田静的一些压力。在苏微微眼里，她始终相信，即使白大夫糊里糊涂犯错了，但她绝对相信田支队长是清白的，田静真的对这些事一点都不知道。但田静谢绝了苏微微好意，她说好久没回乡下的家了，此时，她该回家看望一下生病的公公和婆婆。

田静没有选择回医院的家，她真的一下子接受不了白邦云的所做所为。此刻，或许王真真已经把白邦云从病房里带走。田静知道，这件事很快地就会在单位、社会上传开……

所以，下班后田静决定回乡下去，因为寒假，白邦云早前就把田雨送回公公婆婆乡下去了。正好，她也快三个月没回去看望两位老人了。

回到乡下天已经全黑了。敲门半天，也没见有人来开门。

“奇怪了。”

没见田雨出来开门，田静便从挎包掏出手机，看了一眼后自言自语：“应该不会这么早就睡了吧？”

田静又改打电话给田雨，一直提示在忙中。

“估计正在洗澡吧。”

没办法，田静只好打电话给公公，公公出来开门她才得进家。

“田雨在干吗？”

“在她房间玩电脑。”

田静快步走进里屋：“我打你电话半天老是不通，怎么回事？”

田雨正在玩游戏起兴中，没想妈妈突然出现在自己眼前，她一下子愣了。

田静见田雨的手机丢在一旁，就拿过来查看怎么回事，试打了一下，也是提示用户正在忙中。田静就知道怎么回事了，田雨在防着大人找她，就把田静和白邦云的手机号码给临时设置了。田静把田雨的手机丢在床上，很生气。

田静的脸色特别不好看。

田雨以为妈妈又要训她了。田静却什么也没有说，什么也说不出。她瞧了瞧田雨的房间，作业本、课本丢得七零八乱，人却拿着一台平板电脑沉迷在游戏中。田静费了好大劲才忍住火气，没发作。沉默久了，连田雨自己也受不了了，她小心翼翼地问田静：“妈，你有什么事吗？看你不太高兴？”

田静不语。

田雨说：“我写完作业了，刚玩了一下。”

田静还是不吱声。

田雨斜眼觑觑田静那铁青着的脸，懒懒地斜倚在靠背上，又喃喃调皮说道：“今天是不是被你们局长训话了啊？”

“但是，你不能把工作上不顺利的事拿回家来发泄，你这样做是不对的，严重点儿说是当警察不合格的。”

“妈妈，我当学生也不容易，好不容易放假了，做完作业想放松一下，你们大人又看不习惯……”

说着说着，田雨的泪水就止不住淌下来，一副可怜虫的样子。

田静没去理会田雨，站在窗前，望着远处迷蒙的远山，好像根本就没听见女儿那声泪俱下的哭诉。此时，她满脑子里是白邦云是“内鬼”的事儿，白邦云让她伤透了心。自己堂堂正正干了二十年警察，没有什么地方可让人戳背的，但白邦云他不想做人，也要为她想想哪。这件事传出去，别说是她，连他父母连女儿都要受累。而且，用不了多久，不，顶多一天，整个同事圈、亲友圈、同学圈就都会知道了。然后，整个丹阳市也会传遍，到时候满城风雨。还不止这些，通风报信，这可是犯罪行为，会受到法律的严惩。白邦云进去了，自己怎么办，女儿怎么办？家里老人怎么办？

田静越想越感到害怕，心情由气恼烦躁，变得沉重起来。她转过身了，直视着田雨说：“你不听话，不听大人的话，马上你就会见苦头的。”

“当父母的不可能陪你一辈子。”田静摇摇头，重重地叹了一口气。

田雨瞪着田静，说：“谁要你陪了，有老爸一个人陪我就够了！我只要我爸陪我，你凶巴巴的，我才不稀罕呢！”

“好，好，那就让你爸陪你去好了。从此，我不管你了。你也不要来求我！”田静提高嗓门喝道。

田静激动地说了半天，田雨这里却什么反应也没有。田静把目光从窗外收回来，转过身去，就见田雨蜷缩在床上，双手抱膝，两肩高耸，脑壳嵌在两腿间，仿佛像受了惊吓正在自卫的刺猬。田静不知田雨何这样，走到她面前，问：“怎么不说话了，你不是挺能说吗？”

田雨还是没反应，仍蜷缩在那里，把她的脑壳伸进腿间夹着，然后，她双手用力抱着双腿，任田静怎么掰都掰不动。

“对不起，今天妈妈遇上人生最难过的事，但不管如何，这不是对你凶的理由。妈妈错了。你可以原谅妈妈吗？”

见田静态度缓和，田雨这才放松手，她抬起头，鼻涕外流，泪眼婆娑，一副难过的样子。见到田雨因为内疚而哭泣，田静慈悲心肠早就软了。

而田静也哭了。

“妈妈，你哭了，发生什么事了吗？”

“妈妈没事。以后妈妈不会再骂你了。”

“妈妈，你别哭了，我以后一定听大人的话，不惹妈妈生气了。”田雨下了床，扑进田静的怀里，大哭了起来。

田静现在真的是孑然一身了。

她，心碎欲裂。

67

这一天中午，白邦云到家后，见到田静还没有下班。他以为她中午又在加班，因为下午四点还有一台妇科手术。见田静没回来，中午白邦云就随便煮了点东西吃，然后开始午睡。

虽然午睡时间不算长，但今天的午睡他居然睡得很安稳，昨晚谁送自己回家，他已经想不起来了。早上醒来时就已经九点了，田静已上班去。这是白邦云当医生二十年来他第一次迟到。

就在这个中午午觉，白邦云又梦见那条波涛汹涌的大河了。

一条船在湍急的河边摇摇欲坠，风很大，把大河的两岸茂密的树林吹得东倒西歪，嘎吱嘎吱响。船刚驰到河的中央，便被风浪打翻了。一个白邦云似熟悉又陌生的中年女人落下水了。她大口大口地喘息，她想用力向岸边划去，身体却被急流死死地卷住，她人在河中央直打转，孤立无援。

白邦云就在河的岸边，他呐喊，他求救，但一个人影都没有。

她，在一点一点地沉没，直至被河水冲走，白邦云再也看不到她。而这条大河，这一年来竟然已经出现白邦云梦里几次了。

下午四点。

丹阳市人民医院东区住院大楼十五楼，严肃静穆的手术室里，人影晃动。这是一群无影灯下的“紫衣天使”，他们一袭紫色洗手衣，戴着蓝色帽子、口罩，只露出两只聚精会神的眼睛……此时，一台子宫全切手术正在紧张进行中。

手术室里，无影灯下。白邦云一袭绿色消毒服，头戴一顶蓝色手术帽，一张蓝色防护口罩遮住脸庞，他正在忙碌中。手术马上就要开始，子宫切除手术在妇科属于比较大的手术，尤其是子宫全切手术。

这是一位子宫内膜异位症患者需要全切除子宫，本来这种手术只是一个中等手术，术后恢复也非常地快，术后一个星期就可以出院。但是，在检查中，白邦云发现病人有重度的盆腔粘连，又是子宫肌腺症反复出血，还是重度贫血，术中就涉及有可能会损伤到膀胱、直肠或者输尿管，本来是一个中等的手术，却又变成了大手术。

病人已经躺在手术台上，麻醉医生和护士有条不紊做着术前准备，静脉通道建立了，心电监护装上了……线剪、组织剪、弹力钩、止血钳、组织钳、腹膜钳……

一切已经准备就绪。

手术台前，见到病人过于紧张，白邦云便暖心地安慰着她。白邦云露出一抹微笑道：“您放心吧，我们都会竭尽全力，一切都会好起来的。”

“谢谢白主任，辛苦您了。有您在，我放心多了。”病人精致的脸上露出淡淡的微笑，点了点头，便闭上了眼睛，等待手术的开始。

这场手术比较复杂，因为重度盆腔粘连，极易损伤膀胱、直肠或者输尿管……

下午四点三十分，手术开始。

白邦云看着躺在手术台上的女患者，女患者同样看着他，眼里满是温柔，随后缓缓地闭上了眼。墙上的挂钟，一分钟，两分钟……时间一分一秒地流逝，白邦云和在场的医护人员都忙得满头大汗。

“情况不好，病人盆腔粘连比想象的还严重……”助手医生突然说道。

白邦云拿着手术刀的手顿了顿，继续有条不紊地做着。

白邦云看着助理医生的表情，发现他眼底闪过慌乱和害怕。

“镊子。”

旁边的护士立马递给了白邦云。

白邦云全神贯注的将所有精力放在这台手术上，但是腹腔打开后，白邦云才发现盆腔粘连比他想象的还严重，情况不容乐观……

晚上七点半，天全黑下来。这台长达四个小时的手术终于结束了。

手术室的灯一熄，几个沉不住气的家属马上挤到手术室口门，但手术室的门一直没有动静，几个家属神情焦虑地等待着。

王真真和另外三个警察一直在手术室外，他们下午三点半就到达了。王真真早在一个月前就上任刑侦支队二大队副队长了，她到达时，白邦云已经进入手术室做准备了。有警察抬手准备按手术室门铃，却让王真真制止了："不要打扰白主任，让他把手术做完了。"

"另外，等下白主任出来了，不要给戴上手铐。"

"为什么？"

"白主任的为人，我知道，他不会跑的。"

"万一……"

"没有什么万一，出什么意外，我来担当。相信我，按我说的去做。"

三个警察点点头，不再吭声。

此时，手术等候区里聚集着许多病人家属，他们三人一群，两人一伙，都神色凝重地交谈着或注视着手术室的大门。

直到晚上八点十分，手术室的电动大门才缓缓打开。白邦云率先从手术室里走出来，病人丈夫家属见状，急步上前，焦急地问道："白主任，手术情况怎么样？"

"手术怎么样了？"病人家属一脸期盼地问道。

白邦云眼里充满着疲惫，额头渗出汗水，他缓缓地摘下口罩，然后说道："手术很成功！"

病人丈夫听后，激动得快掉下眼泪。他紧握住白邦云的双手：“白主任，辛苦您了。”因为太激动，病人边哽咽，边连连说：“谢谢，谢谢！”

这时，白邦云才注意到在众多的家属中，还有四个穿着警察制服的人：“你们这是……”

“对不起，白主任。我们是市公安局的，请您跟我们走一趟。”

一听这话，众病人家属很是疑惑，惊奇地屏住了呼吸，所有人都在惊奇地看着白邦云。白邦云也明白怎么回事，夹在几个警察的中间离开了手术室。走进电梯时，白邦云停下了脚步，回头望了一眼手术室的大门。

是啊，记忆的深处里白邦云进出这个手术大门二十年了，此次一走是否还能回来，他心中没有数。但在这里，每当完成一台妇科高难度手术的时候，或成功抢救一个危重产妇，看着一个个鲜活的小生命在父母或亲朋好友的期许中来到这个世界，听到新生儿第一声啼哭的时候……白邦云都会有满满的成就感、获得感，觉得自己再苦再累都是值得的。如今就要物是人非，白邦云心中猛地一颤，眼睛湿润了，然后低下头，和几个警察一同走进了电梯。

身后手术等候区一众病人家属，我看你，你看我，无可奈何互相望着，刚才因惊惧被吓得一个都不敢说出话来。人人夸赞的一位妇科专家医生，医术高明，为人谦和，又低调，如此善良而优秀的医生，突然这样被警察带走了，这怎能让人难以接受。

的确，世间没有后悔药，是人，都要对自己的行为负责，白邦云知道等待他的，将是法律的严惩。

68

昨晚田静和田雨在楼上同一张床睡觉，但田静通宵不眠，她显得心事重重。

早上天刚亮，还没到七点，她就起来洗漱。

就在这节骨眼，她的电话叫响。接起一听，是自己父亲打来的。

“你妈妈今早上厕所又摔跤了！这会儿人已经送到县医院了。”

“什么！”

田静觉得脑瓜生疼，她使劲拍打着自己的脑门，父亲的话让田静受惊吓不小，她一下子便晕倒下，便什么都不知道了。

69

直至苏微微再次去曼哈顿一号别墅区赵东山家时，赵东山才得知盗劫案的幕后主使是自己患难兄弟和儿子赵小山，他吓了一跳。自己儿子是内线！他终于想起一件事来，十年前的春节前，儿子曾跟自己提过自己想出去旅游一趟，此后他多次询问自己什么时候出门，自己是腊月二十八出门回老家，案发前，儿子一直与自己有联系，自己的行踪，他一清二楚。但是，赵东山觉得有些不可思议，刘刚华这个人怎么会是贼呢？自己可以说是他们的恩人哪。

“我怎么也不会想到他会打我家宝贝的主意，我一直拿他当兄弟，生活上生意上能帮的可没少帮啊！这真是现实版‘农夫和蛇’的故事。”

赵东山怎么都不敢相信刘刚华会做出这种事来。苏微微也觉得不可思议。这样的感情，这样的关系，刘刚华怎么可能偷恩人家的东西呢？刚开始还真以为是搞错了。直到抓捕赵小山后才知道真相，只是最大的幕后主使刘刚华已经从医院逃走，不知去向。只有抓获了刘刚华，或许案情才会真相大白。

赵东山因涉嫌包庇罪也被警方带走了。

一个月后，在中缅边境上，当最后一缕残阳殆尽，一男一女出现在丛林中。寂静的山谷，渐渐地融入黑暗之中，有风急急地盘旋而过，树木鬼影森森地摇摆起来，张牙舞爪，发出沙沙的声响，像极了一群在咀嚼食物的野兽。

“是这里吗？”白玖低沉地问道。

“不会错的，这条路我走几遍了。”有人小声地回答。

“老狼，你有没有弄错啊，我们都在这个山头转快三个小时了！”这时，另一个长得比较矮的男人说道。

“你不相信我，你还跟着我干什么？”

老狼的话，让白玖也怔了一下，想说什么，但又硬给咽回去，她只是恨恨地看了一眼老狼，以泄心中的不满。

“老狼，天都黑了，我们要不要等明天再走吧！”矮个男人又说道。

“你呢，你还去不去。”瘦猴转头就问白玖。

“我看他说得也对，等天亮再走，我们找个地方歇息吧。”

“你们两个害怕就别去了，但钱我可不会退你的。”老狼非常不客气地说道。白玖听后，又怔了一下，没再说什么。

之后白玖和矮个男人跟着老狼又开始前行了。

这时风突然停了，月亮慢慢没入了云后。

夜色越来越浓。

“今晚能到吗?”白玖小心地问。

“就你废话多。”老狼的话音刚落下，就感觉一股热腾腾的液体溅到了他的脸上，随之而来的，还有一股腥甜的血腥味，紧接着发出咚的一声，像是有什么东西落到了地上，树林里一阵骚动。

老狼还没有反应过来发生了什么事情，白玖已经失声尖叫起来。老狼被白玖的尖叫声吓得浑身一哆嗦，心里一阵恐慌，赶紧用手擦了一把脸上黏稠的液体，一看是鲜红的血，吓得双腿不停地打摆。

矮个男人在这时突然向老狼倒了过来，重重地砸在老狼的身上，老狼的头皮一炸，看着浑身是血的矮个子男人，惊叫着，好不容易连滚带爬地从矮个子男人身下抽身出来后，惊喘地看着躺在地上，没有头颅的矮个子男人，血急促地从矮个男人的脖子处流了出来，老狼的心脏疼痛地跳动着，呼吸急促起来，全身冰冷。

这时，却又突然有一个球状的东西飞到了他的怀里，老狼低头一看，浑身就是一弹，哇哇哇地惨叫着，就将飞到他怀里的矮个子男人的头颅扔了出去。

树林里，又是一阵骚动。

“你俩给我站住！别动!”

“沙沙沙，沙沙沙!”一阵急促的声音在前面响起。几个巨大的黑影挡住了去路，白玖定睛一看，一抹惨白的冷光正好照在老狼的脸上，老狼的面部肌肉由于恐慌而一颤一颤的抖动着。白玖还不知道发生什么事情了。但她知道他们遇上劫匪了。

站在白玖面前的一共是四个人，每个人的手里拿着手枪，其中一个人还拿着一把闪亮的弯刀，刀上血迹斑斑。这分明在告诉两人刚才矮个男人尸首分家就这把砍的。这样子的情景白玖只有在电视里看到过。白玖和老狼浑身剧烈的颤抖起来。两人想跑，但是腿根本就不听使唤。

月亮不知道在什么时候出来了，清清幽幽样子，照在山谷里，使得原本就是静谧的山谷，显得诡异了很多。

两人四肢无力地看着面前，正一步一步向他们走近的几个黑衣人，在月光照映之下，枪口黑洞洞的。紧接着，寒光一闪，白玖的右侧胸口处一痛。瞬间，白玖失去了知觉。

第二天，当白玖醒来的时候，自己正躺在一艘小船上，老狼也在，但被绑着。此刻，要是在国内，白玖正享受着早晨的宁静。

小船顺流直下，吃水线被压得很低，老狼偶尔翻身动作大一点，就会引起一阵惊呼和怒骂。

昨晚在丛林里劫持他们的四个男人，此时在不停地大嚼饼干，整整一背包的食物已经消耗了大半。再仔细看，个个一张狰狞，满是干涸血迹的脸，让人感到恐怖。

饥饿的老狼看着暴饮暴食的四个男人，喉结不停地蠕动着。

“看什么看，老子还没收拾你呢……”一个大个男人瞪着牛眼说道，吓得老狼连忙低下了头，不吭声了。

见老狼不说话了，大个男人就拿起一小包饼干，说道：“喂！美女……吃点。”白玖怯生生地看了一眼，那人奸笑着露出白白的牙齿，仿佛要吃人的样子。看着扔过来的饼干，上面有一点红色，再抬头看到他手上的血迹，白玖不由得胃部一阵抽搐，趴在船帮上又呕吐起来。

黄昏，偌大的河面上，一条小船孤零零地漂流着，两岸的风景依旧美丽。沿河的小村安静无比，甚至听不到平日里热闹的狗叫声。

“你要把我带到哪里去？我给钱，只要你们把我们送到安全的地方，随便开口。”白玖企求道。

“我们会告诉你的。只可惜你这么漂亮的一个女人，跟着我们受苦了。”大个男人很痞。

老狼在丛林看到过他们血腥的一面，知道他绝对说得到做得到。苦苦哀求道：“求求你了，放我回去吧……我家还有老婆和小孩……”

“耐心等吧，我们会找个地方让你们下船，我们不会陪你们去死的。”

老狼顿时安静下来，白玖在想，在这疯狂混乱时刻，死亡也许未必是坏事，总好过行尸走肉地活着。趁着几个男人不注意时，白玖毫不犹豫地跳入水中……

船上一阵骚动，只听到有人在说：“让她喂鱼去吧……”

“万一她没死呢！”

“对岸的山民如狼似虎……那时她比死还难受呢！”

“她实在太漂亮了……却让她跳河了。”

哈哈，几个男人笑喷了。

河面上，白玖跳入河中溅起的水花消失了，很快又恢复了平静，流淌的河水依然是河水。

70

中午时分，田静醒来的时候，头痛欲裂。

田静发觉自己正躺在医院里，使劲揉了揉眼睛，她第一眼看见的是倒挂在头顶上的盐水瓶，以及瓶子下方那输液管里漫不经心滴着的药水。然后她看见了床前的苏微微。田静苍白的脸上露出一丝歉意，嘴巴张了张，想说声什么，却什么也没说出来。

苏微微惊喜地说："醒了，田支队长醒了。"可当苏微微的视线落在田静愈发苍白毫无血色的脸后，她心中猛地一痛。

"妈，你终于醒了！"

循着喊声，田静发现了躺在另一个床上正睁眼看着她的田雨。田静努力想着早上发生的一切，但好像什么也想不起来。

田静轻飘飘地问："是不是出什么事了？"

"田雨，你怎么也在这儿啊？今天不用去学校上课了？"田静想不起来到底发生了什么事。

"妈，都什么时候了，你还开玩笑？"

"你看妈像开玩笑吗？"

"妈，我知道你心里难受。"

田雨见妈妈醒来了，轻声说道："妈妈，你觉得好一点了吗？"

田静微微一笑，道："没有什么问题了，可能这一段时间太操劳了……"

田静没再往下说，她不想让田雨知道，她担心田雨受到刺激，没想到，田雨倒是先开口说话了，“妈，我什么都知道了。”

“爸爸不在了，我过来签字呢。”

“签字？我怎么了？”

“你住院的事！”

听到田雨这么说，田静没有说话，只是暗暗想：可怜的孩子……

“哎，妈妈的难受你不知道啊，你爸怎能这么犯糊涂……现在一家三口人，他进去了。我这心里难受啊。”田静伤心地说道，眼睛已经模糊了。田静告诫自己，想开一点吧，你是一名警察，我相信你有坚强毅力，你也不希望你沉沦下去的吧。再说你老是这样也于事无补啊。

“妈，你不要难过了。我陪着你一起面对现实。”

“爸爸自己做错事，就由他自己承担责任。”田雨对田静说。

田静沉默了一下，望着田雨，孩子好像一夜长大了。

“大人的事，你还小，你回学校去吧。”

田雨咬着嘴唇，“妈，这几天让我来照顾你！”

“你去学校吧，走吧，不要耽误功课了。妈妈没事的。”田静催促着。

“妈，放寒假了。”

“看我，这一晕倒，什么都想不起来。”

等苏微微她们去外头说话时，病房里就剩下田静和田雨自己时，田静就问田雨：“你爸呢？”

田静这一问，却把田雨问着大哭出来：“我爸被警察带走了。”

“什么时候带走的，我怎么一点都不知道？”

“昨天晚上，从手术室带走的。”

田静静默片刻，说：“该来的还是来了。”田静长叹一声，“不管他怎么不争气，但究竟还是你的爸爸。”

“我没这个爸爸。”田雨说。

田静便不作声了，望着吊瓶出神。

她似乎一下子明白了什么，突然，她眼一黑，又昏了过去。当田静从昏迷中再次醒来的时候，女儿田雨坐在她一旁嘤嘤地哭泣。

田静一把抱住她，失声痛哭起来。

这时，王真真走了进来，老远就喊道：“田支队长醒了吗？”她身后跟着一个中年医生，“这是医院李副院长。”

“田支队长，你真醒了啊！”王真真欢喜地说着，“感觉怎么样？”

“辛苦大家了。”田静欠了欠身，微笑了一下。

“田支队长，你可要注意劳逸结合，别看你年轻，长期这样下去，身体可吃不消啊。又加上过度悲伤，导致低血糖性昏迷。现在应该没事了，但要注意不能这样再不顾身体啊。”李副院长说道。

“蒋立军局长给我打来几次电话了，反复过问你的病情，指示医院想尽一切办法，用最好的药，用最好治疗手段，让你尽快恢复。我看过你的所有检查报告，问题不大。不过，需要静养几天……”

“蒋局都给医院打过电话了？”田静很感动。

“是的。现在你醒过来了，等下我还要向他汇报你的病情呢！”

“谢谢，谢谢！”田静哭了，哭自己不争气的身体，也哭自己的丈夫，因为田静的心碎了。白邦云的一念之差，令组织蒙羞，令家人蒙羞。

李副院长走后，众人都在沉默。田静云心事重重：“……我知道自己身体情况，万一死了……”

“妈，看你都说什么胡话呢！”女儿田雨说道。

这时，王真真告诉田静说道：“白大夫已经把所有的事全交代了，是他一时犯的糊涂，一切和您田支队无关！”

“只是……”王真真说不下去了。

“你说吧，我挺得住！”田静说道。

“只是可惜了白大夫，这么优秀的一位妇科专家，却被人设局了。经过我们调查，他没有主动透露过案件相关信息，只是在和白玖接触过程中，被白玖机巧套去了有用信息。当然，这也是有利于今后法院减轻判刑白大夫的一个依据。但他确实是早就知道了白马步行街抢劫一案是白小川参与的，这就涉及包庇严重问题了。白大夫不是一个坏人，他和那些犯罪嫌疑分子有着本质上的区别，实在太可惜了，这是多么愚蠢而浅薄的犯罪，隐藏的真相却让人痛心不已。”

“田支队，事已至今，你别太难过，白大夫不是故意的，他太善良了，是被设局进去。

“蒋局说了，等这两天忙完了，他还要过来看望您，他叫您安心治病……”

田静眼泪簌簌流下：“答应我，一定要把那些人绳之以法，要一个不漏，大获全胜，祝你们成功！”

大概是不想让田静太难过了，王真真忽然说道：“田支队，对了，从目前审讯中知道，你之前判断都正确的。”

“今天都不谈工作了。谈王真真的正事、大事。”

“我有什么大事？”

“你还没有大事，你今年都快二十七岁了，还不打算成家吗？”

“没人娶我嘛！”

“等我出院了，介绍一个给你。”

“行啊，田支队此话当真？”王真真的脸上又露出迷人的媚笑。

田静便嗤嗤地笑：“当然是真啦！只要你条件不过高，我肯定能完成任务！”

病房里，终于传出了笑声，其乐融融。

71

经警方展开深入调查，双刚集团是一个带有黑社会性质组织犯罪集团。丹阳警方打掉了这个长期盘踞在丹阳的涉黑犯罪团伙，刘氏兄弟是组织者，包括刘刚强在内的数十名犯罪嫌疑人先后归案。在此次集中收网行动中，警方查封扣押大量涉案财物，其中包括各地房产两百余处，银行账户一百六十个，土地十二公顷，冻结股票账户二十九个，冻结双刚集团下属酒店百分之百股份，扣押黄金、汽车、名表、字画、瓷器、玉石等大量贵重物品，初步评估总价值达上百亿元。

据警方介绍，通过巧取豪夺，“双刚”的财富急速膨胀，组织也越来越严密，逐渐形成了公司化的管理运行模式。双方集团在内部设立了保安处、公关处、执纪处三个重要部门，均由刘刚华直接指挥。

保安处靠暴力手段，实施打击报复。主要负责维护公司利益和秩序，实际上就是通过故意伤害、非法拘禁、随意殴打他人等违法犯罪行为，对他人实施打击报复。

公关处负责善后，逼人妥协。实际上就是一个专门善后的部门，一旦保安处发生死伤案件，公关处就会出面进行善后，用赔偿和威胁恐吓等手段，逼迫被害人和其家属妥协私了。

执纪处调查处理内部人员。专门负责对双刚集团内部人员进行调查和处理。这个所谓的执纪处实际上就是“双刚”滥用私刑、执行家法的部门。据警方介绍除了非法拘禁和殴打之外，执纪处还发明了很多体罚内部员工的项目，其中有一个被称作“一二五项目”。所谓“一二五项目”，就是让犯错误的员工做一千个蹲起，二百个俯卧撑，还有五百个仰卧起坐，这是正常人体力达不到的。完不成的人，由旁边监督保安给予体罚或者进行殴打。

警方捣毁双刚集团涉黑犯罪团伙后不久，丹阳市就开始全面肃清双刚集团所造成的各种影响。丹阳市公安局还在全市发布敦促犯罪嫌疑人投案自首通告。双刚集团涉黑犯罪团伙从小到大，盘踞丹阳十余年，很多被害人慑于压力和威胁并没有选择报案，警方希望以往遭受不法侵害的被害人和知情人要敢于报案，积极为警方办案提供线索，协助警方尽快查清双刚涉黑犯罪团伙的全部犯罪事实。

就在田静住院期间，丹阳警方的“百日攻坚”专项行动也如火如荼地开展着。这次“百日攻坚”专项行动以“扫黑除恶”斗争和多发性侵财犯罪整治为重点，向黑恶势力团伙发起了猛烈的进攻。警方表示，黑恶势力团伙是影响最大、性质最恶劣的刑事犯罪活动。为此，警方将本着“打早打小、露头就打”的工作方针，对参与黑恶势力团伙犯罪的重点人员展开摸排、打击，特别是针对一些行业、地区、场所雇佣恶势力、犯罪重点人员进行各类违法犯罪活动进行重点打击，努力做到“有恶必除，除恶务尽”，使社会治安环境始终保持良好态势。仅仅三个月，丹阳警方已成功摧毁涉恶团伙十一个，抓获团伙成员一百五十五名，破获案件六十余起。

一直压在田静心上的几个大案要案终于告破，但是，苏微微和办案人员脸上无一丝快意，她的心事似乎比还没抓到刘刚华、白玖更沉重。

从医院出来，苏微微一个人走到丹江边上，望着滔滔的丹江，苏微微还有两件心事未了，但她不敢告诉还住院的田静。一个是“刀刺红衣女”案件一直悬而未破。这起已经过去快一年的悬案至今没有找到凶手，也没有证据表明“刀刺红衣女”和“杀医案”“青花瓷盗窃案”是串案。另一个是他，当初怀疑他是“内奸”，但现在“内奸”一事已经尘埃落定，他和双刚集团之间的关系，没人知晓。就在前天召开的庆功会上，他仍然谈笑风生，他甚至举着酒杯，向苏微微表示祝贺。“祝贺你啊，苏大队长，这次你又立了大功。”

“别忘了，还有一桩‘刀刺红衣女’呢？”他对着苏微微说道。

说完，他举着酒杯，找其他办案人员干杯去了。苏微微愣愣地瞪着他的背影，望了很久。

……

双刚集团涉黑案仍在侦办中。因为刘刚华仍在逃脱，所以双刚集团留给丹阳老百姓的，仍旧像谜一样，存在许多未知数。

72

又三天过去了。清晨，伴随着第一缕阳光掠过大地，丹阳市人民医院院内，二十二层楼高的外科大楼高大雄伟，在晨曦中病房和过道到处弥漫着过氧乙酸消毒水的味道。人走在过道里，仿佛五脏六腑也被消毒而变得干净清爽。五楼九号病房里静静的，病房里弥漫着医院特有的消毒水的味道，伴随着窗台上盛开的鲜花香味。

今天是田静出院的日子。一大早苏微微就来到了病房，她笑吟吟道："田支队长，今天您可以回家啦！"

"别急嘛！你把床头摇高一点。"田静说。

苏微微轻轻把床头摇到一个田静觉得舒服的位置。田静的身体靠在床头上，侧头看着窗台，喃喃："康乃馨，好漂亮。"

窗台上的康乃馨开得正欢，盛开的康乃馨，将病房变得生机勃勃的。

"苏队，'刀刺红衣女'案最近有进展吗？还有那个步行街抢劫案到底怎么回事啊？你倒说说啊！"

"田支队，你大病刚愈，身体是革命的本钱……不要太拼命了。"

"这点小灾小难算不了什么，比起当年在基层派出所被歹徒用铁棍敲打头部可算小多了，那时听医生说，我晕迷一个月未醒呢……”

“那好吧，但你一定要答应我过一个事?”

“什么事?快说，你什么变得这么婆婆妈妈来了!”

“我说了，你不要激动啊!”

“好，好。我全答应你。这下行了吧。”

“到目前，‘刀刺红衣女’案还没有取得重在突破，但一定会被我们拿下的，只是早晚的事情!

“步行街抢劫案，也是刘刚强一手策划的，他听说你一上任刑侦支队长，就马上重新侦破青花瓷盗窃案。他就想搞个声东击西，让新上任的你百分之百找不到北。”

田静一边认真听，一边动脑想。

“白小川怎么回事?”

“刘刚强指使白小川去抢劫是没错，但白小川自杀和这个没多大关系，他是吸毒出现幻影，在发现被警察包围时受到惊吓而跳楼的……

“田支队，经过我们深入调查，双刚集团的大掌柜刘刚华不是咱丹阳城群众印象中的一个大慈善家，一切都是伪装的，可以说坏透顶了。”

苏微微拉来一张凳子，坐在病床边，她一手拉着田静的手，一边咬牙切齿说起了刘刚华的“光辉事迹来”——

“刘刚华骄奢淫逸，寻花问柳，销魂买醉，情人众多。在公开场活中，刘刚强夫妻俩为配合刘刚华也夫唱妇随，互相支持，上演了一曲‘家和万事兴’的家庭文明大爱。人们全然不知道，企业家们引为楷模的偶像，私下却是私生活肮脏、混乱。这些年刘刚华想方设法地包装自己，把自己打造成人们眼中

‘真善美’的人物。”所以这些年，他经常出手大方地投资学校、公路、医院、敬老院等，成了丹阳市人心中的大善人、模范企业家。

“在曼哈顿一号88街区168号，一套超过三千平方米的超级大别墅，完全是按照清廷宫殿的模子刻出来的，一步一景，极尽奢华。在家里，刘刚华就是一位‘不可挑衅’的皇帝。不论家属还是仆人，都要严格遵循章程办事，他自己则住在最中间，楼层最高的‘福中楼’，这是他在‘皇宫’内至高无上的地位。在‘福中楼’的两边，各有两排豪华别墅簇拥拱卫，住着刘刚华的家人，还养着数位情人。

“原本只是一起十年的青花瓷盗劫积案，引发众怒的闹市街头‘巨款抢劫案’案，却随着监控视频的传播引爆舆论，成为热度居高不下的公众事件。时至今日，公众依然孜孜不倦地在追问‘刀刺红衣女’案的进展。

“‘刀刺红衣女’案之所以群情激愤，完全源于黑恶势力的霸道和嚣张，以及对女性毫不手软的暴力程度，以至于让人对我们生活的安全环境产生了不确定性，当民众看到‘红衣女’被歹徒用尖刀故意施暴，而且施暴地点还在闹市街头，出手之重、程度之恶劣，一死一伤就是明证。

“更为不可思议的是，双刚集团这个犯罪黑恶集团被顺藤摸瓜，揭穿了长期作恶的老底，从而使得双刚集团暴露在太阳底下，它之前表面做的善事蒙蔽许多善良的人心，实际上它就是一个黑恶势力犯罪集团，如今并迅速蔓延为全面对恶势力的痛恨。

“调查梳理的罪名显示，自2005年以来，双刚集团刘刚华、刘刚强两兄弟等长期纠集在一起，在丹阳市等地涉嫌以暴力、威胁等手段，实施非法拘禁、聚众斗殴、故意伤害、开设赌场、抢劫、掩饰、隐瞒犯罪所得、帮助信息网络犯罪活动、寻衅滋事等刑事犯罪二十一起，实施寻衅滋事、故意伤害等行政违法三十六起，逐渐形成了以刘刚华、刘刚强为纠集者的恶势力组织。

“用蒋局在通报中的话说就是‘该集团黑恶势力组织为非作恶，欺压百姓，破坏当地经济、社会生活秩序，造成恶劣的社会影响’。

“田支队，双刚集团以及刘氏两兄弟罪恶累累，真让人无法说下去了。”

“那就不说吧。”

“今天出院就要开心起来。”苏微微说。

“对，你说得对。”田静说，“微微，周杰伦演唱的那首经典歌曲叫什么，我一下是想不起来了？”

“是《青花瓷》吗？”

“对，对——《青花瓷》！”

“您想听这首歌？”

“嗯。”

“青花瓷的美丽无人能敌。我也喜欢这首歌。”

“浓浓的中国，余音袅袅不绝于耳，永远都听不腻。”

“我在手机百度里帮您找找看。”

不一会儿，田静耳边便回荡着《青花瓷》歌曲——

素胚勾勒出青花笔锋浓转淡

瓶身描绘的牡丹一如你初妆

冉冉檀香透过窗心事我了然

……

病房里，康乃馨花影摇曳。似青花瓷般素雅，娴静，周杰伦铜铃般的清脆嗓音，一直回荡在田静的耳边……

病房里，田静静静地听歌，却始终高兴不起来。

田静神情沉重，心不在焉，她在想双刚集团的事，在想刘刚华的事，要不是青花瓷一案，恐怕这个黑恶势力犯罪集团还继续深藏下去，还要祸害丹阳多少无辜的老百姓啊。

田静拉着苏微微的手，像在对苏微微说话，又像在对自己一个人说："一个社会，一个城市，如果任由黑恶势力泛滥下去，不仅让善良弱小的老百姓承受苦难，也无时无刻不腐蚀着社会准则与国家利益。在与黑恶势力的殊死较量中，正义虽终将彰显，但过程注定充满劫难。这是人民警察的勇气和智慧的较量，也是人性善恶的抗争。

"我们要凭借法律的利器，依托民心所向，与黑恶势力坚决展开正义争锋，我们就要奋战在打击违法犯罪的第一线，我们无所畏惧。"

苏微微继而接着说："是啊，我们作为人民警察，我们忠于国家，我们忠于人民，我们忠于法律，我们把人民放在心中最高位置，我们神圣的使命是对罪犯的无情打击。人民警察就是照进这座城市的光，只要有缝隙，光一定会点亮社会百姓。

"田支队，案子都破得差不多了，你怎么还那么严肃，好像不高兴？"

田静无奈地摇头。

只听田静对苏微微说道："黑社会作为和谐社会的一个巨大毒瘤，不仅给人民的生命财产安全带来了极大的灾难，而且也影响到了整个社会的繁荣稳定，老百姓无不对它咬牙切齿、恨之入骨。对于黑恶势力，我们一定要下最大的决心，以铁的手腕予以毁灭性打击。"田静又说道。

"是啊，我们的打黑行动，如今箭在弦上，不得不发啊！

"如果不是这样，那是我们当人民警察的失职啊！我们生就是为破案而来，为除暴安良而来！为警察荣誉而战！为民除害立警为公，执法为民，为民排忧，心系百姓英勇无畏，忠于职守，用自己的行动履行着一名人民警察的使命！这就是我田静铮铮的誓言！"

只听到苏微微接着说道："是啊，我们生就是为破案而来，为除暴安良而来，为警察荣誉而战，为民除害立警为公，执法为民，为民排忧，心系百姓英勇无畏，忠于职守。"

"我坚信，邪不压正，这是天理。在强大的法律面前，黑恶势力不堪一击，正义终将战胜邪恶，雾霾终将散去，光芒终将穿透云层，照射大地！"

"我们要让那些为所欲为的犯罪分子一一受到法律的严惩！"田静恨恨道。

田静仰头望向窗外的天空，她脸上露出了久违的微笑，这让苏微微的心暖和暖和的。

第十章　并非结尾

这是一个新的开始。

时光过得飞快，一年倏忽过去，转眼又到了春天。南方的春天，步子太快了，转眼便已到人跟前了。三月初，北方还春寒料峭，甚至还被暴雪淹没，南方却已是春意盎然，草长莺飞。

这一年，丹阳发生了很多事，生活已经变化了很多。备受社会关注的“青花瓷盗劫案”“劫款案”“伤医案”“无头尸案”等一大批重（特）大刑事案件相继告破，一切似乎已尘埃落定，一切似乎已画上完美句号。没想到，一起缘于“青花瓷盗劫案”的侦破却掀开丹阳的打黑风暴来，而且持续了好久。这场由“青花瓷盗劫案”卷起的打黑风暴，掀翻了太多的人。和这些案件的相关人，也一一受其应有的惩罚。这些案件中，有的人或许会像田静一样对戈阳以身殉职久久难以忘怀；有的人或许像刀插红衣受害者一样，等待一个被伤害背后的真相；或许像丹阳警方一样，总算实现多年的心愿；也有的像无辜伤害柴医生犯罪分子一样，等待最终的审判。

刘刚华“装死”逃脱追捕的消息曝出，他的臭名已为众人所知，他的人设已经崩塌，他的荒唐事已经成为丹阳市大街小巷、人们茶余饭后的谈资。只是截至这一年春天来时，这条法纪社会的漏网之鱼，却仍旧逍遥法外，去向不明。但田静依然坚信，任何魑魅魍魉，在坏事做透之后，终将自食恶果，万劫不复，“天网”与法律，终将还世人一片朗朗乾坤。

天网恢恢，疏而不漏。经丹阳市中级人民法院审理查明，刘刚华、刘刚强兄弟俩为实施犯罪，通过收徒弟、结亲家、称兄道弟等方式聚拢白小川、胡海龙、周志强等保安人员，逐步形成了以刘刚华、刘刚强为首要分子，白小川、胡海龙、周志强等三十一人为成员的恶势力犯罪集团。十余年以来，该犯罪集团成员及其他被告人在丹阳市及周边县城为非作恶、欺压百姓，多次实施了敲诈勒索、聚众斗殴、寻衅滋事、开设赌场、故意杀人等违法犯罪行为。丹阳市中级人民法院依法对被告人刘刚强、胡海龙、周志强等三十一人犯故意杀人、敲诈勒索、聚众斗殴、寻衅滋事等罪一案公开宣判。刘刚强自认为作案手段高明且距离案件发生的时候已经过去五年了，他早已忘记了当年的罪恶，但正义和法律没有忘记。刘刚强的行为，涉嫌故意杀人罪。根据刑法规定，应判处十年以上有期徒刑、无期徒刑或者是死刑。刘刚强不服判决上诉。最终，在最高人民法院的审理之下，判处犯人刘刚华死刑。双刚集团二号人物老板娘白玖参加了一系列犯罪活动，自逃跑后一直下落不明。白小川畏罪跳楼自杀。

这一年，丹阳市开展了轰轰烈烈社会治安综合整治“利剑”行动和扫黑除恶大会战，随后，“刀插红衣女案”也相继告破。

袁德荣杀害柴医生案二审维持死刑判决。替儿子赵小山顶罪的丹阳市红河实业集团公司董事长赵东山终因犯包庇罪，被法院判刑三年八个月。而赵小山杀人、盗窃一案还在审理中。

从警二十余年，刚上任市公安局副局长才一年的唐朝在办案途中突发心梗病去世。在遗体告别仪式当天，不少同事和群众纷纷前往，沉痛送别这位好党员、好警察、好领导。

一年前的那场风暴，差点让田静然轰然倒下，但她最终还是挺住了。值得庆幸的是，经过组织深入的调查，她的问题也搞清楚了，她不但没被撤职，还被组织正式任命为丹阳市公安局刑侦支队队长，只是白邦云的事的让她一下子变得苍老了很多。

风暴并没真正结束，丹阳两大黑社会性质犯罪集团被铲除后，随着中央一声号令，一场整风肃纪猛药去疴风暴又来临。据“长安剑”7月8日发布消息称：继扫黑除恶专项斗争之后，一场剑指全国政法队伍教育整顿大幕拉开——中央决定在全国政法系统来一场“延安整风”，以彻底割除毒瘤。全国政法队伍教育整顿分两批进行，将自下而上，分级在全国政法系统铺开。很快，中央驻点指导组的也开始亮相各省市，丹阳市也随之召开全市政法队伍教育整顿动员大会。会上，蒋立军反复强调“开展教育整顿，打造政法铁军”。

“这是一场有疼痛感的主题教育。”

“这表明，中央全面从严治警一刻不能放松。”

田静相信，随着这场全国政法队伍教育整顿的深入开展，一些深层次问题也将会得到有效的治理。

田静出院后，遗憾的是，白邦云一事让他两位耄耋之年的父母心全碎了，终受不了打击，两位老人郁郁寡欢，前后间隔不到半年相继去世了。清明节的时候，田静又去了一次六甲公墓，这一次她自己一个人去。细算起来，田静和苏微微上次去看戈阳回来也有大半年时日了，可这段日子的田静就像是变换了一个人似的，她消瘦了很多，也憔悴了很多，她原本精致的脸庞，除了变得粗糙，还多了几道皱纹。在戈阳墓前，她给戈阳点了三支清香，然后又很虔诚地给戈阳鞠了三个躬，陪戈阳待了半个小时这才离去。

清明节过后，丹阳市人民法院依法公开开庭审理了被告人白邦云帮助犯罪分子逃避处罚罪一案，并当庭宣判，依法判处被告人白邦云有期徒刑四年四个月。法院经审理查明：2019 年至 2020 年间，被告人白邦云在丹阳市人民医院妇产科任医师。2019 年 7 月至案发，被告人白邦云三次通过与白某会面，把警方的一些行动告诉了白某。同时，白某又通过电话邀约的方式诱使白邦云与其见面，想方设法向他打听了案情。另外，经查明，步行街抢劫案，白邦云第一个获知这件事，他不但不向警方报警，还特地隐瞒。2020 年 2 月和 9 月期间，在丹阳市公安局对白某实施抓捕行动中，被告人白邦云通过电话通知白某警方正在抓捕她，致使白某事先得知消息后逃脱，至今下落不明。2020 年 11 月，被告人白邦云被丹阳市公安局民警抓获归案，其归案后对上述事实供认不讳。法院审理认为，被告人白邦云在公安机关查处违法犯罪活动过程中，向犯罪分子通风报信，帮助其逃避处罚，其行为已构成帮助犯罪分子逃避处罚罪，公诉机关指控的罪名成立。归案后，白邦云能够如实供述罪行，庭审中自愿认罪，遂作出上述判决。丹阳市人民医院派员二十余人全程旁听了庭审。

四年四个月，近一千六百天！

田静一想到这个数字，她的心就发紧，这意味着在一千多个日夜里，她的三口之家是残缺的。那天庭审结束，田静刚走出法院大门，她便收到一条长长的短信，是白邦云救治过的一个孙姓女大学生给她发来的。她在短信里介绍白邦云是如何把她从死亡里救活了她，她说是白大夫给她捡回了这条命的，她说她也知道白大夫一案今天开庭，但她始终坚信，白主任是一个好人，一个好大夫，一个好男人。

短信是这样写的——

我只是个普通家庭一个农村的孩子，我是一个独生子女，今年刚上大二，家里人视我为上明珠，但是这种美好的日子被自从我被诊断妇科恶性肿瘤之后打破了。我们一家都陷入了黑暗当中，我只觉人生一片灰暗，了无生趣，对治疗十分抗拒，甚至想到要跳楼自杀。

我刚进入大学校园，还没有在通往未来的路上施展拳脚，就被命运给了重重的一击。患上这样的病，不仅意味着家里的钱财会被挥霍一空，日渐年老的父母还有可能会失去了他们唯一的女儿，这对他们来说是残忍的。我突然被确诊重病，父母感觉到整个天都塌了下来，几乎天天以泪洗面，可怜天下父母心。我也是幸运的，经熟人介绍，我来到了市人民医院妇产科，找到了白医生。白医生亲自为我做手术，手术很顺利，化疗六次，就在昨天，刚做完复查，身体癌细胞没有了。我不敢肯定我现在不是癌症病人，但至少让我能有继续活下去的信念，也让生我养我二十年的父母看到了一丝希望。今生今世我们一家都不会忘记白医生……

田静泪如泉涌。她擦了一下泪水，又重复看了一遍短信。第二次看完短信，田静原来是憎恨白邦云的，但这一刻，她非但恨不起来，相反，她眼巴巴地盼着尽快看到他，她把希望寄托在去探监的日子。

严冬终于过去，春风再绿大地。

盛夏的一天，探监的日子到。田静和女儿田雨早早就坐上开往林桂的动车。在林桂监狱六监区三分区监狱接见室，田静对白邦云说好好改造，家里有她在，一切请他不用担心。可白邦云并不知道含辛茹苦把自己养大的两位老人已经过世，因为担心白邦云受不了这个刺激，所以田静并没有将这个噩耗告诉他，只是不停地安慰他说：“放心，家里一切都好！”

白邦云湿了眼，他有许多话要说，可喉咙哽咽着，愣是说不出来。直到探监时间快要结束时，他才不无内疚地说道：“对不起你们母女俩，是我没把住好自己。如果你同意，我愿意离婚。让你们母女俩过上一天省心的日子。”

“可我的心也是肉做的啊，你到底，怎么忍心，一刀、一刀、一刀，往里面捅？你怎么做到这么狠心的？你看一看我好不好？”

田静委屈得像个孩子，眼泪犹如骤雨一般：“你心疼心疼我好不好啊？”

“爸爸你到底怎么想啊？爸爸你倒说一句话啊！

“爸爸，我和妈妈来看你，我们不是要听你说这些话。你要给妈妈和我这个结果吗？

“爸爸，你忍心不要我和妈妈了吗，你忍心这样伤害我们吗？

“爸爸，我不想看到一个很自私的父亲……”

田雨俯在田静的肩窝处，放声大哭。一声一声，犹如嘶吼。

“邦云，事已至此，不妨想开点，千万别往心里去，知道对自己行为负责就已经说明你认识到错误了，你也不必内疚，也没必要为我们母女俩背负什么。我还是那句话，好好改造，争取早日出来。也请你放心，家里只要有我在，一切就不用你操心。”白邦云其实是多虑了，田静对他一点恨意都没有，田静说那番话，完全是出于对他好。一个人的成长是需要别人不断点拨和提醒的。“白邦云，你倒说一句话啊！”

田静充满迫切和焦急，可白邦云始终紧闭双眼，长长地沉默，然后他泪流满面转身进了监室。白邦云离开接见室很久了，田静还愣愣地坐在接见室里，她感觉什么东西丢了，又感觉心里多了一份沉重。直到田雨提醒着她回去，她这才清醒过来。

走出林桂监狱，湛蓝湛蓝的天空里，一群大雁，扑啦啦地飞过天空。身后，林桂监狱的电动大门在徐徐地关上……

上动车返程时，田静手机收到了蒋立军局长一条微信。微信内容很长，他是这样写的——

自扫黑除恶专项斗争开展以来，全市公安机关在市委、市政府和上级公安机关的坚强领导下，坚决按照党中央的决策部署，坚持最高政治站位，充分发挥主力军作用，举全警之力，深入发动、雷霆扫黑，重拳除恶，集中治乱，专项斗争取得阶段成效。截至上个月底，全市共侦办黑社会性质犯罪组织案件七起，打掉恶势力犯罪集团四个，打掉恶势力犯罪团伙十三个，侦破涉黑涉恶类犯罪案件九百七十三起，抓获涉案成员一千一百六十九人，查封冻结扣押涉案资产十一点零四亿元。

你和你战友用行动践行铮铮誓言，用忠诚护佑国泰民安！

我知道，一场伟大斗争的胜利往往却伴随着流血牺牲的代价，有的同志在这场斗争中献出了自己年轻宝贵的生命。

我知道，有的同志累倒在抓捕途中，累倒连续审讯室里。

我知道，有的同志一天只睡三小时是常态。

我知道，在谈及战友的辛苦和付出时，你红了眼眶。

和谐社会绝不容许任何人、任何势力以强权践踏法律和社会秩序，损害人民利益。我们人民警察，更是体现在依法严厉打击一切犯罪行为！

扫黑除恶专项斗争，注定是你们从警生涯中的光辉一页，必将载入丹阳公安对党忠诚、不辱使命的光辉史册，注定深刻于四百多万丹阳人民的时代记忆。

蒋立军的微信，字字肺腑感人至深，让田静再一次热泪盈眶。当田静回顾自己上任刑侦支队代理队长一年多来，所经历的痛苦和磨难，她，久久不能自已……